A DESOBEDIÊNCIA CIVIL

SEGUIDO DE
WALDEN

Rebeldes & Malditos

HENRY DAVID THOREAU

A DESOBE DIÊNCIA CIVIL

seguido de

WALDEN

Texto de acordo com a nova ortografia.
Títulos originais: *Civil Disobedience; Walden*

Também disponível na Coleção **L&PM** POCKET: *A desobediência civil* (1997) e *Walden* (2010)

1ª edição na Coleção Rebeldes & Malditos: outono de 2016
Esta reimpressão: primavera de 2017

Tradução: Sérgio Karam (*A desobediêncial civil*); Denise Bottmann (*Walden*)
Apresentação de Walden: Eduardo Bueno
Capa: Ivan Pinheiro Machado
Revisão final: L&PM Editores

CIP-Brasil. Catalogação na publicação
Sindicato Nacional dos Editores de Livros, RJ.

T411d

Thoreau, Henry David, 1817-1862
  A desobediência civil seguido de Walden / Henry David Thoreau; tradução Sérgio Karam; Denise Bottmann. – Porto Alegre, RS: L&PM, 2017.
  360 p. ; 21 cm.

  Tradução de: *Civil disobedience; Walden*
  ISBN 978-85-254-3385-5

  1. Ensaio americano. I. Karam, Sérgio. II. Bottmann, Denise. III. Título.

16-30080   CDD: 814
              CDU: 821.111(73)-4

© das traduções, L&PM Editores, 1997, 2010

Todos os direitos desta edição reservados a L&PM Editores
Rua Comendador Coruja, 314, loja 9 – Floresta – 90220-180
Porto Alegre – RS – Brasil / Fone: 51.3225.5777 – Fax: 51.3221.5380
Pedidos & Depto. Comercial: vendas@lpm.com.br
Fale conosco: info@lpm.com.br
www.lpm.com.br

Impresso no Brasil
Primavera de 2017

Sumário

A DESOBEDIÊNCIA CIVIL 7

WALDEN 35
  O homem da casa do lago – *Eduardo Bueno* 37

  Walden ou A vida nos bosques 45
    Economia 47
    Onde e para que vivi 115
    Leitura 131
    Sons 141
    Solidão 157
    Visitas 166
    O campo de feijão 179
    A cidade 190
    Os lagos 196
    Baker Farm 220
    Leis superiores 228
    Vizinhos irracionais 239
    Aquecimento e inauguração 252
    Antigos habitantes e visitas invernais 268
    Animais de inverno 281
    O lago no inverno 291
    Primavera 306
    Conclusão 324
    Apêndice – *Ralph Waldo Emerson* 337

Sobre o autor 358

A DESOBEDIÊNCIA CIVIL

Tradução de Sérgio Karam

"O MELHOR GOVERNO É O QUE GOVERNA MENOS" – aceito entusiasticamente esta divisa e gostaria de vê-la posta em prática de modo mais rápido e sistemático. Uma vez alcançada, ela finalmente equivale a esta outra, em que também acredito: "O melhor governo é o que absolutamente não governa", e quando os homens estiverem preparados para ele, será o tipo de governo que terão. Na melhor das hipóteses, o governo não é mais do que uma conveniência, embora a maior parte deles seja, normalmente, inconveniente – e, por vezes, todos os governos o são. As objeções levantadas contra a existência de um exército permanente – e elas são muitas e fortes e merecem prevalecer – podem afinal ser levantadas também contra a existência de um governo permanente. O exército permanente é apenas um braço do governo permanente. O governo em si, que é apenas a maneira escolhida pelo povo para executar sua vontade, está igualmente sujeito ao abuso e à perversão antes que o povo possa agir por meio dele. Basta pensar na atual guerra mexicana[1], obra de uns poucos indivíduos que usam o governo permanente como seu instrumento, pois, de início, o povo não teria consentido nesta medida.

    O que é este governo americano senão uma tradição, embora recente, que se empenha em passar inalterada à posteridade, mas que perde a cada instante algo de sua integridade? Não possui a vitalidade e a força de um único homem vivo, pois pode dobrar-se à vontade deste homem. É uma espécie de arma de brinquedo para o povo, mas nem por isso menos necessária, pois o povo precisa ter algum tipo de maquinaria complicada, e ouvir sua algazarra, para satisfazer sua ideia de governo. Assim, os governos demonstram até que ponto os homens podem ser enganados, ou enganar a si mesmos, para seu próprio benefício. Isto

---

1. Guerra de 1846 entre os Estados Unidos e o México. (N.T.)

é excelente, devemos todos concordar. E no entanto, este governo, por si só, nunca apoiou qualquer empreendimento, a não ser pela rapidez com que lhe saiu do caminho. Ele não mantém o país livre. Ele não povoa o Oeste. Ele não educa. O caráter inerente ao povo americano é que fez tudo o que foi realizado, e teria feito ainda mais se o governo não houvesse às vezes se colocado em seu caminho. Pois o governo é uma conveniência pela qual os homens conseguem, de bom grado, deixar-se em paz uns aos outros, e, como já se disse, quanto mais conveniente ele for, tanto mais deixará em paz seus governados. Se não fossem feitos de borracha, o comércio e o tráfico em geral jamais conseguiriam superar os obstáculos que os legisladores continuamente colocam em seu caminho. E se tivéssemos que julgar estes homens inteiramente pelos efeitos de seus atos, e não, em parte, por suas intenções, eles mereceriam ser punidos tanto quanto aquelas pessoas nocivas que obstruem as ferrovias.

Porém, para falar de modo prático e como um cidadão, ao contrário daqueles que chamam a si mesmos de antigover-nistas, eu clamo não já por governo nenhum, mas imediatamente por um governo melhor. Deixemos que cada homem faça saber que tipo de governo mereceria seu respeito e este já seria um passo na direção de obtê-lo.

Afinal, a razão prática por que se permite que uma maioria governe, e continue a fazê-lo por um longo tempo, quando o poder finalmente se coloca nas mãos do povo, não é a de que esta maioria esteja provavelmente mais certa, nem a de que isto pareça mais justo para a minoria, mas sim a de que a maioria é fisicamente mais forte. Mas um governo no qual a maioria decida em todos os casos não pode se basear na justiça, nem mesmo na justiça tal qual os homens a entendem. Não poderá existir um governo em que a consciência, e não a maioria, decida virtualmente o que é certo e o que é errado? Um governo em que as maiorias decidam apenas aquelas questões às quais se apliquem as regras de conveniência? Deve o cidadão, sequer por um momento, ou minimamente, renunciar à sua consciência em favor do legislador? Então por que todo homem tem uma consciência? Penso que devemos ser homens, em primeiro lugar, e depois súditos. Não é desejável cultivar pela lei o mesmo respeito que cultivamos pelo direito. A única obrigação que tenho o direito de assumir é a de fazer a qualquer tempo aquilo que considero direito. É com razão que se diz que uma corporação não tem consciência, mas uma corporação de homens conscientes é uma corporação com consciência. A lei jamais tornou os homens mais justos, e, por meio de seu respeito por ela, mesmo os mais bem-intencionados transformam-se diariamente em agentes da injustiça. Um resultado comum e natural do indevido respeito pela lei é que se pode ver uma fila de soldados – coronel, capitão, cabo, soldados rasos etc – marchando em direção à guerra em ordem admirável através de morros e vales, contra as suas vontades, ah!, contra suas consciências e seu bom senso, o que torna esta marcha bastante difícil, na verdade, e produz uma palpitação no coração. Eles não têm dúvida alguma de que estão envolvidos numa atividade condenável, pois todos têm inclinações pacíficas. Então, o que são eles? Homens ou pequenos fortes e paióis a serviço de algum homem inescrupuloso no poder? Visitem o arsenal da Marinha e contemplem um fuzileiro naval, alguém que o governo americano pode fazer ou que um homem pode fazer com sua magia negra – uma mera sombra e reminiscência de humanidade, um homem amortalhado em vida, de pé, mas já sepultado em armas com acompanhamento fúnebre, pode-se dizer, embora também possa ocorrer que:

> "Não se ouviu nenhum tambor, nenhuma nota funeral,
> Enquanto levávamos seu corpo para a trincheira final;
> Nem salva de adeus disparada por nenhum soldado
> Sobre a tumba em que nosso herói foi enterrado."

A grande maioria dos homens serve ao Estado desse modo, não como homens propriamente, mas como máquinas, com seus corpos. São o exército permanente, as milícias, os carcereiros, os policiais, os membros da força civil etc. Na maioria dos casos não há um livre exercício, seja do discernimento ou do senso moral, eles simplesmente se colocam ao nível da árvore, da terra e das pedras. E talvez se possam fabricar homens de madeira que sirvam igualmente a tal propósito. Tais homens não merecem respeito maior que um espantalho ou um monte de lama. O valor que possuem é o mesmo dos cavalos e dos cães. No entanto, alguns deles são até considerados bons cidadãos. Outros – como a maioria dos legisladores, políticos, advogados, ministros e funcionários públicos – servem ao Estado principalmente com seu intelecto, e, como raramente fazem qualquer distinção moral, estão igualmente propensos a servir tanto ao diabo, sem intenção de fazê-lo, quanto a Deus. Uns poucos – como os heróis, os patriotas, os mártires, os reformadores no melhor sentido e os homens – servem ao Estado também com sua consciência, e assim necessariamente resistem a ele, em sua maioria, e são comumente tratados como inimigos. Um homem sábio só será útil como homem e não se sujeitará ao papel de "barro" para "tapar um buraco que impeça o vento de entrar", mas deixará esta tarefa, ao menos, para suas cinzas:

> "Sou nobre demais para ser posse,
> Ser um subalterno no comando,
> Ou mesmo servo e instrumento útil
> A qualquer Estado soberano deste mundo."

Aquele que se dá inteiramente a seus semelhantes parece-lhes inútil e egoísta; aquele, porém, que a eles se dá parcialmente é considerado um benfeitor e um filantropo.

De que modo convém a um homem comportar-se em relação ao atual governo americano? Respondo que ele não poderá associar-se a tal governo sem desonra. Não posso, por um instante sequer, reconhecer como meu governo uma organização política que é também governo de escravos.

Todos os homens reconhecem o direito de revolução, isto é, o direito de recusar lealdade ao governo, e opor-lhe resistência, quando sua tirania ou sua ineficiência tornam-se insuportáveis. Mas quase todos dizem que não é este o caso no momento atual. Mas foi este o caso, pensam, na Revolução de 75.[2] Se alguém me dissesse que este é um mau governo porque tributa determinadas mercadorias estrangeiras trazidas a seus portos, é bastante provável

---

2. Refere-se ao ano de 1775, que marca o início da revolução da independência dos Estados Unidos. (N.T.)

que eu não movesse uma palha a respeito, já que posso passar sem elas. Todas as máquinas têm seu atrito, e isto possivelmente tem um lado bom que compensa o lado ruim. De qualquer modo, seria bastante nocivo fazer muito alvoroço por causa disso. Mas quando o atrito chega ao ponto de controlar a máquina, e a opressão e o roubo se tornam organizados, digo que não devemos mais ficar presos a tal máquina. Em outras palavras, quando um sexto da população de uma nação que se comprometeu a ser o abrigo da liberdade é formado por escravos, e um país inteiro é injustamente invadido e conquistado por um exército estrangeiro e submetido à lei militar, penso que não é demasiado cedo para os homens honestos se rebelarem e darem início a uma revolução. O que torna este dever ainda mais urgente é o fato de que o país invadido não é o nosso mas é nosso o exército invasor.

Paley[3], para muitos uma autoridade em questões morais, no capítulo que dedica ao "Dever de Submissão ao Governo Civil", reduz toda obrigação civil a uma questão de conveniência e prossegue afirmando que "uma vez que o interesse de toda a sociedade o exija, ou seja, uma vez que não se pode resistir ao governo estabelecido ou mudá-lo sem inconveniência pública, é vontade de Deus que o governo estabelecido seja obedecido, e não mais que isto. Admitindo-se este princípio, a justiça de cada caso particular de resistência reduz-se ao cálculo da quantidade de perigo e ressentimento, de um lado, e da probabilidade e do custo de repará-lo, de outro". A respeito disso, afirma, cada homem terá que julgar por si próprio. Mas Paley parece jamais ter contemplado os casos aos quais não se aplicam as regras de conveniência, em que um povo, tanto quanto um indivíduo, deve fazer justiça, custe o que custar. Se injustamente arrebatei a tábua de salvação a um homem que se afogava, devo devolvê-la a ele mesmo que me afogue. Isto, de acordo com Paley, seria inconveniente. Mas aquele que salvasse sua própria vida, em tal caso, acabaria por perdê-la. Este povo deve deixar de ter escravos e de fazer guerra ao México, mesmo que isso lhe custe sua existência como povo.

---

3. William Paley (1743-1805), teólogo inglês que escreveu *Princípios de Filosofia Moral e Política*. (N.T.)

Em sua prática, as nações concordam com Paley. Mas será que alguém pensa que o estado de Massachusetts faz exatamente o que é direito na presente crise?

"Uma meretriz de profissão, vestida de prata,
Ergue a cauda do vestido,
Mas sua alma se arrasta no lodo."

Falando de modo prático, os que se opõem a uma reforma em Massachusetts não são os cem mil políticos do Sul, mas os cem mil mercadores e fazendeiros daqui, que estão mais interessados no comércio e na agricultura do que na humanidade e não estão preparados para fazer justiça aos escravos e ao México, custe o que custar. Não brigo com inimigos distantes mas com aqueles que, aqui perto, cooperam com os que estão longe e cumprem suas ordens, e sem os quais os últimos seriam inofensivos. Estamos acostumados a dizer que a massa dos homens é despreparada, mas o progresso é lento porque a minoria não é substancialmente mais sábia ou melhor do que a maioria. Não é tão importante que a maioria seja tão boa quanto vós, mas sim que exista a bondade absoluta em alguma parte, pois isto fará fermentar toda a massa. Existem milhares de pessoas que se opõem teoricamente à escravidão e à guerra, e que, no entanto, efetivamente nada fazem para dar-lhes um fim; que, considerando-se filhos de Washington e Franklin, sentam-se com as mãos nos bolsos e dizem não saber o que fazer, e nada fazem; que chegam a postergar a questão da liberdade em nome da questão do livre comércio, e, serenamente, após o jantar, leem as listas com as cotações de preços junto com as últimas notícias do México, possivelmente dormindo sobre ambas. Qual é, hoje, a cotação de um homem honesto e de um patriota? Eles hesitam, e lamentam, e às vezes suplicam, mas não fazem nada a sério ou que seja eficaz. Esperarão, bem dispostos, que outros remediem o mal, para que não precisem mais lamentar. O máximo que fazem, quando o direito lhes passa perto, é dar-lhe um voto barato, mostrando-lhe uma expressão débil e desejando-lhe felicidades. Há novecentos e noventa e nove defensores da virtude para cada homem virtuoso. Mas é mais fácil lidar com quem verdadeiramente possui algo do que com quem apenas o guarda temporariamente.

Toda votação é uma espécie de jogo, como o de damas ou o gamão, com um leve matiz moral, um jogo com o certo e o errado, com questões morais, naturalmente acompanhado de apostas. O caráter dos votantes não está em discussão. Dou meu voto, talvez, ao que considero direito, mas não estou vitalmente interessado em que este direito prevaleça. Disponho-me a deixar isto nas mãos da maioria. A obrigação desta, portanto, jamais excede a da conveniência. Mesmo votar em favor do direito é não fazer coisa alguma por ele. Significa apenas expressar debilmente aos homens seu desejo de que ele prevaleça. Um homem sábio não deixará o direito à mercê do acaso, nem desejará que ele prevaleça por meio do poder da maioria. Não há senão uma escassa virtude na ação de multidões de homens. Quando a maioria finalmente votar a favor da abolição da escravidão, será porque esta lhe é indiferente ou porque não haverá senão um mínimo de escravidão a ser abolida por meio de seu voto. Eles, então, serão os únicos escravos. Somente o voto de quem afirma sua própria liberdade através desse voto pode apressar a abolição da escravidão.

Ouço falar de uma convenção a ser realizada em Baltimore, ou em algum outro lugar, para a escolha de um candidato à Presidência, formada principalmente por diretores de jornais e políticos profissionais. Mas pergunto: que importância tem para qualquer homem independente, inteligente e respeitável a decisão a que possam eles chegar? Não poderemos ter, apesar disso, os benefícios de sua sabedoria e honestidade? Não poderemos contar com alguns votos independentes? Não existirão no país muitos indivíduos que não participam de convenções? Mas não: vejo que o homem respeitável, chamado a participar, imediatamente se desvia de sua posição e passa a desesperar de seu país, quando este teria muito mais razões para desesperar dele. Sem demora, adota um dos candidatos assim escolhidos como o único candidato disponível, provando, deste modo, que ele próprio está disponível para quaisquer propósitos dos demagogos. Seu voto não tem mais valor que o de qualquer estrangeiro sem princípios ou o de algum mercenário nativo que tenha sido comprado. Oh, para um homem que é homem e que, como diz meu vizinho, tem uma espinha nas costas que não se deixa dobrar! Nossas estatísticas são equivocadas: a população foi estimada em excesso. Quantos homens existem em cada mil milhas quadradas deste país? Apenas um, se tanto. A América não oferecerá nenhum incentivo aos homens para que aqui se estabeleçam? O americano reduziu-se a um Sujeito Peculiar, que pode ser reconhecido pelo desenvolvimento de seu órgão gregário e pela manifesta ausência de intelecto e alegre autoconfiança; um sujeito cuja principal preocupação, ao chegar ao mundo, é verificar se os asilos de pobres estão em bom estado; e que, antes mesmo de ter legalmente vestido um uniforme varonil, já está coletando fundos para as viúvas e órfãos que possam porventura existir; em suma, alguém que só se aventura a viver através da ajuda da Companhia de Seguros Mútuos, que prometeu enterrá-lo decentemente.

Não é dever de um homem, na verdade, devotar-se à erradicação de qualquer injustiça, mesmo a maior delas, pois ele pode perfeitamente estar absorvido por outras preocupações. Mas é seu dever, ao menos, lavar as mãos em relação a ela e, se não quiser mais levá-la em consideração, não lhe dar seu apoio em termos práticos. Se me dedico a outras ocupações e projetos, devo ao menos verificar, inicialmente, se não o faço sentando sobre os ombros de outro homem. Devo sair de cima dele, antes de mais nada, para que também ele possa ocupar-se de seus projetos. Vejam que gritante contradição se tolera. Ouvi alguns de meus concidadãos afirmarem: "Gostaria que me mandassem ajudar a sufocar uma insurreição de escravos ou marchar em direção ao México – vejam só se eu iria!". No entanto, estes mesmos homens, seja diretamente através de sua sujeição, ou indiretamente, pelo menos, através de seu dinheiro, forneceram substitutos para si mesmos. O soldado que se recusa a servir numa guerra injusta é aplaudido por aqueles que não se recusam a sustentar o governo injusto que faz a guerra, por aqueles cujos atos e autoridade ele negligencia e despreza, como se o Estado fosse penitente ao ponto de contratar alguém para castigá-lo enquanto peca mas não ao ponto de deixar de pecar por um momento sequer. Assim, em nome da Ordem e do Governo Civil, somos levados, finalmente, a homenagear e a sustentar nossa própria vileza. Depois do primeiro rubor do pecado vem a indiferença, e, de imoral, ela passa a ser, digamos, amoral, e não inteiramente desnecessária à vida que levamos.

O erro mais óbvio e geral, para sustentar-se, exige a virtude mais desinteressada. A leve censura a que a virtude do patriotismo encontra-se normalmente sujeita é exercida, com mais probabilidade, pelos homens nobres. Aqueles que, embora desaprovando o caráter e as medidas do governo, dão a ele sua lealdade e seu apoio, são indubitavelmente seus defensores mais conscienciosos e frequentemente tornam-se os mais sérios obstáculos à reforma. Alguns dirigem-se ao Estado pedindo que este dissolva a União, que desconsidere as solicitações do Presidente. Por que eles mesmos não dissolvem a união que existe entre eles e o Estado e não se recusam a pagar sua cota ao Tesouro? Não se mantêm, assim, em relação ao Estado, do mesmo modo que o Estado em relação à União? E não serão as mesmas razões que impediram o Estado de resistir à União que os impedem de resistir ao Estado?

Como pode um homem satisfazer-se com apenas ter uma opinião e deleitar-se com ela? Haverá nela algum deleite se sua opinião for a de que ele se sente lesado? Se teu vizinho te rouba um único dólar, não te contentarás em saber que foste roubado, ou em dizer que o foste, nem mesmo em pedir que ele pague o que te deve, mas tomarás providências efetivas para obter de volta toda a quantia e, ao mesmo tempo, para que não sejas novamente roubado. A ação baseada num princípio, a percepção e execução do direito, modifica coisas e relações; é essencialmente revolucionária e não condiz inteiramente com nada que lhe seja anterior. Ela não divide apenas Estados e Igrejas, mas também famílias, ah!, divide o indivíduo, separando nele o diabólico do divino.

Leis injustas existem: devemos contentar-nos em obedecer a elas ou esforçar-nos em corrigi-las, obedecer-lhes até triunfarmos ou transgredi-las desde logo? Num governo como este, os homens geralmente pensam que devem esperar até que a maioria seja persuadida a alterá-las.

Pensam que, se resistissem ao governo, o remédio seria pior que o mal. Mas é culpa do próprio governo que o remédio seja, efetivamente, pior que o mal. É ele que o torna pior. Por que ele não está mais apto a antecipar e proporcionar a reforma? Por que não trata com carinho sua sábia minoria? Por que suplica e resiste antes de ser ferido? Por que não encoraja seus cidadãos a prontamente apontarem seus defeitos e a agirem melhor do que ele lhes pede? Por que sempre crucifica Cristo, excomunga Copérnico e Lutero e declara Washington e Franklin rebeldes?

Pode-se pensar que a deliberada e eficaz negação de sua autoridade tenha sido a única ofensa jamais levada em conta pelo governo. De outro modo, por que não lhe atribuiu ele uma penalidade definida, adequada e proporcional? Se um homem sem propriedade alguma recusa-se uma única vez a contribuir com nove xelins para o Estado, é aprisionado por um período de tempo ilimitado por qualquer lei que seja de meu conhecimento, e determinado apenas pelo critério pessoal daqueles que ali o colocaram. Mas tivesse ele roubado ao Estado noventa vezes nove xelins, teria sido sem demora posto em liberdade.

Se a injustiça faz parte do atrito necessário à máquina do governo, deixemos que assim seja: talvez amacie com o passar do tempo, e certamente a máquina irá se desgastar. Se a injustiça tem uma mola, polia, cabo ou manivela exclusivamente para si, talvez possamos questionar se o remédio não será pior que o mal. Mas se ela for de natureza tal que exija que nos tornemos agentes de injustiça para com os outros, então proponho que violemos a lei. Deixemos que nossas vidas sejam um antiatrito capaz de deter a máquina. O que devemos fazer, de qualquer maneira, é verificar se não nos estamos prestando ao mal que condenamos.

Quanto a adotar os meios que o Estado propiciou para remediar o mal, nada sei sobre eles. Levam tempo demais e a vida se esgotaria. Tenho outros assuntos com que me preocupar. Vim a este mundo não, principalmente, para fazer dele um bom lugar para se viver, mas para viver nele, seja bom ou mau. Um homem não tem que fazer tudo, mas algo, e não é porque não pode fazer tudo que precisa fazer este algo de maneira errada. Não tenho maior obrigação de enviar petições ao Governador ou à Legislatura do que eles a mim, e, se não atenderem a minhas solicitações, o que devo fazer? Mas neste caso o Estado não propicia solução alguma: o mal está em sua própria Constituição. Isto pode parecer rude, inflexível e hostil, mas é tratar com a máxima bondade e consideração o único espírito que pode apreciá-lo ou merecê-lo. E assim o são todas as mudanças para melhor, como o nascimento e a morte, que convulsionam o corpo.

Não hesito em dizer que aqueles que se autoproclamam abolicionistas deveriam, imediata e efetivamente, retirar seu apoio pessoal ou econômico ao governo de Massachusetts, e não esperar até que se constituam em maioria de um para só então obter o direito de predominar. Penso ser suficiente que tenham Deus a seu lado sem que precisem esperar por aquele homem a mais. Além disso, qualquer homem mais justo que seus semelhantes já constitui uma maioria de um.

Encontro diretamente, frente a frente, esse governo americano, ou seu representante, o governo do Estado, uma vez por ano – não mais – na pessoa do coletor de impostos. Este é o único modo pelo qual um homem na minha situação pode necessariamente encontrá-lo. E então ele afirma claramente: "Reconheça-me". E a maneira mais simples, mais efetiva e, no atual estado de coisas, mais indispensável de tratar com ele sobre este assunto, de expressar nossa pouca satisfação e carinho em relação a ele, então, é negá-lo. O coletor de impostos, meu semelhante, é exatamente o homem com quem tenho de tratar – pois, afinal, é com homens que brigo e não com pergaminhos – e ele escolheu voluntariamente ser um agente do governo. Como poderá ele saber, com certeza, o que é e o que faz como representante do governo, ou como homem, até que seja obrigado a decidir se irá tratar a mim, seu semelhante, por quem tem respeito, como um homem bem-intencionado e um seu semelhante, ou como um maníaco e perturbador da ordem, até que seja obrigado a ver se tem condições de superar este obstáculo a sua urbanidade sem um pensamento ou discurso mais rudes e impetuosos correspondentes a sua ação? Estou certo de que se mil, se cem, se dez homens aos quais pudesse nomear – se dez homens honestos apenas – ah, se um homem HONESTO, neste Estado de Massachusetts, deixando de manter escravos, decidisse realmente retirar-se desta sociedade e fosse por isto encarcerado, isso significaria o fim da escravidão nos Estados Unidos. Pois não importa quão limitado possa parecer o começo: aquilo que é bem feito uma vez está feito para sempre. Mas preferimos falar sobre isso: essa é a nossa missão, dizemos. A reforma tem a seu serviço um grande número de jornais, mas nenhum homem. Se meu estimado semelhante, o representante do Estado, que dedica seus dias ao arranjo da questão dos direitos humanos na Câmara do Conselho, ao invés de ser ameaçado com as prisões da Carolina, assumisse a condição de prisioneiro de Massachusetts, este Estado sempre ansioso por impingir o pecado da escravidão a seu irmão – embora, no momento, possa apenas descobrir um ato de inospitalidade como base para uma disputa com ele –, a Legislatura não deixaria inteiramente de lado o assunto no próximo inverno.

Num governo que aprisiona qualquer pessoa injustamente, o verdadeiro lugar de um homem justo é também a prisão. O lugar apropriado, hoje, o único lugar que Massachusetts proporciona a seus espíritos mais livres e menos desesperançados, são seus cárceres, nos quais se verão aprisionados e expulsos do Estado, por ação deste, os mesmos homens que já haviam expulsado a si mesmos por seus princípios. É ali que deverão encontrá-los o escravo foragido, o prisioneiro mexicano em liberdade condicional e o índio que queiram protestar contra as injustiças sofridas por sua raça; naquele lugar à parte, embora mais livre e honroso, em que o Estado coloca aqueles que não estão com ele, mas contra ele – o único lugar num Estado escravo em que um homem livre pode viver com honra. Se alguém pensa que ali sua influência se perderá, que sua voz não mais atormentará os ouvidos do Estado e que ele não será como um inimigo dentro de suas muralhas, é porque não sabe o quanto a verdade é mais poderosa que o erro, nem o quão mais eloquente e eficazmente pode combater a injustiça aquele que já a tenha experimentado em sua própria carne. Dá o teu voto inteiro, não uma simples tira de papel, mas toda tua influência. Uma minoria é impotente enquanto se conforma à maioria, nem chega a ser uma minoria então, mas torna-se irresistível quando se põe a obstruir com todo o seu peso.

Se a alternativa for a de manter todos os homens justos na prisão ou desistir da guerra e da escravidão, o Estado não hesitará em sua escolha. Se mil homens se recusassem a pagar seus impostos este ano, esta não seria uma medida violenta e sangrenta, como seria a de pagá-los e permitir ao Estado cometer violências e derramar sangue inocente. Esta é, de fato, a definição de uma revolução pacífica, se tal for possível. Se o coletor de impostos ou qualquer outro funcionário público perguntar-me, como um deles já o fez, "Mas o que devo fazer?", minha resposta será: "Se deseja realmente fazer algo, peça demissão". Quando o súdito recusar sua lealdade e o funcionário demitir-se de seu cargo, então a revolução terá se realizado. Mas suponhamos, até, que deva correr sangue. Já não se derrama uma espécie de sangue quando a consciência é ferida? Através deste ferimento esvai-se a verdadeira coragem e imortalidade de um homem, e ele sangra até a morte. Vejo este sangue correndo neste momento.

Refleti sobre o aprisionamento do ofensor e não sobre o confisco de seus bens, embora ambos possam servir ao mesmo propósito, porque aqueles que afirmam o mais puro direito, e são, consequentemente, mais perigosos para um Estado corrupto, normalmente não passaram muito tempo a acumular propriedades. A esses, o Estado presta, comparativamente, pouco serviço, e um pequeno imposto costuma ser visto como exorbitante, particularmente se são obrigados a ganhá-lo com suas próprias mãos. Se houvesse alguém que pudesse viver inteiramente sem o uso de dinheiro, o próprio Estado hesitaria em exigir-lhe pagamento. Mas o homem rico – sem querer fazer nenhuma comparação invejosa – está sempre vendido à instituição que o faz rico. Falando em termos absolutos, quanto mais dinheiro, menos virtude, pois o dinheiro se interpõe entre um homem e seus objetivos, e os obtém para ele, e certamente não há grande virtude em fazê-lo. O dinheiro abafa muitas questões que, de outro modo, este homem seria levado a responder, ao mesmo tempo em que a única nova questão que lhe propõe é a difícil, embora supérflua, questão de saber como gastá-lo. Assim, seu fundamento moral lhe é retirado de sob os pés. As oportunidades de viver diminuem na proporção em que aumenta o que se chama de "meios". O melhor que um homem pode fazer por sua cultura, quando enriquece, é tentar pôr em prática os planos que concebeu quando pobre. Cristo respondeu ao herodianos de acordo com sua situação. "Mostrai-me o dinheiro do tributo", disse, e um deles tirou uma moeda do bolso. Se usais dinheiro com a imagem de César gravada, e que ele tornou corrente e útil, ou seja, se sois homens do Estado, e de bom grado desfrutais as vantagens do governo de César, então devolvei a ele um pouco do que lhe pertence quando ele assim o exigir. "Logo, dai a César o que é de César, e a Deus o que é de Deus", disse, deixando-os sem saber mais do que antes a respeito de qual era qual, pois não desejavam sabê-lo.

Quando converso com os mais livres dos meus semelhantes, percebo que, seja o que for que digam sobre a magnitude e seriedade do problema, e sobre sua preocupação com a tranquilidade pública, o cerne da questão é que não podem dispensar a proteção do governo existente e temem as consequências que possam advir para suas propriedades e suas famílias da desobediência a ele. De minha parte, não gostaria de pensar que alguma vez tenha confiado na proteção do Estado. No entanto, se nego a autoridade do Estado quando ele me apresenta a conta dos impostos, logo ele irá se apossar de meu patrimônio e dissipá-lo, molestando-me, assim, interminavelmente, bem como aos meus filhos. Isso é injusto. Isso torna impossível a um homem viver honestamente, e ao mesmo tempo confortavelmente, no que diz respeito às circunstâncias exteriores. Não valerá a pena acumular propriedades, pois com certeza estas seriam novamente confiscadas. Deves arrendar ou ocupar terra devoluta num lugar qualquer, plantar não mais que uma pequena safra e consumi-la imediatamente. Deves viver contigo e depender só de ti, sempre arrumado e pronto para partir, e não ter muitos negócios. Um homem pode enriquecer até mesmo na Turquia, se for, em todos os aspectos, um bom súdito do governo turco. Confúcio disse: "Se um Estado for governado pelos princípios da razão, a pobreza e a miséria serão objeto de vergonha; se um Estado não for governado pelos princípios da razão, a riqueza e as honrarias serão objeto de vergonha". Não: até que eu queira que a proteção de Massachusetts me seja proporcionada em algum distante porto do Sul em que minha liberdade seja ameaçada, ou até que eu me veja exclusivamente voltado para o desenvolvimento de uma propriedade em seu território, através de um empreendimento pacífico, posso permitir-me recusar obediência a Massachusetts e seu direito a minha vida e meu patrimônio. Custa-me menos, em todos os sentidos, incorrer na pena de desobediência ao Estado do que me custaria obedecer-lhe. Neste caso, eu haveria de me sentir diminuído.

Há alguns anos, o Estado veio ao meu encontro, em nome da Igreja, e mandou-me pagar uma certa quantia em benefício de um padre a cujas pregações meu pai comparecia, mas a que eu mesmo jamais comparecera. "Paga", disse, "ou serás preso". Eu me recusei a pagar, mas, infelizmente, outro homem houve por bem fazê-lo. Eu não via por que o mestre-escola deveria pagar um imposto para sustentar o padre, e não o contrário, já que eu não era um mestre-escola do Estado mas me mantinha através de subscrição voluntária. Não via por que a escola não deveria apresentar sua conta de impostos e fazer com que o Estado atendesse a suas exigências, assim como a Igreja. Contudo, a pedido dos conselheiros municipais, concordei em fazer, por escrito, uma declaração como esta: "Saibam todos, pela presente, que eu, Henry Thoreau, não desejo ser considerado membro de nenhuma sociedade juridicamente constituída à qual não tenha me associado". Entreguei-a ao secretário da câmara municipal, que a guarda com ele. Desde então, o Estado, tendo tomado conhecimento de que eu não desejava ser considerado membro daquela igreja, nunca mais me fez tal exigência, embora dissesse que precisava manter-se fiel a sua presunção inicial naquela época. Se eu tivesse como especificá-las então, teria identificado minuciosamente todas as sociedades às quais não pertencia. Mas não soube onde encontrar uma lista completa delas.

Não pago imposto individual há seis anos. Por causa disso, certa vez, fui colocado na cadeia por uma noite. E, enquanto contemplava as sólidas paredes de pedra, com dois ou três pés de espessura, a porta de madeira e ferro, com um pé de espessura, e a grade de ferro que filtrava a luz, não pude deixar de ficar impressionado com a insensatez daquela instituição que me tratava como se eu fosse um mero amontoado de carne, sangue e ossos, pronto para ser aprisionado. Estranhei que ela tenha concluído, por fim, que aquele fosse o melhor uso que poderia fazer de mim e que não tenha pensado em aproveitar-se de meus serviços de algum modo. Vi que, se havia um muro de pedra entre eu e meus concidadãos, havia um outro ainda mais difícil de galgar e transpor para que eles pudessem tornar-se tão livres quanto eu. Não me senti aprisionado sequer por um momento e aqueles muros pareceram-me um enorme desperdício de pedra e argamassa. Sentia-me como se apenas eu, entre todos meus concidadãos, tivesse pago o imposto. Eles claramente não sabiam como tratar-me mas portavam-se como pessoas mal-educadas. Em cada ameaça e em cada cumprimento havia um disparate, por pensarem que meu maior desejo era estar do outro lado daquele muro de pedra. Eu não podia senão sorrir ao ver quão diligentemente fechavam a porta às minhas meditações, que os perseguiam totalmente desimpedidas, e eles é que eram, na verdade, tudo de perigoso. Como não podiam alcançar-me, resolveram punir meu corpo; como meninos que, não conseguindo atacar alguém que odeiam, maltratam-lhe o cão. Vi que o Estado era irresponsável, tímido como uma mulher solitária com suas colheres de prata, e que não sabia distinguir seus amigos de seus inimigos, e perdi o resto de respeito que ainda nutria por ele, e tive pena dele.

Portanto, o Estado nunca enfrenta intencionalmente a consciência intelectual ou moral de um homem, mas apenas seu corpo, seus sentidos. Não está equipado com inteligência ou honestidade superiores, mas com força física superior. Não nasci para ser forçado a nada. Respirarei a meu próprio modo. Vejamos quem é o mais forte. Que força tem uma multidão? Só pode forçar-me aquele que obedece a uma lei mais alta que a minha. Forçam-me a tornar-me como eles. Não sei de homens que tenham sido forçados a viver desta ou daquela maneira por uma massa de homens. Que espécie de vida seria essa? Quando me deparo com um governo que diz "Teu dinheiro ou tua vida", por que deveria apressar-me em dar-lhe meu dinheiro? Ele pode estar em grande dificuldade e não saber o que fazer, mas não posso ajudá-lo nisso. Ele deve ajudar a si mesmo, fazer como eu faço. Não vale a pena lamuriar-se. Não sou responsável pelo bom funcionamento da maquinaria da sociedade. Não sou o filho do maquinista. Observo que, quando uma bolota de carvalho e uma castanha caem lado a lado, uma não se mantém inerte para dar lugar à outra, mas ambas obedecem às próprias leis, e desenvolvem-se e crescem e florescem tão bem quanto podem, até que uma delas, talvez, domine e destrua a outra. Se uma planta não consegue viver de acordo com sua natureza, ela morre, e assim também um homem.

A noite que passei na prisão foi bastante inusitada e interessante. Quando lá entrei, os prisioneiros, em mangas de camisa, conversavam e aproveitavam o ar da noite perto da entrada. Mas o carcereiro disse: "Vamos lá, rapazes, é hora de fechar", e assim eles debandaram, e pude ouvir o som de seus passos retornando às celas vazias. Meu companheiro de cela foi-me apresentado pelo carcereiro como "um camarada de primeira e um homem inteligente". Quando a porta foi fechada, ele me mostrou onde pendurar meu chapéu e como lidava com as coisas ali. As celas eram caiadas uma vez por mês, e aquele, pelo menos, era o aposento mais alvo, o mais simplesmente mobiliado e provavelmente o mais asseado da cidade. Naturalmente, ele quis saber de onde eu vinha e o que me levara até ali. E, depois de ter lhe contado, perguntei-lhe igualmente como tinha ido parar ali, presumindo, é claro, que fosse um homem honesto. E, do jeito que anda o mundo, acredito que o fosse. "Bem", disse ele, "fui acusado de incendiar um celeiro, mas não o fiz". Tanto quanto pude constatar, ele provavelmente fora dormir bêbado num celeiro, fumara ali seu cachimbo e assim incendiara o celeiro. Tinha a fama de ser um homem inteligente, estava ali há cerca de três meses esperando que seu julgamento fosse realizado e ainda teria que esperar outro tanto, mas encontrava-se bastante domesticado e satisfeito, já que tinha casa e comida de graça e achava que era bem tratado.

Ele ocupava uma das janelas e eu a outra, e descobri que, se alguém ficasse ali por muito tempo, sua principal ocupação seria a de ficar olhando pela janela. Em pouco tempo eu havia lido todos os panfletos que tinham sido deixados ali, e examinado por onde antigos prisioneiros haviam escapado, e onde uma grade havia sido serrada, e escutado a história dos vários ocupantes daquela cela, pois descobri que mesmo ali havia histórias e boatos que nunca haviam circulado além dos muros da prisão. Esta é provavelmente a única casa da cidade em que se compõem versos que são posteriormente impressos sob forma de circular mas não são publicados. Mostraram-me uma lista bastante longa de versos compostos por alguns jovens que haviam sido descobertos numa tentativa de fuga e que se vingaram cantando-os.

Tirei o máximo que pude de meu companheiro de cela, temendo que não voltasse a vê-lo nunca mais, mas ele, afinal, mostrou-me qual era a minha cama e deixou-me com a missão de apagar a lamparina.

Dormir ali por uma noite foi como viajar para um país distante, que eu jamais esperara conhecer. Pareceu-me que eu nunca antes tinha ouvido a batida do relógio da cidade, nem os sons noturnos da vila, pois dormíamos com as janelas abertas, que eram gradeadas por fora. Era como ver minha vila natal à luz da Idade Média, e nosso Concord transformava-se num riacho como os do Reno, e visões de cavaleiros e castelos passavam diante de meus olhos. Eram as vozes dos velhos cidadãos dos burgos que eu ouvia nas ruas. Eu era um espectador e um ouvinte involuntário de tudo que era dito e feito na cozinha da estalagem contígua – uma experiência totalmente nova e rara para mim. Era uma visão mais minuciosa de minha cidade natal. Eu estava completamente dentro dela. Nunca havia enxergado suas instituições antes. Aquela era uma de suas instituições peculiares, pois era um condado. Comecei a compreender com que se ocupavam seus habitantes.

Pela manhã, nosso desjejum era passado através da vigia da porta, em pequenas vasilhas de lata retangulares que continham meio litro de chocolate, pão preto e uma colher de ferro. Quando pediram de volta as vasilhas, minha inexperiência me fez devolver o pão que me sobrara, mas meu companheiro agarrou-o e disse que eu deveria guardá--lo para o almoço ou o jantar. Pouco depois, deixaram-no sair para trabalhar num campo de feno próximo dali, para onde ia todos os dias, e, como estaria de volta só depois do meio-dia, disse-me adeus, pois duvidava que fosse me ver outra vez.

Quando saí da prisão – pois alguém interferiu e pagou aquele imposto – não achei que grandes mudanças houvessem ocorrido nas coisas comuns, como o faria alguém que tivesse entrado jovem na prisão e dela saísse já grisalho e cambaleante. Mesmo assim, aos meus olhos, ocorrera uma mudança no cenário – na cidade, no estado, no país –, uma mudança maior do que qualquer outra que pudesse ser efetuada pela mera passagem do tempo. Enxerguei ainda mais claramente o Estado em que vivia. Vi até que ponto podia confiar, como bons vizinhos e amigos, nas pessoas entre as quais vivia. Vi que sua amizade valia apenas para o tempo bom, que eles não se propunham muito a praticar o bem. Vi que eram de uma raça diferente da minha, tanto quanto os chineses e os malaios, devido a seus preconceitos e superstições; que, em seus sacrifícios pela humanidade, não colocavam nada em risco, nem mesmo seu patrimônio; que, afinal de contas, não eram assim tão nobres, pois tratavam o ladrão como este os havia tratado, e esperavam, através de certas observâncias exteriores, de umas poucas preces e de andarem por um determinado caminho reto, porém inútil, de tempos em tempos, salvar suas almas. Isto pode parecer um julgamento demasiado severo de meus próximos, pois acredito que muitos deles não estejam conscientes da existência de uma instituição como a cadeia em sua vila.

Antigamente era costume em nossa vila, quando um pobre devedor saía da cadeia, seus conhecidos o saudarem olhando-o através dos dedos, que eram cruzados para representar as grades de uma janela de prisão, e dizendo "Como vai?". Meus conterrâneos não me saudaram desta forma, mas primeiro olharam para mim, depois uns para os outros, como se eu tivesse retornado de uma longa jornada. Eu tinha sido preso enquanto me dirigia ao sapateiro para buscar um sapato que precisara de conserto. Quando saí, na manhã seguinte, tratei de completar minha pequena missão e, já calçando meu sapato consertado, juntei-me à turma do huckleberry[4], que estava impaciente para ser por mim conduzida e, depois de meia hora – pois o cavalo fora atrelado em seguida –, encontrávamo-nos no meio de um campo de huckleberry, numa de nossas colinas mais altas, a duas milhas de distância, e logo já não podíamos enxergar o Estado em parte alguma.

Esta é toda a história das "Minhas Prisões".

Nunca me recusei a pagar o imposto rodoviário, pois desejo tanto ser um bom vizinho quanto um mau súdito. E, quanto a sustentar as escolas, faço minha parte educando hoje meus concidadãos. Não é por nenhum item específico da lista de impostos que me recuso a pagá-la. Simplesmente desejo recusar sujeição ao Estado, afastar-me dele e manter-me à parte de modo efetivo. Não me interessa traçar a rota de meu dólar, mesmo que pudesse, até o ponto em que ele compre um homem ou um mosquete para matar um homem – o dólar é inocente –, mas a mim interessa rastrear os efeitos de minha sujeição. Na verdade, serenamente declaro guerra ao Estado, a meu modo, embora eu ainda possa vir a usá-lo e obter dele as vantagens que puder, como é comum nestes casos.

Se outros pagam o imposto que me é exigido, por solidariedade ao Estado, fazem simplesmente o que já haviam feito em seus próprios casos, ou, mais exatamente, favorecem a injustiça numa extensão maior que a exigida pelo Estado. Se pagam o imposto devido a um interesse equivocado pelo indivíduo taxado, para salvar seu patrimônio ou impedir que ele vá para a cadeia, é porque não avaliaram sensatamente até que ponto permitem que seus sentimentos pessoais interfiram no bem público.

Esta é, portanto, minha posição atual. Num caso como esse, porém, nunca se pode estar demasiadamente em guarda, para que nossa ação não seja influenciada pela obstinação ou por uma indevida consideração pelas opiniões dos homens. Tratemos de fazer apenas aquilo que nos seja próprio e oportuno.

---

4. Mirtilo norte-americano, planta da família das ericáceas. (N.T.)

Às vezes, penso: ora, essas pessoas são bem-intencionadas, mas são ignorantes. Agiriam melhor se soubessem como fazê-lo: por que dar a nossos concidadãos o incômodo de tratar-nos de uma maneira pela qual não se mostram inclinados? Mas penso melhor: isto não é razão para que eu aja como eles ou permita que outros sofram um incômodo muito maior, de um tipo diferente. Digo a mim mesmo, também: quando muitos milhões de homens, sem ódio, sem hostilidade, sem sentimentos pessoais de qualquer espécie, exigem de ti apenas uns poucos xelins, sem a possibilidade, por seu temperamento, de retraírem-se ou de alterarem sua atual demanda, e sem a possibilidade, de tua parte, de apelar para quaisquer outros milhões, por que expor-te a esta força bruta e esmagadora? Não resistes tão obstinadamente ao frio e à fome, aos ventos e às ondas; submetes-te serenamente a mil necessidades semelhantes. Não colocas tua cabeça no fogo. Mas na exata medida em que considero que esta não é uma força inteiramente bruta, mas parcialmente humana, e que me relaciono com esses milhões de homens tanto quanto com outros milhões, e não simplesmente com coisas brutas ou inanimadas, vejo que se torna possível um apelo, antes de mais nada, deles ao seu Criador, e, em segundo lugar, deles a eles mesmos. Porém, se eu colocar deliberadamente minha cabeça no fogo, não haverá apelo que possa fazer ao fogo ou ao seu Criador, e só poderei culpar a mim mesmo. Se eu pudesse convencer-me de que tenho algum direito de estar satisfeito com os homens tais como são, e de tratá-los de acordo com isso, e não de acordo, em alguns aspectos, com minhas exigências e expectativas quanto ao que eles e eu devamos ser, então, como um bom muçulmano e fatalista, deveria empenhar-me para me satisfazer com as coisas como elas são, e dizer que esta é a vontade de Deus. E, acima de tudo, existe uma diferença entre resistir a isto e a uma força puramente bruta ou natural, que é a de que posso resistir a isto com algum sucesso, mas não posso esperar, como Orfeu, mudar a natureza das rochas, das árvores e dos animais.

Não desejo brigar com nenhum homem ou nação. Não quero entrar em minúcias desnecessárias, nem fazer distinções sutis, nem pretendo parecer melhor do que meus semelhantes. Ao contrário, posso dizer que até mesmo procuro uma desculpa para conformar-me com as leis da terra. Estou mesmo pronto a conformar-me com elas. Na verdade, tenho razões para suspeitar de mim mesmo quanto a este assunto. E todo ano, quando reaparece o coletor de impostos, vejo-me disposto a rever os atos e a posição do governo geral e do Estado, e o espírito do povo, para descobrir um pretexto para a conformidade.

> *Devemos amar nossa pátria como a nossos pais;*
> *E se em algum momento deixarmos de dedicar-lhe*
> *Nosso amor e nossos cuidados,*
> *Devemos honrar o afeto e ensinar à alma*
> *As coisas da consciência e da religião,*
> *E não o desejo de poder ou benefício.*

Acredito que o Estado logo será capaz de me tirar das mãos todo trabalho desse tipo e então não serei melhor patriota que meus conterrâneos. Analisada de um ponto de vista inferior, a Constituição, com todos os seus defeitos, é muito boa; a lei e os tribunais são muito respeitáveis; mesmo este Estado e este governo americano são, sob muitos aspectos, bastante raros e admiráveis, como muitos já os descreveram, e podemos ser gratos a eles. Porém, analisados de um ponto de vista um pouco mais elevado, eles são exatamente aquilo que descrevi, e, vistos de um lugar ainda mais alto, do topo mesmo, quem poderá dizer o que eles são ou que merecem ser apreciados e ser objeto de nossos pensamentos?

Entretanto, o governo não me interessa tanto assim, e dedicarei a ele o menor número possível de pensamentos. Não são muitos os momentos em que vivo sob um governo, mesmo neste mundo. Se um homem pudesse não ter mais pensamentos, fantasias ou imaginação, algo que jamais poderia lhe acontecer por um tempo muito longo, então, fatalmente, os governantes ou reformadores insensatos não poderiam interrompê-lo.

Sei que a maioria dos homens pensa de modo diferente do meu, mas aqueles que dedicam suas vidas profissionais ao estudo deste e de outros assuntos afins contentam-me tão pouco quanto os demais. Os estadistas e legisladores, situando-se tão completamente dentro da instituição, nunca a contemplam nítida e abertamente. Falam de uma sociedade em movimento, mas fora dela não têm nenhum lugar onde descansar. Podem ser homens de certa experiência e discernimento, e sem dúvida inventaram sistemas engenhosos e mesmo úteis, pelos quais sinceramente lhes agradecemos. Mas todo seu engenho e utilidade situam-se dentro de limites não muito amplos. Costumam esquecer que o mundo não é governado pela sagacidade e pela conveniência. Webster[5] nunca chega aos bastidores do governo e, portanto, não pode falar com autoridade sobre ele. Suas palavras são a própria sabedoria para aqueles legisladores que não consideram fazer nenhuma reforma essencial no governo existente. Mas para aqueles que pensam, e para os que legislam para todos os tempos, ele não chega sequer a vislumbrar o assunto. Sei de alguns cujas serenas e sábias especulações a respeito deste tema logo colocariam em evidência os limites da amplitude e da receptividade da mente de Webster. Mesmo assim, comparadas com as manifestações ordinárias da maioria dos reformadores, e com a sabedoria e a eloquência ainda mais ordinárias dos políticos em geral, suas palavras são quase as únicas palavras sensatas e válidas, e agradecemos aos Céus por ele. Comparativamente, ele é sempre forte, original e, sobretudo, prático. No entanto, sua virtude é a prudência, não a sabedoria. A verdade do advogado não é Verdade, mas coerência, ou uma conveniência coerente. A Verdade está sempre em harmonia consigo própria e não se preocupa primordialmente em exibir a justiça que possa condizer com o mal. Webster bem merece ser chamado, como realmente o foi, de Defensor da Constituição. Não há, realmente, outros golpes que ele possa desferir senão os defensivos. Ele não é um líder, mas um seguidor. Seus líderes são os homens de 87.[6] "Nunca fiz qualquer esforço", diz, "nem me proponho a fazê-lo; nunca apoiei qualquer esforço, e nem pretendo fazê-lo um dia, no sentido de perturbar o acordo originalmente feito pelo qual

---
5. Daniel Webster (1782-1852), advogado, estadista e orador norte-americano. (N.T.)
6. 1787, ano da Convenção de Filadélfia, que elaborou uma constituição para os Estados Unidos. (N.T.)

os vários Estados constituíram a União." Contudo, pensando na sanção que a Constituição concede à escravidão, ele diz: "Deixêmo-la permanecer, já que fazia parte do arranjo original". A despeito de sua notável agudeza e capacidade, ele é incapaz de isolar um fato de suas relações meramente políticas e contemplá-lo em termos absolutos, como convém ao intelecto considerá-lo – por exemplo, o que cabe a um homem fazer hoje, na América, com relação à escravidão. Aventura-se, porém, ou é levado a fazer declarações desesperadas como as seguintes, embora reconheça estar falando em termos absolutos e como particular – que novo e singular código de deveres sociais pode ser inferido disto? "A maneira pela qual", afirma, "os governos dos Estados onde existe a escravidão deverão regulamentá-la será a de levar em consideração as leis gerais da propriedade, humanidade e justiça, além de seu temor a Deus, por força da responsabilidade perante seus constituintes. Associações formadas alhures, nascidas de um sentimento humanitário ou de qualquer outra causa, não têm absolutamente nada a ver com ela. Jamais receberam qualquer encorajamento de minha parte e jamais o receberão."

Aqueles que não conhecem fontes mais puras de verdade, que não seguiram seu curso até mais alto, apoiam-se, sabiamente, na Bíblia e na Constituição, e bebem-na ali com reverência e humildade; mas aqueles que contemplam o lugar de onde ela verte para este lago ou aquela lagoa, arregaçam as mangas mais uma vez e continuam sua peregrinação até suas nascentes.

Nenhum homem com gênio para legislar apareceu na América. Eles são raros até na história do mundo. Existem oradores, políticos e homens eloquentes aos milhares, mas ainda não abriu a boca para falar aquele interlocutor capaz de resolver as questões mais discutidas do momento. Amamos a eloquência pela eloquência e não por qualquer verdade que possa exprimir ou por qualquer heroísmo que possa inspirar. Nossos legisladores ainda não aprenderam o valor comparativo que têm o livre comércio e a liberdade, a união e a retidão, para uma nação. Não têm gênio ou talento para as questões relativamente modestas de tributação e finanças, comércio, manufaturas e agricultura. Se nos deixássemos guiar exclusivamente pela palavrosa sabedoria dos legisladores do Congresso, sem que esta fosse corrigida pela oportuna experiência e pelas efetivas reclamações do povo, os Estados Unidos não sustentariam por muito tempo o lugar que ocupam entre as nações. Há mil e oitocentos anos, embora eu talvez não tenha o direito de dizê-lo, o Novo Testamento foi escrito. E, no entanto, onde está o legislador com sabedoria e talento prático bastante para tirar proveito da luz que ele lança sobre a ciência da legislação?

A autoridade do governo, mesmo aquela a que estou disposto a me submeter – pois obedecerei com prazer àqueles que saibam e possam fazer melhor do que eu, e, em muitas coisas, mesmo àqueles que não saibam nem possam fazer tão bem –, é ainda uma autoridade impura: para ser rigorosamente justa, ela deve ter a sanção e o consentimento dos governados. Não pode ter nenhum direito puro sobre minha pessoa e meu patrimônio, apenas aquele que lhe concedo. O progresso de uma monarquia absoluta para uma monarquia limitada e desta para uma democracia é um progresso no sentido de um verdadeiro respeito pelo indivíduo. Mesmo o filósofo chinês foi sábio bastante para ver no indivíduo a base do império. Será a democracia, tal como a conhecemos, o último desenvolvimento possível em matéria de governo? Não será possível dar um passo mais além no sentido do reconhecimento e da organização dos direitos do homem? Jamais haverá um Estado realmente livre e esclarecido até que este venha a reconhecer o indivíduo como um poder mais alto e independente, do qual deriva todo seu próprio poder e autoridade, e o trate da maneira adequada. Agrada-me imaginar um Estado que, afinal, possa permitir-se ser justo com todos os homens e tratar o indivíduo com respeito, como um seu semelhante; que consiga até mesmo não achar incompatível com sua própria paz o fato de uns poucos viverem à parte dele, sem intrometer-se com ele, sem serem abarcados por ele, e que cumpram todos os seus deveres como homens e cidadãos. Um Estado que produzisse este tipo de fruto, e que o deixasse cair assim que estivesse maduro, prepararia o caminho para um Estado ainda mais perfeito e glorioso, que também imaginei, mas que ainda não avistei em parte alguma.

WALDEN

Tradução de DENISE BOTTMANN

Apresentação de EDUARDO BUENO

Apresentação
O homem da casa do lago

Eduardo Bueno[1]

HENRY DAVID THOREAU foi uma nuvem de calças.

Nascido em Concord, Massachusetts, na costa leste dos Estados Unidos, em julho de 1817, pairou acima e ao largo de seus compatriotas e contemporâneos. Lançou-se a tais altitudes – e em eventuais platitudes – disposto não apenas a ver o mundo de cima mas a experimentar um universo próprio e idiossincrático. Muitas vezes assomou-se leve, habilitado a flutuar em céu azul, como se parte da paisagem que tanto amou. Noutras, revelou-se capaz de projetar sombras, quando não raios e trovões, vertendo aguaceiros incômodos sobre sua vila e seu país. Tratou de despejá-los na forma de discurso torrencial: uma prosa caudalosa que – caso tivesse sido realmente lida – haveria de ter o efeito de uma enchente na planície onde labutavam "em calado desespero" os homens de sua região e sua época.

Thoreau foi único, solitário e inimitável.

Mas Henry David Thoreau foi também um chato de galochas – até porque de fato as calçava. Não era perfeito, e muito menos aperfeiçoável. Misantropo, misógino, radical e irredutível, parecia cultivar a inconveniência como virtude. Mais do que mero exercício de retórica, afrontar o senso comum sempre lhe pareceu emérita prática cotidiana. Thoreau manteve o dedo em riste – acusatório e descortês. E tratou de metê-lo nas feridas vivas de uma nação que ainda não havia forjado plenamente a própria identidade. Identidade que, embora por vias transversas, Thoreau ajudaria a construir. Thoreau foi desprezado e ofendido, mas isso não lhe doeu tanto quanto nas ocasiões – aliás, mais frequentes – em que pregou ao deserto.

---

1. Jornalista, tradutor e escritor, autor de *Brasil: Terra à vista!* (L&PM, 2000) e da coleção "Terra Brasilis", que inclui *A viagem do descobrimento* (Objetiva, 1998) e *Náufragos, traficantes e degredados* (Objetiva, 1998), entre outros. (N.E.)

Thoreau era um caminhante, mas nunca foi pedestre. Para Thoreau estava tudo na cara. E Thoreau foi um cara de pau. Seu semblante despertou surpresa e susto naqueles que o contemplaram. Com feições como que talhadas a machado no cerne de madeira nobre e dura, Thoreau tinha, muito apropriadamente, a face de um fauno. O nariz adunco, os olhos miúdos, o cenho franzido, os lábios finos como navalha emolduravam as maçãs salientes de um rosto que fazia lembrar o de um totem indígena. Thoreau era uma esfinge – e, por não saberem decifrá-lo, alguns homens de seu tempo quiseram devorá-lo. Mas Thoreau era osso duro de roer.

Nem todo mundo ia com a cara de Thoreau. Para o grande Robert Louis Stevenson, por exemplo, sua "face aguda, penetrante e com um narigão emitia certos sinais das limitações de sua mente e de seu caráter". Até entre os que nutriam simpatia por ele, como Nathaniel Hawthorne, o rosto e as maneiras de Thoreau provocavam estranhamento. Conforme o autor de *A letra escarlate*, Thoreau era "feio como o pecado, com o nariz comprido, a boca transversal e os modos desajeitados, quase rústicos, apesar de corteses".

Com o passar dos anos a fachada de Thoreau foi se transfigurando e, como o próprio estado de espírito, parece ter se suavizado. Uma foto clássica, tomada em 1861, um ano antes de sua morte, aos 44 anos, exibe olhos translúcidos, quase aquosos, adornados por sobrancelhas grossas e arqueadas, em harmonia com a testa larga e a basta barba de profeta. Um seu discípulo, Daniel Ricketson, recordou "a gentileza, humanidade e sabedoria" estampada naqueles "olhos azuis profundos", e, embora o admirador não tenha mencionado a evidente melancolia expressa no retrato, não se pode dizer que exagerasse.

A voz de Thoreau também causou comoção. Não apenas o que ele dizia, mas os sons que emitia ecoavam tonitruantes, quase estrondosos, nos ouvidos e nas mentes de seus interlocutores, mesmo depois que a tuberculose se instalou para lhe corroer os pulmões. Testemunhos presenciais o atestam: "Suas palavras soavam tão distintas e verdadeiras ao ouvido quanto as de um emérito cantor", anotou o pastor Robert Collyer. "Ele hesitava por breves instantes à espera da palavra exata, ou então aguardava com paciência comovedora até vencer seu problema pulmonar, mas, quando enfim proferia a sentença, ela ressoava perfeita e concêntrica."

Para que sua voz literária também se projetasse, Thoreau precisou de doses ainda maiores de paciência. Mas enfim encontrou a modulação correta ao publicar *Walden ou A vida nos bosques*, clássico que o leitor ora tem em mãos. Como em suas conversações recheadas de reticências, o tom autoral não lhe surgiu espontaneamente, senão que após muito esforço e alguns alarmes falsos. Ainda assim, sua linguagem nunca primou pelo requinte literário nem pela clareza de estilo. *Walden* é um livro anguloso e em várias passagens prolixo. Repleto de citações e aforismos, remete a gregos e latinos e vai referindo contistas chineses ou poetas persas um tanto obscuros, em meio a frequentes recaídas paroquiais e rasgos doutrinários.

Thoreau era, com efeito, um pregador, propondo a religião de um homem só, soando como o arauto do individualismo intransigente e da liberdade pessoal quase refratária. E se era um tribuno, fez de sua cabana em Walden a tribuna de onde, em certos momentos, parece insinuar que estava apto e era impoluto, austero e estoico o bastante para julgar o resto da humanidade.

E, no entanto, tal é a sinceridade da voz que ressoa nestas páginas, tal sua singularidade e pureza virtualmente virginal que, com o passar dos anos, Thoreau acabou se impondo no panteão dos heróis rebeldes, dos desbravadores da mente, dos anunciadores de um novo tempo – tempo que, se não se concretizou, não foi capaz de fazer com que o discurso de Thoreau perdesse (pelo contrário, só reforçou) sua disposição utópica e indômita.

Thoreau não era uma ilha – nenhum homem é, já houve quem tenha dito. Apesar da aura de ermitão que viria a adquirir, Thoreau foi mais gregário do que a sua obra deixa transparecer. Um dos capítulos de *Walden*, muito apropriadamente chamado "Visitas", já revela que ele não viveu em completo isolamento, como, em alguns momentos, dá a entender. Mas Thoreau nunca foi companhia exatamente agradável, e sua teimosia só era compreendida e aceita por aqueles que, como o mentor e padrinho literário Ralph Waldo Emerson, desde o início a perceberam em toda a sua ousada pretensão.

Thoreau era um bicho do mato. O historiador James Kendall Hosmer o descreveu "parado no umbral de sua casa, com o cabelo desgrenhado como se estivesse adornado com pinhas e musgos, e as roupas puídas e em desalinho exibindo os traços de suas andanças pelas matas e pântanos". Thoreau se sentia deslocado na cidade (embora sua Concord natal tivesse pouco mais de dois mil habitantes), na universidade (apesar de ter se formado em Harvard), nos saraus, na paróquia. Isolado em sua cabana de Walden, subverteu até o dito americano segundo o qual *three is a crowd* ("três é uma multidão"): para ele, um era bom, dois já era demais...

Thoreau talvez sonhasse ser o nobre selvagem. Ele "nunca se formou em nenhuma profissão", relatou Emerson. "(...) nunca se casou; vivia sozinho; nunca ia à igreja; nunca votou; recusou-se a pagar um imposto ao Estado; não comia carne, não tomava vinho, nunca usou tabaco; embora estudasse a Natureza, não utilizava armas nem armadilhas. Quando lhe perguntavam à mesa qual prato preferia, ele respondia: 'O que estiver mais perto'." Tais e tantas "superioridades negativas" levaram Stevenson a concluir que Thoreau "se apresentava tão distante da humanidade que é difícil saber se devemos chamá-lo de semideus ou de semi-homem".

Thoreau era o peixe fora d'água que, às margens do lago Walden, submeteu-se a uma metamorfose. Só que, em vez de virar barata, um belo dia acordou transformado em pato – ou em algo semelhante, já que sua ave favorita, a mobelha, de fato se parece com um. Dona de uma "risada demoníaca (...) talvez o som mais selvagem jamais ouvido por aqui", aquela ave solitária o atraía, e ele se identificava com ela.

No outono, estação predileta do autor, o animal aparecia para "trocar as penas e se banhar no lago". Ao descrever tal período, Thoreau reflete: "Nossa estação de muda, como a das aves, deve ser um momento de crise em nossa vida. A mobelha, durante a muda, se retira para um lago solitário. Assim também a cobra solta sua casca e a lagarta, seu casulo (...)".

Embora Thoreau tenha se recolhido à floresta disposto a se libertar da "epiderme ou falsa pele, que não faz parte de nossa vida", não se pode deixar de notar que, em inglês, a ave se denomina *loon* – e *loon* também significa "maluco" ou, mais propriamente, "lunático". Thoreau, num rasgo insuspeito de humor, parece, assim, inclinado a debochar de si mesmo e ironizar seus detratores – se não a escarnecer dos futuros seguidores de seu evangelho peculiar.

É como se ele adivinhasse que, um século e meio mais tarde, *Walden* iria se transformar de tal forma na bíblia do movimento preservacionista – bem como no manual da desobediência civil e no livro de cabeceira dos rebeldes cheios de causas – que, conforme observou John Updike, a obra "corre o risco de se tornar tão citada e tão pouco compreendida quanto a própria Bíblia".

Com efeito, em tempos de discurso ecológico lustroso mas vazio – de supostas preocupações com "desenvolvimento sustentável" anunciadas por conglomerados que, enquanto puderam, destruíram tudo a seu redor; de comerciais de veículos "ecológicos" 4 x 4 patrolando dunas e riachos; de aventuras na natureza programadas para executivos estressados em busca de um novo "modelo de gestão", de ecovilas, eco sports e eco resorts; em tempos de roupas esportivas trajadas por turistas, mesmo que estejam apenas subindo a torre Eiffel de elevador ou voando em jatinhos para alguma ruína maia –, Thoreau haveria de odiar, e trataria de afrontar, a maioria dos que se dizem seus admiradores.

Thoreau era sua própria bússola – e jamais perdeu o norte. Mesmo após a morte, parece manter não apenas o rumo, mas o controle sobre seu legado. Isso porque a voz que ele fez soar em *Walden* não foi abafada pela cacofonia publicitária das palavras ocas.

Foi no dia 4 de julho de 1845 que Henry David Thoreau caminhou pelas ruas de sua pequena Concord e seguiu em direção ao oeste, rumo ao lago Walden, onde construíra, com as próprias mãos e em terreno que pertencia a Emerson, a diminuta cabana de seis metros quadrados. Por todos os Estados Unidos celebrava-se o dia em que o país tinha se libertado da Inglaterra. Não há de ter sido à toa que Thoreau elegeu a data para a mudança: ele estava declarando a própria independência. Tinha 28 anos e, embora houvesse estudado em Harvard, não tinha ocupação fixa: fazia apenas bicos e lápis na pequena fábrica da família. O que ele buscava, o dinheiro e os ofícios não podiam comprar. Àqueles que espalhavam que ele não tinha profissão nem trabalho, Thoreau dizia ser "supervisor das tempestades", das "trilhas nas florestas" e pastor de "animais desgarrados".

Thoreau não era um joão-ninguém. Mas era quase. Não por ser um despossuído, mas porque, apesar de contemporâneo e quase vizinho de Herman Melville, Nathaniel Hawthorne, Walt Whitman, Edgar Allan Poe, Henry Longfellow e Emily Dickinson, só lhe foi dado compartilhar com eles a mesma época, a mesma região do país e a mesma labuta de escritor. Afinal, embora viesse a tomar parte no movimento batizado de Transcendentalismo – também chamado, e talvez mais apropriadamente, de "Renascimento Americano" –, Thoreau nunca foi de "frequentar" e, com exceção de Emerson e do poeta (e seu futuro biógrafo) W. Ellery Channing, nenhum dos citados o levava a sério.

Pelo menos não até que *Walden* fosse descoberto.

Ao colocar em *Walden* o subtítulo quase romântico de *A vida nos bosques*, Thoreau parece convidar o leitor para o mergulho em uma aventura. Como se o livro fosse uma espécie de *Robinson Crusoé* passado não numa ilha, mas num lago de degelo. Mas quem apanha a obra em busca de ação e fábula depara com uma série de sermões, quando não com uma espécie de dissertação de mestrado imersa em moralismo. E, no entanto, para além da retórica ríspida e da acidez monocromática de uma prosa eventualmente empolada, o lado "aventuresco" de *Walden* também se impõe. Mas, muito mais do que isso, o livro é um guia para uma viagem interior. Porque, mesmo quando imerge em alegorias e parábolas, Thoreau se mantém firme, vigoroso e evocativo, impondo seu discurso lúcido, acurado e tantas vezes profético.

Thoreau foi uma espécie de Júlio Verne que, em vez de descrever as maravilhas do futuro, anteviu os destinos de um modelo desenvolvimentista que nunca quis levar em conta a preservação da natureza. Previu o advento de um consumismo viciante e vicioso; viu os tempos em que a privacidade deixaria de ser um recurso natural renovável para se tornar bem descartável; ouviu os gritos surdos da maioria silenciosa. E preferiu se retirar para trocar as penas. Junto aos patos; longe dos lunáticos.

Mesmo assim, e com todo seu apreço pela solidão, Henry David Thoreau continua, 150 anos depois, nos convidando para nos unirmos a ele na minúscula cabana às margens de *Walden*.

Para fazê-lo, basta mergulhar nas páginas que se seguem.

Porto Alegre
Inverno de 2010

WALDEN
OU
A VIDA NOS BOSQUES

Não pretendo escrever uma ode à melancolia, e sim trombetear vigorosamente como um galo ao amanhecer, no alto de seu poleiro, quando menos para despertar meus vizinhos.

Economia

QUANDO ESCREVI AS PÁGINAS seguintes, ou melhor, o principal delas, eu vivia sozinho na mata, a um quilômetro e meio de qualquer vizinho, numa casa que eu mesmo tinha construído à margem do Lago Walden, em Concord, Massachusetts, e ganhava minha vida apenas com o trabalho de minhas mãos. Vivi lá dois anos e dois meses. Hoje em dia sou de novo um hóspede da vida civilizada.

Eu não imporia tanto meus assuntos à atenção de meus leitores se meus concidadãos não tivessem feito indagações muito particulares sobre minhas condições de vida, que alguns diriam impertinentes, embora não me pareçam nada impertinentes, e sim, dadas as circunstâncias, muito naturais e pertinentes. Uns perguntaram o que eu comia; se não me sentia solitário; se não tinha medo, e coisas assim. Outros ficaram curiosos para saber quanto de minha renda eu destinava a fins de caridade; e alguns, com famílias grandes, quantas crianças pobres eu sustentava. Portanto pedirei àqueles meus leitores que não têm nenhum interesse particular em mim que me perdoem se, neste livro, tento responder a algumas dessas perguntas. A maioria dos livros omite o *eu* ou a primeira pessoa; aqui ele será mantido; em relação ao egocentrismo, esta é a principal diferença. Geralmente não lembramos que, afinal, é sempre a primeira pessoa que está falando. Eu não falaria tanto sobre mim mesmo se existisse alguma outra pessoa que eu conhecesse tão bem. Infelizmente estou restrito a este tema devido à minha experiência limitada. Além disso, de minha parte, espero de todo escritor, do primeiro ao último, um relato simples e sincero de sua vida, e não apenas o que ele ouviu da vida de outros homens; o mesmo tipo de relato que ele enviaria de uma terra distante a seus parentes; pois, se viveu com sinceridade, deve ter sido numa terra distante de mim. Talvez estas páginas se destinem mais especialmente a estudantes pobres. Quanto aos meus outros leitores, aceitarão as partes que se aplicam a eles. Confio que ninguém haverá de forçar as costuras ao vestir um casaco, pois pode ser de utilidade a quem nele couber.

Eu gostaria de dizer alguma coisa, não tanto sobre os chineses ou os habitantes das ilhas Sandwich, e sim sobre vocês que estão lendo estas páginas e que devem viver na Nova Inglaterra; alguma coisa sobre a condição de vocês, em especial a condição externa ou as circunstâncias neste mundo, nesta cidade, ou seja, se é necessário que ela seja tão ruim como é, ou se não pode ser melhorada. Andei muito por Concord; e por todo lugar, nas lojas, nos escritórios, nos campos, os habitantes me pareciam estar cumprindo penitência de mil surpreendentes maneiras. O que ouvi falar dos brâmanes sentados entre quatro fogos e olhando diretamente o sol; ou pendurados de cabeça para baixo sobre labaredas; ou fitando os céus com a cabeça voltada para o alto "até que se torna impossível retomar a posição natural, e não lhes passa nada pela garganta torcida exceto líquidos"; ou passando o resto de seus dias acorrentados ao pé de uma árvore; ou medindo com o corpo, como uma lagarta, a extensão de vastos impérios; ou de pé numa perna só no alto de uma coluna – nem essas formas de penitência voluntária conseguem ser mais incríveis e espantosas do que as cenas que presencio todos os dias. Os doze trabalhos de Hércules não passavam de brincadeira de criança em comparação aos trabalhos de meus vizinhos; pois os de Hércules eram apenas doze, e chegaram ao fim; mas nunca vi esses homens matarem ou capturarem nenhum monstro ou terminarem trabalho algum. Eles não têm nenhum amigo Iolau que queime com ferro em brasa a raiz da cabeça da Hidra e, quando esmagam uma, logo surgem duas.

Vejo rapazes de minha cidade cujo infortúnio foi ter herdado sítios, casas, celeiros, gado e implementos agrícolas; pois é mais fácil comprar essas coisas do que se desfazer delas. Melhor se tivessem nascido no pasto ao ar livre e fossem amamentados por uma loba, pois então poderiam enxergar com visão mais clara o campo que foram chamados a trabalhar. Quem fez deles servos do solo? Por que teriam de comer seus sessenta acres, se o homem está condenado a comer apenas seu quinhão de terra? Por que teriam de começar a cavar o próprio túmulo desde que nascem? Precisam viver o tempo de vida de um homem, empurrando todas essas coisas em frente e seguindo como podem. Quantas pobres almas imortais encontrei quase esmagadas e sufocadas sob suas cargas, arrastando-se pela estrada da vida, empurrando um celeiro de trezentos metros quadrados, sem nunca conseguir limpar seus estábulos de Áugias, e mais cem acres de terra, feno, lavoura, pasto e madeira! Quem não recebe dote, quem não se debate com a herança desses encargos desnecessários, julga trabalho suficiente dominar e cultivar uns poucos decímetros cúbicos de carne.

Mas os homens trabalham sob engano. O que o homem tem de melhor logo se mistura à terra para se transformar em adubo. Por um destino ilusório, geralmente chamado de necessidade, eles se dedicam, como diz um velho livro, a acumular tesouros que serão roídos pelas traças e pela ferrugem e roubados pelos ladrões. É uma vida de tolo, como vão descobrir quando chegarem ao final dela, ou talvez antes. Diz-se que Deucalião e Pirra criaram a humanidade atirando pedras atrás de si:

> *Inde genus durum sumus, experiensque laborum,*
> *Et documenta damus qua simus origine nati.*

> "Por isso somos dura espécie, experiente na labuta,
> E damos prova da origem de onde nascemos."

Ou, como dizem as rimas sonoras de Raleigh:

> *"From thence our kind hard-hearted is, enduring pain*
>   *and care,*
> *Approving that our bodies of a stony nature are."*

> "Por isso é nossa espécie empedernida, sofrendo dor e
>   aflição,
> Provando que nossos corpos de pétrea natureza são."

Tudo isso por causa de uma obediência cega a um oráculo incerto, atirando as pedras por sobre os ombros, sem ver onde elas caíam.

A maioria dos homens, mesmo neste país relativamente livre, por mera ignorância e erro, vivem tão ocupados com as falsas preocupações e as lides desnecessariamente pesadas da vida que não conseguem colher seus frutos mais delicados. Os dedos, pelo excesso de trabalho, ficam demasiado trôpegos, trêmulos demais para isso. Na verdade, quem trabalha não tem tempo livre para uma autêntica integridade dia a dia; não pode se permitir manter as relações mais viris com os homens; seu trabalho seria depreciado no mercado. Não tem tempo de ser nada além de uma máquina. Como lembrará sua ignorância – o que é indispensável para crescer – quem precisa usar seu conhecimento com tanta frequência? Antes de julgá-lo, devíamos de vez em quando lhe dar roupa e comida de graça e revigorá-lo com nossos tônicos. As mais finas qualidades de nossa natureza, como a pele aveludada dos frutos, só podem ser preservadas com o mais delicado manuseio. E no entanto não usamos desses cuidados, nem conosco, nem com os outros.

Como todos sabemos, alguns de vocês são pobres, acham a vida muito dura, às vezes nem têm por onde respirar, como se diz. Tenho certeza de que alguns leitores não podem pagar todas as refeições que comem, nem a roupa e os sapatos que logo vão se gastar ou já estão nas últimas, e que chegaram até esta página roubando ou tirando tempo de outra coisa, furtando uma hora aos credores. É muito evidente a vida mesquinha e furtiva de muitos de vocês, pois minha visão se aguçou com a experiência; sempre com as contas no limite, tentando dar início a alguma coisa, tentando dar fim às dívidas, atoleiro muito antigo, que os latinos chamavam de *aes alienum*, o cobre alheio, pois algumas de suas moedas eram feitas de cobre; e assim vivendo, e assim morrendo, e sendo enterrados por causa desse cobre alheio; sempre prometendo pagar, prometendo pagar, amanhã, e morrendo hoje, endividados; tentando conseguir favores, arranjar clientes, de mil maneiras, exceto crimes que deem cadeia; mentindo, bajulando, agradando, contraindo-se numa casca de civilidade ou expandindo-se numa atmosfera de tênue e vaporosa generosidade, para convencer o vizinho que lhes deixe fazer seus sapatos, ou o chapéu, ou o casaco, ou o frete, ou lhe importar produtos;

adoecendo para economizar alguma coisa para uma futura doença, alguma coisa para guardar num baú velho, ou num pé de meia escondido entre os vãos de massa da parede ou, em mais segurança, entre os tijolos do prédio de um banco; não importa onde, não importa se muito ou pouco.

Às vezes eu me admiro como podemos ser tão, digamos, frívolos em nos ocupar com a forma de cativeiro – grave, é certo, mas um tanto estrangeira – chamada Escravidão Negra, enquanto existem tantos senhores sutis e ardilosos que escravizam o Norte e o Sul. Já é ruim ter um capataz do sul; pior é ter um do norte; mas o pior mesmo é quando você é seu próprio feitor. E falam na divindade do homem! Olhem o carroceiro na estrada, indo para o mercado de dia ou de noite; agita-se alguma divindade dentro dele? Seu supremo dever: dar palha e água a seus cavalos! O que é para ele o próprio destino em comparação ao lucro da carga? Pois afinal não é o carroceiro do Senhor Fazendeiro Cria--Alvoroço? Quão divino, quão imortal ele é? Vejam como se encolhe e se esgueira, como passa o dia todo vagamente assustado, não por ser imortal ou divino, e sim escravo e prisioneiro de sua opinião sobre si mesmo, uma fama que lhe vem pelos próprios atos. A opinião pública é um fraco tirano comparada à nossa opinião sobre nós mesmos. O que um homem pensa de si, é isso o que determina ou, melhor, indica seu destino. A libertação pessoal mesmo nas Índias Ocidentais da fantasia e da imaginação – qual Wilberforce estará lá para implantá-la? Pensem também nas senhoras da terra bordando almofadas como defesa contra o último dia, para não trair um interesse demasiado vivo por seus próprios destinos! Como se fosse possível matar o tempo sem ofender a eternidade.

A grande maioria dos homens leva uma vida de calado desespero. O que se chama resignação é desespero confirmado. Da cidade desesperada você vai para o campo desesperado, e tem de se consolar com a coragem das martas e dos ratos almiscarados. Um desespero estereotipado, mas inconsciente, se esconde mesmo sob os chamados jogos e prazeres da humanidade. Não há diversão neles, pois esta vem depois da obrigação. Mas uma característica da sabedoria é não fazer coisas desesperadas.

Quando consideramos qual é, para usar as palavras do catecismo, a principal finalidade do homem, e quais são as verdadeiras necessidades e meios de vida, parece evidente que os homens escolheram deliberadamente o modo usual de viver porque o preferiram a qualquer outro. No entanto eles acreditam honestamente que não tinham outra escolha. Mas as naturezas alertas e saudáveis lembram que o sol nasceu claro. Nunca é tarde demais para abandonar nossos preconceitos. Não se pode confiar às cegas em nenhuma maneira de pensar ou de agir, por mais antiga que seja. O que hoje todo mundo repete ou aceita em silêncio como verdade amanhã pode se revelar falso, mera bruma de opinião que alguns tomam por uma nuvem de chuva que fertilizaria seus campos. O que os velhos dizem que vocês não podem fazer, vocês experimentam e descobrem que podem. Aos velhos o que é dos velhos, aos novos o que é dos novos. A gente de outrora talvez não soubesse como renovar o combustível e manter o fogo aceso; a gente de hoje põe um pouco de lenha seca numa caldeira, e sai rodopiando ao redor do globo à velocidade dos pássaros, de uma maneira que mata os velhos, como diz a expressão. A idade não é melhor, e sequer tão boa mestra quanto a juventude, pois mais perdeu do que ganhou. Até duvido que o mais sábio dos homens tenha realmente aprendido algo de valor absoluto na vida. Na prática, os velhos não têm nenhum conselho muito importante para dar aos jovens; a experiência deles foi tão parcial e suas vidas foram, por razões particulares, fracassos tão miseráveis quanto eles mesmos devem saber; mas pode ser que lhes tenha restado alguma fé que desminta essa experiência, e agora seriam apenas não tão jovens quanto antes. Faz uns trinta anos que vivo neste planeta, e ainda estou para ouvir a primeira sílaba de um conselho valioso ou mesmo sincero por parte dos mais velhos. Nunca me disseram nada e provavelmente nem podem me dizer coisa alguma de muito proveito. Eis aqui a vida, uma experiência em grande medida inédita para mim; mas não me adianta que não seja mais inédita para eles. Se ganhei alguma experiência que julgo valiosa, tenho certeza de que meus Mentores não comentaram nada a respeito dela.

Um agricultor me diz: "Você não pode viver só de vegetais, pois eles não fornecem nada para os ossos"; e assim ele dedica religiosamente uma parte do dia a suprir seu sistema com a matéria-prima dos ossos; e, enquanto fala, vai andando atrás de seus bois que, com ossos feitos de vegetais, vão avançando e puxando aos trancos o homem e o peso do arado, passando por cima de qualquer obstáculo. Algumas coisas são realmente necessidades vitais em alguns círculos, os mais doentes e desamparados; em outros, elas não passam de meros luxos; em outros ainda, elas são totalmente desconhecidas.

A alguns parece que todo o terreno da vida humana já foi trilhado pelos antepassados, os vales e as montanhas, e a tudo já se deu provimento. Segundo Evelyn, "o sábio Salomão prescreveu regras até para a distância entre as árvores; e os pretores romanos decidiram quantas vezes pode-se entrar na terra do vizinho para colher as bolotas de carvalho ali caídas sem ser uma invasão, e qual a proporção que pertence ao vizinho". Hipócrates chegou a deixar instruções sobre a maneira de cortar as unhas, a saber, acompanhando a ponta dos dedos, nem mais curtas, nem mais longas. Sem dúvida, o próprio tédio e *ennui* que presumem ter esgotado toda a variedade e as alegrias da vida são tão velhos quanto Adão. Mas as capacidades do homem jamais foram medidas; e tampouco devemos julgar do que ele é capaz tomando como base qualquer precedente, pois o que se tentou até hoje é muito pouco. Sejam quais forem tuas falhas até agora, "não te aflijas, meu filho, pois quem te atribuirá o que deixaste de fazer?".

Podemos fazer mil experiências simples com nossas vidas; por exemplo, o mesmo sol que amadurece meus pés de feijão ilumina ao mesmo tempo um sistema de planetas como o nosso. Se eu tivesse me lembrado disso, teria evitado alguns erros. Não foi sob esta luz que carpi os feijões. Quão maravilhosos os triângulos cujos ápices são estrelas! Quão distantes e diferentes os seres nas várias mansões do universo que contemplam a mesma estrela neste mesmo momento! A natureza e a vida humana são tão variadas quanto nossas várias constituições. Quem saberá dizer qual é a perspectiva que a vida oferece a outrem? Pode existir milagre maior do que nos perpassarmos com o olhar por um instante? Em uma hora viveríamos em todas as eras do mundo – em todos os mundos das eras. História, Poesia, Mitologia! – não sei de nenhuma leitura da experiência alheia mais surpreendente e instrutiva do que esta.

A maioria das coisas que meus próximos dizem ser boas, acredito do fundo da alma que são ruins, e, se me arrependo de algo, muito provavelmente é de meu bom comportamento. Que demônio me possuiu para que eu me comportasse tão bem? Podes dizer a coisa mais sábia que quiseres, ó velho – tu com teus setenta anos de vida, não sem uma certa honra –, ouço uma voz irresistível dizendo para eu me afastar de tudo isso. Uma geração abandona os empreendimentos da outra como navios encalhados.

Acho que, em geral, poderíamos confiar muito mais do que confiamos. Todo esse cuidado que temos conosco, poderíamos renunciar a boa parte dele e dedicá-lo honestamente a outra coisa. A natureza está adaptada tanto à nossa força quanto à nossa fraqueza. A tensão e ansiedade constante de alguns é uma forma de doença quase incurável. Gostamos de exagerar a importância de qualquer trabalho que fazemos; e, no entanto, quantas coisas não fomos nós que fizemos! ou: o que acontecerá se adoecermos? Como somos vigilantes! decididos a não viver com fé, se pudermos evitar; o dia todo alertas, à noite rezamos nossas orações de má vontade e nos entregamos a incertezas. Tão cabalmente e tão sinceramente somos compelidos a viver, reverenciando nossa vida e negando a possibilidade de mudança. Esta é a única maneira que existe, dizemos nós; mas as maneiras são tantas quantos são os raios que partem de um centro. Toda mudança é um milagre a contemplar; mas esse milagre está ocorrendo a cada instante. Confúcio disse: "Saber que sabemos o que sabemos, e que não sabemos o que não sabemos, esta é a verdadeira sabedoria". Quando um único homem converte um fato da imaginação num fato de seu entendimento, prevejo eu que, com o tempo, todos os homens fundarão suas vidas sobre essa base.

Consideremos por um momento a que se refere grande parte da ansiedade e da preocupação que mencionei, e até que ponto precisamos nos preocupar ou, pelo menos, nos precaver. Seria instrutivo levar uma vida rústica e primitiva, mesmo em plena civilização aparente, ao menos para saber quais são as coisas mais necessárias à vida e quais os métodos usados para obtê-las; ou, então, examinar os velhos livros dos comerciantes, para ver o que os homens mais costumavam comprar nas lojas, o que armazenavam, ou seja, quais eram as coisas mais necessárias e mais necessitadas. Pois os avanços dos tempos pouca influência tiveram sobre as leis essenciais da existência humana, visto que nossos esqueletos provavelmente continuam iguais aos de nossos ancestrais.

Pela expressão *coisa necessária à vida* entendo aquilo que, entre tudo o que o homem obtém com seu esforço, desde o começo foi, ou pelo prolongado uso se tornou, tão importante para a vida humana que nunca ou raramente alguém chega, seja por selvageria, pobreza ou filosofia, a tentar viver sem ela. Neste sentido, para muitas criaturas só existe uma coisa necessária à vida, o Alimento. Para o bisão das pradarias, são alguns centímetros de capim saboroso e água para beber, afora quando ele vai procurar o Abrigo da mata ou a sombra da montanha. Nenhum animal exige qualquer coisa além de Alimento e Abrigo. As coisas necessárias à vida humana em nosso clima podem ser classificadas de maneira razoavelmente precisa sob as várias rubricas de Alimento, Abrigo, Roupa e Combustível; pois apenas quando dispomos delas é que estamos preparados para enfrentar os verdadeiros problemas da vida com liberdade e alguma perspectiva de êxito. O homem inventou casas, mas também inventou roupas e alimentos cozidos; e foi da descoberta acidental do calor do fogo e seu consequente uso, de início um luxo, que possivelmente nasceu a atual necessidade de se sentar perto dele. Vemos que os gatos e os cachorros também adquirem essa segunda natureza. Com Abrigo e Roupa adequada conservamos legitimamente nosso calor interno; mas não será correto dizer que foi com um excesso deles, ou de Combustível, isto é, com um calor externo maior do que o nosso interno, que propriamente se iniciou o cozimento? Darwin, o naturalista, falando dos habitantes da Terra do Fogo, conta que seu grupo, bem agasalhado e sentado perto de uma fogueira, ainda se sentia enfriorado, enquanto os selvagens nus, mais ao longe, estavam, para a grande surpresa dele, "escorrendo de suor ao enfrentar aquele calor tão tórrido". Assim, pelo que nos dizem, o habitante da Nova Holanda anda nu impunemente, ao passo que o europeu tirita de frio em suas roupas. Será impossível juntar a resistência desses selvagens à intelectualidade do homem civilizado? Segundo Liebig, o corpo do homem é uma fornalha, e o alimento é o combustível que mantém a combustão interna nos pulmões. No frio comemos mais, no calor comemos menos. O calor animal é o resultado de uma combustão lenta, e a doença e a morte sobrevêm quando ela é rápida demais; por falta de combustível ou por algum defeito na ventilação, o fogo se apaga. É claro que não se pode confundir o calor vital com o fogo; é apenas uma analogia. Da lista acima, portanto, parece que a expressão *vida animal* é quase sinônimo da expressão *calor animal*; pois, embora o Alimento possa ser visto como o Combustível que mantém o fogo aceso dentro de nós – e o Combustível serve apenas para preparar esse Alimento ou para aquecer mais nossos corpos por acréscimo externo –, o Abrigo e a Roupa também servem apenas para manter o *calor* assim gerado e absorvido.

A grande necessidade para nosso corpo, então, é se manter aquecido, é manter o calor vital dentro de nós. E quanto trabalho temos em atender a ela, não só com Alimento, Roupa e Abrigo, mas também com nossas camas, que são nossas roupas noturnas, saqueando os ninhos e depenando o peito das aves para preparar este abrigo dentro do abrigo, como a toupeira que faz sua cama de capim e folhas no fundo da toca! O pobre costuma reclamar que o mundo é frio; e é ao frio, físico e social, que atribuímos diretamente uma grande parte de nossos males. O verão, em alguns climas, permite que o homem tenha uma espécie de vida idílica. Então o Combustível é desnecessário, exceto para cozer o Alimento; seu fogo é o sol, e muitas frutas já estão suficientemente cozidas sob seus raios; ao passo que o Alimento é em geral mais variado e mais fácil de se obter, e há pouca ou nenhuma necessidade de Roupa e Abrigo. Hoje em dia, e neste país, como sei por experiência própria, as coisas necessárias à vida praticamente se resumem a umas poucas ferramentas, uma faca, um machado, uma pá, um carrinho de mão etc., e para o estudioso uma lâmpada, material de escrita e acesso a uns poucos livros, e tudo isso pode ser obtido a um custo irrisório. No entanto, existem aqueles, sem siso, que vão para o outro extremo do mundo, para regiões bárbaras e insalubres, e se dedicam ao comércio por dez ou vinte anos, para só depois poder viver – isto é, se manter confortavelmente aquecidos – e então morrer na Nova Inglaterra. Os homens com muita riqueza e luxo se mantêm não apenas confortavelmente aquecidos, e sim tremendamente acalorados; como sugeri antes, ficam cozidos, claro que *à la mode*.

Não só a maioria dos luxos e muitos dos ditos confortos da vida não são indispensáveis, como são francos obstáculos à elevação da humanidade. Quanto a luxos e confortos, os mais sábios sempre levaram uma vida mais simples e frugal do que os pobres. Os filósofos antigos, chineses, hindus, persas e gregos, formavam uma classe jamais igualada em sua ausência de riquezas exteriores e abundância de riquezas interiores. Não sabemos muito sobre eles. Aliás, surpreende que *nós* saibamos tanto sobre eles. O mesmo vale para os reformadores e benfeitores mais modernos de suas raças. Ninguém pode ser um observador imparcial ou sábio da vida humana a não ser da perspectiva que *nós* deveríamos chamar de pobreza voluntária. O fruto de uma vida de luxo é o luxo, seja na agricultura, no comércio, na literatura ou na arte. Atualmente existem professores de filosofia, mas não filósofos. Mesmo assim é admirável professar, pois um dia foi admirável viver. Ser filósofo não é simplesmente ter pensamentos sutis, nem mesmo fundar uma escola, mas amar a sabedoria a ponto de viver de acordo com seus ditames, uma vida de simplicidade, independência, generosidade e confiança. É resolver alguns problemas da vida, não apenas teoricamente, e sim na prática. O sucesso de grandes eruditos e pensadores geralmente é um sucesso de cortesão, não de rei, não de homem. Empenham-se em viver em mera conformidade, praticamente como fizeram seus pais, e não são, em nenhum sentido, progenitores de uma raça mais nobre de homens. Mas por que os homens sempre degeneram? O que faz as famílias se acabarem? Qual é a natureza do luxo que enfraquece e destrói nações? Temos plena certeza de que nossa vida não guarda nenhum luxo? O filósofo está à frente de seu tempo também na forma exterior de sua vida. Ele não se alimenta, não se abriga, não se veste, não se aquece como seus contemporâneos. Como um homem pode ser filósofo sem manter seu calor vital com métodos melhores do que os dos outros homens?

Quando um homem se aquece das várias maneiras que descrevi, o que ele vai querer a seguir? Decerto não mais o mesmo tipo de aquecimento, nem alimentos mais ricos e mais abundantes, casas maiores e mais esplêndidas, roupas mais finas e variadas, fogos mais numerosos, incessantes e escaldantes, e coisas assim. Quando ele obtém as coisas que são necessárias à vida, há uma outra alternativa além das coisas supérfluas; a saber, agora que ele pode descansar do trabalho mais humilde, vai se aventurar na vida. Pelo visto o solo é propício à semente, pois ela lançou suas pequenas raízes ao fundo e agora também pode enviar confiante seus brotos para o alto. Por que o homem se enraíza com tanta firmeza na terra, a não ser para poder se elevar em igual proporção aos céus? – pois as plantas mais nobres são valorizadas pelo fruto que trazem ao ar e à luz, longe do solo, e não são tratadas como os alimentos mais rústicos que, mesmo que tenham um ciclo completo de dois anos, só são cultivados até a raiz adquirir sua plena forma, e muitas vezes são podados na parte de cima para a raiz se desenvolver melhor, de modo que muita gente nem conhece sua florada.

Não pretendo ditar regras às naturezas fortes e valentes, que cuidarão da própria vida seja no céu ou no inferno, e possivelmente construirão com maior grandiosidade e gastarão com maior prodigalidade do que os homens mais ricos, sem empobrecer jamais, sem saber como vivem – se é que existem homens assim; nem àqueles que encontram estímulo e inspiração justamente no atual estado das coisas, e que a ele se dedicam com a paixão e o entusiasmo dos amantes – e, em certa medida, eu me incluo entre eles; não falo aos que têm bons empregos, sejam quais forem, e afinal eles é que sabem se o emprego é bom ou não – e sim principalmente às massas dos descontentes, que reclamam dos tempos difíceis ou de suas duras sinas, e à toa, pois poderiam muito bem melhorá-las. Existem alguns que reclamam com a maior veemência e desconsolo porque, dizem eles, estão cumprindo seu dever. Penso também naquela classe que na aparência é rica, mas na verdade é a mais terrivelmente pobre de todas, que acumulou um monte de trastes, mas não sabe como usá-los nem como se livrar deles, e assim forjou seus próprios grilhões de ouro ou prata.

Se eu fosse contar como queria passar a minha vida alguns anos atrás, provavelmente surpreenderia os leitores que conhecem um pouco seu efetivo desenrolar; e certamente assombraria os que não sabem nada sobre ele. Vou apenas resumir alguns empreendimentos que desenvolvi.

A qualquer tempo, a qualquer hora do dia ou da noite, eu ansiava em penetrar na cunha do tempo e também cunhá-lo em meu bordão; colocar-me no cruzamento de duas eternidades, o passado e o futuro, que é exatamente o momento presente; pôr-me ali pleno e pronto. Vocês hão de perdoar algumas obscuridades, pois há mais segredos em meu ofício do que no da maioria dos homens, não porque eu os guarde voluntariamente, mas porque são indissociáveis de sua própria natureza. De bom grado eu contaria a todos o que sei a respeito, e jamais escreveria "Entrada Proibida" em meu portão.

Muito tempo atrás perdi um cão de caça, um cavalo baio e uma rola, e ainda continuo a procurá-los. Falei com muitos viajantes sobre eles, descrevendo quais eram suas pegadas e a que chamados respondiam. Encontrei um ou dois que tinham ouvido o cão e o andar do cavalo, e até tinham visto a rola desaparecer atrás de uma nuvem, e pareciam tão ansiosos em recuperá-los como se eles mesmos os tivessem perdido.

Antever, não apenas o nascer do sol e a aurora, mas, se possível, a própria Natureza! Quantas manhãs, no verão e no inverno, antes que qualquer vizinho fosse cuidar de seus afazeres, eu já estava cuidando dos meus! Sem dúvida muitos de meus concidadãos me encontraram ao voltar desse meu empreendimento, os agricultores indo para Boston ao amanhecer, ou os lenhadores indo para o trabalho. É verdade que nunca ajudei fisicamente o sol a nascer, mas, não duvidem, já era da maior importância estar ali presente.

Quantos dias de outono e, ai!, de inverno passei fora da cidade, tentando ouvir o que trazia o vento, ouvir e transmitir com urgência! Quase enterrei todo o meu capital nisso, e até perdi o fôlego no negócio, correndo na frente dele. Se interessasse a algum dos partidos políticos, acreditem nisso, sairia na Gazeta junto com a primeira notícia. Outras vezes ficando de prontidão no observatório de alguma rocha ou árvore, para telegrafar qualquer nova chegada; ou esperando ao entardecer, no alto da colina, que a noite caísse e eu pudesse pegar alguma coisa, embora nunca tenha pegado muito, que, como maná, iria se dissolver de novo ao sol.

Por muito tempo fui repórter de um jornal, de circulação não muito grande, cujo editor nunca pareceu disposto a publicar a maioria de minhas colaborações, e, como é muito comum com os escritores, meu trabalho foi a única paga de meu esforço. No entanto, neste caso, meu esforço era sua própria recompensa.

Por muitos anos nomeei-me inspetor das tempestades de neve e das tempestades de chuva, e cumpri fielmente meu dever; supervisor, não das estradas, mas das trilhas nas florestas e de todas as rotas pelas fazendas, mantendo-as desimpedidas, e transitáveis as pontes nas ravinas em todas as estações do ano, onde os calcanhares públicos deixaram prova de sua utilidade.

Eu cuidava dos animais desgarrados da cidade, o que dá a um pastor fiel bastante trabalho por pularem cercas; e dava atenção aos retiros e recantos isolados do campo; embora nem sempre soubesse se era um pobre infeliz ou um sábio que naquele dia trabalhava em tal ou tal campo; aquilo não me dizia respeito. Regava o mirtilo vermelho, a ameixeira brava e o lódão bastardo, o pinheiro vermelho e o freixo negro, a uva branca e a violeta amarela, que do contrário mirrariam na época da seca.

Em suma, continuei assim por um longo tempo, posso dizê-lo sem me vangloriar, cuidando fielmente de meu negócio, até que foi se tornando cada vez mais evidente que meus concidadãos, ao fim e ao cabo, não iam me incluir na lista dos funcionários municipais, nem transformariam meu cargo numa sinecura a módicos proventos. Minhas contas, que posso jurar que mantive escrupulosamente, na verdade nunca foram examinadas nem aprovadas, e menos ainda pagas e liquidadas. No entanto, não me empenhei de corpo e alma nisso.

Não faz muito tempo, um índio andarilho foi vender cestos na casa de um famoso advogado de minha vizinhança. "Querem comprar cestos?", perguntou ele. "Não, não queremos", foi a resposta. "O quê!", exclamou o índio ao sair pelo portão, "querem nos matar de fome?" Tendo visto seus industriosos vizinhos brancos tão bem de vida – que bastava o advogado tecer argumentos e, por algum passe de mágica, logo se seguiam a riqueza e o prestígio –, ele falou consigo mesmo: vou montar um negócio; vou tecer cestos; é uma coisa que sei fazer. Pensando que, feitos os cestos, estava feita sua parte, agora caberia ao homem branco comprá-los. Ele não tinha descoberto que era preciso fazer com que valesse a pena, para o outro, comprá-los, ou pelo menos fazê-lo pensar que valia, ou fazer alguma outra coisa que, para ele, valesse a pena comprar. Eu também tinha tecido uma espécie de cesto de tessitura delicada, mas não tinha feito com que valesse a pena, para ninguém, comprá-los. Mas nem por isso, em meu caso, deixei de pensar que valia a pena tecê-los e, em vez de estudar como fazer com que valesse a pena para os outros comprar meus cestos, preferi estudar como evitar a necessidade de vendê-los. A vida que os homens louvam e consideram bem-sucedida é apenas um tipo de vida. Por que havemos de exaltar só um tipo de vida em detrimento dos demais?

Vendo que meus concidadãos não pareciam dispostos a me oferecer nenhuma sala no tribunal de justiça ou nenhum curato ou sinecura em qualquer outro lugar, mas que eu teria de me arranjar sozinho, passei a me dedicar em caráter mais exclusivo do que nunca às matas, onde eu era mais conhecido. Decidi montar logo meu negócio usando os magros recursos que já possuía, em vez de esperar até conseguir o capital habitual. Meu objetivo ao ir para o Lago Walden não era viver barato nem viver caro, e sim dar andamento a alguns negócios privados com o mínimo possível de obstáculos; mais do que triste, parecia-me tolo ter de adiá-los só por falta de um pouco de siso, um pouco de tino empresarial e comercial.

Sempre me esforcei em adquirir hábitos empresariais rigorosos; eles são indispensáveis a qualquer homem. Se você mantém negócios com o Império Celestial, então um pequeno escritório na costa, em algum porto de Salem, já é suficiente. Você vai exportar artigos da região, produtos nativos autênticos, muito gelo, madeira de pinho e um pouco de granito, sempre em navios de madeira nativa. Será um bom empreendimento de risco. Supervisionar pessoalmente todos os detalhes; ser piloto e capitão, dono e segurador; comprar, vender, manter a contabilidade; ler todas as cartas recebidas, escrever ou ler todas as cartas enviadas; comandar a descarga das importações dia e noite; estar em várias partes da costa quase ao mesmo tempo – muitas vezes a remessa mais valiosa será descarregada num porto de Jersey –; ser seu próprio telégrafo, perscrutando incansavelmente o horizonte, falando com todos os navios que passam ao longo da costa; manter um fluxo constante de despacho de mercadorias, para o abastecimento de um mercado tão distante e exorbitante; manter-se informado da situação dos mercados, das perspectivas de guerra e paz no mundo todo, e prever as tendências do comércio e da civilização – aproveitar os resultados de todas as expedições de exploração, usando novas rotas e todos os avanços na navegação –; estudar mapas, conferir a posição dos recifes e dos novos faróis e boias, e sempre, sempre corrigir as tábuas de logaritmos, pois qualquer erro de cálculo pode fazer com que o navio que devia alcançar um porto acolhedor se despedace contra um rochedo – tal é o destino secreto de La Perouse –; acompanhar a ciência universal, estudando as biografias de todos os grandes navegadores e descobridores, de todos os grandes aventureiros e mercadores, desde Hanon e os fenícios até nossos dias; por fim, fazer o controle periódico do estoque, para saber sua situação. É um trabalho que demanda muito das faculdades de um homem – problemas de lucro e prejuízo, de juros, de tara e quebra, e aferições das mais variadas espécies, que exigem um conhecimento universal.

Achei que o Lago Walden seria um bom lugar para o negócio, não só por causa da ferrovia e do comércio de gelo; ele oferece vantagens que não seria de boa política divulgar; apresenta um bom porto e uma boa fundação. Nenhum pântano do Neva que precise ser aterrado; mas, para construir ali, você precisa de pilotis que terá de erguer pessoalmente. Dizem que uma enchente, um vento do oeste e o gelo no Neva são capazes de varrer São Petersburgo da face da terra.

Como eu ia começar meu negócio sem o capital habitual, talvez não seja fácil imaginar onde iria obter aqueles recursos que continuavam a ser indispensáveis a qualquer empreendimento do gênero. Quanto à Roupa, para chegar logo à parte prática da questão, talvez sejamos movidos, na hora de providenciá-la, mais pelo amor à novidade e pela preocupação com a opinião dos outros do que por uma verdadeira utilidade. Lembre-se quem precisa trabalhar que o objetivo de usar roupas é, em primeiro lugar, manter o calor vital, e em segundo lugar, no atual estado da sociedade, encobrir a nudez, e então avalie quantas coisas necessárias ou importantes pode fazer sem aumentar seu guarda-roupa. Os reis e as rainhas que usam uma roupa apenas uma vez, mesmo feita por algum alfaiate ou costureira para suas majestades, não têm como conhecer o conforto de usar uma roupa já amoldada. Eles mais parecem aqueles mancebos de madeira onde penduramos a roupa limpa. A cada dia nossas roupas vão se tornando mais parecidas conosco, o caráter do usuário se imprimindo nelas, até hesitarmos em deixá-las de lado sem aquela protelação, aqueles recursos médicos e aquela solenidade que temos com nosso corpo. Jamais homem algum decaiu em minha estima por usar uma roupa remendada; no entanto, tenho certeza de que os homens geralmente se preocupam mais em ter roupas elegantes, ou pelo menos asseadas e sem remendos, do que em ter uma consciência limpa. Mas, mesmo que o rasgo fique sem consertar, o pior defeito que ele revela é talvez um certo desleixo. Às vezes apresento a meus conhecidos uns testes assim: Quem usaria um remendo ou apenas uns dois pontos a mais no joelho? Em geral eles reagem como se suas perspectivas na vida fossem se arruinar por causa disso. É mais fácil irem à cidade mancando com uma perna quebrada do que com uma calça rasgada. Muitas vezes, se acontece um acidente com as pernas de um cavalheiro, elas podem ser consertadas; mas, se um acidente parecido acontece com as pernas de suas calças, não há remédio possível; pois ele leva em conta não o que é realmente respeitável, e sim o que é respeitado. Conhecemos poucos homens, mas inúmeros casacos e calças. Vistam um espantalho com sua roupa mais nova, e fiquem ao lado dele com uma roupa velha: quem não vai cumprimentar primeiro o espantalho? Outro dia, passando num milharal perto de um chapéu e um casaco numa estaca, reconheci o dono do sítio. Estava só um pouco mais maltratado pelo tempo do que a última vez que o vi. Ouvi falar de um cachorro que latia a qualquer estranho de roupa que se aproximasse da terra do dono, mas se aquietava facilmente com um ladrão nu. Uma questão interessante é até que ponto os homens conservariam sua posição social se tirassem suas roupas. Num caso desses, vocês saberiam dizer com toda certeza quem, num grupo de homens civilizados, pertence à classe mais respeitada? Quando Madame Pfeiffer, em suas aventurosas viagens ao redor do mundo, seguindo do leste para o oeste e já se aproximando do lar, chegou à Rússia asiática, ela diz que sentiu a necessidade de trocar a roupa de viagem para ir visitar as autoridades, pois "agora estava num país civilizado, onde... as pessoas são julgadas por suas roupas". Mesmo em nossas cidades democráticas da Nova Inglaterra, a posse circunstancial de riquezas e sua manifestação exclusiva sob a forma de roupas e equipagens conquistam para o possuidor um respeito quase universal. Mas os que rendem tal respeito, numerosos que são, não passam de pagãos e precisam da visita de um missionário. Além disso, as roupas introduziram a costura, um tipo de trabalho que se pode dizer interminável; o vestido de uma mulher, pelo menos, nunca fica pronto.

    Um homem que finalmente encontrou alguma coisa para fazer não precisará de roupas novas para fazê-la; serve-lhe a velha, aquela mesma que ficou se empoeirando no sótão por tempo indefinido. Os sapatos velhos servirão a um herói por mais tempo do que serviram a seu criado – se é que um herói tem criados –; pés descalços são mais antigos do que pés calçados, e lhe servirão muito bem. Somente quem vai a *soirées* e bailes legislativos precisa de casaca nova, mudando de casaca com a mesma frequência com que muda o homem dentro dela. Mas se meu paletó e a minha calça, meu chapéu e meus sapatos me servem para adorar a Deus, é o que basta – ou não? Quem já viu suas roupas velhas – seu casaco velho, já realmente no fio, reduzido a seus elementos primitivos, chegado a um tal ponto que nem mais seria um ato de caridade doá-lo a algum menino pobre, o qual por sua vez iria doá-lo a um outro ainda mais pobre, ou diremos mais rico, que podia passar sem ele? E digo: cuidado com todas as atividades que requerem roupas novas, em vez de um novo usuário das roupas. Se o homem não é um novo homem, como as roupas novas vão lhe servir? Se vocês têm alguma atividade a fazer, tentem fazê-la com suas roupas velhas. Todos os homens querem, não *fazer com* alguma coisa, e sim *fazer* alguma coisa ou, melhor, *ser* alguma coisa. Talvez nem devêssemos arranjar roupas novas, por mais sujas ou esfarrapadas que estivessem as velhas, enquanto não tivéssemos dirigido, realizado ou navegado de maneira que nos sentíssemos homens novos dentro de roupas velhas e, aí sim, continuar com elas seria como guardar vinho novo em odres velhos. Nossa estação de muda, como a das aves, deve ser um momento de crise em nossa vida. A mobelha, durante a muda, se retira para um lago solitário. Assim também a cobra solta sua casca e a lagarta seu casulo por expansão e trabalho interno; pois as roupas são apenas nossa película mais externa e nosso invólucro mortal. Do contrário estaremos navegando sob bandeiras falsas e, ao final, seremos inevitavelmente desmascarados por nossa própria opinião e pela opinião da humanidade.

    Vestimos camadas e mais camadas de roupa, como se fôssemos plantas exógenas crescendo por adições externas. Nossas roupas exteriores, amiúde finas e elegantes, são nossa epiderme ou falsa pele, que não faz parte de nossa vida e pode ser removida aqui e ali sem maiores danos; nossas roupas mais grossas, usadas constantemente, são nosso tegumento ou córtex; mas nossas camisas são nosso floema ou verdadeira casca, que não pode ser retirada sem deixar marcas e destruir o homem. Eu acredito que todas as raças, em algumas estações, usam algo equivalente à camisa. É bom que um homem se vista com tanta simplicidade que pode tocar em si mesmo no escuro, e que viva sob todos os aspectos de forma tão despojada e pronta que, se um inimigo tomar a cidade, ele pode, como o velho filósofo, sair pelo portão com as mãos vazias, sem nenhuma preocupação. Se uma peça de roupa grossa equivale, para quase todos os fins, a três peças leves, e é possível comprar roupas baratas a um preço que realmente cabe no bolso do cliente; se um casaco grosso pode ser comprado por cinco dólares e vai durar pelo menos o mesmo número de anos, calças grossas por dois dólares, botas de couro por 1,5 dólar o par, um chapéu de verão por ¼ de dólar e um gorro de frio por 62,5 centavos, ou se dá para fazer em casa um ainda melhor a custo nominal, haverá alguém tão pobre que, vestindo essas roupas que saíram *de seu próprio ganha-pão*, não encontre sábios que o reverenciem?

Quando peço uma roupa de um determinado feitio para minha costureira, ela me diz com ar muito sério: "Eles não fazem assim agora", sem nenhuma ênfase no "Eles", como se estivesse citando uma autoridade tão impessoal quanto os Fados, e é difícil conseguir que ela faça o que eu quero, simplesmente porque ela não consegue acreditar que realmente quero o que estou dizendo, e que sou tão temerário assim. Quando ouço essa sentença oracular, fico absorto em meus pensamentos por alguns instantes, repetindo para mim mesmo cada palavra em separado para conseguir entender o sentido daquilo, para conseguir descobrir qual o grau de consanguinidade e parentesco entre *Eles* e *mim*, e qual a autoridade que Eles podem ter num assunto que me afeta tão de perto; e finalmente me sinto inclinado a responder a ela em igual tom de mistério e também sem nenhuma ênfase no "eles" – "É verdade, eles não faziam assim até pouco tempo atrás, mas agora eles fazem". De que adianta tirar minhas medidas se ela não mede meu caráter, mas apenas a largura de meus ombros, como se fosse um cabide para jogar o casaco por cima? Cultuamos não as Graças, não as Parcas, mas a Moda. Ela fia, tece e corta com toda a autoridade. O macaco líder em Paris põe um gorro de turista, e todos os macacos na América fazem igual. Às vezes perco as esperanças de conseguir qualquer coisa totalmente simples e honesta neste mundo, feita pela mão dos homens. Eles teriam de ser passados antes por uma prensa bem pesada, que espremesse fora todas as suas velhas ideias, e demoraria um pouco até ficarem de pé outra vez, e mesmo assim sobraria um deles com uma minhoca na cabeça, nascida de um ovo depositado ali ninguém sabe quando, pois nem o fogo consegue matar essas coisas, e vocês teriam tido aquela trabalheira à toa. Em todo caso, não vamos esquecer que, graças a uma múmia, chegou até nós um pouco de trigo egípcio.

De modo geral, penso que não se pode dizer que o vestuário tenha sido alçado, neste ou em qualquer outro país, à dignidade de uma arte. Hoje em dia os homens se arranjam com o que lhes cai na mão. Como náufragos, vestem o que encontram na praia, e a uma pequena distância, no tempo ou no espaço, riem das fantasias uns dos outros. Toda geração ri das modas antigas, mas segue religiosamente as novas. Achamos muito engraçados os trajes de Henrique VIII ou da rainha Elisabete, como se fossem as roupas do rei e da rainha das Ilhas Canibais. Toda roupa fora do corpo é patética ou grotesca. É apenas o olhar sério e perscrutador no rosto acima dos trajes e a vida sincera sob eles que refreiam o riso e consagram a indumentária de qualquer povo. Se o Arlequim tiver um acesso de cólica, seus enfeites também terão de lhe servir nessa situação. Quando o soldado é atingido por um canhonaço, os farrapos lhe assentam tão bem quanto a púrpura.

O gosto pueril e selvagem dos homens e mulheres por novos padrões mantém sabe-se lá quantas pessoas chacoalhando e espiando caleidoscópios até encontrar o desenho especial que esta geração quer hoje em dia. Os fabricantes já sabem que esse gosto é mero capricho. Entre dois padrões que se diferenciam apenas por uns fios a mais ou a menos de uma determinada cor, um venderá rápido, o outro ficará na prateleira, embora muitas vezes aconteça que, na estação seguinte, este outro passe a ser a última moda. Comparada a isso, a tatuagem não é tão medonha como dizem. Não é bárbara pelo simples fato de que a impressão é profunda e indelével.

Não creio que nosso sistema fabril seja a melhor maneira de fornecer roupas aos homens. A condição dos operários está se tornando cada vez mais parecida com a da Inglaterra; e isso não é de admirar, pois, pelo que vi ou ouvi falar, o objetivo principal não é que a humanidade possa andar vestida com qualidade e honestidade, e sim, indubitavelmente, que as empresas possam enriquecer. A longo prazo, os homens só alcançam aquilo que almejam. Portanto, mesmo que falissem de imediato, melhor seria que almejassem algo elevado.

Quanto ao Abrigo, não nego que agora é uma coisa necessária à vida, embora existam casos de homens que se arranjaram sem ele por longos períodos, e em países mais frios do que o nosso. Samuel Laing diz que "o lapônio, com sua roupa de pele, e num saco de pele que põe na cabeça e nos ombros, dorme noite após noite na neve... num tal frio que extinguiria a vida de qualquer outro vestido com roupas de lã". Ele viu os lapônios dormirem assim. E no entanto acrescenta: "Não são mais robustos do que outros povos". Mas, provavelmente, o homem não demorou muito tempo para descobrir a conveniência de uma casa, dos confortos domésticos, ou seja lá a expressão que possa ter originalmente designado as satisfações da casa em si, não da família; embora devam ser extremamente limitadas e ocasionais naqueles climas em que a casa está mentalmente associada sobretudo ao inverno ou à estação das chuvas, sendo desnecessária durante $2/3$ do ano, quando basta um guarda-sol. Em nosso clima, no verão, antigamente a casa era quase só uma cobertura para passar a noite. Nas gazetas índias, uma tenda simbolizava um dia de marcha, e uma fileira de tendas entalhadas ou pintadas na casca de uma árvore significava o número de vezes que tinham acampado. O homem não foi criado tão robusto e com membros tão grandes senão para tentar estreitar seu mundo e se emparedar num espaço onde caiba. No começo ele vivia nu e ao ar livre; mas, embora isso fosse bastante agradável num clima sereno e quente durante o dia, provavelmente a época das chuvas e o inverno, para nem mencionar o sol tórrido, acabariam com sua raça ainda incipiente se ele não fosse logo se proteger sob o abrigo de uma casa. Adão e Eva, segundo a fábula, usaram o caramanchão antes de vestir qualquer roupa. O homem queria um lar, um local de calor, ou conforto, primeiro de calor físico, e depois o calor das afeições.

Podemos imaginar uma época na infância da espécie humana em que algum mortal teve a iniciativa de se arrastar para dentro de uma cavidade na rocha, em busca de abrigo. Toda criança, em certa medida, repete os inícios do mundo, e gosta de ficar ao ar livre, mesmo no frio e na umidade. Brinca de casinha e de cavalinho, com um instinto para aquilo. Quem não lembra o interesse com que, quando criança, olhava a escarpa das rochas ou qualquer atalho que desse para uma caverna? Era o anseio natural daquela parcela, de alguma parcela de nossos ancestrais mais primitivos que ainda sobrevivia em nós. Da caverna passamos para os tetos de folhas de palmeira, de casca e galhos, de pano estendido, de palha e capim, de tábuas e taubilhas, de pedras e telhas. No final, não sabemos o que é viver ao ar livre, e nossa vida é mais doméstica do que pensamos. Da lareira ao campo há uma grande distância. Seria bom, talvez, que passássemos mais dias e mais noites sem qualquer obstáculo entre nós e os corpos celestes, que o poeta não falasse tanto sob um teto, ou o santo não ficasse ali por tanto tempo. Aves não cantam em cavernas, pombas não alimentam sua inocência em pombais.

Mas, se alguém pretende construir uma moradia, é melhor empregar um pouco de esperteza ianque, para não terminar em um reformatório, um labirinto sem saída, um museu, um albergue, uma prisão ou um esplêndido mausoléu. Vejam em primeiro lugar qual é o mínimo absolutamente necessário para um abrigo. Vi índios penobscots, aqui na cidade, morando em tendas de algodão fino enquanto a neve atingia quase trinta centímetros em volta deles, e achei que até gostariam que ela estivesse mais alta para protegê-los do vento. Tempos atrás, quando a questão de ganhar honestamente minha vida e ter liberdade para minhas próprias atividades me afligia ainda mais do que hoje, pois infelizmente acabei ficando um tanto insensível, eu costumava ver um caixote grande na ferrovia, com 1,80 metro de comprimento por noventa centímetros de largura, onde os trabalhadores trancavam suas ferramentas à noite, e aquilo me deu a ideia de que qualquer homem que andasse apertado poderia arranjar um daqueles por um dólar, abriria alguns furos de verruma para ter um pouco de ventilação, entraria dentro dele à noite ou quando chovesse, fecharia a tampa, e assim poderia ter liberdade em seu amor e ser livre em sua alma. Não parecia a pior alternativa, tampouco uma opção indesejável, de maneira nenhuma. Você poderia ficar acordado até a hora que quisesse e, quando levantasse, poderia ir embora sem nenhum senhorio ou fazendeiro a persegui-lo por causa do aluguel. Muitos dos que quase morrem para pagar o aluguel de um caixote maior e mais luxuoso não morreriam congelados num caixote desses. Não estou brincando. A economia é um assunto que pode ser tratado com leveza, mas nem por isso pode ser deixado de lado. No passado, uma raça rude e resistente, que vivia a maior parte do tempo ao ar livre, fez boas casas por aqui usando quase exclusivamente materiais que a Natureza já lhe fornecia prontos. Gookin, que foi o superintendente dos índios submetidos à Colônia de Massachusetts, escrevendo em 1674, diz: "As melhores casas têm uma cobertura muito bem feita, firme e quente, de cascas de árvore tiradas dos troncos na época em que a seiva sobe, as quais ainda verdes são prensadas em lâminas sob grandes toras de madeira. (...) As mais simples são cobertas com esteiras que eles fazem com uma espécie de junco, e também são igualmente firmes e quentes, mas não tão boas quanto as primeiras. (...) Algumas que eu vi têm de vinte a trinta metros de comprimento e dez de largura. (...) Muitas vezes me hospedei nas tendas deles, e achei tão quentes quanto as melhores casas inglesas". Ele acrescenta que geralmente eram forradas por dentro e no chão com esteiras bem trançadas e bordadas, e tinham vários utensílios. Os índios chegavam a regular a entrada do vento com uma esteira pendurada sobre o orifício no teto e acionada por um cordel. No primeiro caso, levava um, no máximo dois dias para erguer uma tenda daquelas, a qual podia ser desmontada e embalada em poucas horas; e todas as famílias tinham uma tenda ou um espaço dentro de uma delas.

No estado selvagem, toda família possui um bom abrigo, e suficiente para suas necessidades mais simples e rústicas; mas acho que não é exagero dizer que, se as aves do ar têm seus ninhos, as raposas suas tocas e os selvagens suas tendas, na sociedade civilizada moderna só metade das famílias possui um abrigo. Nas vilas grandes e nas cidades, onde predomina especialmente a civilização, a quantidade dos que têm abrigo próprio é uma parcela muito pequena do total. Os restantes pagam por essa roupa mais externa de todas, que se tornou indispensável no verão e no inverno, uma taxa anual que daria para comprar uma aldeia inteira de tendas índias, mas que agora contribui para mantê-los na pobreza durante a vida toda. Não quero insistir na desvantagem de alugar em comparação a possuir, mas é evidente que o selvagem possui seu abrigo porque custa pouco, ao passo que o homem civilizado normalmente aluga o seu porque não pode possuí-lo; e com o tempo nem vai mais conseguir alugar. Mas, responde alguém, simplesmente pagando essa taxa o civilizado pobre pode morar numa casa que é um palácio em comparação à do selvagem. Um aluguel anual de 25 a 100 dólares, tais são os preços da região, permite-lhe gozar das melhorias dos séculos, aposentos amplos, pintura e papel claro nas paredes, uma lareira Rumford, paredes reforçadas com argamassa, venezianas, encanamento de cobre, fechos de mola, um porão espaçoso e outras coisas mais. Mas como é que este homem, que dizem gozar dessas coisas, geralmente é um civilizado *pobre*, enquanto o selvagem, que não dispõe delas, é rico em sua condição de selvagem? Quando afirmam que a civilização é um verdadeiro avanço na condição do homem – e penso que é, embora só os sábios aproveitem suas vantagens –, precisam demonstrar que ela criou moradias melhores sem serem mais caras; e o custo de uma coisa é a quantidade do que chamo de vida que é preciso dar em troca, à vista ou a prazo. Uma casa média aqui nas redondezas custa cerca de uns 800 dólares, e juntar esse dinheiro leva de dez a quinze anos da vida do trabalhador, mesmo que ele não tenha que sustentar uma família – calculando em 1 dólar o valor monetário da diária de um homem, pois, se alguns ganham mais, outros ganham menos –, de modo que ele terá de gastar, geralmente, mais da metade da vida antes de poder ter uma tenda *própria*. Supondo que, em vez de comprar, ele pague aluguel, continua a ser uma difícil escolha entre dois males. Seria sábio da parte do selvagem trocar sua tenda por um palácio nesses termos?

Pode-se supor que estou reduzindo praticamente toda a vantagem de possuir essa propriedade supérflua a uma reserva para o futuro do indivíduo, principalmente para pagar as despesas de seu funeral. Mas talvez não se exija de um homem que ele enterre a si mesmo. De qualquer forma, isso indica uma diferença importante entre o civilizado e o selvagem; e sem dúvida, quando se transforma a vida de um povo civilizado numa *instituição*, que absorve tanto a vida do indivíduo para preservar e aprimorar a vida da raça, a intenção é por nosso bem. Mas quero mostrar a que sacrifício se obtém hoje essa vantagem, e sugerir que poderíamos viver com todas as vantagens sem nenhuma das desvantagens. O que quereis dizer ao afirmar que pobres sempre tereis convosco, ou que os pais comeram as uvas verdes e os filhos ficaram com os dentes embotados?

"Tão certo como eu vivo", diz o Senhor Deus, "jamais direis este provérbio em Israel."

"Eis que todas as almas são minhas; como a alma do pai, também a alma do filho é minha; a alma que pecar, esta morrerá."

Quando olho meus vizinhos, os agricultores de Concord, que vivem pelo menos tão bem quanto as outras classes, vejo que na maioria labutam vinte, trinta ou quarenta anos até se tornarem os verdadeiros donos de suas terras, que usualmente herdaram com dívidas ou compraram com dinheiro emprestado – e podemos calcular um terço desse preço como o custo de suas casas –, mas geralmente ainda não acabaram de pagar. É verdade que os encargos às vezes são mais altos do que o valor do sítio, e assim o próprio sítio se torna um grande encargo, que ainda por cima um homem tem que herdar, pois diz que já está acostumado a ele. Perguntando aos funcionários da coletoria, fico surpreso ao ver que não conseguem citar uma dúzia de pessoas na cidade que tenham sítios sem dívidas. Se vocês quiserem saber a história desses terrenos rurais, perguntem no banco onde estão hipotecados. É tão raro o sujeito que realmente pagou o sítio com seu trabalho que qualquer vizinho pode apontá-lo com o dedo. Duvido que haja três deles em Concord. O que se fala dos comerciantes, que uma enorme maioria, chegando a 97% deles, certamente vai falir, também ocorre com os agricultores. Mas, quanto aos comerciantes, um deles diz a esse respeito que grande parte das falências não são verdadeiras falências financeiras, mas apenas falências na hora de honrar os compromissos, porque é uma coisa inconveniente; ou seja, o que vai à falência é a moral. Mas isso dá um aspecto infinitamente pior à questão, e sugere, ademais, que provavelmente nem mesmo os outros três por cento conseguem salvar a alma, e estão falidos num sentido pior do que aqueles que vão honestamente à falência. A falência e o não reconhecimento de uma dívida são os trampolins de onde boa parte de nossa civilização dá seus saltos e vira suas cambalhotas, enquanto o selvagem se mantém de pé na prancha firme da fome. E no entanto todos os anos a Exposição de Gado do Middlesex se realiza com grande ostentação, como se todas as engrenagens da máquina agrícola estivessem funcionando bem.

O agricultor se debate para resolver o problema da subsistência com uma fórmula mais complicada do que o próprio problema. Para conseguir um cadarço de sapato, ele especula com rebanhos inteiros de gado. Com a maior habilidade ele monta sua armadilha com um laço bem fino para agarrar o conforto e a independência, e na hora de ir embora é sua perna que fica presa na cilada. É por isso que ele é pobre; e é por uma razão parecida que todos nós, mesmo cercados de luxos, somos pobres em relação a mil confortos selvagens. Como canta Chapman:

"A falsa sociedade dos homens –
por grandeza terrena –
todos os confortos do céu dissipa."

["*The false society of men –
– for earthly greatness
All heavenly comforts rarefies to air.*"]

E quando o agricultor se torna dono de sua casa, não vai ficar mais rico, e sim mais pobre, e é a casa que se torna dona dele. Em meu entender, era válida a objeção que Momo levantou contra a casa construída por Minerva, pois "não a fez móvel, o que permitiria evitar os maus vizinhos"; e ela ainda se aplica, pois nossas casas são tão difíceis de manejar que não raro ficamos mais presos do que abrigados dentro delas; e os maus vizinhos que teríamos de evitar são nossos próprios míseros eus. Conheço pelo menos uma ou duas famílias aqui em Concord que, faz quase uma geração, querem vender a casa que têm nos arrabaldes e se mudar para a cidade, mas não conseguem vendê-la e apenas a morte vai libertá-las.

Suponhamos que a *maioria* consiga finalmente comprar ou alugar a casa moderna com todas as suas melhorias. Enquanto a civilização andou melhorando nossas casas, ela não melhorou por igual os homens que vão ocupá-las. Criou palácios, mas não foi tão fácil criar nobres e reis. *Se as metas do homem civilizado não valem mais do que as metas do selvagem, se ele dedica a maior parte de sua vida a obter apenas as principais necessidades e comodidades, por que haveria de ter uma moradia melhor do que o selvagem?*

Mas como vive a *minoria* pobre? Talvez se descubra que, na mesma proporção em que alguns homens, nos aspectos externos, foram elevados acima do selvagem, outros foram degradados abaixo dele. O luxo de uma classe é contrabalançado pela indigência de outra. De um lado fica o palácio, do outro o asilo de mendigos e os "pobres silenciosos". Os milhares que construíram as pirâmides para ser as tumbas dos Faraós recebiam alho para comer e talvez nem tenham recebido um enterro decente. O pedreiro que dá o acabamento na cornija do palácio volta à noite para uma choça talvez pior do que uma tenda. É um erro supor que, num país onde existem as habituais mostras de civilização, a condição de uma enorme parcela dos habitantes não possa ser tão degradada quanto a dos selvagens. Estou me referindo agora ao degradado pobre, não ao degradado rico. Para vê-lo, basta olhar os barracos que por toda parte margeiam as ferrovias, este último avanço da civilização; onde em minhas caminhadas diárias vejo seres humanos vivendo em pocilgas, e passando o inverno inteiro com uma porta aberta, por causa da luz, sem nenhuma pilha de lenha visível ou imaginável, e as silhuetas dos velhos e jovens permanentemente contraídas pelo longo hábito de se encolherem de frio e de fome, e o desenvolvimento interrompido de todos os seus membros e faculdades. Que bela visão olhar essa classe que foi quem fez, com seu trabalho, as obras que distinguem nossa geração. Em maior ou menor grau, é também a condição dos operários de todas as categorias na Inglaterra, que é o maior reformatório de trabalho forçado do mundo. Ou eu poderia remetê-los à Irlanda, que aparece como um dos pontos brancos ou esclarecidos no mapa. Comparem a condição física do irlandês à do índio norte-americano, ou à do ilhéu dos Mares do Sul, ou à de qualquer outra raça selvagem antes de se degradar ao contato com o homem civilizado. E no entanto não duvido que os governantes daquele povo sejam tão sábios ou sensatos quanto a média dos governantes civilizados. A condição deles só prova quanta miséria pode acompanhar a civilização. Nem preciso mencionar os trabalhadores de nossos estados sulinos que produzem os bens de exportação deste país, e são eles mesmos um item de produção do Sul. Vou me restringir aos que supostamente vivem em condições *medianas*.

Muitos homens parecem nunca ter pensado o que é uma casa, e são realmente, embora desnecessariamente, pobres a vida inteira porque julgam necessário ter uma casa igual à dos vizinhos. Como se alguém tivesse de usar um tipo qualquer de paletó que o alfaiate resolveu cortar ou, abandonando aos poucos o chapéu de folha de palmeira ou o boné de pele de marmota, reclamasse dos tempos difíceis porque não consegue comprar uma coroa! É possível inventar uma casa ainda mais prática e mais luxuosa do que já temos, e pela qual no entanto todos admitiriam que ninguém tem condições de pagar. Ficaremos sempre estudando como conseguir mais coisas dessas, e nunca, nem de vez em quando, nos contentaremos com menos? O cidadão respeitável ficará ensinando com toda a gravidade, pelo preceito e pelo exemplo, a necessidade de que o jovem providencie uma determinada quantidade de galochas, guarda-chuvas e quartos de hóspedes vazios para hóspedes vazios, até morrer? Por que nosso mobiliário não pode ser tão simples quando o dos árabes ou dos índios? Quando penso nos benfeitores da nação, que saudamos apoteoticamente como mensageiros dos céus, portadores de dádivas divinas ao homem, não vejo mentalmente nenhum séquito em seus calcanhares, nenhum carregamento de móveis elegantes atrás deles. Ou: e se eu conceder – não seria uma concessão curiosa? – que nossa mobília deve ser mais complexa do que a dos árabes, na mesma proporção em que somos moral e intelectualmente superiores a eles! Hoje em dia nossas casas vivem atravancadas e poluídas de móveis, e uma boa dona de casa preferiria jogar a maior parte no buraco do lixo do que deixar seu trabalho matinal sem terminar. Trabalho matinal! Pelas cores da Aurora e pela música de Mêmnon, o que há de ser o *trabalho matinal* do homem neste mundo? Eu tinha três peças de calcário em minha escrivaninha, mas fiquei apavorado quando descobri que precisaria tirar o pó todo dia, enquanto a mobília de meu espírito ainda estava toda empoeirada, e de desgosto joguei fora as pedras pela janela. Então como poderia eu ter uma casa mobiliada? Prefiro sentar ao ar livre, pois o mato não junta pó, a não ser onde o homem fendeu o solo.

É o luxuoso e dissipado que cria as modas que o rebanho segue com tanto empenho. O viajante que se detém nos melhores estabelecimentos, como dizem, logo descobre isso, pois os taverneiros imaginam que ele é algum Sardanápalo, e se ele aceitar suas gentis atenções logo vai ficar completamente efeminado. Penso que, num vagão de trem, nossa tendência é gastar mais no luxo do que na segurança e na praticidade, e ele corre o risco de não se tornar nem seguro nem prático, e se converter apenas em uma sala de visitas moderna, com seus divãs, sofás, persianas e tantas outras coisas orientais que estamos trazendo para o Ocidente, inventadas para as damas dos haréns e para os nativos efeminados do Império Celestial que qualquer americano teria vergonha de conhecer. Prefiro sentar numa abóbora e ter ela inteira para mim do que me espremer com mais gente em almofadas de veludo. Prefiro andar na terra num carro de bois com o ar circulando livremente do que ir para o céu no vagão luxuoso de um trem de excursão e ficar respirando *malaria* a viagem toda.

A própria simplicidade e despojamento da vida do homem nos tempos primitivos traz pelo menos esta vantagem, que ainda lhe permitia ser apenas um hóspede na natureza. Restaurado depois de comer e dormir, ele encarava de novo a viagem. Morava, por assim dizer, numa tenda neste mundo, e estava percorrendo os vales, ou atravessando as planícies, ou escalando o alto das montanhas. Mas, ai!, os homens se tornaram os instrumentos de seus instrumentos. O homem independente que colhia os frutos quando estava com fome virou agricultor; aquele que se abrigava sob uma árvore agora tem uma casa para cuidar. Não acampamos mais por uma noite, mas assentamos na terra e esquecemos o céu. Adotamos o cristianismo apenas como um método aperfeiçoado de cultura *agrícola*. Construímos para este mundo uma mansão, e para o próximo um jazigo. As melhores obras de arte expressam a luta do homem para se libertar dessa condição, mas o efeito de nossa arte é apenas dar conforto a este estado baixo e fazer esquecer aquele estado elevado. Na verdade, aqui na cidade não há lugar onde possa ficar uma obra de *belas* artes, mesmo que tivéssemos alguma, pois nossa vida, nossas casas e ruas não oferecem nenhum pedestal adequado. Não há um prego para pendurar um quadro, não há uma estante para receber o busto de um herói ou de um santo. Quando vejo como nossas casas são construídas e pagas, ou não pagas, e como é mantida a economia doméstica, admira-me que o chão não ceda sob os pés da visita que está a admirar as quinquilharias no console da lareira, e que ela não caia no porão, sobre uma base apenas ordinária, mas sólida e honesta. Não posso deixar de perceber que se chegou a essa vida dita rica e refinada dando-se um salto, e não consigo me entregar ao gozo das *belas* artes que a ornamentam, pois minha atenção fica totalmente concentrada nesse salto; pois eu lembro que o maior salto genuíno de que se tem notícia, devido apenas aos músculos humanos, é o de alguns árabes nômades, que consta terem saltado mais de 7,60 metros de distância. Sem recursos artificiais, além dessa distância o homem certamente cai de novo na terra. A primeira pergunta que tenho vontade de fazer ao proprietário de tão grande impropriedade é: Quem lhe dá suporte? Você é um daqueles 97 que vão à falência, ou um dos três que dão certo? Responda essas perguntas, e então talvez eu possa olhar suas bugigangas e achar bonitas. O carro na frente dos bois não é belo nem útil. Antes de enfeitar nossas casas com belos objetos, temos de descascar as paredes, e descascar nossas vidas, e trocar o belo modo de vida e a bela administração doméstica por bons alicerces: ora, o gosto pelo belo se cultiva melhor ao ar livre, onde não há casa nem administração doméstica.

Old Johnson, em seu *Wonder-Working Providence*, falando dos primeiros colonos daqui da cidade, contemporâneos seus, conta que "eles se entocam como primeiro abrigo no sopé de algum morro, e, espalhando terra por cima da madeira, fazem um fogo de fumaça para requeimar a terra, na parte mais alta". Ficaram sem "construir casas", diz ele, "até que o solo, pela bênção do Senhor, trouxe pão para alimentá-los", e a colheita do primeiro ano foi tão pequena que "tiveram de cortar o pão em fatias muito finas por uma longa temporada". O secretário da Província da Nova Holanda, escrevendo em holandês, em 1650, para a informação dos que quisessem ocupar terras por lá, afirma mais especificamente que "aqueles na Nova Holanda, e principalmente na Nova Inglaterra, que no começo não têm meios de construir casas rurais segundo seus desejos, cavam um buraco quadrado no chão, como um porão, com 1,80 a 2,10 metros de fundura, da largura e do comprimento que julgam adequados, revestem a cova por dentro com madeira ao longo das paredes, e cobrem a madeira com cascas de árvore ou alguma outra coisa para impedir o desmoronamento; assoalham esse porão com tábuas e põem um lambril por cima servindo de forro, erguem um telhado de toletes roliços de madeira e cobrem os toletes com torrões de turfa ou cascas de árvore, e assim podem morar com a família inteira nessas casas quentes e protegidas da chuva por dois, três ou quatro anos, entendendo-se que esses porões são divididos por tabiques internos, adaptados ao tamanho da família. Os homens ricos e mais importantes da Nova Inglaterra, no início das colônias, começaram suas primeiras casas desta maneira por duas razões: primeiro, para não perder tempo construindo, e para não faltar comida na próxima estação; segundo, para não desencorajar o grande número de trabalhadores pobres que trouxeram da Terra Natal. Depois de três ou quatro anos, quando a região ficou adaptada à agricultura, eles construíram belas casas para si, gastando muitos milhares".

Nesse caminho tomado por nossos antepassados havia pelo menos uma demonstração de prudência, como se o princípio deles fosse atender primeiro às necessidades mais prementes. Mas agora estão atendidas as necessidades mais prementes? Quando penso em comprar para mim uma dessas moradias luxuosas, desisto da ideia, pois a região, por assim dizer, ainda não está adaptada à cultura *humana*, e ainda somos obrigados a cortar nosso pão *espiritual* em fatias muito mais finas do que as do pão de trigo de nossos antepassados. Não que se deva desprezar todo e qualquer ornamento arquitetônico, mesmo nas épocas mais rústicas; mas que nossas casas primeiro se ornem de beleza pelo contato que têm com nossa vida, como a concha do molusco, sem se revestir com um peso adicional. Mas, pobres de nós!, visitei uma ou duas delas, e bem sei como estão revestidas.

Mesmo que não tenhamos degenerado a ponto de não conseguir mais viver numa caverna ou numa tenda ou usar peles de animais, certamente é melhor aceitar as vantagens, mesmo tão caras, oferecidas pelo engenho e pelo trabalho da humanidade. Onde vivemos, as tábuas e telhas de madeira, o cal e os tijolos são mais baratos e mais fáceis de conseguir do que boas cavernas, troncos inteiros ou cascas de árvore em volume suficiente, ou mesmo pedras chatas ou argila recozida. Falo desse assunto com conhecimento de causa, pois me familiarizei com ele na teoria e na prática. Com um pouco mais de engenho, podíamos usar esses materiais e ser mais ricos do que os mais ricos de hoje, e transformar essa nossa civilização numa bênção. O homem civilizado é um selvagem mais sábio e mais experiente. Mas passemos logo à minha própria experiência.

Lá pelo final de março de 1845, peguei emprestado um machado e fui para as matas do Lago Walden, onde eu queria construir minha casa, e comecei a derrubar alguns pinheiros-brancos altos e pontiagudos, ainda jovens, para a madeira. É difícil começar sem pedir emprestado, mas aí talvez a providência mais generosa seja permitir que nosso semelhante tenha alguma participação em nosso empreendimento. O dono do machado, quando me emprestou, disse que era a menina de seus olhos; mas eu o devolvi mais afiado do que quando o peguei. Onde eu trabalhava era uma colina agradável, coberta de pinheirais, por onde eu podia enxergar o lago, e uma pequena clareira na mata onde brotavam pinheiros e nogueiras americanas. O gelo no lago ainda não tinha derretido, mas havia alguns trechos descongelados; ele estava escuro e o nível da água alto. Houve umas leves lufadas de neve nos dias em que trabalhei ali; mas, de modo geral, quando eu saía e ia até a estrada de ferro, voltando para casa, seus montes de areia amarela se estendiam ao longe, cintilando na atmosfera enevoada, e os trilhos brilhavam ao sol da primavera, e eu ouvia a cotovia, a pega e outros pássaros que já tinham chegado para passar mais um ano entre nós. Eram dias agradáveis de primavera, o inverno da desesperança do homem degelando como a terra, e a vida adormecida começava a se espreguiçar de novo. Um dia em que o machado se desprendera do cabo e cortei uma nogueira verde para fazer uma cunha, que enfiei calcando com uma pedra, e pus de molho dentro de um buraco no lago para a madeira inchar, vi uma cobra listrada deslizar para dentro d'água, e ela ficou ali no fundo, aparentemente sem se incomodar, durante o tempo inteiro que fiquei por lá, mais de um quarto de hora; talvez porque ainda não tivesse saído totalmente do estado de dormência. E imaginei que é por uma razão parecida que os homens permanecem em sua atual condição baixa e primitiva; mas, se sentissem a prima e vera influência da primavera despertando-os da dormência, forçosamente se alçariam a uma vida mais elevada e mais etérea. Eu já tinha visto antes as cobras em meu caminho, nas manhãs de geada, com partes do corpo ainda duras e letárgicas, esperando o sol para se descongelar. No dia 1º de abril choveu, e a chuva derreteu o gelo, e no começo do dia, que estava muito nublado, ouvi um ganso extraviado tenteando pelo lago e grasnando como se estivesse perdido, ou como se fosse o espírito da neblina.

Então continuei mais alguns dias cortando e desbastando madeira, e também vigas e caibros, tudo com meu machadinho estreito, sem muitos pensamentos que parecessem eruditos ou que pudesse comunicar, cantarolando sozinho:

> Os homens dizem que muito sabem,
> Vejam só, até asas lhes cabem –
> Artes e ciências,
> E mil aparências;
> E o vento que arrefece
> É só o que o corpo conhece.[1]
>
> [*Man say they know many things;*
> *But lo! they have taken wings,–*
> *The arts and sciences,*
> *And thousand appliances;*
> *The wind that blows*
> *Is all that any body knows.*]

Aparei os troncos principais com 40 centímetros quadrados, a maioria dos caibros só em dois lados, e as vigas e a madeira do assoalho só de um lado, deixando o resto com costaneira, e assim ficaram retos e muito mais fortes do que se fossem serrados. Espiguei cuidadosamente as pranchas com um formão, pois a essas alturas eu já tinha pedido emprestado outras ferramentas. Meus dias na mata não eram muito compridos; mesmo assim, eu costumava levar meu lanche de pão com manteiga, e lia o jornal em que ele vinha embrulhado, ao meio-dia, sentado entre os galhos de pinheiro verde que tinha cortado, e um pouco do perfume deles passava para o pão, pois minhas mãos ficavam cobertas de uma camada grossa de resina. Antes de acabar, já tinha virado mais amigo do que inimigo dos pinheiros, pois, mesmo tendo derrubado alguns, agora eu os conhecia melhor. Às vezes um andarilho no mato era atraído pelo som de meu machado, e conversávamos agradavelmente por cima das lascas de madeira.

Em meados de abril, pois eu não tinha pressa e sim apreço no trabalho, a estrutura da casa estava montada e pronta para ser erguida. Eu já tinha comprado o barraco de James Collins, um irlandês que trabalhava na Ferrovia Fitchburg, por causa das tábuas. O barraco de James Collins era considerado ótimo em sua categoria. Quando fui vê-lo,

---

1. Poemas citados sem aspas são de autoria do próprio Thoreau. (N.E.)

James não estava em casa. Dei uma volta por fora, no começo sem que me vissem lá de dentro, tão alta e recuada era a janela. Era um barraco pequeno, com um telhado em ponta, e não tinha muito mais a mostrar, com um monte de lixo de um metro e meio de altura em redor, como se fosse uma compostagem. O telhado era a parte mais sólida da casa, embora estivesse empenado e quebradiço por causa do sol. Soleira não havia nenhuma, e por baixo da tábua da porta havia uma passagem perpétua para as galinhas. A sra. C. veio atender e me convidou para olhar a casa por dentro. Quando me aproximei, as galinhas entraram correndo. Estava escuro, e o chão estava na maior parte enlameado, úmido, viscoso, friorento, só uma tábua aqui e outra ali que não resistiriam à remoção. Ela acendeu uma lâmpada para me mostrar a parte interna do telhado e as paredes, e também que o assoalho se estendia por baixo da cama, me avisando para não cair no porão, uma espécie de buraco de terra com 60 centímetros de fundura. Como disse ela, eram "boas tábuas em cima, boas tábuas em volta e uma boa janela" – de início com duas vidraças inteiras, só que ultimamente a gata tinha resolvido sair por ali. Havia um fogão, uma cama e um lugar para sentar, um nenê nascido em casa, uma sombrinha de seda, um espelho com moldura dourada e um moedor de café visivelmente novo preso num toco de carvalho, e só. Logo fizemos o acordo, pois James tinha voltado nesse meio tempo. Eu, de pagar quatro dólares e 25 centavos hoje à noite, ele, de sair amanhã às cinco da manhã, sem vender para mais ninguém nesse intervalo: eu, de tomar posse às seis. Seria bom, disse ele, chegar cedo para prevenir algumas reclamações vagas, mas totalmente injustas, sobre o aluguel do terreno e a lenha. Isso ele me garantiu que era o único encargo. Às seis cruzei com James e família na estrada. Coube tudo numa trouxa grande – cama, moedor de café, espelho, galinhas –, tudo menos a gata, que foi para o mato e virou uma gata selvagem, e fiquei sabendo depois que caiu numa armadilha para marmota e assim virou uma gata morta.

Derrubei essa casa na mesma manhã, tirando os pregos, e transportei o material em várias viagens de carriola até o lago, espalhando as tábuas por cima do capim para quarar e desempenar ao sol. Um tordo matinal me assobiou uma ou duas notas enquanto eu empurrava a carriola pela trilha da mata. Fui traiçoeiramente informado por um rapaz irlandês que o vizinho Seeley, um outro irlandês, nos intervalos em que eu saía com a carriola, estava transferindo para seu bolso os pregos, cavilhas e grampos ainda razoavelmente retos e prestáveis, e então, quando eu voltava, ele se punha ali como se estivesse passando o tempo, e olhando a devastação com ar petulante, despreocupado, cheio de pensamentos primaveris; por falta de serviço, como disse ele. Estava ali representando a plateia, e contribuiu para tornar esse episódio aparentemente insignificante similar à saída dos deuses de Troia.

Cavei meu porão na encosta sul de uma colina, onde uma marmota já tinha feito sua toca, atravessando raízes de sumagre e amora preta e os estratos do solo, um quadrado de 1,80 por 1,80 com 2,10 metros de profundidade, até chegar a uma areia fina onde as batatas nunca congelariam no inverno. As laterais ficaram inclinadas, e sem pedras; mas, como o sol nunca bate ali, a areia ainda se mantém no lugar. Foram apenas duas horas de trabalho. Tive especial prazer nessa tarefa de abrir o solo, pois em quase todas as latitudes os homens cavam a terra procurando uma temperatura constante. Sob a mais esplêndida casa da cidade ainda se encontra o porão onde armazenam suas raízes como antigamente, e muito tempo depois de desaparecer a superestrutura a posteridade ainda vê seu recorte na terra. A casa ainda é apenas uma espécie de pórtico na entrada de uma toca.

Finalmente, no começo de maio, com a ajuda de alguns conhecidos, mais para aproveitar uma boa ocasião de convívio com os vizinhos do que por necessidade, ergui a estrutura de minha casa. Nenhum homem jamais teve honra maior do que eu no caráter de seus inspiradores ajudantes. Estão destinados, confio eu, a erguer algum dia estruturas mais elevadas. Comecei a ocupar minha casa em 4 de julho, logo que ela recebeu assoalho e telhado, pois as tábuas foram cuidadosamente chanfradas e encaixadas e ficaram totalmente impermeáveis à chuva; mas, antes de assoalhar, fiz a base de uma lareira num dos lados, trazendo no braço duas carradas de pedras do lago até o alto da colina. Ergui a lareira depois da carpição do outono, antes que se tornasse indispensável o calor do fogo, enquanto isso cozinhando no chão, ao ar livre, de manhã cedo: modo este que ainda considero, em alguns aspectos, mais conveniente e mais agradável do que o usual. Quando a chuva chegava antes que o pão estivesse pronto, eu fazia uma armação de tábuas por cima do fogo, e ficava sentado ali embaixo cuidando de meu pão, e passava algumas horas agradáveis nisso. Naqueles dias, com as mãos muito ocupadas, eu lia pouco, mas o menor pedacinho de jornal que estivesse no chão, em minha vasilha ou na toalha de mesa me oferecia o mesmo entretenimento, na verdade respondia à mesma finalidade de uma *Ilíada*.

Valeria a pena construir ainda mais devagar do que construí, avaliando, por exemplo, qual o fundamento que uma porta, uma janela, um porão, um sótão têm na natureza do homem, e talvez nunca erguendo superestrutura alguma enquanto não encontrássemos para ela uma razão melhor do que nossas necessidades temporais. Quando um homem constrói sua casa, há aí um pouco da mesma aptidão com que uma ave constrói seu ninho. Quem sabe, se os homens construíssem suas moradias com as próprias mãos, e providenciassem alimento para si e para suas famílias com simplicidade e honestidade, será que a faculdade poética não se desenvolveria de modo universal, tal como as aves universalmente cantam quando estão empenhadas nessas atividades? Mas, ai de nós!, fazemos como os chupins e os cucos, que botam seus ovos nos ninhos construídos por outros passarinhos, e não alegram ninguém com seus piados pouco musicais. Iremos sempre entregar o prazer da construção ao carpinteiro? O que a arquitetura representa na experiência da maioria dos homens? Em todos os meus passeios, nunca topei com alguém empenhado numa ocupação tão simples e natural como construir a própria casa. Fazemos parte da comunidade. Não é só o alfaiate que é a nona parte de um homem; o pregador, o comerciante, o agricultor também são. Aonde vai parar essa divisão do trabalho? e no final das contas a que objetivo ela serve?

Claro que outra pessoa também *pode* pensar por mim; mas nem por isso é desejável que o faça e que eu deixe de pensar por mim mesmo.

Certo, existem os chamados arquitetos aqui neste país, e ouvi falar pelo menos de um deles possuído pela ideia de dar aos ornamentos arquitetônicos um núcleo de verdade, uma necessidade e, portanto, uma beleza, como se isso fosse uma revelação para ele. Tudo bem, talvez, do ponto de vista dele, mas não é muito mais do que mero diletantismo. Reformador sentimental da arquitetura, ele começou pela cornija, não pelo alicerce. Era apenas como colocar um núcleo de verdade dentro dos ornamentos, e de fato todo bombom pode ter uma amêndoa ou semente de cariz dentro dele – embora eu ache que as amêndoas são extremamente saudáveis sem o açúcar –, e à diferença do simples habitante, o morador realmente construiria por dentro e por fora, deixando que os ornamentos cuidassem de si mesmos. Que homem sensato algum dia supôs que os ornamentos seriam simplesmente algo externo, apenas de superfície – que a tartaruga ganhou seu casco malhado ou o molusco seus matizes de madrepérola por um contrato como o dos moradores da Broadway com sua Trinity Church? Mas um homem não precisa se ocupar com o estilo arquitetônico de sua casa mais do que a tartaruga com o estilo de seu casco: e tampouco o soldado precisa perder tempo tentando pintar em sua bandeira a *cor* exata de sua virtude. O inimigo vai descobrir. Ele pode empalidecer quando chegar a hora de se pôr à prova. Este homem me deu a impressão de se debruçar na cornija e sussurrar timidamente sua meia verdade aos rudes ocupantes da casa, que na verdade nem acreditaram muito nele. O que vejo de beleza arquitetônica, sei que cresceu aos poucos de dentro para fora, brotando das necessidades e do caráter do morador, que é o único construtor – brotando de alguma verdade inconsciente e da nobreza, sem jamais pensar na aparência; e qualquer beleza adicional desse gênero que vier a surgir será precedida por uma beleza da vida igualmente inconsciente. As moradias mais interessantes neste país, como sabe o pintor, são geralmente os chalés e casebres de tronco mais humildes e despretensiosos dos pobres; o que os torna *pitorescos* é a vida dos moradores que têm ali suas conchas, e não meramente alguma peculiaridade de sua superfície; e igualmente interessante será o caixote suburbano do morador citadino quando sua vida também for simples e agradável para a imaginação, e sem qualquer esforço para obter algum efeito de estilo em sua moradia. Grande parte dos ornamentos arquitetônicos são literalmente vazios, e um vendaval de outono os arrancaria, como plumas emprestadas, sem nenhum dano ao essencial. Quem não tem azeitonas e vinhos na adega pode passar sem *arquitetura*. E o que seria se se criasse o mesmo alvoroço em torno dos ornamentos estilísticos na literatura, e os arquitetos de nossas bíblias gastassem tanto tempo em suas cornijas quanto os arquitetos de nossas igrejas? Assim surgem as *belles-lettres* e os *beaux-arts* e seus mestres. Interessa muito a um homem, deveras, quantos paus estão assim ou assado por cima ou por baixo dele, e de que cor é sua caixa. Significaria alguma coisa se, em algum sentido importante, tivesse sido *ele* a colocar os paus e a pintar sua casa; mas, tendo o espírito abandonado o morador, é a mesma coisa que construir seu próprio caixão – a arquitetura da tumba, e "carpinteiro" é só um outro nome para "fazedor de caixão". Diz alguém, em seu desespero ou indiferença à vida: pegue um punhado de terra do chão e pinte sua casa dessa cor. Está ele pensando em sua última e estreita morada? Podem apostar nisso também. Que falta do que fazer! Para que pegar um punhado de terra? Melhor pintar a casa na cor de sua pele; aí ela vai corar e empalidecer por você. Que façanha aprimorar o estilo da arquitetura de uma cabana! Quando você estiver com meus ornamentos prontos, vou usá-los.

Antes do inverno construí uma lareira, e revesti as laterais de minha casa, que já eram impermeáveis à chuva, com placas de madeira irregulares e úmidas de seiva que tirei da primeira camada do tronco, cujas beiradas tive de acertar com uma plaina.

Assim tenho uma casa de estuque e placas de madeira bem firmes, com 3 metros de largura por 5 metros de comprimento, e pé direito de 2,40 metros, com um sótão e uma despensa, uma janela larga de cada lado, dois alçapões, uma porta na ponta e uma lareira de tijolos no lado oposto. O custo exato de minha casa, pagando o preço normal pelos materiais que usei, mas sem contar o trabalho, todo ele feito por mim, foi o seguinte; e dou os detalhes porque pouquíssima gente sabe dizer exatamente o quanto custa sua casa, e ninguém ou quase ninguém sabe o custo de cada um dos vários materiais empregados:

Tábuas	$8,03 ½ ,	na maioria não aplainadas
Refugo de taubilhas para o telhado e as laterais	4,00	
Ripas	1,25	
Duas janelas com vidro de segunda mão	2,43	
Mil tijolos usados	4,00	
Duas barriladas de cal	2,40	Foi caro.
Fibra animal	0,31	Mais do que eu precisava.
Ferro para a armação da lareira	0,15	
Pregos	3,90	
Dobradiças e parafusos	0,14	
Trinco	0,10	
Cal	0,01	
Transporte	1,40	Carreguei boa parte nas costas.
Ao todo	$28,12 ½	

Este é o total de material, exceto os troncos de madeira, as pedras e a areia, que incluí entre meus direitos de posseiro. Também tenho um pequeno telheiro, feito basicamente com o que sobrou depois de construir a casa.

Pretendo construir para mim uma casa que vai superar em luxo e grandeza qualquer uma da rua principal de Concord, logo que me der vontade, e não vai me custar mais caro do que esta.

Assim descobri que o estudante que quiser pode obter uma morada para o resto da vida a um preço não superior ao aluguel anual que ele paga hoje em dia. Se pareço me vangloriar mais do que deveria, minha desculpa é que alardeio para a humanidade, e não para mim mesmo; e meus defeitos e incoerências não afetam a verdade do que digo. Apesar de muita hipocrisia e fingimento – joio que acho difícil separar de meu trigo, mas que lamento como todo mundo –, vou respirar livremente e me esticar à vontade, de tanto alívio que isso traz ao sistema físico e moral; e decidi que não vou me tornar o advogado do diabo só por humildade. Vou me empenhar em falar a favor da verdade. Na Universidade de Cambridge, o simples aluguel de um quarto de estudante, só um pouco maior do que o meu, sai por trinta dólares ao ano, embora a universidade tenha aproveitado para construir 32 dormitórios, um ao lado do outro e sob o mesmo teto, e o ocupante sofre o inconveniente de ter muitos vizinhos barulhentos, e talvez ainda por cima tenha de ficar no quarto andar. Não consigo deixar de pensar que, se realmente tivéssemos maior sensatez verdadeira nesses aspectos, não só seria preciso menos ensino escolar, pois de fato já se teria aprendido mais, como também as despesas monetárias com a educação diminuiriam muito. Essas comodidades que o estudante requer em Cambridge ou algum outro lugar custam a ele ou a alguma outra pessoa um sacrifício de vida dez vezes maior do que teriam com uma administração sensata de ambos os lados. As coisas que demandam a maior parte do dinheiro nunca são as coisas de que o estudante mais precisa. Os cursos, por exemplo, correspondem a um item importante na anuidade, ao passo que não se cobra nada pela educação muitíssimo mais valiosa que o estudante obtém ao conviver com seus contemporâneos mais cultivados. A maneira de criar uma faculdade é, geralmente, conseguir uma subscrição de dólares e centavos, e então seguir cegamente os princípios de uma divisão do trabalho levada a seu extremo, princípios estes que jamais deveriam ser seguidos a não ser com muita circunspecção – chamar um empreiteiro que faz daquilo um objeto de especulação, e emprega irlandeses ou outros operários para fazer a fundação, enquanto os futuros estudantes ficam supostamente se preparando para o curso; e gerações inteiras têm de pagar por essas omissas empreitadas. Penso que, para os estudantes ou os que desejam ser beneficiados com esses estudos, *seria melhor* eles mesmos construírem a fundação. O estudante que consegue seu sonhado retiro e lazer evitando sistematicamente qualquer trabalho necessário ao homem obtém apenas um lazer indigno e estéril, roubando a si mesmo a experiência, única coisa capaz de tornar o lazer fecundo. "Mas", pode alguém perguntar, "então você está dizendo que os estudantes deveriam trabalhar com as mãos e não com a cabeça?" Não é bem isso o que estou dizendo, mas o que estou dizendo é algo que ele poderia achar bem parecido com isso; o que estou dizendo é que eles não deviam apenas *estudar* a vida ou *brincar* de viver, enquanto a comunidade os sustenta nesse jogo bem caro, e sim *vivê-la* sinceramente do começo ao fim. Como os jovens podem melhor aprender a viver a não ser tentando a experiência de viver? A meu ver, isso exercitaria o intelecto deles, tanto quanto a matemática. Se eu quisesse que um menino aprendesse alguma coisa de artes e ciências, por exemplo, eu não seguiria a praxe, que é simplesmente mandá-lo para junto de algum professor, onde se professa e se pratica qualquer coisa menos a arte da vida – examinar o mundo por um telescópio ou por um microscópio, e nunca com o olho a nu; estudar química e não aprender como é feito o pão, ou mecânica, e não aprender como se ganha a vida; descobrir novos satélites de Netuno e não perceber o cisco nos olhos, ou de que ente errante ele mesmo é satélite; ou ser devorado pelos monstros que pululam a seu redor enquanto examina os monstros numa gota de vinagre. Depois de um mês, quem teria aprendido mais – o menino que fez seu canivete simples com o minério que ele mesmo desencavou e fundiu, lendo o que fosse necessário, ou o menino que, enquanto isso, assistiu às aulas de metalurgia no Instituto e ganhou do pai um Rogers de duas travas? Quem teria mais chance de cortar o dedo?... Para meu grande espanto, quando saí da faculdade fui informado de que tinha estudado navegação! – ora, se eu tivesse dado uma volta pelo porto, teria aprendido mais. Mesmo o estudante *pobre* estuda e aprende apenas economia *política*, enquanto aquela economia do viver que é sinônimo de filosofia não é sequer professada sinceramente em nossas faculdades. A consequência é que, enquanto ele fica lendo Adam Smith, Ricardo e Say, leva o pai a se endividar irremediavelmente.

Tal como nas faculdades, o mesmo ocorre com inúmeros "avanços modernos"; há uma ilusão em torno deles; nem sempre é um avanço positivo. O diabo continua até o final a ganhar juros compostos sobre sua participação inicial e sobre os vários investimentos posteriores. Nossas invenções costumam ser brinquedos bonitinhos, que distraem nossa atenção das coisas sérias. Não passam de meios aperfeiçoados para um fim não aperfeiçoado, um fim que já era muito fácil de alcançar; como as ferrovias que levam a Boston ou a Nova York. Estamos na maior pressa para construir um telégrafo magnético do Maine ao Texas; mas o Maine e o Texas possivelmente não têm nada de importante para comunicar. Ambos ficam na situação daquele homem que tanto queria ser apresentado a uma ilustre senhora surda, mas, na hora da apresentação e quando lhe puseram na mão uma das pontas do aparelho de surdez da dama, ele não tinha nada a dizer. Como se o principal objetivo fosse falar rápido, em vez de falar com sensatez. Temos a maior vontade de fazer um túnel sob o Atlântico, para trazer o velho mundo algumas semanas mais perto do novo mundo; mas quiçá a primeira notícia que vai vazar na grande orelha de abano americana será que a princesa Adelaide sofre de tosse comprida. Afinal, o homem cujo cavalo trota 1,6 quilômetro num minuto não está levando as mensagens mais importantes; não é um apóstolo nem se alimenta de gafanhotos e mel silvestre. Duvido que Flying Childers tenha algum dia levado um saco de milho ao moinho.

Alguém me diz: "Duvido que você não tenha dinheiro guardado; você gosta de viajar; podia pegar o trem e ir até Fichtburg hoje e ver a região". Mas sou mais esperto. Aprendi que o viajante mais rápido é o que vai a pé. Digo a meu amigo: "Vamos supor e ver quem chega lá primeiro. A distância é de 48 quilômetros, a passagem custa 90 centavos. É quase um dia de salário. Lembro quando a diária era de 60 centavos para os trabalhadores desta mesma estrada. Bom, eu saio agora a pé, e chego lá antes do anoitecer. Tenho andado nesse ritmo a semana toda. Enquanto isso, você vai ganhar o dinheiro da passagem, e chega lá amanhã a alguma hora, ou talvez ainda esta noite, se tiver a sorte de conseguir um serviço de temporada. Em vez de estar indo para Fitchburg, você vai estar trabalhando aqui a maior parte do dia. E assim, mesmo que a ferrovia dê a volta ao mundo, acho que sempre vou estar à sua frente; e quanto a ver a região e viver essa experiência, eu descartaria totalmente a hipótese de que você consiga".

Tal é a lei universal, que nenhum homem pode burlar, e quanto à ferrovia, podemos até dizer que o seu comprimento é igual à sua largura. Fazer uma ferrovia ao redor do mundo, acessível a toda a humanidade, equivale a nivelar a superfície inteira do planeta. Os homens têm uma vaga noção de que, se mantiverem essa atividade de pás, picaretas e capitais empresariais por tempo suficiente, algum dia todos irão a algum lugar quase instantaneamente e por uma ninharia; mas, embora uma multidão se precipite para a plataforma e o condutor grite "Hora de embarcar!", quando a fumaça se dissipar e o vapor se condensar, perceberão que poucos subiram e os restantes foram atropelados – e isso será qualificado de "Um triste acidente", e será mesmo. Sem dúvida, quem tiver dinheiro para a passagem finalmente poderá viajar, isto é, se estiver vivo até lá, mas provavelmente já terá perdido a elasticidade e a vontade de viajar. Essa coisa de gastar a melhor parte da vida ganhando dinheiro para gozar uma duvidosa liberdade em sua parte menos valiosa me faz lembrar aquele inglês que primeiro foi à Índia fazer fortuna para poder depois voltar à Inglaterra e levar uma vida de poeta. "Mas como!", exclama um milhão de irlandeses erguendo-se de todos os barracos na terra, "essa ferrovia que a gente construiu não é boa?" Sim, respondo eu, *relativamente* boa, isto é, vocês poderiam ter feito pior; mas, como vocês são meus irmãos, eu preferiria que tivessem gastado o tempo melhor do que cavando nessa lama.

Antes de terminar minha casa, querendo ganhar dez ou doze dólares com algum método honesto e agradável para cobrir minhas despesas extraordinárias, plantei perto dela cerca de 2,5 acres de terra leve e arenosa principalmente com feijão, mas também uma pequena parte com batata, milho, ervilha e nabo. O terreno todo tem cerca de onze acres, a maior parte consistindo em pinheiros e nogueiras, e foi vendido na estação passada por oito dólares e oito centavos o acre. Um agricultor disse que "só prestava para criar esquilos barulhentos". Não pus nenhum esterco nessa terra, pois não era o dono, mas um simples posseiro, e não esperava plantar tanto numa próxima vez, e nunca carpi a área toda. Destoquei muitos metros cúbicos de madeira enquanto arava, o que me forneceu lenha para muito tempo, e deixei vários círculos de terra vegetal virgem, que durante o verão se distinguiam facilmente pelo feijão mais viçoso que cresceu ali. A madeira morta, na maior parte invendável, que ficava atrás de minha casa, e a madeira flutuante do lago me forneceram o restante do combustível. Fui obrigado a contratar uma parelha de bois e um homem para arar o campo, mas o arado eu mesmo conduzi. Meus gastos agrícolas na primeira estação foram de $14,72 ½ para os implementos, sementes, mão de obra etc. As sementes de milho eu ganhei. Elas não custam praticamente nada, a não ser que você plante muito. Colhi doze balaios de feijão e dezoito balaios de batata, além de um pouco de ervilha e milho doce. O milho amarelo e os nabos foram plantados tarde demais para dar qualquer coisa. Minha receita total do sítio foi:

$23,44
Deduzindo as despesas .... 14,72 ½

Sobraram............................ $8,71 ½

além da produção consumida e do estoque na época em que foi feito o cálculo, no valor de $4,50 – a quantidade em estoque mais do que compensando um pouco de pasto que não cultivei. Considerando tudo, isto é, considerando a importância da alma de um homem e do dia de hoje, apesar do curto tempo que durou minha experiência, em parte até por causa de seu caráter transitório, acredito que estava indo melhor do que qualquer agricultor em Concord naquele ano.

No ano seguinte eu me saí melhor ainda, pois lavrei no braço toda a terra de que precisava, cerca de ⅓ de acre, e aprendi com a experiência dos dois anos, sem me intimidar minimamente com muitas celebradas obras sobre agricultura, entre elas a de Arthur Young, que se o sujeito vive com simplicidade e come apenas o que planta, e não planta mais do que come, e não troca por uma quantidade insuficiente de coisas mais caras e luxuosas, basta cultivar umas poucas carreiras, e que é mais barato lavrar no braço do que arar com bois, e escolher um novo local de tempos em tempos em vez de estercar o velho, e que ele pode fazer toda a sua lida rural com uma mão nas costas, por assim dizer, em algumas horas no verão; e assim não fica amarrado a um boi, ou cavalo, ou vaca, ou porco, como hoje em dia. Quero falar com imparcialidade sobre isso, sem nenhum interesse no sucesso ou no fracasso dos atuais arranjos sociais e econômicos. Eu era mais independente do que qualquer agricultor em Concord, pois não estava preso a uma casa ou sítio, mas podia seguir a inclinação de meu gênio, que é muito irregular, a cada momento. Além de já estar melhor do que eles, se a minha casa tivesse queimado ou a safra não rendesse, eu ficaria quase tão bem quanto antes.

Costumo pensar que os homens não são os pastores dos rebanhos e sim os rebanhos são os pastores dos homens, pois são muito mais livres. Homens e bois trocam serviços; mas, se considerarmos apenas o serviço necessário, veremos que os bois levam grande vantagem, pois a terra deles é muito maior. O homem cumpre uma parte do que lhe cabe na troca de serviços nas seis semanas em que faz feno, e isso dá um trabalho que não é brincadeira. Certamente nenhuma nação que vivesse com simplicidade em todos os aspectos, ou seja, nenhuma nação de filósofos, cometeria a asneira tão grande de usar o trabalho animal. É verdade que nunca existiu e provavelmente tão cedo nunca existirá uma nação de filósofos, e nem sei se seria bom que existisse. Em todo caso, *eu* nunca amansaria um cavalo ou um touro e lhe daria de comer em troca de qualquer trabalho que pudesse fazer para mim, pelo medo de me tornar simplesmente o homem do cavalo ou o homem da boiada; e se parece ser a sociedade que sai ganhando, temos mesmo certeza de que o ganho de um não é a perda de outro, e que o menino do estábulo tem razões para se sentir tão satisfeito quanto seu patrão? Admitindo que algumas obras públicas não teriam sido construídas sem esse auxílio, o homem então que partilhe a glória com o boi e o cavalo; segue-se daí que, neste caso, ele não poderia ter realizado obras ainda mais dignas de si? Quando os homens começam a fazer com o auxílio dos animais uma obra não meramente desnecessária ou artística, mas luxuosa e fútil, é inevitável que alguns cumpram toda a outra parte do acordo com os bois, ou, em outras palavras, tornem-se os escravos dos mais fortes. Assim, o homem não trabalha apenas para o animal dentro de si, mas, como um símbolo disso, trabalha para o animal fora de si. Embora tenhamos muitos casarões de pedra ou tijolo, a prosperidade do agricultor ainda é medida pela sombra que o estábulo projeta sobre a casa. Dizem que nossa cidade tem as maiores casas para bois, vacas e cavalos das redondezas, e ela não fica atrás em seus edifícios públicos; mas são pouquíssimos os espaços que abrigam a liberdade de culto ou a liberdade de expressão neste condado. Não deveria ser pela arquitetura, e sim, por que não?, pelo poder do pensamento abstrato, que as nações deveriam celebrar a si mesmas. Muito mais admirável é o *Bhagavad-Gita* do que todas as ruínas do Oriente! Torres e templos são luxos de príncipes. Um espírito simples e independente não trabalha sob as ordens de príncipe algum. O gênio não é criado de nenhum imperador, e seu material não é o ouro, a prata ou o mármore, exceto a um ínfimo grau. Ora por favor, para que tanta pedra malhada? Na Arcádia, quando eu estava lá, não vi ninguém malhando pedra. As nações são possuídas por uma ambição insana de perpetuar a própria memória pela quantidade de pedra malhada que deixam. E se dedicassem igual esforço para alisar e polir suas maneiras? Uma pequena obra de bom senso seria mais memorável do que um monumento da altura dos céus. Gosto muito mais de ver as pedras no lugar. A grandeza de Tebas era uma grandeza vulgar. Mais sensata do que Tebas das cem portas, que se extraviou da verdadeira finalidade da vida, é a fiada de pedras cercando o campo de um homem honesto. A religião e a civilização que são bárbaras e pagãs constroem templos magníficos; mas o que podemos chamar de cristianismo, não. A maior parte das pedras de uma nação se destina apenas à sua tumba. Ela se enterra viva. Quanto às pirâmides, o que mais admira é o fato de terem se encontrado tantos homens tão degradados que passaram a vida construindo uma tumba para algum néscio ambicioso, que teria sido mais sábio e mais valoroso ter afogado no Nilo e depois entregado seu cadáver aos cães. Eu até poderia inventar alguma desculpa para eles e para ele, mas não tenho tempo para isso. Quanto à religião e o amor à arte dos construtores, são muito parecidos no mundo inteiro, seja um templo egípcio ou o Banco dos Estados Unidos. Custa mais do que vale. A mola é a vaidade, ajudada pelo amor ao alho e ao pão com manteiga. O sr. Balcom, um jovem arquiteto promissor, faz o desenho com lápis e régua nas costas de seu Vitrúvio, e o serviço é passado para Dobson & Sons, construtores. Quando os trinta séculos começam a contemplar lá do alto, a humanidade começa a contemplar aqui de baixo. Quanto a suas altas torres e monumentos, havia um sujeito maluco aqui na cidade que resolveu cavar até a China, e cavou tanto, disse ele, que ouviu chacoalhar os tachos e as panelas dos chineses; mas creio que não vou deixar o que estou fazendo para ir ver o buraco que ele fez. Muita gente está interessada nos monumentos do Ocidente e do Oriente – querendo saber quem os construiu. De minha parte, eu queria saber quem, naquela época, não os construiu – quem estava acima dessas miudezas. Mas vamos continuar com minhas estatísticas.

. Nesse meio tempo, prestando na cidade serviços de topógrafo, de carpinteiro e vários outros, pois sou o homem dos mil instrumentos, ganhei $13,34. O gasto com comida por oito meses, a saber, de 4 de julho a 1º de março, data em que fiz essas contas, embora tenha morado lá mais de dois anos – sem contar as batatas, um pouco de milho verde e algumas ervilhas que eu tinha plantado, e sem considerar o valor do que tinha em estoque na data de fechamento, foi:

Arroz	$1,73 ½	
Melado	1,73	Forma mais barata de sacarina.
Farinha de centeio	1,04 ¾	
Farinha de milho	0,99 ¾	Mais barato do que centeio.
Carne de porco	0,22	

Farinha de trigo ....0,88 — Custa mais do que farinha de milho, em dinheiro e em dor de cabeça.

Açúcar 0,80
Toucinho 0,65
Maçãs 0,25
Maçã seca 0,22
Batata doce 0,10
Uma abóbora 0,06
Um melão 0,02
Sal 0,03

Todas essas experiências falharam.

Sim, comi $8,74, somando tudo; mas eu não publicaria tão despudoradamente minha culpa se não soubesse que a maioria de meus leitores também incorreria na mesma culpa, e que seus gastos não fariam melhor figura na letra impressa. No ano seguinte, algumas vezes apanhei um pouco de peixe para o jantar, e uma vez cheguei ao ponto de matar uma marmota que devastou meu feijoal – efetuei sua transmigração, como diria um tártaro – e a devorei, em parte como experiência; mas, embora tenha me dado um prazer momentâneo, apesar do gosto almiscarado, vi que mesmo o longo uso não justifica a prática, por mais que as marmotas de vocês já pareçam estar prontas no açougue da cidade.

A roupa e algumas despesas ocasionais nesse mesmo período, embora pouco se possa inferir deste item, somaram:

$8,40 ¾
Óleo e alguns utensílios domésticos 2,00

De forma que todas as saídas em dinheiro, tirando lavar e consertar a roupa, que em geral foram serviços feitos fora e as contas ainda não tinham chegado – e é assim que necessariamente vai o dinheiro nesta parte do mundo –, foram:

Casa...$28,12 ½
Um ano de plantio .... 14,72 ½
Oito meses de comida 8,74
Oito meses de roupa etc. .... 8,40 ¾
Oito meses de óleo etc. 2,00
Ao todo ....$61,99 ¾

Agora eu me dirijo aos leitores que têm de ganhar a vida. De receita, a produção do sítio deu:

$23,44
Diárias recebidas 13,34

Ao todo..$36,78,

que, abatendo do total das despesas, deixa um saldo de $25,21 ¾ de um lado – que é praticamente o valor com que comecei, e o montante de despesas necessárias – e de outro lado, além do tempo livre, da independência e da saúde garantidas, uma casa confortável para mim enquanto quiser morar nela.

Essas estatísticas, mesmo podendo parecer circunstanciais e portanto pouco instrutivas, também têm um certo valor por serem razoavelmente completas. Não recebi nada de que eu não prestasse contas de alguma maneira. O cálculo acima mostra que só minha comida me custou em dinheiro cerca de 27 centavos por semana. Foi, durante quase dois anos depois disso, farinha de centeio e de milho sem fermento, batata, arroz, bem pouco de carne de porco salgada, melado e sal, e água para beber. Não destoava que eu, apreciando tanto a filosofia hindu, vivesse basicamente de arroz. Às objeções dos inveterados caviladores de plantão, também posso declarar que, se de vez em quando jantei fora, como sempre fiz e espero ter oportunidade de fazer de novo, foi frequentemente em detrimento de meus arranjos domésticos. Mas visto que jantar fora, como afirmei, é um elemento constante, não afeta em nada um relatório comparativo como este.

Aprendi com os dois anos dessa minha experiência que dá incrivelmente pouco trabalho obter o alimento necessário para viver, mesmo nesta latitude; que um homem pode ter uma dieta simples como a dos animais, e manter a força e a saúde. Tive um bom banquete, e bom sob vários aspectos, com um simples prato de beldroega (*Portulaca oleracea*) que colhi em meu milharal, fervi e temperei com sal. Dou o nome em latim por causa do nome saboroso que usamos.[2]

---

2. Em inglês, *purslane*. (N.E.)

E, por favor me digam, o que mais pode desejar um homem sensato, em tempos de paz, num almoço normal, do que uma quantidade suficiente de espigas de milho verde cozidas com sal? Mesmo a pequena variedade que eu usava era mais uma concessão às exigências do apetite do que uma questão de saúde. E no entanto os homens chegaram a um tal ponto que muitas vezes passam fome, não por falta do necessário, mas por falta do luxo; e conheço uma boa mulher que acha que o filho perdeu a vida porque passou a tomar apenas água.

O leitor perceberá que estou tratando o assunto mais de um ponto de vista econômico do que dietético, e não se arriscará a testar a minha frugalidade, a não ser que tenha uma despensa bem fornida.

O pão, no começo, eu fazia só com farinha de milho e sal, a autêntica broa de milho, que assava em meu fogo ao ar livre, em cima de uma tábua ou na ponta de um pedaço de pau que serrei ao construir minha casa; mas costumava ficar defumado e com gosto de pinho. Experimentei também com farinha de trigo; mas finalmente cheguei a uma mistura de centeio e milho que ficou muito adequada e agradável. No frio era muito divertido assar vários pãezinhos assim, em sequência, atendendo-os e virando-os com todo o cuidado como um egípcio chocando seus ovos. Eram como uma verdadeira fruta de cereal que eu amadurecia, e tinham para meus sentidos o perfume de outros frutos nobres, que eu conservava o máximo possível enrolando-os em pano. Fiz um estudo da antiga e indispensável arte de fazer pães, consultando as autoridades disponíveis, remontando aos dias primitivos e à primeira invenção da espécie ázima, quando da crueza das nozes e das carnes os homens chegaram à maciez e ao refinamento dessa dieta, e gradualmente passando em meus estudos por aquele acidental azedamento da massa que, supõe-se, ensinou o processo de levedura e pelas várias fermentações posteriores, até que cheguei ao "bom, doce, saudável pão", o sustento da vida. A levedura, que alguns julgam ser a alma do pão, o *spiritus* que preenche o tecido de suas células, que é religiosamente preservado como o fogo vestal – algum precioso frasco cheio dela, imagino eu, inicialmente trazido no *Mayflower*, cumpriu sua tarefa na América, e sua influência ainda está crescendo, inchando, se avolumando, em ondas cerealianas por toda a terra – esta semente que eu pegava regularmente, fielmente, na cidade, até que um dia esqueci as regras e escaldei meu fermento; acidente que me fez descobrir que nem ele era indispensável – pois minhas descobertas se davam não pelo processo sintético e sim pelo analítico – e desde então passei a dispensá-lo de bom grado, embora inúmeras donas de casa tenham me garantido com toda a seriedade que pão bom e saudável sem fermento não existe, e o pessoal de idade tenha profetizado uma veloz decadência das forças vitais. Mesmo assim, penso que não é um ingrediente essencial, e depois de passar um ano sem ele ainda continuo na terra dos vivos; e fico contente de escapar à trivialidade de andar com um frasco de fermento no bolso, que às vezes solta a tampa, vaza o conteúdo e me deixa desconcertado. É mais simples e mais respeitável dispensá-lo. O homem é um animal que, mais do que qualquer outro, consegue se adaptar a todos os climas e circunstâncias. E eu tampouco usava bicarbonato nem qualquer outro ácido ou álcali em meu pão. Pelo visto, segui a receita que Marco Pórcio Catão deu cerca de dois séculos antes de Cristo. *"Panem depsticium sic facito. Manus mortariumque bene lavato. Farinam in mortarium indito, aquae paulatim addito, subigitoque pulchre. Ubi bene subegeris, fingito, coquitoque sub testu."* Que entendo como: "Faça pão sovado assim. Lave bem as mãos e a vasilha. Ponha a farinha na vasilha, acrescente água aos poucos, amasse muito bem. Quando estiver bem amassado, dê-lhe forma e asse sob uma tampa", isto é, numa assadeira. Nem uma palavra sobre levedura. Mas nem sempre usei esse sustento da vida. Certa vez, devido ao bolso vazio, passei mais de um mês sem vê-lo.

Todo morador da Nova Inglaterra poderia muito bem plantar todo o seu pão nesta terra de centeio e milho, sem depender de mercados distantes e flutuantes. Mas estamos tão longe da simplicidade e da independência que, em Concord, raramente as lojas vendem farinha fresca e fina, e quase ninguém usa quirera e milho quebrado ainda mais grosso. Em geral o agricultor dá o cereal que planta a seus bois e porcos, e compra no comércio a farinha, que certamente mais saudável não é, a um custo mais alto. Eu vi que podia plantar meu saco ou dois de centeio e milho, pois centeio dá mesmo em terra muito pobre, e milho não exige terra muito boa, e moer num pilão, e passar sem arroz nem carne de porco; e se precisar de algum açúcar concentrado, descobri por experiência que podia fazer um ótimo melado com abóbora ou beterraba, e sabia que bastariam uns pés de bordo para obtê-lo ainda mais facilmente, e enquanto os bordos estivessem crescendo poderia usar vários substitutos além dos que nomeei. "Pois", como cantavam os Antepassados:

> "podemos fazer licor para adoçar os lábios
> De abóboras e baroas e lascas de nogueira."
>
> ["*we can make liquor to sweeten our lips
> Of pumpkins and parsnips and walnut-tree chips.*"]

Por fim, quanto ao sal, tão antigo artigo, seria uma boa ocasião para visitar o litoral ou, se fosse dispensá-lo por completo, provavelmente tomaria menos água. Não tenho notícia de que os índios jamais tenham se dado ao trabalho de ir atrás dele.

Assim, quanto à comida, eu podia dispensar qualquer troca e comércio, e, já tendo um abrigo, faltava apenas conseguir roupa e combustível. As calças que estou usando agora foram tecidas num lar de agricultores – graças aos Céus ainda existe virtude no homem; pois penso que a queda do agricultor para o operário é tão grande e memorável quanto a queda do homem para o agricultor – e num país novo combustível é o que não falta. Quanto ao habitat, se não me permitissem continuar como posseiro, poderia comprar um acre ao mesmo preço a que foi vendida a terra que eu cultivei – a saber, oito dólares e oito centavos. Mas, tal como foi, julgo que valorizei a terra ao usá-la como posseiro.

Existe uma certa categoria de céticos que às vezes me perguntam coisas como, se eu acho que posso viver só de vegetais; e para chegar logo à raiz da questão – pois a raiz é a fé –, costumo responder que posso viver de pregos. Se não conseguem entender isso, não entenderão grande parte do que tenho a dizer. Quanto a mim, fico contente em saber que andam fazendo tais experiências; que um jovem tentou viver uma quinzena comendo espigas de milho seco cru, tendo apenas os dentes para moê-los. A tribo dos esquilos tentou a mesma coisa e deu certo. A espécie humana está interessada nessas experiências, mesmo que algumas velhas incapacitadas para isso, ou as viúvas que herdaram um terço dos moinhos, possam se sentir alarmadas.

Meus acessórios domésticos, sendo que uma parte da mobília eu mesmo fiz e o restante não me custou nada de que eu não tenha prestado contas, consistiam em uma cama, uma mesa, uma escrivaninha, três cadeiras, um espelho com 7,5 centímetros de diâmetro, um par de tenazes e suporte de lenha para a lareira, um tacho, uma caçarola e uma frigideira, uma caneca, uma bacia, duas facas e dois garfos, três pratos, uma xícara, uma colher, uma jarra para óleo, uma jarra para melado e uma lâmpada esmaltada. Ninguém é tão pobre que precise sentar numa abóbora. Isso é incapacidade. Existem montes de cadeiras das que eu mais gosto nos sótãos da cidade, que basta pegar e levar. Mobília! Graças a Deus, posso sentar e ficar de pé sem a ajuda de uma loja de mobílias. Que homem, a não ser um filósofo, não se envergonharia de ver sua mobília amontoada numa carroça e andando exposta à luz dos céus e aos olhos dos homens, uma miserável apresentação de caixas vazias? Aquela é a mobília do Spaulding. Eu jamais saberia dizer, olhando uma carga dessas, se ela pertencia a um homem dito rico ou pobre; o dono sempre parecia afundado na pobreza. De fato, quanto mais você tem dessas coisas, mais pobre você é. Cada carga parece o conteúdo de doze barracos; se um barraco é pobre, ela é doze vezes pobre. Ora por favor, para que a gente se *muda*, se não for para se livrar da mobília, das *exuviae*; e finalmente passar deste para outro mundo com mobília nova, deixando esta aqui para ser queimada? É como se todos esses pertences estivessem presos ao cinto de um homem, e ele não conseguisse andar pelo campo acidentado onde lançamos nossas linhas sem arrastar junto essa sua armadilha. Teve sorte a raposa que deixou o rabo na armadilha. O rato almiscarado roerá a terceira pata para se libertar. Não admira que o homem tenha perdido sua elasticidade. Quantas vezes ele fica entalado! "Senhor, desculpe-me perguntar, o que o senhor quer dizer com entalado?" Se você é observador, sempre que encontrar um homem você verá que tudo o que ele tem, coitado, e muito do que finge não ter, vai se arrastando atrás dele, até seus utensílios de cozinha e todos os trastes que ele guarda e não queimará, e o sujeito vai parecer atrelado àquilo, avançando a duras penas. Digo que o homem fica entalado quando ele passa por uma fresta ou por um portão, e a carga com a mobília não consegue passar. Não consigo deixar de sentir dó quando ouço algum homem de ar asseado e composto, aparentemente livre, todo lépido e animado, falando de sua "mobília" como se estivesse ou não estivesse no seguro. "Mas o que vou fazer com minha mobília?" E eis aí minha alegre borboleta emaranhada numa teia de aranha. Mesmo aqueles que faz tempo que parecem não ter nenhum móvel, se você indagar um pouco mais, vai descobrir que têm alguma coisa guardada no celeiro de alguém. Vejo a Inglaterra de hoje como um velho cavalheiro viajando com uma montanha de bagagens, quinquilharias que acumulou em muitos anos de casa e não tem coragem de queimar; mala grande, mala pequena, chapeleira, pacote. Jogue fora pelo menos os três primeiros. Hoje em dia, ultrapassaria as forças de um homem sadio levantar a cama e sair andando, e com certeza aconselho ao doente que deixe a cama e saia correndo. Quando encontrei um imigrante cambaleando sob uma trouxa que trazia tudo o que tinha – parecendo um cisto que lhe havia crescido na nuca –, fiquei com pena dele, não porque era tudo o que tinha, mas porque tinha tudo *aquilo* para carregar. Se eu tiver de arrastar a armadilha de meus pertences, vou cuidar que seja leve e não me belisque numa parte vital. Mas talvez seja mais sábio nunca pôr a pata nela.

Aliás, eu comentaria que não gasto nada com cortinas, pois não tenho quem me espreite de fora a não ser o sol e a lua, e estes muito me agrada que espreitem dentro de casa. A lua não vai azedar meu leite nem estragar minha carne, o sol não vai manchar minha mobília nem desbotar meu tapete, e se às vezes ele é um amigo caloroso demais, ainda acho melhor providência me refugiar atrás de alguma cortina oferecida pela natureza do que acrescentar um item que seja aos detalhes domésticos. Certa vez uma senhora me ofereceu um capacho, mas como eu não tinha espaço sobrando dentro de casa, nem tempo sobrando dentro ou fora de casa para abaná-lo, declinei, preferindo limpar os pés na grama na frente da porta. É melhor evitar o mal desde o começo.

Não muito tempo depois, assisti ao leilão dos efetivos de um pároco, pois efetiva não deixara de ser sua vida:

"O mal que os homens fazem sobrevive a eles."

Como de costume, uma grande parte eram quinquilharias que tinham começado a se acumular desde a época do pai dele. Entre os restos havia uma lombriga seca. E agora, depois de passar meio século no sótão e outros desvãos cheios de pó, essas coisas não foram queimadas; em vez de um *bom fogo*, ou a destruição purificadora delas, houve uma *hasta* ou o aumento delas. Os vizinhos se juntaram ansiosos em vê-las, compraram tudo e cuidadosamente transportaram as quinquilharias para seus sótãos e desvãos, para jazerem lá até a hora do acerto de seus espólios, quando partirão de novo. Ao morrer, o homem chuta o pó.

Talvez fosse proveitoso imitar os costumes de algumas nações selvagens, pois pelo menos aparentam trocar a pele uma vez por ano; elas têm a ideia da coisa, quer tenham ou não a realidade dela. Não seria bom se comemorássemos um "*busk*" ou "festa dos frutos frescos", como descreve Bartram o costume dos índios de Mucclasse? Ele diz: "Quando um povoado celebra o *busk*, tendo previamente providenciado novas roupas, novos potes, panelas e outros móveis e utensílios domésticos, eles juntam todas as suas roupas gastas e outras coisas que não prestam, varrem e limpam a sujeira de suas casas, das praças e do povoado inteiro, que jogam com o resto dos grãos e outras provisões velhas num monte geral e consomem com o fogo. Depois de fazer o necessário e jejuar por três dias, todo o fogo no povoado é extinto. Durante este jejum, eles se abstêm de satisfazer qualquer apetite e paixão que seja. Proclama-se uma anistia geral; todos os malfeitores podem retornar a seu povoado".

"Na quarta manhã, o sumo sacerdote, esfregando dois gravetos secos, acende um novo fogo na praça pública, de onde cada habitação do povoado recebe uma chama pura e nova."

Então eles festejam o milho e os frutos frescos, dançam e cantam por três dias, "e nos quatro dias seguintes recebem visitas e se regozijam com seus amigos dos povoados próximos que se purificaram e se prepararam de forma parecida".

Os mexicanos também realizavam uma purificação semelhante a cada 52 anos, na crença de que o mundo estava para se acabar.

Raramente ouvi falar de sacramento, isto é, como define o dicionário, "sinal externo e visível de uma graça interna e espiritual", mais autêntico do que este, e não duvido de que originalmente tenham recebido inspiração do próprio Céu para agir assim, embora não possuam nenhum registro bíblico da revelação.

Portanto, por mais de cinco anos eu me mantive exclusivamente com o labor de minhas mãos, e descobri que, trabalhando cerca de seis semanas por ano, podia fazer frente a todas as despesas da vida. Todos os meus invernos, bem como a maior parte de meus verões, tinha-os livres e disponíveis para estudar. Tentei manter uma escola, e descobri que minhas despesas eram proporcionais, ou melhor, desproporcionais à minha receita, pois eu era obrigado a me apresentar e ensinar, para não dizer pensar e acreditar, de acordo com as regras da escola, e na troca eu saía perdendo meu tempo. Como eu não ensinava para o bem de meus semelhantes, mas simplesmente para meu sustento, foi um fracasso. Tentei o comércio; mas descobri que levaria dez anos para avançar nesse caminho, e que nessas alturas já estaria em meu caminho para o demônio. Na verdade, eu receava que estaria fazendo o que se chama de bom negócio. Antes disso, procurando o que podia fazer para viver, ainda estando frescas em minha lembrança algumas tristes experiências, denunciando minha inexperiência, em me moldar aos desejos dos amigos, muitas vezes pensei seriamente em colher mirtilos; isso certamente eu poderia fazer, e o pouco de lucro bastaria – pois minha maior habilidade sempre foi precisar de pouco –, tão pouco capital exigia, tão pouca distração de meus humores habituais, pensei eu tolamente. Enquanto meus conhecidos entravam sem hesitar no comércio ou nas profissões liberais, eu considerava esta ocupação quase igual às deles; percorrendo as colinas durante todo o verão para colher as bagas que aparecessem em meu caminho e depois dispondo delas despreocupado; assim, era como cuidar dos rebanhos de Admeto. Eu também sonhava em colher as ervas silvestres ou levar ramos de coníferas para os moradores que gostavam de relembrar a mata, e mesmo para a cidade, às carretadas. Mas depois aprendi que o comércio amaldiçoa tudo o que toca; e mesmo que você comercie mensagens celestiais, a maldição toda do comércio se cola à atividade.

Como eu preferia umas coisas a outras, e acima de tudo valorizava minha liberdade, como eu podia passar com pouco e mesmo assim me sair bem, não queria gastar meu tempo para ter ricos tapetes ou outros belos móveis, ou delicados pratos, ou uma casa em estilo grego ou gótico. Se existe alguém para quem não é estorvo adquirir essas coisas e que sabe usá-las depois de adquiri-las, cedo-lhe tal meta. Alguns são "industriosos" e parecem gostar do trabalho em si, ou talvez porque o trabalho os mantenha distantes de coisa pior; a estes, no momento, não tenho nada a dizer. Àqueles que não saberiam o que fazer com mais tempo livre do que agora têm, eu aconselharia que trabalhem o dobro do que trabalham agora – que trabalhem até se alforriar e conseguir o recibo de quitação de suas dívidas. Por mim, descobri que a profissão de diarista rural era a mais independente de todas, principalmente porque bastavam apenas trinta ou quarenta dias por ano para sustentar uma pessoa. A jornada do diarista termina com o pôr do sol, e então ele fica livre para se dedicar à atividade que quiser, independente de seu trabalho; já o patrão, que especula mês a mês, não tem uma única folga do começo ao final do ano.

Em suma, estou convencido, por fé e pela experiência, que se sustentar nesta terra não é um sofrimento e sim um passatempo, se vivermos com simplicidade e sabedoria, da mesma forma como as atividades de subsistência das nações mais simples continuam a existir como atividades de esporte nas mais artificiais. Não é necessário que um homem ganhe a vida com o suor do rosto, a não ser que ele sue mais do que eu.

Um rapaz conhecido meu, que herdou alguns acres, me disse que gostaria de viver como eu, *se tivesse os meios*. Eu não gostaria que ninguém adotasse meu modo de vida em hipótese alguma; pois, além de poder encontrar algum outro antes que ele tivesse aprendido direito este de agora, desejo que possa existir o maior número possível de pessoas diferentes no mundo; mas gostaria que cada uma delas se dedicasse a encontrar e seguir *seu próprio* caminho, e não o do pai, da mãe ou do vizinho. O jovem pode construir, plantar ou navegar, basta que não seja impedido de fazer o que ele me diz que gostaria de fazer. Se somos sábios é apenas graças a um ponto matemático, como o marinheiro ou o escravo fugido que se orienta pela estrela polar; mas é um guia suficiente para toda nossa vida. Podemos não chegar a nosso porto num período calculável, mas manteremos o curso certo.

Sem dúvida, neste caso, o que é certo para um é ainda mais certo para mil, tal como uma casa grande, em termos proporcionais, não custa mais do que uma pequena, visto que um só telhado pode cobrir, um só porão pode subjazer, e uma só parede pode separar diversos aposentos. Mas, de minha parte, eu preferiria a morada individual. Além disso, geralmente sairá mais barato construir o todo sozinho do que convencer o outro das vantagens de uma mesma parede; e quando você o tiver convencido, a divisória comum, para ser bem mais barata, terá de ser fina, e aquele outro pode se revelar um mau vizinho, e talvez nem cuide direito do lado dele. Em geral, a única cooperação possível é extremamente parcial e superficial; e a mínima cooperação verdadeira que exista, é como se não existisse, sendo uma harmonia inaudível aos homens. Se um homem tem fé, ele irá cooperar com igual fé por toda parte; se não tem fé, continuará a viver como o resto do mundo, em qualquer companhia a que se reúna. Cooperar, no sentido mais alto e mais baixo do termo, significa *ganhar a vida juntos*. Recentemente eu soube que dois rapazes estavam pensando em viajar juntos pelo mundo, um sem dinheiro, ganhando o pão ao longo da viagem, sob a proa e atrás do arado, o outro com uma letra de câmbio no bolso. Era fácil ver que não seriam companheiros nem cooperariam por muito tempo, visto que um deles não *operaria* nada. Iriam se separar no primeiro conflito de interesses em suas aventuras. Além de tudo, conforme sugeri, o homem que segue sozinho pode sair hoje; mas quem viaja com outrem precisa esperar até que o outro esteja pronto, e a hora da partida pode demorar muito.

Mas tudo isso é muito egoísta, ouvi dizerem alguns de meus concidadãos. Confesso que, até agora, tenho me entregado muito pouco a empreendimentos filantrópicos. Fiz alguns sacrifícios a um senso de dever e, entre outros, sacrifiquei também este prazer. Houve quem usou de todas as suas artes para me persuadir a tomar a meu cargo o sustento de alguma família pobre da cidade; e se eu não tivesse nada para fazer – pois o demônio encontra ocupação para os ociosos –, até poderia me dedicar a algum passatempo assim. Mas, quando pensei em me entregar a tal assunto e abrir um crédito para mim nos Céus sustentando alguns pobres com o mesmo conforto com que sustento a mim mesmo em todos os aspectos, e até me aventurei a lhes fazer tal oferta, todos eles não hesitaram em preferir continuar na pobreza. Já que meus concidadãos e concidadãs se devotam de tantas maneiras ao bem de seus semelhantes, confio que pelo menos um pode ser poupado para outras atividades menos humanitárias. É preciso ter talento para a caridade como para qualquer outra coisa. Quanto a Praticar o Bem, é uma das profissões mais concorridas. Além disso, tentei a sério e, por estranho que possa parecer, fico satisfeito que tal prática não combine com meu temperamento. Talvez eu não devesse desatender deliberadamente à obrigação pessoal de praticar o bem que a sociedade me impõe, a de salvar o universo da aniquilação; e acredito que a única coisa que agora o preserva é uma impassibilidade parecida, mas infinitamente maior. Porém eu jamais me interporia entre um homem e seu talento; e àquele que faz esse trabalho, que eu declino, com todo o seu coração, alma e vida, eu diria: Persevere, mesmo que o mundo diga que é praticar o mal, como muitos provavelmente dirão.

Estou longe de supor que meu caso é peculiar; sem dúvida, muitos de meus leitores apresentariam uma justificativa parecida. Quanto a fazer alguma coisa – não garanto que meus próximos digam que é o bem –, não hesito em dizer que seria um ótimo empregado; mas que coisa é essa, cabe ao meu empregador descobrir. O eventual *bem* que eu pratique, na acepção comum dessa palavra, decerto é marginal ao meu caminho e em grande medida involuntário. Os homens dizem, de maneira muito prática: Comece por onde está e tal como você é, principalmente sem pretender ser melhor do que é, e siga praticando o bem com bondade deliberada. Se eu algum dia fosse pregar algo nessa linha, eu diria: Comece sendo bom. Como se o sol fosse parar quando tivesse se iluminado até alcançar o brilho de uma lua ou de uma estrela de sexta grandeza, e fosse passear por aí como um alegre diabretezinho, espiando pelas janelas dos chalés, inspirando os lunáticos, estragando as carnes, tornando visível a escuridão, em vez de continuar a aumentar seu agradável calor e benignidade até atingir tamanho esplendor que nenhum mortal é capaz de fitá-lo de frente, e depois, e enquanto isso também, sair pelo mundo em sua própria órbita, fazendo-o bom, ou melhor, como descobriu uma filosofia mais verdadeira, o mundo andando ao redor dele e tornando-se bom. Faetonte queria provar com boas ações que era de nascimento celeste e tomou a carruagem do sol por um único dia: saiu da trilha batida, queimou muitos casarios nas ruas mais baixas do céu, esturricou a superfície da terra, secou todas as fontes e criou o grande deserto do Saara, até que finalmente, com um raio, Júpiter o arremessou de ponta-cabeça ao chão – e o sol, de luto por sua morte, deixou de brilhar durante um ano.

Não existe cheiro pior do que o da bondade estragada. É carniça humana, é carniça divina. Se eu soubesse que um homem estava vindo à minha casa com o propósito deliberado de me fazer o bem, eu sairia numa corrida desabalada, como se estivesse fugindo daquele vento seco e tórrido dos desertos africanos, chamado simum, que entope de areia a boca, o nariz, os ouvidos e os olhos até sufocar, de medo de pegar um pouco do bem que faria a mim – de medo que algum vírus dele contaminasse meu sangue. Não – neste caso eu preferiria pegar a doença de maneira natural. Para mim, um homem não é um bom *homem* porque me alimenta se estou com fome, ou me aquece se estou com frio, ou me tira de uma vala se eu tiver caído dentro dela. Posso arranjar para vocês um terra-nova que faz a mesma coisa. A filantropia não é o amor ao próximo no sentido mais amplo. Howard foi, sem dúvida, um homem extremamente digno e bondoso à maneira dele, e teve sua recompensa; mas, falando em termos comparativos, o que é uma centena de Howards para *nós*, se a filantropia deles não *nos* ajuda quando estamos em nossa melhor posição e somos mais merecedores de ajuda? Nunca soube de nenhuma reunião filantrópica que sinceramente propusesse fazer algum bem a mim, ou aos parecidos comigo.

Os jesuítas ficavam muito desapontados com aqueles índios que, ardendo na fogueira, sugeriam novas modalidades de tortura a seus torturadores. Estando acima do sofrimento físico, talvez também estivessem acima de qualquer consolo que os missionários tinham a oferecer; e a lei que nos diz para fazer aos outros o que queremos que os outros nos façam não era tão persuasiva aos ouvidos daqueles que, por sua parte, não se importavam com o que lhes faziam, amavam seus inimigos de uma maneira inédita e chegavam quase ao ponto de lhes perdoar generosamente tudo o que faziam.

Certifiquem-se de estar dando aos pobres a ajuda de que eles mais necessitam, mesmo que o mais importante seja dar o exemplo. Se vocês derem dinheiro, deem-se junto com ele, e não o larguem simplesmente ali. Às vezes cometemos uns enganos curiosos. Muitas vezes não é fome ou frio que o pobre sente; acontece que ele vive mesmo mais sujo, mais roto e esfarrapado. Em parte é por gosto, e não apenas por infortúnio. Se vocês lhe derem dinheiro, talvez ele vá comprar outros andrajos. Eu costumava sentir pena dos toscos peões irlandeses que cortavam gelo no lago, com roupas tão miseráveis e esfarrapadas, enquanto eu tiritava em meus trajes mais limpos e um pouco mais elegantes, até que, num dia geladíssimo, um sujeito que tinha se afundado na água veio à minha casa para se esquentar, e vi o homem tirar três pares de calças e dois pares de meias antes de ficar em pelo, embora aqueles trapos estivessem mesmo bastante sujos e esfarrapados, e pôde se dar ao luxo de recusar as roupas *extra* que lhe ofereci, tantas *intra* tinha ele. Aquele banho era exatamente o que ele precisava. Então comecei eu a ter pena de mim, e vi que seria mais caridoso darem uma camisa de flanela para mim do que uma loja inteira de roupas ordinárias para ele. Há mil homens podando os ramos do mal para apenas um golpeando a raiz, e talvez aquele que dedica mais tempo e mais dinheiro aos necessitados seja quem mais contribui, com seu modo de vida, para gerar aquela miséria que inutilmente tenta aliviar. É como o piedoso criador de escravos que destina os lucros da venda de um em cada dez escravos para comprar um domingo de liberdade aos restantes. Alguns mostram sua bondade com os pobres pondo-os como empregados em suas cozinhas. Não seriam mais bondosos se fossem eles mesmos cozinhar? Vocês se vangloriam de gastar um décimo de sua renda em caridade; talvez devessem gastar os outros nove décimos, e acabar com ela. Pois significa que a sociedade recupera apenas uma décima parte da propriedade. Isso se deve à generosidade do dono ou à negligência dos oficiais de justiça?

A filantropia é quase a única virtude já bastante apreciada pela humanidade. Digo mais, é superestimada; e é nosso egoísmo que a superestima. Um pobre robusto, num dia ensolarado aqui em Concord, elogiou um certo concidadão nosso, porque, como me disse ele, era bondoso com os pobres, referindo-se a si mesmo. Os tios e tias benevolentes da raça são mais estimados do que os verdadeiros pais e mães espirituais. Certa vez ouvi um reverendo, homem de erudição e inteligência, ministrando uma palestra sobre a Inglaterra; depois de enumerar seus luminares científicos, literários e políticos, Shakespeare, Bacon, Cromwell, Milton, Newton e outros, ele passou a falar de seus heróis cristãos, os quais alçou, como se sua religião o exigisse, a um pináculo muito acima de todos os demais, como os maiores dentre os maiores. Eram Penn, Howard e a sra. Fry. Todo mundo há de perceber a falsidade e a hipocrisia disso. Não eram os maiores indivíduos da Inglaterra; eram talvez apenas seus maiores filantropos.

Não quero subtrair nada ao elogio que se deve à filantropia, mas simplesmente peço justiça para aqueles que, com suas vidas e obras, são uma bênção para a humanidade. Não coloco acima de tudo a retidão e a benevolência de um homem, as quais são, por assim dizer, o tronco e as folhas. Aquelas plantas que, depois de secas, usamos para fazer chás para os doentes, servem apenas a uma humilde finalidade, e são empregadas principalmente por charlatães. Eu quero a flor e o fruto de um homem; que alguma fragrância flutue dele até mim, que alguma doçura dê sabor a nosso contato. A bondade dele não deve ser um ato parcial e transitório, mas um transbordamento constante, que não lhe custa nada e do qual ele não se apercebe. É uma caridade que encobre uma multidão de pecados. Demasiado amiúde o filantropo cerca a humanidade com uma atmosfera composta pela lembrança de suas próprias dores superadas, e ele dá a isso o nome de solidariedade. Devíamos compartilhar nossa coragem, não nosso desespero, nossa saúde e nosso bem-estar, não nosso mal-estar, e cuidar para que este não se espalhe por contágio. De que planícies do sul se elevam as vozes da lamentação? Em que latitudes residem os pagãos a quem enviaremos a luz? Quem é o bruto e intemperado que redimiremos? Se alguma indisposição ataca um homem e ele não faz suas necessidades, se sente dor nos intestinos – pois aí fica a sede da solidariedade –, imediatamente ele se põe a reformar – o mundo. Sendo um microcosmo, ele descobre – e é uma autêntica descoberta, e ele é o homem certo para fazê-la – que o mundo anda comendo maçãs verdes; a seus olhos, de fato, o próprio mundo é uma grande maçã verde, e há o perigo, medonho só de pensar, de que os filhos dos homens lhe deem uma mordida antes que esteja madura; e sua drástica filantropia se estende incontinenti aos esquimós e aos patagônios, e abraça as populosas aldeias indianas e chinesas; e assim, com alguns anos de atividade filantrópica, enquanto isso os poderes políticos certamente utilizando-o para seus próprios fins, ele sara de sua dispepsia, o globo adquire uma leve cor numa ou nas duas faces, como se estivesse começando a amadurecer, a vida perde seu travo e volta a ser doce e saudável viver. Nunca sonhei com nenhuma enormidade maior do que cometi. Nunca conheci, e nunca conhecerei, homem pior do que eu mesmo.

Acredito que o que tanto entristece o reformador não é sua solidariedade com os semelhantes em desgraça, e sim, embora possa ser o mais santo filho de Deus, sua indisposição pessoal. Que ela se regularize, que lhe venha a primavera, que a manhã desponte sobre sua cama, e ele abandonará seus generosos companheiros sem nem se justificar. Minha desculpa para não perorar contra o uso do tabaco é que nunca masquei fumo – este castigo os mascadores de fumo arrependidos é que têm de pagar –, embora existam muitas coisas que masquei e contra as quais poderia perorar. Se algum dia vocês se traírem entrando numa dessas filantropias, não deixem que a mão esquerda saiba o que a direita faz, pois não vale a pena saber. Salvem quem está se afogando e amarrem o cadarço do sapato. Não se apressem, e comecem algum trabalho gratuito.

Nossas maneiras foram corrompidas pela comunicação com os santos. Nossos hinários ressoam melodiosamente praguejando contra Deus e suportando-o para todo o sempre. Dir-se-ia que mesmo os profetas e redentores mais consolaram os medos do que confirmaram as esperanças do homem. Não existem em lugar algum os registros de uma satisfação simples e irreprimível com a dádiva da vida, nenhum memorável louvor a Deus. Toda saúde e sucesso me faz bem, por mais distante e recuado que possa estar. Toda doença e fracasso me ajuda a ficar triste e me faz mal, por mais solidário que possa ser comigo ou eu com ele. Então, se de fato queremos restaurar a humanidade com meios realmente nativos, botânicos, magnéticos ou naturais, sejamos primeiro simples e saudáveis como a Natureza, dissipemos as nuvens que nos pesam na fronte, instilemos um pouco de vida em nossos poros. Não vá ser inspetor dos pobres, mas se empenhe em se tornar um dos valorosos do mundo.

Li no *Gulistan*, ou *Jardim das flores*, do xeque Sadi de Shiraz, que "Eles perguntaram a um sábio: Entre as muitas árvores celebradas que o Deus Altíssimo criou imponentes e umbrosas, nenhuma se chama *azad*, ou livre, exceto o cipreste, que não dá frutos; qual o mistério que há aí? Ele respondeu: Cada uma tem seu fruto apropriado e sua estação adequada, durante a qual ela é fresca e viçosa, e durante cuja ausência ela é seca e mirrada; a nenhum desses estados fica exposto o cipreste, sendo sempre florescente; e desta natureza são os *azads* ou religiosos independentes. Não prendas teu coração ao que é transitório; pois o Dijlah, ou Tigre, continuará a percorrer Bagdá depois de extinta a linhagem dos califas; se tua mão tem abundância, sê liberal como a tamareira; mas se ela nada tem para dar, sê um *azad*, ou homem livre, como o cipreste".

Versos complementares

As pretensões da pobreza

"Presumes demais, mísero coitado,
Ao querer um lugar no firmamento
Porque tua humilde cabana ou vasilha
Alimenta ociosa ou pedante virtude
Ao sol vulgar ou na fonte obscura,
Com raízes e verduras; onde tua direita,
Arrancando d'alma as paixões humanas
Com tronco onde florescem belas virtudes,
Degrada a natureza, embota o senso,
E, Górgona, o homem ativo converte em pedra.
Não queremos a obtusa companhia
De vossa forçada temperança,
Ou daquela desnaturada estupidez
Que ignora dor e alegria; nem vossa imposta
Fortaleza passiva, falsamente exaltada,
Acima dos ativos. Essa laia vil e abjeta,
Que se assenta na mediocridade,
Torna-se vosso espírito servil; louvamos
Apenas virtudes que admitam excesso,
Bravos e largos gestos, régia grandeza,
Prudência vidente, magnanimidade
Sem fim, e aquela heroica virtude
De que a antiguidade não legou nome,
Apenas modelos, como Hércules,
Aquiles, Teseu. Volta à tua odiada cela;
Ao ver a nova esfera iluminada,
Procura saber quem foram tais valorosos."

[*The pretensions of poverty*

"*Thou dost presume too much, poor needy wretch,
To claim a station in the firmament,
Because thy humble cottage, or thy tub,
Nurses some lazy or pedantic virtue
In the cheap sunshine or by shady springs,
With roots and pot-herbs; where thy right hand,*

Tearing those humane passions from the mind,
Upon those stocks fair blooming virtues flourish,
Degradeth nature, and benumbeth sense,
And, Gorgon-like, turns active men to stone.
We not require the dull society
Of your necessitated temperance,
Or that unnatural stupidity
That knows nor joy nor sorrow; nor your forc'd
Falsely exalted passive fortitude
Above the active. This low abject brood,
That fix their seats in mediocrity,
Become your servile minds; but we advance
Such virtues only as admit excess,
Brave, bounteous acts, regal magnificence,
All-seeing prudence, magnanimity
That knows no bound, and that heroic virtue
For which antiquity hath left no name,
But patters only, such as Hercules,
Achilles, Theseus. Back to thy loath'd cell:
And when thou seest the new enlightened sphere,
Study to know but what those worthies were."]

T. Carew

Onde e para que vivi

Em certa estação de nossa vida, acostumamo-nos a considerar qualquer local como possível lugar para uma casa. Assim, inspecionei a região por todos os lados num raio de quase vinte quilômetros de onde eu vivo. Na imaginação, comprei todos os sítios em sucessão, pois todos deviam ser comprados, e eu sabia os preços. Pisava premissas e primícias de cada agricultor, provava suas maçãs silvestres, discorria sobre agricultura com ele, aceitava o sítio ao preço que ele dispunha, qualquer preço, assinando-lhe uma hipoteca mental; até propunha um preço maior – aceitava tudo, só não lavrava o ato –, aceitava a palavra como ato lavrado, pois dou muito valor à fala – cultivava a terra, e até certo ponto ele também, espero eu, e me retirava quando já tinha aproveitado bastante, deixando-o para seguir em frente. Essa experiência me autorizou a ser visto por meus amigos como uma espécie de corretor imobiliário. Onde eu tomava assento, podia viver, e a paisagem irradiava de mim em harmonia com isso. O que é uma casa, se não uma *sedes*, uma sede ou assento? – melhor ainda se for uma sede rural e um assento no campo. Encontrei muitos lugares para uma casa que tão cedo não receberiam melhorias, que alguns podiam achar demasiado longe da cidade, mas a meus olhos era a cidade que ficava bem longe deles. Ora, aqui eu viveria, dizia eu; e lá, durante uma hora, eu vivia a vida de um verão e de um inverno; via como podia deixar os anos passarem, entrando e saindo inverno, entrando e saindo primavera. Os futuros habitantes desta região, assentem-se onde quiserem, podem ter certeza de que alguém esteve aqui antes deles. Bastava uma tarde para demarcar o pomar, a área de mata e o pasto, e decidir quais os carvalhos ou pinheiros bonitos que seriam deixados diante da casa, e de onde se teria a melhor vista das árvores mais depauperadas, e então deixava a terra descansar, talvez em pousio, pois a riqueza de um homem é proporcional ao número de coisas que pode deixar em paz.

Minha imaginação me levava tão longe que até chegaram a me recusar vários sítios – a recusa era o que eu mais queria –, mas nunca queimei meus dedos com a posse efetiva. O mais perto que cheguei de uma posse efetiva foi quando comprei o sítio Hollowell, e tinha começado a separar minhas sementes, e juntei os materiais para fazer uma carriola de carga e descarga; mas, antes que o dono me lavrasse o ato, a mulher dele – todo homem tem uma mulher assim – mudou de ideia e quis ficar com o sítio, e ele me ofereceu dez dólares para desobrigá-lo. Ora, para falar a verdade, eu só tinha dez centavos, e era demais para minha aritmética saber se eu tinha dez centavos, um sítio ou dez dólares, ou tudo junto ao mesmo tempo. Seja como for, deixei que ele ficasse com os dez dólares e o sítio também, pois a coisa já tinha ido longe o suficiente; ou melhor, para ser generoso, eu lhe vendi o sítio pelo mesmo que dei por ele, e, como o sujeito não era rico, presenteei-lhe dez dólares, e ainda me restaram meus dez centavos, as sementes e os materiais para uma carriola. Assim descobri que tinha sido rico sem qualquer prejuízo para minha pobreza. Mas fiquei com a paisagem, e desde então todos os anos retiro uma carga do que ela produziu, e nem preciso de carriola. Em relação a paisagens:

> "Sou monarca de tudo o que *inspeciono*,
> Meu direito ninguém há de discutir."
>
> ["*I am monarch of all I* survey,
> *My right there is none to dispute.*"]

Muitas vezes vi um poeta se retirar depois de gozar o mais valioso num sítio, enquanto o encoscorado sitiante pensava que ele tinha apenas apanhado algumas maçãs silvestres. Ora, o dono passa muitos anos sem saber que um poeta lhe pôs o sítio em verso, a mais admirável das cercas invisíveis, fechou-o devidamente no curral, ordenhou-lhe o leite, deixou aflorar a nata, tirou todo o creme e deixou ao agricultor apenas o leite desnatado.

Os verdadeiros atrativos do sítio Hollowell, para mim, eram: a localização totalmente retirada, a mais de três quilômetros da cidade, a oitocentos metros da estrada com um vasto campo de entremeio; a divisa com o rio, que, disse o dono, com suas neblinas protegia a terra das geadas de primavera, embora isso pouco me importasse; o estado ruinoso e pardacento da casa e do celeiro, e as cercas dilapidadas, que colocavam tamanha distância entre mim e o último ocupante; as macieiras carcomidas e cobertas de líquen, roídas por coelhos, mostrando o tipo de vizinho que eu teria; mas, acima de tudo, a lembrança que eu guardava daquele sítio, nas primeiras vezes em que subi o rio, quando a vivenda ficava escondida atrás de um denso bosque de bordos vermelhos, por entre os quais eu ouvia os latidos do cão da casa. Eu estava com pressa de comprá-la, antes que o proprietário acabasse de retirar algumas pedras, de derrubar as macieiras carcomidas e de destocar algumas jovens bétulas que haviam brotado no pasto, ou, em suma, antes que ele fizesse mais alguma de suas melhorias. Para gozar dessas vantagens, eu estava disposto a arcar com ele; como Atlas, a carregar o mundo nas costas – nunca soube o que ele ganhou com isso – e fazer todas aquelas coisas que não tinham nenhuma outra razão ou justificativa a não ser que eu podia pagar pelo sítio e não ser molestado em minha posse; pois eu sabia o tempo todo que, se ao menos pudesse deixá-lo em paz, ele renderia a safra mais abundante daquilo que eu queria. Mas aconteceu como eu falei.

Assim, tudo o que eu podia dizer, em relação a uma lavoura em grande escala (sempre cultivei uma horta), era que já tinha minhas sementes prontas. Muitos acham que as sementes melhoram com a idade. Não tenho a menor dúvida de que o tempo faz uma seleção entre os bons e os maus; e, quando finalmente for plantar, será menos provável que eu fique desapontado. Mas eu diria a meus semelhantes, de uma vez por todas: Enquanto der, vivam livres e sem se prender. Pouca diferença faz se você está preso a um sítio ou na cadeia do condado.

Catão, o Velho, cujo *De Re Rustica* é meu *Cultivator*, diz, e a única tradução que eu vi converte a passagem num simples absurdo: "Quando você pensar em adquirir um sítio, revolva a ideia no espírito, para não comprar às pressas; não poupe esforços em olhá-lo, e não pense que basta percorrê-lo uma vez. Quanto mais você for lá, mais irá lhe agradar, se for bom". Creio que não comprarei às pressas, mas primeiro vou percorrê-lo e repercorrê-lo enquanto viver, e serei enterrado lá, para que possa me agradar ainda mais no final.

Minha próxima experiência neste campo foi a que aqui apresento e tenciono descrever mais longamente, colocando por comodidade a experiência de dois anos num ano só. Como disse, não pretendo escrever uma ode à melancolia, e sim trombetear vigorosamente como um galo ao amanhecer, no alto de seu poleiro, quando menos para despertar meus vizinhos.

Quando assentei residência pela primeira vez na mata, isto é, quando comecei a passar lá não só os dias, mas também as noites, o que, por acaso, ocorreu no dia da Independência, em 4 de julho de 1845, minha casa não estava pronta para o inverno, mas era um simples abrigo contra a chuva, sem reboco nem lareira, as paredes de tábuas ásperas manchadas pelo tempo, com fendas largas, que de noite resfriavam o interior. Os troncos das colunas, brancos e aplainados, a porta recém-cortada e as esquadrias da janela lhe davam um ar claro e arejado, principalmente de manhã, quando suas madeiras estavam tão saturadas de orvalho que, em minha fantasia, por volta do meio-dia iriam ressumar uma doce resina. Em minha imaginação, ela mantinha ao longo de todo o dia uma parte desse caráter matinal, lembrando-me certa casa numa montanha que eu tinha visitado no ano anterior. Era uma cabana graciosa, não rebocada, própria para hospedar um deus viajante e por onde uma deusa poderia arrastar a cauda de seu vestido. Os ventos que sobrepassavam minha morada eram daqueles que varriam a crista das montanhas, trazendo trechos de melodias, ou apenas as partes celestiais, de uma música terrestre. O vento matinal sopra sem cessar; o poema da criação é ininterrupto; mas poucos são os ouvidos que o escutam. O Olimpo é apenas a fímbria exterior de toda a terra.

A única casa que eu tinha tido antes, sem contar um barco, era uma tenda, que usava de vez em quando em minhas excursões de verão, e ela ainda está enrolada em meu sótão; mas o barco, depois de passar de mão em mão, desceu pela correnteza dos tempos. Com esse abrigo mais substancial sobre mim, eu tinha feito algum progresso para me estabelecer no mundo. Essa estrutura, tão levemente revestida, era uma espécie de cristalização em volta de mim, e reagia sobre o construtor. Era sugestiva como o esboço de um quadro. Eu não precisava sair para tomar ar, pois a atmosfera dentro dela nada perdera em frescor. Mesmo nos dias mais chuvosos, não me sentia fechado dentro de um espaço com portas, e sim abrigado atrás de uma porta. O *Harivansa* diz: "Uma morada sem pássaros é como carne sem tempero". Não era assim minha morada, pois logo me descobri vizinho dos pássaros; não por prender algum deles, mas por ter me engaiolado perto deles. Estava mais perto não só de alguns que frequentam a horta e o pomar, mas daqueles canoros da floresta, mais silvestres e de cantos mais penetrantes, que nunca, ou raramente, fazem serenatas a um morador da cidade – o tordo-do-bosque, o sabiá-norte-americano, o sanhaço-escarlate, o pardal-do--campo, o noitibó e muitos mais.

 Eu tinha assentado minha sede à margem de um pequeno lago, cerca de 2,5 quilômetros ao sul da cidade de Concord, em altitude um pouco mais elevada, no meio de uma extensa mata entre ela e Lincoln, e cerca de 3,5 quilômetros ao sul do único campo nosso que ficou famoso, o Campo de Batalha de Concord; mas estava num ponto tão baixo da mata que a outra margem, a uns oitocentos metros, e todo o restante, coberto de árvores, formavam meu horizonte ao fundo. Na primeira semana, sempre que eu olhava o lago, ele me parecia um espelho d'água no topo de uma montanha, com o fundo muito acima da superfície dos outros lagos, e, quando o sol nascia, ele se despia de sua brumosa roupagem noturna, e aqui e ali, pouco a pouco, revelavam-se suas delicadas ondulações ou a lisa superfície espelhada, enquanto as névoas, como fantasmas, se retiravam furtivamente para as matas, em todas as direções, como se se dissolvesse algum conventículo noturno. O próprio orvalho parecia se demorar suspenso nas árvores por mais tempo do que o usual, como nas faldas das montanhas.

Este pequeno lago era um vizinho de imenso valor nos intervalos entre as breves pancadas de chuva de agosto, quando, estando o ar e a água absolutamente imóveis, mas o céu carregado, a tarde tinha toda a serenidade da noite e o tordo-do-bosque cantava ao redor, fazendo-se ouvir de uma margem à outra. É nessa época que um lago assim fica mais liso; e, o ar límpido acima dele sendo apenas uma faixa estreita e sombreada de nuvens, a própria água, cheia de luzes e reflexos, torna-se ela mesma um céu aqui embaixo e por isso tanto mais importante. Do alto de uma colina próxima, onde a mata fora derrubada pouco tempo antes, tinha-se uma agradável vista do sul, além do lago, por um largo espaço entre as colinas que formam a margem de lá, onde as faldas opostas se enviesando entre si sugeriam um rio correndo por aquela direção, atravessando um vale de arvoredos, mas não havia rio algum. Naquele lado, eu via por entre e por sobre os morros verdes próximos outros morros mais altos e distantes no horizonte, tingidos de azul. De fato, ficando na ponta dos pés, eu conseguia vislumbrar alguns picos de cordilheiras ainda mais azuis e mais distantes a noroeste, moedas daquele legítimo azul cunhado pelo próprio céu, e também uma parte da cidade. Mas em outras direções, mesmo deste ponto, eu não conseguia enxergar além ou acima das matas que me rodeavam. É bom ter um pouco de água por perto, para dar leveza e flutuação à terra. Um mérito mesmo da mais minúscula nascente é que, olhando dentro dela, você vê que a terra não é um continente, e sim uma ilha. É algo tão importante quanto manter a manteiga fresca. Quando eu olhava além do lago, aqui deste pico para as várzeas de Sudbury, as quais na época da cheia pareciam, talvez por uma miragem, elevar-se no vale inundado como moedas numa bacia, toda a terra além do lago aparecia como a fina crosta de uma ilha, que se soerguia devido a esse pequeno lençol de água estendendo-se entre elas, e isso me lembrava que aqui onde eu morava era *terra firme*.

Embora a vista de minha porta fosse ainda mais reduzida, eu não me sentia minimamente cercado ou confinado. Havia pasto suficiente para minha imaginação. O baixo platô com arbustos de carvalho, formado pela outra margem, estendia-se para as pradarias do Oeste e as estepes da Tartária, oferecendo um amplo espaço para todas as famílias nômades da humanidade. "Os únicos seres felizes no mundo são os que gozam livremente de um vasto horizonte", dizia Damodara quando seus rebanhos exigiam pastos novos e maiores.

O tempo e o espaço haviam mudado, e eu morava mais perto daqueles lugares do universo e daquelas épocas da história que mais tinham me atraído. Onde eu vivia era remoto como muitas regiões vistas à noite pelos astrônomos. Costumamos imaginar lugares raros e maravilhosos em algum canto mais celestial e longínquo do sistema, para além da constelação da Cassiopeia, longe do barulho e da agitação. Descobri que minha casa realmente tinha seu lugar nessa parte tão retirada, mas sempre nova e inviolada, do universo. Se valesse a pena se instalar naquelas paragens perto das Plêiades ou das Híades, de Aldebarã ou de Altair, realmente era lá que eu estava, ou pelo menos a uma igual distância da vida que deixara para trás, tremeluzindo diminuto com um raio de luz, tão delgado como o delas, para meu vizinho mais próximo, que o veria apenas nas noites sem luar. Tal era o lugar da criação de que me fiz posseiro:

"Existia um pastor com uma vida
E pensamentos tão altos
Como os montes onde, apascentando,
Seus rebanhos o apascentavam."

[*"There was a shepherd that did live,
And held his thoughts as high
As were the mounts whereon his flocks
Did hourly feed him by."*]

O que pensaríamos da vida do pastor se seus rebanhos sempre subissem para pastos mais altos do que seus pensamentos?

Cada manhã era um alegre convite para viver minha vida com a mesma simplicidade e, diria eu, inocência da própria Natureza. Eu era um adorador da Aurora tão sincero quanto os gregos. Levantava cedo e me banhava no lago; era um exercício religioso, e uma das melhores coisas que fazia. Dizem que a banheira do rei Tching-Thang trazia caracteres gravados a esse respeito: "Renova-te totalmente a cada dia; renova-te sempre". Posso entender isso. A manhã traz de volta os tempos heroicos. O débil zumbido de um mosquito fazendo seu invisível e inimaginável percurso por meus aposentos nas primeiras horas do amanhecer, quando estava sentado com a porta e as janelas abertas, atingia-me tanto quanto me atingiria qualquer trombeta que algum dia cantou a fama. Era o réquiem de Homero; ele mesmo uma *Ilíada* e *Odisseia* no ar, cantando suas iras e andanças. Havia algo de cósmico nele; um anúncio corrido, até segundo aviso, do imorredouro vigor e fertilidade do mundo. A manhã, que é a parte mais memorável do dia, é a hora do despertar. É quando temos menos sonolência; e durante uma hora, no mínimo, desperta em nós uma parte que dormita o resto do dia e da noite. Pouco se pode esperar do dia, se é que pode ser chamado de dia, para o qual não somos despertados por nosso Gênio, mas pelas cutucadas mecânicas de algum criado, não somos despertados interiormente por nossas aspirações e forças recém-adquiridas, acompanhadas pelas ondulações de uma música celestial, em vez dos apitos da fábrica, e um perfume preenchendo o ar – para uma vida mais elevada do que a anterior ao nosso sono; e assim a escuridão frutifica e se revela boa, tanto quanto a luz. O homem que não acredita que cada dia encerra uma hora mais matutina, mais sagrada e mais radiosa do que a que já profanou, este desesperou da vida e desce por uma senda cada vez mais escura. Após uma cessação parcial de sua vida sensorial, a alma ou, melhor, os órgãos do homem se revigoram a cada dia, e seu Gênio empreende novamente a nobreza de vida que lhe é possível. Todos os acontecimentos memoráveis, diria eu, dão-se na hora matutina e numa atmosfera matinal. Os Vedas dizem: "Todas as inteligências despertam com a manhã". A poesia e a arte, e as mais belas e memoráveis ações dos homens, provêm dessa hora. Todos os poetas e heróis, como Mêmnon, são filhos da Aurora, e emitem sua música ao nascer do sol. Para aquele cujo pensamento elástico e vigoroso acompanha o sol, o dia é uma perpétua manhã. Não importa o que dizem os relógios ou as atitudes e labores dos homens. Manhã é quando estou desperto e há uma aurora em mim. Reforma moral é o esforço de expulsar o sono. Como os homens mal conseguem prestar contas do dia que viveram, se não estavam cochilando? Afinal não são tão ruins de cálculo. Se o torpor não os vencesse, teriam realizado alguma coisa. Milhões estão despertos o suficiente para o trabalho físico; mas apenas um em um milhão está desperto o suficiente para um efetivo esforço intelectual, apenas um em cem milhões, para uma vida poética ou sublime. Estar desperto é estar vivo. Ainda não encontrei nenhum homem que estivesse totalmente desperto. Como poderia olhá-lo na face?

Temos de aprender a redespertar e nos manter despertos, não por meios mecânicos, mas por uma infinita expectativa da aurora, que não nos abandona nem mesmo em nosso sono mais profundo. Desconheço fato mais estimulante do que a inquestionável capacidade do homem de elevar sua vida por um esforço consciente. Já é uma grande coisa ser capaz de pintar um quadro ou esculpir uma estátua, e assim dar beleza a alguns objetos; mas muito mais glorioso é esculpir e pintar o próprio meio c atmosfera que nosso olhar atravessa, o que podemos fazer moralmente. Afetar a qualidade do dia, tal é a arte suprema. Todo homem tem a tarefa de tornar sua vida, mesmo nos detalhes, digna de ser contemplada estando ele em sua hora mais crítica e elevada. Se recusamos ou, melhor, desperdiçamos a menor informação que temos, os oráculos podem nos informar claramente como proceder.

Fui para a mata porque queria viver deliberadamente, enfrentar apenas os fatos essenciais da vida e ver se não poderia aprender o que ela tinha a ensinar, em vez de, vindo a morrer, descobrir que não tinha vivido. Não queria viver o que não era vida, tão caro é viver; e tampouco queria praticar a resignação, a menos que fosse absolutamente necessário. Queria viver profundamente e sugar a vida até a medula, viver com tanto vigor e de forma tão espartana que eliminasse tudo o que não fosse vida, recortar-lhe um largo talho e passar-lhe rente um alfanje, acuá-la num canto e reduzi-la a seus termos mais simples e, se ela se revelasse mesquinha, ora, aí então eu pegaria sua total e genuína mesquinharia e divulgaria ao mundo essa mesquinharia; ou, se fosse sublime, iria saber por experiência própria, e poderia apresentar um relato fiel em minha próxima excursão. Pois muitos homens, ao que me parece, vivem numa estranha incerteza a respeito da vida, se é obra do demônio ou de Deus, e têm concluído de *forma um tanto apressada* que a principal finalidade do homem na terra é "glorificar Deus e gozá-Lo para sempre".

No entanto vivemos mesquinhamente, como formigas, embora conte a fábula que fomos transformados em homens muito tempo atrás; como pigmeus lutamos com grous; é erro sobre erro, remendo sobre remendo; e nossa melhor virtude tem como causa uma miséria supérflua e desnecessária. Nossa vida se perde no detalhe. Um homem honesto dificilmente precisaria contar além dos dez dedos das mãos, ou, em casos extremos, ele pode acrescentar os dez dedos dos pés, e juntar todo o resto numa coisa só. Simplicidade, simplicidade, simplicidade! E digo: tenham dois ou três afazeres, e não cem ou mil; em vez de um milhão, contem meia dúzia, e tenham contas tão diminutas que possam ser registradas na ponta do polegar. Em meio ao oceano encapelado da vida civilizada, são tantas as nuvens, as tormentas, as areias movediças, os mil e um pontos a levar em consideração, que um homem, se não quiser naufragar e ir ao fundo sem jamais atingir seu porto, tem de navegar por cálculo e, para consegui-lo, precisa ser realmente bom de cálculo. Simplifiquem, simplifiquem. Em vez de três refeições por dia, se necessário façam apenas uma; em vez de cem pratos, cinco; e reduzam as demais coisas na mesma proporção. Nossa vida é como uma Confederação Germânica, feita de estados minúsculos, com suas fronteiras sempre variando, a tal ponto que nem um alemão é capaz de dizer quais são a cada momento. A própria nação, com todas as suas ditas melhorias internas, que, aliás, são todas externas e superficiais, é uma instituição simplesmente tão pesada e hipertrofiada, tão entulhada de coisas e tropeçando na armadilha de seus bens, tão estragada pelo luxo e pelo esbanjamento, por falta de cálculo e de um objetivo digno, quanto os milhões de lares que existem na Terra; e o único remédio para isso, em ambos os casos, é uma economia rigorosa, uma simplicidade de vida inflexível e mais do que espartana, e a elevação de propósitos. Ela vive rápido demais. Os homens pensam que é essencial que a *Nação* tenha comércio, exporte gelo, fale por telégrafo, ande a 50 quilômetros por hora, sem qualquer hesitação, quer *eles* o façam ou não; já se devemos viver como símios ou como homens, é uma questão um pouco mais incerta. Pois, se não trazemos dormentes, se não forjamos trilhos, dedicando dias e noites a esse trabalho, mas ficamos consertando nossas *vidas* para melhorá-*las*, quem construirá as ferrovias? E se as ferrovias não forem construídas, como chegaremos ao céu em tempo? Mas, se ficarmos em casa e cuidarmos de nossos afazeres, quem vai querer ferrovias? Nós não passamos nas ferrovias; elas é que passam sobre nós. Vocês já pensaram o que são aqueles dormentes sob a ferrovia? Cada um deles é um homem, um irlandês ou um ianque. Os trilhos são postos por cima deles, e eles são cobertos com areia, e os vagões correm suavemente sobre eles. São dormentes num sono ferrado, garanto-lhes. E de poucos em poucos anos deita-se por baixo um novo lote e corre-se por cima; de modo que, se alguns têm o prazer de passar sobre os trilhos, outros têm a desgraça de que lhes passem por cima. E quando passam em cima de um homem andando durante o sono, mais um dormente em posição errada, e o despertam, eles param os vagões de chofre, armam a maior gritaria, como se fosse uma exceção. Fico contente em saber que é necessário ter uma turma de homens a cada oito quilômetros para segurar os dormentes firmes e deitados em seus leitos, pois é sinal de que, de uma hora para outra, podem se levantar de novo.

Por que teríamos de viver com tanta pressa e desperdício de vida? Estamos decididos a morrer de inanição antes de passar fome. Os homens dizem que mais vale prevenir dando um ponto agora do que remediar com nove pontos depois, e então previnem com mil pontos hoje para não precisar dar nove amanhã. Quanto ao *trabalho*, não temos nenhum de qualquer importância. Temos a dança de São Vito, e não conseguimos ficar com a cabeça parada. Se eu desse alguns puxões na corda do sino da paróquia, como num incêndio, isto é, sem badalar o sino, dificilmente haveria um único homem em seu sítio nos arredores de Concord, apesar daquela urgência dos compromissos que tantas vezes ele invocou como desculpa hoje de manhã, e até diria sequer um menino ou uma mulher, que não abandonasse tudo e acudisse àquele som, não tanto para salvar a propriedade das chamas, mas, a bem da verdade, muito mais para vê-la arder, pois arder vai mesmo, e não fomos nós, fiquem sabendo, que lhe ateamos fogo – ou para vê-lo se extinguir, e até ajudar se for algo igualmente vistoso; sim, mesmo que fosse a própria igreja da paróquia. É raro que um homem tire um cochilo de meia hora após o jantar, mas, ao acordar, sempre ergue a cabeça e pergunta: "Quais são as novidades?", como se o resto da humanidade tivesse ficado de sentinela. Alguns dão instruções para que os acordem de meia em meia hora, sem dúvida com essa única finalidade; e então, como paga, contam os sonhos que tiveram. Depois de uma noite de sono, as novidades são tão indispensáveis quanto o café da manhã. "Por favor, me conte alguma novidade que tenha acontecido a alguém em algum lugar deste mundo" – e por sobre o café e os pãezinhos ele lê que, hoje de manhã, arrancaram os olhos de um homem em Wachito River; enquanto isso, jamais lhe ocorre que ele vive na imensa caverna escura e insondável deste mundo, tendo apenas os rudimentos de um olho.

Quanto a mim, posso muito bem dispensar o correio. Penso que são pouquíssimas as comunicações importantes que se fazem por meio dele. Falando criticamente, nunca recebi mais do que uma ou duas cartas na vida – escrevi isso alguns anos atrás – que valessem o selo. O serviço postal do selo a um tostão é, de modo geral, uma instituição em que você oferece a um homem, a sério, aquele tostão por seus pensamentos que tantas vezes se oferece de brincadeira, e sem riscos. E tenho certeza de nunca ter lido nenhuma notícia memorável no jornal. Se lemos o caso de um homem roubado, assassinado, morto por acidente, ou de uma casa incendiada, ou de um navio naufragado, ou um barco a vapor explodido, ou uma vaca atropelada na Western Railroad, ou um cachorro louco abatido, ou uma nuvem de gafanhotos no inverno – nunca mais precisamos ler outro. Basta um. Se você já conhece o princípio, para que vai se incomodar com uma infinidade de casos e aplicações? Para um filósofo, toda *novidade*, como se diz, é mexerico, e os editores e os leitores são velhotas bebericando seus chás. E no entanto não são poucos os que anseiam por tais mexericos. Outro dia, pelo que eu soube, houve um tal atropelo num dos escritórios para saber as últimas notícias que tinham chegado do estrangeiro que diversas vidraças do estabelecimento se quebraram por causa do empurra--empurra – notícias que creio seriamente que um espírito arguto poderia ter escrito doze meses ou doze anos antes, com razoável precisão. Quanto à Espanha, por exemplo, se você incluir de vez em quando Dom Carlos e a Infanta, Dom Pedro, Sevilha e Granada, nas devidas proporções – os nomes podem ter mudado um pouco, desde a última vez em que vi os jornais –, e se se sair com uma tourada quando não tiver outro passatempo, vai ser fiel à letra e nos dará uma ideia da situação estável ou instável das coisas na Espanha, tão boa quanto as reportagens mais claras e sucintas com a mesma manchete nos jornais; quanto à Inglaterra, praticamente a última notícia importante daquele quadrante foi a revolução de 1649; e se você conhece a história das safras inglesas pela média anual, nunca mais precisará prestar atenção na coisa, a menos que suas especulações sejam de caráter exclusivamente monetário. Se é permitido a alguém que raramente olha os jornais dar sua opinião, eu diria que nunca acontece nada de novo no estrangeiro, nem mesmo uma revolução francesa.

Que novidade coisa nenhuma! Muito mais importante é saber o que nunca envelhece! "Kieou-he-yu (grande dignitário do Estado de Wei) enviou um homem a Khoung-tseu para saber notícias suas. Khoung-tseu mandou o mensageiro se sentar perto dele e indagou nestes termos: O que seu senhor está fazendo? O mensageiro respondeu respeitoso: Meu senhor deseja diminuir o número de seus erros, mas não consegue lhes pôr fim. Partindo o mensageiro, o filósofo comentou: Que digno mensageiro! Que digno mensageiro!" O pastor na igreja, em vez de apoquentar os ouvidos dos agricultores sonolentos em seu dia de descanso ao final da semana – pois o domingo é o término condizente com uma semana malgasta, e não o início fresco e valoroso de uma nova – com mais esse outro arrastado suplício em forma de sermão, devia era bradar com uma voz trovejante: "Chega! Basta! Por que tão rápidos na aparência, mas tão mortalmente lentos?".

Imposturas e ilusões são estimadas como as mais sólidas verdades, ao passo que a realidade é fabulosa. Se os homens observassem constantemente apenas as realidades, e não se deixassem iludir, a vida, comparada às coisas que conhecemos, seria como um conto de fadas ou uma história das *Mil e uma noites*. Se respeitássemos apenas o que é inevitável e tem o direito de existir, as ruas ressoariam com música e poesia. Quando somos sábios e não temos pressa, percebemos que somente as coisas grandes e valiosas têm alguma existência absoluta e permanente – que os pequenos medos e os pequenos prazeres não passam de sombras da realidade. Esta é sempre revigorante e sublime. Ao fechar os olhos e cochilar, ao consentir ser iludidos pelas aparências, os homens estabelecem e consagram por toda parte sua vida diária de hábito e rotina, a qual, porém, se ergue sobre alicerces puramente ilusórios. As crianças, que brincam de vida, percebem suas verdadeiras leis e relações com mais clareza do que os homens, que fracassam em vivê-la dignamente, mas pensam que são mais sábios pela experiência, isto é, pelo fracasso. Li num livro hindu que "havia o filho de um rei que, tendo sido expulso em tenra infância de sua cidade natal, foi criado por um homem das florestas e, chegando à idade adulta naquele estado, imaginava pertencer à raça bárbara com que vivia. Ao descobri-lo, um dos ministros de seu pai lhe revelou quem ele era, desfez-se o engano sobre seu caráter, e ele veio a saber que era um príncipe". E prossegue o filósofo hindu: "Assim a alma, pelas circunstâncias em que se encontra, engana-se sobre seu caráter, até que lhe é revelada a verdade por algum santo mestre, e então ela vem a saber que é *Brahma*". Tenho a impressão de que nós, os habitantes da Nova Inglaterra, vivemos a vida mesquinha que vivemos porque nossa visão não atravessa a superfície das coisas. Pensamos que as coisas *são* o que *parecem* ser. Se um homem percorresse esta cidade e visse apenas a realidade, onde vocês acham que iria parar o centro comercial Mill-dam? Se ele nos contasse o que viu por lá, não reconheceríamos o local. Olhem um templo, um tribunal, uma cadeia, uma loja, uma residência, e digam o que realmente é essa coisa perante um verdadeiro olhar, e todas elas vão se esfacelar na descrição que vocês fizerem. Os homens consideram a verdade muito remota, na periferia do sistema solar, atrás da estrela mais distante, antes de Adão e depois do último homem. Há, de fato, algo de verdadeiro e sublime na eternidade. Mas todos esses tempos, lugares e ocasiões existem aqui e agora. Deus culmina no momento presente, e não será mais divino no decorrer de todos os tempos. E só somos capazes de apreender o que é sublime e nobre com a perpétua instilação e absorção da realidade que nos cerca. O universo responde constantemente, obediente, às nossas concepções: quer andemos depressa ou devagar, o caminho nos está aberto. Passemos nossas vidas, então, concebendo. Nunca existiu nenhum desígnio de poeta ou de artista tão belo e tão nobre que algum póstero não pudesse realizá-lo.

Passemos pelo menos um dia com o vagar e a deliberação da Natureza, sem sermos arrojados fora do caminho a cada casca de noz ou asa de mosquito que caia nos trilhos. Cedo despertos e alertas, com calma e sem bulha: as pessoas que entrem e saiam, os sinos que toquem, as crianças que gritem – decididos a fazer deste dia um verdadeiro dia. Por que ceder e seguir a corrente? Não nos deixemos transtornar nem submergir naquela terrível corredeira e redemoinho chamado almoço, situado nos baixios meridianos. Vençam esse perigo e estarão a salvo, pois o restante do caminho é em declive. Com nervos firmes, com vigor matinal, singrem olhando para o outro lado, amarrados ao mastro como Ulisses. Se a locomotiva assobiar, deixem que assobie até enrouquecer. Se o sino tocar, para que correr? Avaliaremos o tipo de música que tocam. Vamos nos assentar, trabalhar, calcar fundo os pés na lama e no pântano da opinião, do preconceito, da tradição, da ilusão, da aparência, aquele aluvião que cobre o mundo, passando por Paris e Londres, Nova York, Boston e Concord, igreja e Estado, poesia, filosofia e religião, até alcançarmos um fundo firme com as pedras no lugar certo, que podemos chamar de *realidade*, e diremos: Ei-la, sem erro; e então, tendo um *point d'appui*, deem início, sob a enchente, a geada e o fogo, a um lugar onde se possa erguer uma parede ou um Estado, ou firmar com segurança um poste de luz, ou talvez um medidor, não um Nilômetro, e sim um Realômetro, para que as eras vindouras possam saber o nível que, de tempos em tempos, alcançava a enchente de imposturas e aparências. Se vocês ficarem de frente, bem diante de um fato, verão o sol cintilar nas duas superfícies, como se fosse uma cimitarra, e sentirão seu fio suave penetrando-lhes o coração e a medula, e poderão encerrar felizes suas carreiras mortais. Vida ou morte, ansiamos apenas pela realidade. Se estamos realmente morrendo, ouçamos o estertor em nossa garganta e sintamos frio nas extremidades; se estamos vivos, vamos cuidar de nossos afazeres.

O tempo é apenas o rio em que vou pescando. Bebo nele; mas, enquanto tomo sua água, vejo o leito arenoso e percebo como é raso. A corrente rala desliza e vai embora, mas a eternidade permanece. Eu beberia mais ao fundo; pescaria no firmamento, com o leito seixado de estrelas. Não consigo contar nenhuma. Não conheço a primeira letra do alfabeto. Sempre lamentei não ser tão sábio quanto no dia em que nasci. O intelecto é um cutelo; discerne e fende seu caminho até o âmago secreto das coisas. Não quero ocupar minhas mãos além do necessário. Minha cabeça são mãos e pés. Nela sinto concentradas todas as minhas melhores faculdades. Meu instinto me diz que minha cabeça é um órgão para cavar, assim como algumas criaturas usam o focinho e as patas dianteiras, e com ela eu abriria e cavaria meu caminho por essas colinas. Penso que o veio mais rico está por aqui, em algum lugar; assim julgo eu, pela vareta divinatória e pelos finos vapores que se elevam; e aqui vou começar a cavar.

Leitura

Com um pouco mais de vagar e deliberação na escolha de suas metas, provavelmente todos os homens se tornariam em essência estudiosos e observadores, pois decerto nossa natureza e nosso destino interessam a todos por igual. Ao acumular bens para nós ou nossa posteridade, ao criar uma família ou um Estado, ou mesmo ao adquirir fama, somos mortais; mas ao lidar com a verdade somos imortais, e não precisamos temer mudanças e acidentes. O mais antigo filósofo egípcio ou hindu ergueu uma ponta do véu da estátua da divindade; e o trêmulo tecido ainda se mantém erguido, e fito uma glória tão fresca quanto ele fitou, pois naquele momento era eu nele a ser tão ousado, e agora é ele em mim que renova a visão. Nenhum pó se assentou naquele tecido; nenhum tempo decorreu desde que se revelou aquela divindade. O tempo realmente proveitoso, ou aproveitável, não é passado, presente ou futuro.

Minha morada era mais favorável, não só ao pensamento, mas à leitura séria, do que uma universidade; e embora estivesse fora do raio da biblioteca circulante normal, mais do que nunca eu entrara no raio de influência daqueles livros que circulam pelo mundo, cujas frases foram escritas pela primeira vez em casca de árvore e que agora são meramente copiadas de tempos em tempos em papel de tecido. Diz o poeta Mîr Camar Uddîn Mast: "Percorrer sentado a região do mundo espiritual, tive essa vantagem nos livros. Embriagar-me com uma única taça de vinho, experimentei esse prazer ao beber o licor das doutrinas esotéricas". Mantive a *Ilíada* de Homero em minha mesa o verão inteiro, embora olhasse suas páginas somente de vez em quando. O trabalho incessante com as mãos, de início, pois tinha de acabar minha casa e carpir meus feijões ao mesmo tempo, impossibilitava maiores estudos. Porém eu me sustentava com a perspectiva dessa leitura no futuro. Li um ou dois livros de viagem superficiais nos intervalos de meu trabalho, até que essa atividade me deixou envergonhado de mim mesmo, e perguntei onde é que, afinal, *eu* vivia.

O estudioso pode ler Homero ou Ésquilo em grego sem risco de luxo ou dissipação, pois isso implica que, em alguma medida, ele emula seus heróis e consagra horas matinais a suas páginas. Os livros heroicos, mesmo impressos no alfabeto de nossa língua materna, sempre estarão numa língua morta para tempos degenerados; e precisamos buscar laboriosamente o significado de cada palavra e verso, conjeturando, a partir da sabedoria, do valor e da generosidade que tivermos, um sentido mais amplo do que permite o uso comum. A imprensa moderna, fértil e barata, com todas as suas traduções, pouco tem feito para nos aproximar dos autores heroicos da antiguidade. Eles parecem tão solitários, e a letra em que estão impressos tão rara e curiosa, como sempre. Vale a pena gastar horas preciosas e dias juvenis para aprender algumas palavras de uma língua antiga, que são alçadas da trivialidade das ruas para se tornar fonte perpétua de sugestões e estímulos. Não à toa o agricultor lembra e repete as poucas palavras em latim que ouviu. Os homens às vezes falam como se o estudo dos clássicos tivesse aberto caminho para estudos mais modernos e práticos; mas o estudante aventuroso sempre estudará os clássicos, em qualquer língua que possam estar escritos e por mais antigos que possam ser. Pois o que são os clássicos, se não o registro dos pensamentos mais nobres do homem? São os únicos oráculos que não caducaram, e há neles respostas à mais moderna indagação que Delfos e Dodona jamais deram. Se fosse por isso, também poderíamos deixar de lado o estudo da Natureza só porque ela é antiga. Ler bem, isto é, ler livros verdadeiros com espírito verdadeiro, é um exercício nobre, e que exigirá do leitor mais do que qualquer exercício valorizado pelos costumes do momento. Requer um treino como o dos atletas, a dedicação constante quase da vida toda a esse objetivo. Os livros devem ser lidos com a deliberação e a reserva com que foram escritos. E tampouco basta falar a língua daquela nação em que estão escritos, pois há uma distância considerável entre a língua falada e a língua escrita, a língua ouvida e a língua lida. Uma é geralmente transitória, um som, uma fala, um dialeto apenas, quase animal, que aprendemos inconscientemente, como os animais, com nossas mães. A outra é sua experiência e amadurecimento; se aquela é nossa língua materna, esta é nossa língua paterna, uma expressão seleta e reservada, significativa demais para se entender de ouvido, que requer renascermos para aprendê-la. As multidões que simplesmente *falavam* o grego e o latim na Idade Média não estavam capacitadas pelo acaso do nascimento a *ler* as obras de gênio escritas nessas línguas; pois não estavam escritas naquele grego ou latim que conheciam, e sim na linguagem seleta da literatura. Tais homens não tinham aprendido os dialetos mais nobres da Grécia e de Roma, e o próprio material em que estavam escritos não passava de refugo para eles, e preferiam a literatura contemporânea barata. Mas, quando as várias nações da Europa passaram a ter línguas escritas próprias, mesmo rudimentares, suficientes apenas para os propósitos de suas literaturas nascentes, o saber originário renasceu, e os eruditos tiveram condições de perceber àquela distância os tesouros da antiguidade. O que a multidão romana e grega não sabia *ouvir*, após o decorrer dos tempos alguns eruditos *liam*, e alguns poucos eruditos ainda hoje leem.

Por mais que possamos admirar os ocasionais rompantes de eloquência do orador, as mais nobres palavras escritas geralmente estão muito além ou acima da linguagem oral fugidia, tal como o firmamento com suas estrelas está além das nuvens. *Lá* estão as estrelas, e os que sabem, podem lê-las. Desde sempre os astrônomos observam e comentam os astros. Não são exalações como nossas conversas diárias e o hálito que se evapora. O que se chama eloquência no fórum geralmente é retórica no estudo. O orador se entrega à inspiração de uma ocasião passageira, e fala à multidão diante dele, fala aos que podem *ouvi*-lo; mas o escritor, que tem como ocasião sua vida mais constante, e que se distrairia com o momento e a multidão que inspiram o orador, fala ao intelecto e ao coração da humanidade, a todos em qualquer época que podem *entendê*-lo.

Não admira que, em suas expedições, Alexandre levasse a *Ilíada* dentro de um estojo precioso. Uma palavra escrita é a mais valiosa relíquia. É algo ao mesmo tempo mais íntimo e mais universal do que qualquer outra obra de arte. É a obra de arte mais próxima da própria vida. Pode ser traduzida para todas as línguas, e não só lida, mas realmente soprada por todos os lábios humanos – representada não só na tela ou no mármore, mas esculpida no próprio sopro da vida. O símbolo do pensamento de um antigo se torna a fala de um moderno. Dois mil verões conferiram aos monumentos da literatura grega, como se fossem de mármore, apenas um tom dourado e outonal mais maduro, pois levaram sua atmosfera serena e celestial a todas as terras, para protegê-los contra a corrosão do tempo. Os livros são o tesouro do mundo e a digna herança de gerações e nações. Livros, os melhores e mais antigos, podem ocupar, com todo o direito e naturalidade, as prateleiras de qualquer morada. Nada pleiteiam para si, mas, na medida em que esclarecem e sustentam o leitor, o bom senso dele não os recusará. Seus autores são uma aristocracia natural e irresistível em toda sociedade, e exercem, mais do que reis ou imperadores, influência sobre toda a humanidade. Quando o comerciante iletrado e talvez desdenhoso conquista pelo trabalho e iniciativa própria seu cobiçado lazer e independência, e é admitido nos círculos da elegância e da riqueza, inevitavelmente acaba se voltando para aqueles círculos ainda mais altos do intelecto e do gênio, porém ainda inacessíveis, e é sensível apenas à imperfeição de sua cultura e à vaidade e insuficiência de todas as suas riquezas, e demonstra ainda mais seu bom senso preocupando-se em garantir aos filhos aquela cultura intelectual de que sente tão aguda falta; e é assim que ele se torna o fundador de uma família.

Os que não aprenderam a ler os antigos clássicos na língua em que foram escritos decerto têm um conhecimento muito falho da história da espécie humana; pois é de se notar que jamais foram transcritos em qualquer língua moderna, a menos que se possa considerar nossa própria civilização como uma transcrição deles. Homero, até hoje, nunca foi editado em inglês, nem Ésquilo, nem mesmo Virgílio – obras tão refinadas, tão solidamente construídas e tão belas quase como a própria manhã; pois os escritores posteriores, diga-se o que se disser do gênio deles, nunca ou raras vezes igualaram a requintada beleza e acabamento, o heroico e imorredouro labor literário dos antigos. Só fala em esquecê-los quem nunca os conheceu. Não será tarde para esquecê-los quando tivermos a erudição e o gênio que nos permitam frequentá-los e apreciá-los. De fato, rica será a época em que essas relíquias que chamamos de Clássicos, e as Escrituras ainda mais antigas e mais do que clássicas, mas ainda menos conhecidas, das nações, forem ainda mais entesouradas, quando os Vaticanos estiverem repletos de Vedas, Zendavestas e Bíblias, de Homeros, Dantes e Shakespeares, e todos os séculos vindouros tiverem depositado sucessivamente seus troféus no fórum do mundo. Com tal pilha finalmente podemos ter a esperança de escalar o céu.

As obras dos grandes poetas ainda nunca foram lidas pela humanidade, pois apenas grandes poetas sabem lê-las. Têm sido lidas como a multidão lê as estrelas, no máximo astrologicamente, não astronomicamente. Mesquinha conveniência aprendem os homens a servir quando aprendem a ler para manter as contas em dia e não ser logrados no comércio; mas da leitura como nobre exercício intelectual pouco ou nada sabem; e, no entanto, só é leitura em sentido elevado, não aquela que nos embala como um luxo e permite que as faculdades mais nobres adormeçam, e sim aquela que temos de ficar na ponta dos pés para ler e à qual devotamos nossas horas mais despertas e alertas.

Penso que, tendo aprendido as letras, deveríamos ler o que há de melhor na literatura, e não ficar eternamente repetindo nossos bê-á-bás e monossílabos, no quarto ou quinto ano, sentados a vida inteira nos bancos mais baixos da fila da frente. Os homens, na maioria, já se dão por satisfeitos em saber ler ou ouvir ler, talvez convencidos pela sabedoria de um único bom livro, a Bíblia, condenados pelo resto da vida a vegetar e a dissipar suas faculdades na dita *Versão Fácil de Ler* [*Easy Reading*]. Existe uma obra em vários volumes em nossa Biblioteca Circulante, chamada *Little Reading* [*Um pouco de leitura*], que achei que se referia a uma cidade que jamais visitei. Existem aqueles que, como cormorões e avestruzes, conseguem digerir todo esse tipo de coisa, mesmo depois da mais lauta refeição com carnes e legumes, pois não admitem desperdiçar coisa alguma. Se outros são as máquinas que fornecem tais acepipes, estes são as máquinas de leitura. Leem a nona-milésima história de Zebulão e Sefrônia, e o quanto os dois se amaram como nunca ninguém tinha amado antes, e como jamais um verdadeiro amor correu tão bem – ou, pelo menos, correu, tropeçou, levantou e continuou! como um pobre desgraçado que nunca tinha subido nem num campanário subiu na agulha de uma torre, e então, tendo desnecessariamente posto o sujeito ali, o romancista todo feliz bate o sino para chamar todo mundo, que se reúne e diz: Oh, que coisa! Como ele vai descer dali? Quanto a mim, penso que melhor fariam se metamorfoseassem todos esses aspirantes a heróis do romance universal em cataventos humanos, tal como antigamente colocavam os heróis entre as constelações, e lá os deixassem girando até se enferrujar, sem descer para vir incomodar as pessoas de bem com suas travessuras. Da próxima vez em que o romancista tocar o sino, não vou me abalar nem que a igreja arda em cinzas. "O Pulo do Salta-Saltinho, um Romance da Idade Média, do famoso autor de 'O Tonto Tantã', a sair em capítulos mensais; enorme procura; não venham todos ao mesmo tempo." Tudo isso eles leem de olho arregalado e uma curiosidade viva e primitiva, com uma moela incansável, cujas corrugações ainda nem precisam de mó para se afiar, como algum aluninho de quatro anos de idade com sua edição de dois tostões da Cinderela com capa dourada – sem nenhuma melhora, que eu consiga ver, na pronúncia, no acento ou na tônica e nenhuma habilidade maior em extrair ou inserir a moral da história. O resultado é o embotamento da vista, a estagnação da circulação vital, um amolecimento e uma perda geral de todas as faculdades intelectuais. Esse tipo de pãozinho confeitado é assado diariamente em quase todos os fornos, e mais laboriosamente do que um pão de trigo integral ou misto de centeio com milho, e tem venda mais garantida.

Os melhores livros não são lidos nem por aqueles que são tidos como bons leitores. No que consiste a cultura de nossa Concord? Salvo raríssimas exceções, nesta cidade não existe o gosto pelos melhores livros, ou nem mesmo pelos bons, sequer da literatura inglesa, cujas palavras todos sabem ler e soletrar. Mesmo os homens que cursaram a universidade e tiveram uma educação dita liberal, aqui e em outros lugares, pouca ou nenhuma familiaridade têm com os clássicos ingleses; e quanto aos registros da sabedoria da humanidade, as Bíblias e os clássicos antigos, acessíveis a todos os que queiram conhecê-los, é mínimo o esforço em se familiarizar com eles, em qualquer lugar. Conheço um lenhador, de meia-idade, que recebe um jornal francês, não pelas notícias, como diz ele, pois está acima dessas coisas, mas para "não perder a prática", pois é canadense de nascimento; e quando eu lhe pergunto qual é, para ele, a melhor coisa que se pode fazer neste mundo, ele diz que, além de praticar o francês, é manter e melhorar seu inglês. É mais ou menos isso o que os formados na universidade geralmente fazem ou desejam fazer, e para isso recebem um jornal em inglês. Alguém que acabou de ler talvez um dos melhores livros em inglês, quantas pessoas encontrará para conversar sobre ele? Ou suponham que ele acaba de ler um clássico grego ou latino no original, cuja fama é conhecida até pelos ditos iletrados; não vai encontrar absolutamente ninguém para falar sobre a obra, e terá de silenciar. Na verdade, dificilmente existe algum professor universitário que, tendo dominado as dificuldades da língua, tenha dominado também as dificuldades do espírito e da poética de um poeta grego, e que tenha alguma disposição de compartilhar com o leitor alerta e heroico; e quanto às sagradas Escrituras ou Bíblias da humanidade, quem nesta cidade é capaz de me dizer pelo menos seus nomes? Muita gente nem sabe que alguma nação além dos hebreus teve suas escrituras. Um homem, qualquer um, é capaz de se afastar um bom trecho de seu caminho para apanhar um dólar de prata; mas aqui há palavras de ouro, que os homens mais sábios da antiguidade proferiram, e cujo valor nos é assegurado pelos sábios de todas as eras posteriores – e no entanto aprendemos a ler só a Versão Fácil, as cartilhas e os livros escolares, e, quando saímos da escola, "Um Pouco de Leitura" e livros de historietas, que são para meninos e principiantes; e nossa leitura, nossa conversa e nosso pensamento ficam todos num nível baixíssimo, próprio apenas para pigmeus e bonecos.

Aspiro a conhecer homens mais sábios do que tem produzido nosso solo de Concord, cujos nomes mal são conhecidos. Ou vou ouvir o nome de Platão e nunca lerei o livro dele? Como se Platão morasse aqui na mesma cidade e eu nunca o visse – meu vizinho de porta, e eu nunca o ouvisse falar ou nem prestasse atenção à sabedoria de suas palavras. Mas como é isso? Seus *Diálogos*, que contêm o que havia de imortal nele, estão na prateleira ali adiante, e mesmo assim nunca li. Somos subdesenvolvidos, atrofiados, iletrados; e neste aspecto confesso que não faço nenhuma grande diferença entre o analfabetismo do concidadão que não sabe ler uma letra e o analfabetismo daquele que aprendeu a ler apenas coisas para crianças e inteligências fracas. Devíamos ser tão bons quanto os valorosos da antiguidade, mas em parte isso consiste primeiro em saber quão bons eles eram. Somos uma raça de chapins, e em nossos voos intelectuais não subimos muito acima das colunas do jornal.

Nem todos os livros são tão obtusos quanto seus leitores. Provavelmente existem palavras exatas sobre nossa condição, as quais, se realmente conseguíssemos ouvir e entender, seriam mais saudáveis para nossa vida do que a manhã ou a primavera, e possivelmente dariam um novo aspecto à face das coisas que vemos. Quantos homens marcaram a data de uma nova época em suas vidas com a leitura de um livro! Talvez exista o livro que nos explique nossos milagres e nos revele outros. As coisas atualmente inexpressáveis, talvez as encontremos expressas em algum lugar. Essas mesmas perguntas que nos inquietam, desconcertam, confundem, também ocorreram, por sua vez, a todos os homens sábios; nenhuma delas foi omitida; e cada qual respondeu a elas com suas palavras e sua vida, conforme sua capacidade. Além disso, com a sabedoria aprenderíamos a liberalidade. O lavrador solitário trabalhando num sítio nos arredores de Concord, que teve sua experiência religiosa pessoal e renasceu na fé, levado a uma atitude de exclusividade e gravidade silenciosa, pode achar que não é verdade; mas Zoroastro, milênios atrás, percorreu a mesma estrada e teve a mesma experiência; porém, sendo sábio, não ignorava que era algo universal, e tratou seus próximos de acordo com isso, e dizem até que foi ele que inventou e criou a adoração divina entre os homens. Ele, então, que comungue humildemente com Zoroastro e, por meio da influência liberalizante de todos os valorosos, comungue também com o próprio Jesus, e deixe de lado "nossa igreja".

Vangloriamo-nos de pertencer ao século XIX e de avançar mais rápido do que qualquer outra nação. Mas avaliem o pouco que esta nossa cidade está fazendo por sua própria cultura. Não quero agradar meus concidadãos, nem ser agradado por eles, pois isso não nos fará melhorar. Precisamos ser provocados – tocados como gado, por assim dizer. Temos um sistema relativamente decente de escolas comuns, escolas apenas para as crianças; mas, tirando o esquálido Liceu no inverno, e ultimamente o minúsculo embrião de uma biblioteca sugerida pelo Estado, não temos nenhuma escola para nós mesmos. Gastamos mais em praticamente qualquer item de nossa saúde ou falta de saúde física do que em nossa saúde mental. É hora de termos escolas incomuns, para não abandonarmos nossa educação no momento em que entramos na idade adulta. É hora de as cidades serem universidades, e os moradores mais velhos serem os docentes das universidades, com tempo livre – se de fato estiverem tão bem de vida – para prosseguir os estudos liberais pelo resto da existência. O mundo ficará restrito para sempre a uma Paris ou uma Oxford? Os estudantes não podem vir para cá e ter uma educação liberal sob os céus de Concord? Não podemos contratar algum Abelardo para nos dar aulas? Pobres de nós: tendo de alimentar o gado e cuidar da loja, ficamos longe da escola tempo demais e nossa educação é tristemente esquecida. Neste país, em alguns aspectos a cidade deveria ocupar o lugar do nobre europeu. Deveria ser a mecenas das belas artes. Tem dinheiro para isso. Falta apenas a magnanimidade e o refinamento. Ela pode gastar bastante dinheiro em coisas que os agricultores e comerciantes valorizam, mas acham utópico propor gastar dinheiro em coisas que homens mais inteligentes sabem valer muito mais. Esta cidade gastou dezessete mil dólares com um prédio da prefeitura, por fortuna ou por política, mas provavelmente nem em cem anos gastará tanto assim com o espírito vivo, a verdadeira carne a colocar dentro daquela casca. A contribuição anual de 125 dólares para um Liceu no inverno é mais bem gasta do que qualquer outra soma arrecadada na cidade. Se vivemos no século XIX, por que não poderíamos gozar das vantagens que o século XIX oferece? Por que nossa vida haveria de ser provinciana em todos os aspectos? Se lemos jornais, por que não pular os mexericos de Boston e pegar de uma vez o melhor jornal do mundo? – em vez de ficar tomando a papinha insípida dos jornais "de família", manducando os brotos dos Ramos de Oliveira e folheando as páginas dos *Olive Branches*, aqui na Nova Inglaterra. Que nos cheguem os anais de todas as sociedades de estudos, e veremos se elas sabem alguma coisa. Por que deixaríamos que a Harper & Brothers e a Redding & Co. escolhessem nossa leitura? Tal como o nobre de gosto cultivado se cerca de tudo o que contribui para sua cultura – gênio – erudição – espírito – livros – pintura – escultura – música – instrumentos filosóficos e coisas assim, a cidade também deveria fazer a mesma coisa – não se resumir a um pedagogo, um pároco, um sacristão, uma biblioteca paroquial e três vereadores, só porque uma vez nossos antepassados peregrinos passaram um inverno rigoroso com eles num rochedo desolado. Agir coletivamente condiz com o espírito de nossas instituições; e confio que, como nossas circunstâncias são mais prósperas, nossos meios são maiores do que os do nobre. A Nova Inglaterra pode contratar todos os sábios do mundo para virem ensiná--la, e pode hospedá-los pelo tempo que for, sem nenhum provincianismo. O que queremos é a escola *incomum*. Em vez de nobres, tenhamos cidades nobres. Se for necessário, que se deixe de lado uma mera ponte sobre o rio, dê-se uma volta um pouco maior, e se lance pelo menos um arco sobre o abismo de ignorância bem mais negro que nos rodeia.

Sons

Mas, enquanto ficamos confinados aos livros, mesmo os mais seletos e clássicos, e lemos apenas as várias línguas escritas, que não passam de dialetos e regionalismos, corremos o perigo de esquecer a língua que todas as coisas e fatos falam sem metáforas, a única copiosa e modelar. Muito se publica, pouco se imprime. Os raios que entram pela veneziana não serão lembrados quando a veneziana for totalmente removida. Nenhum método ou disciplina pode substituir a necessidade de se estar sempre alerta. O que é um curso de história, de filosofia ou de poesia, por mais seleto que seja, ou a melhor companhia ou a mais admirável rotina de vida, em comparação à disciplina de olhar sempre o que há para ser visto? Você vai ser um leitor, um estudioso apenas, ou um vidente? Leia seu destino, veja o que está à sua frente, e avance para o futuro.

Não li livros no primeiro verão; carpi feijão. Não, muitas vezes fiz coisa melhor do que isso. Havia momentos em que eu não podia sacrificar o florescer daquele presente a qualquer trabalho, fosse da cabeça ou das mãos. Gosto de uma ampla margem para minha vida. Às vezes, numa manhã de verão, depois de tomar meu banho costumeiro, eu ficava sentado à minha porta ensolarada desde o nascer do sol até o meio-dia, enlevado num devaneio, entre os pinheiros, as nogueiras e os sumagres, em serena solidão e quietude, enquanto as aves cantavam ao redor ou cruzavam a casa num voo silencioso, até que, com o sol batendo em minha janela ocidental ou o ruído da carroça de algum viajante na estrada à distância, eu era lembrado do passar do tempo. Eu crescia naquelas sazões como o milho à noite, e eram muito melhores do que teria sido qualquer trabalho com as mãos. Não era um tempo subtraído à minha vida, e sim um tempo muito acima e além de meu quinhão normal. Entendi o que os orientais querem dizem com contemplação e renúncia à atividade. De modo geral, eu não me importava como transcorriam as horas. O dia avançava como que para iluminar algum trabalho meu; era de manhã, e eis que de repente era o entardecer, e eu não tinha feito nada de memorável. Em vez de cantar como os pássaros, eu sorria silenciosamente à minha sorte incessante. Como o pardal que gorjeava pousado na nogueira diante de minha porta, eu também tinha meu chilreio ou abafado cacarejo, que ele podia ouvir vindo de meu ninho. Meus dias não eram dias da semana, trazendo o sinete de alguma divindade pagã, e tampouco eram picotados em horas e esfolados pelo tique-taque de um relógio; pois eu vivia como os índios puris, que, segundo dizem, "têm uma palavra só para ontem, hoje e amanhã, e expressam a variação de sentido apontando atrás para ontem, apontando em frente para amanhã e ao alto para o dia em curso". Sem dúvida, para meus concidadãos isso era pura ociosidade; mas, se as aves e as flores tivessem me testado pelo critério delas, eu nada ficaria a dever. Um homem deve encontrar as ocasiões próprias em si mesmo, certamente. O dia natural é muito calmo, e dificilmente lhe reprovará a indolência.

Em meu modo de vida, eu tinha pelo menos a vantagem, em relação aos que eram obrigados a procurar entretenimento fora de si, no convívio social e no teatro, de que a minha própria vida tinha se tornado meu entretenimento e nunca deixava de ser um romance palpitante. Era uma novela com muitas cenas e nenhum final. Se fôssemos sempre ganhar a vida e regular nosso viver pelo modo melhor e mais recente que aprendemos, nunca sofreríamos de tédio. Siga seu gênio, e ele nunca vai deixar de lhe mostrar uma nova perspectiva a cada hora. O trabalho doméstico era um passatempo agradável. Quando meu chão estava sujo, eu levantava cedo e, tirando todos os móveis de casa e pondo na grama, cama e armação formando uma coisa só, jogava água no chão, espalhava areia branca do lago, e então, usando uma vassoura, esfregava até ficar limpo e claro; e na hora em que as pessoas da cidade estavam acabando o desjejum, o sol da manhã já tinha secado minha casa o suficiente para eu poder entrar de novo, e minhas meditações prosseguiam quase sem interrupção. Era agradável ver todos os meus pertences domésticos em cima da grama, formando um pequeno amontoado como a trouxa de um cigano, e minha mesa de três pernas, da qual eu não removia os livros, a pena e a tinta, postada entre os pinheiros e nogueiras. Eles pareciam contentes em sair, como se não quisessem voltar para casa. Às vezes eu tinha vontade de estender um toldo por cima, e lá tomar assento como minha sede. Valia a pena ver o sol brilhando sobre essas coisas, e ouvir o vento livre soprando nelas; os objetos familiares, em sua maioria, parecem muitíssimo mais interessantes fora do que dentro de casa. Um pássaro pousa num galho próximo, a sempre-viva cresce embaixo da mesa, sarmentos de amora-preta se enrolam em suas pernas; pinhas, ouriços de castanha, folhas de morango estão espalhados ao derredor. Era como se fosse assim que tais formas tinham se transferido para nossos móveis, mesas, cadeiras e camas – porque uma vez estiveram entre elas.

Minha casa ficava na encosta de uma colina, junto à orla da mata mais extensa, no meio de um jovem bosque de pinheiros e nogueiras, e a cerca de sessenta metros do lago, ao qual se descia por uma trilha estreita. Em meu terreno da frente crescia o morango, a amora-preta e a sempre-viva, a erva-de-são-joão e a vara-de-ouro, o carvalho arbustivo e a ameixeira-brava, o mirtilo e a falsa-glicínia. Pelo final de maio, a ameixeira-brava (*Cerasus pumila*) adornava as margens do caminho com suas flores delicadas cilindricamente dispostas em umbelas nas hastes curtas, que por fim, no outono, carregada de belos frutos de bom tamanho, irradiava-se em coroas entretecidas em todo seu redor. Provei deles em homenagem à Natureza, embora não fossem propriamente saborosos. O sumagre (*Rhus glabra*) crescia luxuriante perto de casa, avançando pelo aterro que eu tinha feito, e atingiu 1,5 a 1,8 metro na primeira temporada. Sua larga folha tropical pinulada, embora estranha, era agradável de se ver. Os brotos graúdos, que na primavera irrompiam dos galhos secos que antes pareciam mortos, cresciam como por mágica, transformando-se em graciosos ramos verdes e tenros, com 2,5 centímetros de diâmetro; e às vezes, quando eu estava sentado à minha janela, de tão descuidados que tinham crescido e forçado as frágeis estípulas, eu ouvia um ramo novo e tenro cair de súbito como um leque no chão, sem que houvesse qualquer brisa soprando, quebrando-se ao próprio peso. Em agosto, as bagas tão abundantes, que, ao florir, tinham atraído muitas abelhas silvestres, assumiam gradualmente seu tom carmesim aveludado e brilhante, e de novo, sob seu próprio peso, vergavam-se e rompiam os ramos tenros.

Quando sento à minha janela nesta tarde de verão, há gaviões planando em círculo sobre minha clareira; a revoada de pombos selvagens, voando aos pares e trios na diagonal de minha vista ou se empoleirando irrequietos nos ramos do pinheiro branco atrás de minha casa, empresta voz ao ar; uma águia-pescadora faz ondular a superfície vítrea do lago e sobe com um peixe; uma marta sai furtiva do brejo na frente de casa e pega uma rã na margem; o juncal se inclina sob o peso dos papa-arrozes adejando daqui para ali; e na última meia hora ouço o estrépito dos vagões de trem, ora morrendo na distância, ora revivendo como o ruflar de uma perdiz, levando passageiros de Boston para o campo. Pois eu não vivia tão fora do mundo como aquele menino que, pelo que ouvi dizer, foi confiado a um agricultor na parte leste da cidade, mas logo depois fugiu e voltou para casa, todo maltrapilho e cheio de saudade. Ele nunca tinha visto um lugar tão parado e fora de mão; o povo todo tinha ido embora; imagine, não se ouvia nem o apito do trem! Duvido que hoje em dia exista um lugar assim em Massachusetts:

> "Na verdade, nossa vila virou alvo
> Daquelas velozes setas de ferrovia, e em
> Nossa pacata planície esse suave som é – Concord."
>
> ["*In truth our village has become a butt*
> *For one of those fleet railroad shafts, and o'er*
> *Our peaceful plain its soothing sound is – Concord.*"]

A Ferrovia Fitchburg passa junto ao lago, a cerca de quinhentos metros de onde moro. Geralmente vou à cidade seguindo por ela, e estou ligado à sociedade, por assim dizer, por esse vínculo. Os homens nos trens de carga, que percorrem a linha completa da ferrovia, se inclinam e me cumprimentam como um velho conhecido, de tantas vezes que passam por mim, e parecem me tomar por um funcionário da companhia; e sou mesmo. Eu bem que gostaria de consertar trilhos em algum lugar na órbita do mundo.

O silvo da locomotiva penetra minhas matas no inverno e no verão, soando como o grito de um gavião planando sobre o terreiro de algum agricultor, informando-me que muitos impacientes negociantes urbanos estão entrando no perímetro da cidade ou que intrépidos comerciantes rurais estão vindo do lado contrário. Quando se reúnem sob o mesmo horizonte, dão seu grito de alerta para que o outro saia do caminho, num apito que às vezes ressoa pela extensão de dois povoados. Olhe a comida chegando, campo! Suas rações, camponeses! E não existe ninguém que seja tão independente em seu sítio que possa recusá-las. Olhe aqui o pagamento!, apita o silvo do camponês; madeiras compridas como aríetes de combate correndo a mais de trinta quilômetros por hora contra os muros da cidade, e coxins suficientes para servir de assento a toda a carga pesada e cansada que segue dentro deles. Com essa desajeitada cortesia em forma de pranchas de madeira, o campo oferece um coxim talhado sob medida à cidade. Todas as colinas de mirtilos são raspadas, todos os campos de oxicocos são rastelados até a cidade. Sobe o algodão, desce o tecido; sobe a seda, desce a lã; sobem os livros, mas desce o espírito que os escreve.

Quando encontro a locomotiva com seu séquito de vagões partindo num movimento planetário – ou melhor, feito um cometa, pois o observador não sabe se, com aquela velocidade e com aquela direção, ela algum dia voltará a visitar este sistema solar, visto que sua órbita não parece ter uma curva de retorno –, com sua nuvem de vapor como um estandarte ondeando atrás de si guirlandas douradas e prateadas, como aquelas nuvens felpudas que tantas vezes vejo lá no alto do céu desdobrando-se à luz – como se este semideus viajeiro, este propulsor de nuvens fosse em breve tomar o céu crepuscular como libré de seu séquito; quando ouço o cavalo de ferro fazendo ecoarem os montes com seu resfolego de trovão, abalando a terra com suas patas, soltando fogo e fumaça pelas ventas (que espécie de cavalo alado ou dragão flamejante introduzirão na nova Mitologia, não sei dizer), é como se agora a terra tivesse uma raça digna de habitá-la. Ah, se tudo fosse como parece, e os homens fizessem dos elementos servos para nobres fins! Se a nuvem que paira sobre a locomotiva fosse a transpiração de feitos heroicos, ou benéfica como a nuvem que paira sobre os campos do agricultor, os elementos e a própria Natureza acompanhariam alegremente os homens em suas erranças e lhe fariam escolta.

Olho a passagem dos vagões matinais com o mesmo sentimento com que olho o nascer do sol, tão regular quanto ela. Seu séquito de nuvens se estendendo longamente e subindo cada vez mais alto, indo para o céu enquanto os vagões vão para Boston, oculta o sol por um instante e lança uma sombra sobre meu campo à distância, um comboio celestial ao lado do qual o insignificante comboio de vagões que abraça a terra não passa da farpa de uma lança. O cavalariço do cavalo de ferro levantou cedo nesta manhã de inverno, à luz das estrelas entre as montanhas, para alimentar e arrear seu corcel. O fogo também foi avivado logo cedo, para lhe acender o calor vital e colocá-lo em movimento. Se a atividade fosse tão inocente como é matutina! Se a neve está alta, amarram-lhe botas de neve e com o arado gigante abrem um sulco das montanhas até o mar, em que os vagões, como uma plantadeira manual, vão espalhando como sementes todos os homens irrequietos e todas as mercadorias circulantes no país. Durante o dia todo, o corcel de fogo segue em disparada, parando apenas para que seu mestre possa descansar, e à meia-noite sou desperto por seu resfolego pesado e desafiador, quando em algum vale estreito e remoto nas matas ele arrosta os elementos envolto em gelo e neve; e alcançará sua baia apenas com a estrela da manhã, para retomar suas viagens sem pausa nem descanso. Ou quiçá, de noite, ouço-o em seu estábulo bufando a energia supérflua do dia, para acalmar seus nervos e resfriar o fígado e a cabeça, e ferrando num leve cochilo durante algumas horas. Se a atividade fosse tão heroica e imponente como é prolongada e incessante!

Atravessando matas desertas nos confins das cidades, onde antigamente apenas o caçador se embrenhava de dia, no mais escuro da noite passam velozes esses refulgentes vagões de primeira classe, sem o conhecimento de seus moradores; neste momento parando em alguma brilhante estação na vila ou na cidade, onde se reúne uma multidão sociável e ruidosa, no momento seguinte detendo-se no Pântano Sinistro, assustando corujas e raposas. As chegadas e partidas dos vagões agora marcam as fases do dia na cidade. Vêm e vão com tal regularidade e precisão, e seus apitos se ouvem a tal distância que os agricultores acertam seus relógios por eles, e assim uma instituição bem conduzida regula um país inteiro. Os homens não ficaram um pouco mais pontuais desde a invenção das ferrovias? Não falam e pensam mais rápido na estação de trem do que no posto de diligências? Sua atmosfera guarda algo de eletrizante. Fico assombrado com os milagres que ela realiza; pois alguns vizinhos meus, que eu profetizaria peremptoriamente que jamais iriam a Boston com um transporte tão rápido, estão sempre prontos na hora em que toca a campainha. Agora a palavra de ordem é fazer as coisas "à maneira do trem"; e vale a pena receber com tanta frequência e sinceridade o alerta de alguma poderosa autoridade para sairmos dos trilhos. Neste caso não há tempo para ler a letra da lei sobre os tumultos, nem para disparar alguns tiros de advertência ao ar antes de disparar contra a multidão. Construímos um fado, uma Átropos, que nunca se desvia. (Tal devia ser o nome da locomotiva de vocês.) Os homens são avisados que numa certa hora e minuto essas setas serão disparadas rumo a determinados pontos da bússola; mas isso não interfere nos assuntos de ninguém, e as crianças vão para a escola usando a outra estrada. Vivemos com mais regularidade. Assim somos todos criados para ser filhos de Tell. O ar está cheio de setas invisíveis. Todo caminho, tirando o seu, é o caminho do fado. Então mantenha-se nos trilhos.

O que admiro no comércio é a iniciativa e a coragem. Ele não trança os dedos em oração a Júpiter. Vejo esses homens irem diariamente cuidar dos negócios com maior ou menor coragem e disposição, fazendo até mais do que suspeitam, e talvez mais bem empregados do que poderiam conceber conscientemente. Comove-me menos o heroísmo dos que ficaram meia hora na linha de frente em Buena

Vista do que a bravura alegre e constante dos homens que têm no arado do limpa-neve seus quartéis de inverno; que têm não apenas a coragem da madrugada, que Bonaparte considerava a mais rara, mas cuja coragem não descansará tão cedo, e vão dormir apenas quando a tempestade adormece ou os tendões de seu corcel de ferro se congelam. Nesta manhã da Grande Nevasca, quiçá, que ainda grassa e enregela o sangue dos homens, ouço o som abafado do sino da locomotiva atravessando a barreira de vapor de suas respirações geladas, que anuncia que os vagões *estão chegando*, sem muito atraso, apesar da interdição causada por uma tempestade de neve no nordeste da Nova Inglaterra, e olho os lavradores da neve cobertos de flocos e sincelos, suas cabeças espiando por sobre o relho do arado, o qual está revolvendo não margaridas e ninhos de ratos do campo, mas como que os blocos de gelo da Sierra Nevada, que ocupam um lugar remoto no universo.

O comércio é inesperadamente confiante e sereno, alerta, aventuroso, incansável. Além disso, ele é muito natural em seus métodos, muito mais do que inúmeros empreendimentos fantásticos e experiências sentimentais, e daí seu êxito singular. Sinto-me renovado e dilatado quando o trem de carga passa por mim num estrépito, e sinto o cheiro das provisões que vão espalhando seus odores ao longo de todo o caminho desde Long Wharf até Lake Champlain, lembrando-me locais estrangeiros, recifes de coral, oceanos índicos, climas tropicais e toda a extensão do globo. Sinto-me uma espécie de cidadão do mundo à vista da folha de palmeira que cobrirá tantas cabeças louras da Nova Inglaterra no próximo verão, as fibras de coco e de abacá, o velho junco, sacos de juta, sucatas, pregos enferrujados. Essa carga de velas de lona rasgadas é mais legível e interessante agora do que convertida em papel e livros impressos. Quem escreveria com tanta vividez a história dos temporais que elas enfrentaram quando se fizeram em trapos? São as primeiras provas de um livro que não precisam de nenhuma revisão. E lá segue a madeira serrada das matas do Maine, que a última enchente não levou e cujo preço subiu quatro dólares por milheiro, por causa do que se perdeu na correnteza ou se rachou; pinho, abeto vermelho, cedro – de primeira, segunda, terceira e quarta categoria, de modo que ultimamente todos são da mesma categoria, ondulando sobre o urso, o alce e o caribu. Em seguida vem o cal de Thomaston, um lote de primeira linha, que avançará entre as colinas antes de virar pó. Esses trapos em fardos, de todas as cores e qualidades, a mais baixa condição a que descem o algodão e o linho, o resultado final de uma roupa – com feitios que não mais arrancam elogios, a menos que se esteja em Milwaukie, como aqueles esplêndidos artigos, as musselinas, os riscados e estampados ingleses, franceses ou americanos etc., recolhidos de todos os quadrantes da elegância e da pobreza, que vão se converter em papel de uma só cor ou apenas alguns tons, e pois não é que neles se escreverão histórias da vida real, ilustres e humildes, e baseadas em fatos verídicos! Esse vagão fechado cheira a peixe salgado, o forte odor comercial da Nova Inglaterra, fazendo-me lembrar os pesqueiros da Terra Nova. Quem nunca viu um peixe salgado, cuidadosamente curado para este mundo, que não se estraga com coisa alguma, de uma perseverança capaz de fazer corar um santo? com o qual você pode varrer ou pavimentar as ruas, e rachar lenha, e o próprio carreteiro pode usá-lo como toldo para si e para sua carga contra sol, vento e chuva – e o comerciante, como fez certa vez um comerciante de Concord, pode pendurá-lo como tabuleta na porta ao abrir seu negócio, e com o tempo nem o cliente mais antigo sabe dizer com certeza se é animal, vegetal ou mineral, e no entanto continuará puro como um floco de neve, e, se for colocado numa panela para ferver, resultará num excelente bacalhau meio manchado para um jantar de sábado. A seguir vêm os couros espanhóis, com os rabos ainda preservando os nós e o ângulo de elevação que tinham quando os touros que os usavam corriam pelos pampas da América Espanhola – um exemplo de total obstinação, demonstrando como são quase incuráveis e irremediáveis todos os vícios de constituição. Confesso que, falando em termos práticos, quando conheço a verdadeira disposição de um homem, não tenho a menor esperança de mudá-la para melhor ou para pior nesta vida. Como dizem os orientais: "Pode-se esquentar, comprimir e prender enrolado o rabo de um vira-lata, e depois de doze anos de trabalho dedicado a isso, ele ainda vai manter sua forma natural". A única cura efetiva para esses hábitos inveterados exibidos por tais rabos é transformá-los em cola, coisa que acredito ser o que geralmente se faz com eles, e aí sim ficarão firmes no lugar. Eis uma barrica de melado ou de conhaque endereçada a John Smith, Cuttingsville, Vermont, algum comerciante nas Green Mountains, que importa produtos para os agricultores da área onde tem sua loja, e que agora talvez esteja debruçado na sacada, a pensar nos últimos desembarques, como podem lhe afetar os preços, dizendo a seus clientes neste exato momento, tal como já lhes disse vinte vezes hoje de manhã, que está esperando um produto de primeira qualidade no próximo trem. Está anunciado no Cuttingsville Times.

Enquanto essas coisas sobem, outras coisas descem. Alertado pelo zunido sibilante, levanto os olhos de meu livro e vejo algum alto pinheiro, derrubado lá nas colinas do norte distante, que abriu seu caminho desde as Green Mountains e pelo Connecticut, disparando feito uma flecha pelo município em dez minutos, e duvido que alguém mais o veja; indo:

"ser o mastro
de algum grande almirante."

["*to be the mast
Of some great ammiral.*"]

E ouçam! Aí vem o vagão de gado trazendo o gado de um milhar de morros, redis, estábulos e currais ao ar livre, os boiadeiros com suas varas, e os pastorzinhos no meio de seus rebanhos, só faltando os pastos, e rodopiando como folhas que os ventos de setembro sopram das montanhas. O ar se enche com os balidos dos bezerros e das ovelhas, e o tropel dos bois, como se fosse um vale pastoril que estivesse passando. Quando o velho carneiro-guia agita o cincerro, as montanhas realmente saltam como carneiros, e as colinas como carneirinhos. E no meio, também, uma carga de tocadores de gado, agora iguais ao gado tocado, finda sua profissão, mas ainda aferrando-se a suas varas inúteis como insígnia do ofício. Mas e seus cães, onde estão? Para eles é o próprio estouro da boiada; debandaram-se; perderam o faro. Creio ouvi-los a latir atrás das Peterboro' Hills, ou a arquejar na subida ocidental das Green Mountains. Não vão presenciar o desfecho. A profissão deles também se acabou. Sua fidelidade e sagacidade agora não bastam. Vão se esgueirar de volta para seus canis, em desgraça, ou talvez retornem à vida selvagem e fundem uma liga com o lobo e a raposa. Assim a vida pastoril de vocês passou e foi embora, num tropel rodopiante. Mas o sino toca, e tenho de sair dos trilhos e deixar os vagões passarem:

> O que é a ferrovia para mim?
> Nunca sigo até o fim
> Para ver onde termina.
> Ela preenche algumas linhas
> E faz aterros para as andorinhas,
> Põe a areia a esvoaçar,
> E os mirtilos a engordar,
>
> [*What's the railroad to me?*
> *I never go to see*
> *Where it ends.*
> *It fills a few hollows,*
> *And makes banks for the swallows,*
> *It sets the sand a-blowing,*
> *And the blackberries a-growing,*]

mas eu atravesso a estrada de ferro como uma trilha de carroça na mata. Não vou embaçar meus olhos nem estragar meus ouvidos com a fumaça, o vapor e o assobio.

Agora que os vagões passaram, e com eles todo aquele mundo irrequieto, e os peixes no lago não sentem mais os ribombos, estou mais sozinho do que nunca. Pelo resto da longa tarde, minhas meditações são talvez interrompidas apenas pelo som abafado de uma carroça ou de uma parelha na estrada distante.

Às vezes, nos domingos, eu ouvia os sinos, o sino de Lincoln, Acton, Bedford ou Concord, quando o vento era favorável, uma melodia tênue, suave e como que natural, que valia a pena trazer para esse ermo. A uma certa distância além das matas, esse som adquire uma certa vibração, como se as agulhas dos pinheiros no horizonte fossem as cordas de uma harpa tangida por ele. Todos os sons ouvidos à máxima distância possível produzem um único efeito, uma vibração da lira universal, tal como a atmosfera, ao tingir de azul uma cordilheira longínqua, torna-a interessante ao nosso olhar. Neste caso, vinha-me uma melodia que fora dedilhada pelo ar e se convertera em cada folha e em cada agulha da mata, aquela porção de som que os elementos tinham acolhido, modulado e ecoado de vale em vale. O eco, em certa medida, é um som original, e aí reside sua magia e seu encanto. Não era uma simples repetição do que valia a pena repetir das badaladas do sino, mas, em parte, era a voz da própria mata; as mesmas notas e palavras triviais cantadas por uma ninfa dos bosques.

Ao anoitecer, o mugido distante de alguma vaca no horizonte além das matas soava doce e melodioso, e no começo eu me confundia achando que eram as vozes de certos menestréis que me haviam feito algumas serenatas, e que podiam estar vagueando pelos morros e vales; mas logo me desenganei com a não desagradável descoberta, quando o som se prolongou na melodia comum e natural da vaca. Minha intenção não é satirizar, e sim expressar meu gosto pela cantoria daqueles rapazes, quando afirmo que tive a clara impressão de que ela se parecia muito com a melodia da vaca, e que ambas eram uma mesma expressão vocal da Natureza.

Numa parte do verão, metodicamente às sete e meia da noite, depois de passar o trem vespertino, os noitibós entoavam suas vésperas durante meia hora, pousados numa tora junto à minha porta, ou no alto do espigão da casa. Começavam a cantar quase com a precisão de um relógio, cinco minutos depois do horário em que o sol se punha, todas as noites. Tive a rara oportunidade de me familiarizar com seus hábitos. Às vezes eu ouvia quatro ou cinco ao mesmo tempo, em diversos lugares da mata, quiçá algum com um compasso de atraso em relação ao outro, e tão perto de mim que eu percebia não só o gorgolejar após cada nota, mas amiúde também aquele singular zumbido que parece uma mosca na teia de uma aranha, só que proporcionalmente mais alto. Às vezes algum ficava voando em círculos ao meu redor, na mata a alguns metros de distância, como se estivesse preso num barbante, provavelmente quando eu estava perto de seus ovos. Cantavam a intervalos a noite toda, e logo antes do amanhecer continuavam tão musicais como sempre.

Quando outros pássaros estão quietos, as corujas rasga-mortalha assumem a toada, como carpideiras entoando seu antigo ulular. Têm um grito lúgubre realmente benjonsoniano. Sábias bruxas da meia-noite! Não é o honesto e direto quiquiriqui dos poetas, mas, sem brincadeira, uma cantilena fúnebre extremamente solene, a mútua consolação de amantes suicidas lembrando as dores e os prazeres do amor celeste nos bosques infernais. Mesmo assim gosto de ouvir seus lamentos, os doloridos responsos, trinados de uma ponta a outra da mata; lembrando-me por vezes a melodia e as aves canoras; como se fosse o lado triste e sombrio da música, os pesares e suspiros que querem ser cantados. São os espíritos e alentos, os desalentos e augúrios melancólicos, de almas decaídas que outrora, em forma humana, andavam à noite pelo mundo e praticavam os feitos das trevas, agora expiando seus pecados com suas nênias e hinos plangentes no cenário de suas transgressões. Eles me dão uma nova percepção da variedade e da capacidade daquela natureza que é nossa morada comum. *Uh-u-u-u-u nuuunca tivesse eu nasci-i-i-i-do!*, suspira uma do lado de cá do lago, e esvoaça em círculos com o desassossego do desespero até algum novo pouso nos carvalhos cinzentos. E aí – *nuuunca tivesse eu nasci-i-i-i-do!*, ecoa uma outra na ponta mais distante com trêmula sinceridade, e – *nasci-i-i-i-do!* chega debilmente lá de longe, nas matas de Lincoln.

Eu também ouvia a uivante serenata do mocho-orelhudo. De perto você imagina que é o som mais melancólico na Natureza, como se ela quisesse criar um estereótipo e dar lugar permanente em seu coro aos gemidos agonizantes de um ser humano – o pobre e frágil resto de algum mortal que abandonou qualquer esperança e que uiva como um animal, mas com soluços humanos, ao entrar no vale das trevas, ainda mais medonho por ter uma certa musicalidade gorgolejante – e me pego começando com *gl* sempre que tento imitá-lo – expressão de um espírito que alcançou o estágio pútrido e pastoso na mortificação de todo e qualquer pensamento saudável e corajoso. Lembrava-me os necrófagos e os idiotas e os uivos dos loucos. Mas agora um outro responde, lá de longe na mata, numa toada que se torna realmente melodiosa por causa da distância – *Uu uu uu, uue uu*; e na verdade, de modo geral, ela sugeria apenas associações agradáveis, fosse ouvida de dia ou de noite, no verão ou no inverno.

Alegra-me que existam corujas. Elas que soltem uivos idiotas e maníacos em lugar dos homens. É um som admiravelmente talhado para os pântanos e as matas sombrias que nenhum dia ilumina, sugerindo uma natureza vasta e rudimentar que os homens não reconhecem. Elas representam as sombras densas e os pensamentos insatisfeitos que todos temos. Durante o dia inteiro o sol brilhou na superfície de algum pântano selvagem, onde o único abeto vermelho se ergue com barbas-de-velho pendendo dos galhos, e acima pequenos gaviões voam em círculos, e o chapim cicia entre as coníferas, e a perdiz e o coelho se esquivam por sob elas; mas agora desponta um dia mais lúgubre e condizente, e uma outra raça de criaturas desperta para exprimir ali o sentido da Natureza.

Tarde da noite eu ouvia o rolar distante das carroças nas pontes – som que, nessa hora, se ouvia mais longe do que praticamente qualquer outro –, o ladrar dos cães, e às vezes, de novo, o mugido de alguma vaca desconsolada num curral distante. Enquanto isso, toda a margem do lago ressoava com a trompa das rãs-touro, os robustos espíritos de antigos ébrios e foliões, ainda impenitentes, tentando cantar um cânone em suas escuras águas estígias – que as ninfas do Walden me perdoem a comparação, pois, se ali não existem mais plantas aquáticas, as rãs ainda existem –, que bem gostariam de manter as alegres regras de seus antigos banquetes, embora suas vozes tenham se enrouquecido e adquirido solene gravidade, num falso arremedo de jovialidade, e o vinho tenha perdido o sabor, tornando-se um simples álcool que lhes dilata a pança, e não é o suave inebriamento que vem afogar as lembranças do passado, e sim mera saturação, encharcamento e inchamento. A mais graduada, com o papo numa folha em formato de coração, servindo de guardanapo para a baba que lhe escorre das fendas da boca, aqui na margem do norte, engole um enorme trago da água antes desdenhada, e passa adiante a taça com a exclamação *tr-r-r-oonc, tr-r-r-oonc, tr-r-r-oonc!*, e imediatamente sobrevoa o lago a repetição da mesma senha, vinda de algum recôncavo distante, onde a próxima em hierarquia e barriga acaba de engolir sua dose; e quando esse ritual percorre todo o circuito das margens, o mestre de cerimônias exclama com satisfação *tr-r-r-oonc!*, e cada qual, por sua vez, repete a mesma coisa até a última delas, a de pança menos inchada, mais frouxa e flácida, para que não reste nenhuma dúvida; e então a vasilha passa mais uma vez, e outra vez, até que o sol vem dissipar a névoa matinal, e apenas a matriarca continua ali, sem entrar no lago, de vez em quando urrando *troonc*, em vão, e parando à espera de uma resposta.

Não tenho certeza se, em minha clareira, cheguei alguma vez a ouvir o canto do galo, e achei que valeria a pena ter um galo só por causa da melodia, como ave canora. A música desse antigo faisão selvagem das Índias é certamente a mais admirável de todas e, se eles pudessem ser aclimatados sem ser domesticados, logo se tornaria o som mais famoso de nossas matas, ultrapassando o clangor do ganso e o uivo da coruja; e imaginem o cacarejo das galinhas para preencher as pausas enquanto descansam as trombetas de seus senhores! Não admira que o homem o tenha incluído entre suas aves de criação – sem mencionar os ovos e as coxas de galinha. Caminhar numa manhã de inverno pela mata onde abundassem essas aves, a mata nativa delas, e ouvir o canto dos galos silvestres nas árvores, claro e penetrante num raio de quilômetros pela terra ressoante, afogando as notas mais fracas de outras aves – pensem só! Poria nações inteiras em alerta. Quem não levantaria cedo, e cada vez mais cedo, dia após dia de toda a sua vida, até se tornar indizivelmente sábio, rico e saudável? O canto dessa ave estrangeira é celebrado pelos poetas de todos os países, junto com a melodia de seus cantores nativos. O bravo chantecler se dá bem em todos os climas. Ele é mais nativo do que os próprios nativos. Está sempre de boa saúde, os pulmões são rijos, seu espírito nunca se abate. Mesmo o marinheiro no Atlântico e no Pacífico é despertado por sua voz; mas sua estridência nunca me acordou em meus cochilos. Eu não tinha cão, gato, vaca, porco ou galinha, de forma que se pode dizer que havia uma carência de sons domésticos; nem batedeira, roca de fiar, nem mesmo a cantiga do caldeirão, o assobio da chaleira ou o choro de crianças para consolar. Um homem ao estilo antigo perderia o juízo ou morreria de tédio. Nem mesmo ratos na parede, pois tinham ido embora de fome, ou melhor, nunca tinham entrado para comer – apenas esquilos em cima do telhado e por baixo do assoalho, um noitibó no alto do espigão, um gaio-azul gritando sob a janela, uma lebre ou marmota debaixo da casa, uma coruja-gato ou uma rasga--mortalha por trás dela, um bando de gansos selvagens ou uma mobelha sobre o lago, e uma raposa a regougar dentro da noite. Jamais uma calhandra ou um papa-figo, aqueles meigos pássaros das lavouras, visitou minha clareira. Nem frangotes a cocoricar ou galinhas a cacarejar no quintal. E nem quintal! E sim a própria Natureza sem cercas, chegando até a soleira. Uma floresta jovem crescendo sob as janelas, sumagres silvestres e sarmentos de amoras-pretas avançando e invadindo o porão; vigorosos pinheiros rangendo pelo atrito contra as telhas por falta de espaço, as raízes se infiltrando por debaixo da casa. Em vez de um postigo ou de uma veneziana arrancada pelo vendaval – um pinheiro rachado ou arrancado pelas raízes, atrás de casa, para virar lenha. Em vez de ficar sem acesso ao portão do pátio na Grande Nevasca – nada de portão – nada de pátio – e nada de acesso ao mundo civilizado!

Solidão

É uma noite deliciosa, em que o corpo todo é um sentido só, e absorve prazer por todos os poros. Vou e volto em estranha liberdade na Natureza, uma parte dela mesma. Quando percorro a margem pedregosa do lago em mangas de camisa, embora esteja frio, nublado e ventoso e não veja nada de especial que me atraia, sinto uma invulgar afinidade com todos os elementos. As rãs-touro trombeteiam anunciando a noite, e o vento ondulante que vem das águas traz o canto do noitibó. A harmonia com as folhas adejantes do choupo e do amieiro quase me tira a respiração; porém, como o lago, minha serenidade se ondula, mas não se encrespa. Essas pequenas ondas levantadas pelo vento noturno estão tão distantes de um temporal quanto a lisa superfície cristalina. Agora está escuro, mas o vento ainda sopra e ruge na mata, as ondas ainda se quebram, e algumas criaturas embalam as demais com suas melodias. O repouso nunca é completo. Os animais mais ariscos não repousam e agora procuram suas presas; a raposa, a jaritataca e o coelho agora percorrem os campos e as matas sem medo. São os vigias da Natureza – elos que conectam os dias da vida animada.

Quando volto para minha casa, descubro que apareceram algumas visitas e deixaram seus cartões, um ramalhete de flores, uma coroa de folhas de pinheiro, um nome a lápis numa lasca ou numa folha amarela de nogueira. Quem raramente vem à mata pega algum pedacinho da floresta para entreter as mãos durante o caminho, e depois deixa ali, de propósito ou por acaso. Alguém descascou um ramo de salgueiro, trançou num anel e o deixou em minha mesa. Sempre sei se alguém apareceu em minha ausência, seja pelo capim pisado, por algum ramo vergado ou pela marca dos sapatos, e geralmente sei o sexo, a idade ou a condição por algum leve vestígio, como uma flor caída no chão, ou um punhado de mato arrancado e jogado longe, chegando até a estrada de ferro a oitocentos metros de distância, ou o odor persistente de um charuto ou cachimbo. Aliás, eu era frequentemente avisado da passagem de alguém pela estrada a trezentos metros pelo cheiro do cachimbo.

    Usualmente há espaço suficiente ao nosso redor. Nosso horizonte nunca está muito junto de nós. A mata fechada não está bem em nossa porta, nem o lago, mas sempre há alguma clareira, familiar e usada por nós, apropriada e cercada de alguma maneira, tirada à Natureza. Por que razão eu tenho essa vasta área e circuito, alguns quilômetros quadrados de floresta não frequentada, para minha privacidade, que os homens abandonaram a mim? Meu vizinho mais próximo fica a um quilômetro e meio daqui, e não há nenhuma casa à vista de lugar nenhum, a não ser do alto da colina, a oitocentos metros de onde fica a minha. Tenho todo meu horizonte cercado por matas só para mim; de um lado uma vista distante da ferrovia, onde ela encosta no lago, e do outro lado a vista da cerca que margeia a estrada dos bosques. Mas, de modo geral, onde eu vivo é tão solitário quanto as pradarias. Podia ser Ásia, África ou Nova Inglaterra. Tenho, por assim dizer, meu sol, minha lua e minhas estrelas, e todo um pequeno mundo só para mim. À noite nunca nenhum viajante passou por minha casa nem bateu à minha porta, como se eu fosse o primeiro ou último homem na face da terra; exceto na primavera, quando a longos intervalos vinham alguns da cidade para pescar fanecas – obviamente estavam pescando no Lago Walden da própria natureza deles e usavam as sombras da noite como isca de seus anzóis –, mas logo se retiravam, geralmente com o cesto leve, e deixavam "o mundo para as trevas e para mim", e o recesso negro da noite nunca era profanado por qualquer proximidade humana. Acredito que os homens, de modo geral, ainda sentem um pouco de medo do escuro, mesmo enforcadas todas as bruxas e introduzidas as velas e o cristianismo.

    No entanto, às vezes eu sentia que qualquer objeto natural podia oferecer a mais suave e meiga, a mais inocente e animadora companhia, mesmo ao misantropo pobre e ao mais melancólico dos homens. Não há como existir nenhuma negra melancolia para quem vive entre a Natureza e tem serenidade dos sentidos. Jamais existiu temporal algum que não fosse uma música eólica a ouvidos sadios e inocentes. Nada consegue impelir honestamente um homem simples e bravo a uma tristeza vulgar. Enquanto desfruto a amizade das estações, sinto que nada conseguirá fazer da vida um fardo para mim. A chuva mansa que hoje rega meus feijões e me mantém dentro de casa não é tristeza nem melancolia, e é boa para mim também. Ela me impede de carpi-los, mas é muito mais valiosa do que meu carpir. Mesmo que continuasse a chover por muito tempo, até apodrecer as sementes no solo e estragar as batatas nas baixadas, ainda assim a chuva seria boa para a vegetação nas terras altas, e, sendo boa para a vegetação, seria boa para mim. Às vezes, quando me comparo a outros homens, parece que sou mais favorecido pelos deuses do que eles, para além de qualquer mérito de que eu tenha consciência; como se nas mãos deles eu tivesse uma garantia e uma segurança que meus semelhantes não têm, e contasse com guia e proteção especial. Não estou me gabando; eles, por assim dizer, é que me gabam. Nunca me senti solitário, ou sequer oprimido por um sentimento de solidão, exceto uma única vez, e foi poucas semanas depois de ter vindo para a mata, quando, durante uma hora, fiquei em dúvida se a proximidade humana não seria essencial para uma vida serena e saudável. Estar sozinho era um pouco desagradável. Mas ao mesmo tempo eu tinha consciência de uma leve insanidade em meu estado de espírito, e eu parecia prever minha recuperação. No meio de uma chuva mansa, tomado por esses pensamentos, de súbito senti uma companhia tão doce e benéfica na Natureza, no próprio tamborilar das gotas de chuva, em cada som e cada imagem ao redor de minha casa, uma amistosidade infinda e inexplicável, tudo ao mesmo tempo, como uma atmosfera me sustentando, que as imaginadas vantagens da proximidade humana se tornaram insignificantes, e desde então nunca mais pensei nelas. Cada pequena agulha de pinheiro se expandia e se dilatava de simpatia e se fazia amiga. Tive uma percepção tão clara da presença de uma afinidade, mesmo em cenários que costumamos considerar tristes e ermos, e também que o mais aparentado de sangue e mais próximo de mim não era uma pessoa nem um morador da cidade, que achei que jamais voltaria a estranhar lugar algum.

> "O lamento prematuro consome os tristes;
> Poucos são seus dias na terra dos vivos,
> Ó bela filha de Toscar."
>
> ["*Mourning untimely consumes the sad;*
> *Few are their days in the land of the living,*
> *Beautiful daughter of Toscar.*"]

Algumas de minhas horas mais agradáveis transcorriam durante os longos temporais na primavera ou no outono, que me prendiam dentro de casa antes e depois do almoço, embalado pelo incessante zunir e tamborilar; até que um precoce entardecer anunciava uma longa noite em que muitos pensamentos tinham tempo de se enraizar e se desenvolver. Naquelas tempestades vindas do nordeste que tanto fustigavam as casas da cidade, em que as empregadas se punham de prontidão com baldes e esfregões na entrada da frente para impedir a inundação, eu me sentava atrás da porta em minha casinha, que era toda ela uma entrada, e gozava plenamente sua proteção. Apenas num forte temporal com trovoada, um raio atingiu um grande pinheiro do outro lado do lago, entalhando um sulco bem marcado, numa perfeita espiral de cima a baixo, com uns três centímetros de fundura e uns dez ou doze centímetros de largura, tal como fazemos um entalhe numa bengala. Outro dia passei novamente por ele, e fiquei espantado ao olhar para cima e ver aquela marca, agora mais nítida do que nunca, onde um terrível e irresistível relâmpago caíra do céu inofensivo oito anos atrás. Muitas vezes me dizem: "Imagino que você se sentia solitário lá embaixo, e queria estar mais perto das pessoas, principalmente nos dias e noites de chuva e neve". Fico com vontade de responder: Esta terra inteira que habitamos é apenas um ponto no espaço. A que distância você acha que moram os dois habitantes mais afastados daquela estrela acolá, cujo diâmetro nossos instrumentos não conseguem calcular? Por que eu me sentiria sozinho? Nosso planeta não fica na Via Láctea? O que você está me colocando não me parece a questão mais importante. Qual é o tipo de espaço que separa um homem de seus semelhantes e o faz solitário? Descobri que nem o maior esforço das pernas consegue aproximar dois espíritos.

Queremos morar perto do quê? Certamente não gostaríamos de viver perto de muita gente, nem da estação de trem, da agência do correio, do bar, da igreja, da escola, da mercearia, de Beacon Hill ou dos Five Points, onde mais se reúnem as pessoas, e sim perto da fonte eterna de nossa vida, de onde toda a nossa experiência diz que ela brota, como o salgueiro que fica perto d'água e lança suas raízes em sua direção. Ela vai variar segundo as diversas naturezas, mas é o local onde o sábio irá cavar seu porão... Uma noite, alcancei um de meus concidadãos, que tinha acumulado o que se chama de "bela propriedade" – embora eu não conheça nenhuma vista *bonita* dela –, na estrada de Walden, levando duas cabeças de gado para o mercado, o qual me perguntou como eu podia renunciar a tantos confortos da vida. Respondi que tinha plena certeza de gostar bastante da vida que levava; e não estava brincando. E então fui para casa me deitar, e deixei o sujeito escolhendo cuidadosamente onde pisaria na escuridão e na lama até Brighton – ou Bright-Town[3] –, aonde só chegaria em alguma hora da manhã seguinte.

Para um morto, qualquer perspectiva de despertar ou viver torna indiferente a hora e o lugar. O lugar onde isso pode ocorrer é sempre o mesmo, e é indescritivelmente agradável a todos os nossos sentidos. De modo geral, deixamos que a ocasião nos seja dada por circunstâncias externas e passageiras. Na verdade, elas nos dão é distração. O que está mais perto de todas as coisas é aquele poder que lhes molda o ser. *Perto* de nós estão as mais grandiosas leis em contínua operação. *Perto* de nós está, não o trabalhador que contratamos e com quem tanto gostamos de conversar, e sim o trabalhador cujo trabalho resulta em nosso ser.

"Quão vasta e profunda é a influência dos poderes sutis do Céu e da Terra!"

"Tentamos percebê-los, e não os vemos; tentamos ouvi-los, e não os ouvimos; identificados com a essência das coisas, não podem ser separados delas."

"São a causa pela qual, em todo o universo, os homens purificam e santificam seus corações, e vestem suas roupas cerimoniais para oferecer sacrifícios e oblações a seus ancestrais. É um oceano de inteligências sutis. Estão por todas

---

3. Cidade Brilhante. (N.E.)

as partes, acima de nós, à nossa esquerda, à nossa direita; elas nos cercam por todos os lados."

Somos objeto de uma experiência não pouco interessante para mim. Nessas circunstâncias, não podemos dispensar por algum tempo a companhia de nossos mexericos – alegrarmo-nos com nossos próprios pensamentos? Confúcio diz com justeza: "A virtude não se mantém como um órfão abandonado; ela precisa necessariamente de vizinhos".

Com o pensamento, podemos estar ao nosso próprio lado, num sentido saudável. Por um esforço consciente da mente, podemos nos elevar acima das ações e de suas consequências; e todas as coisas, boas e más, passam por nós como uma torrente. Não estamos totalmente envoltos na Natureza. Posso ser a madeira flutuando na correnteza ou Indra no céu olhando-a das alturas. *Posso* ser afetado por uma apresentação teatral; por outro lado, *posso não* ser afetado por um acontecimento real que parece me dizer muito mais respeito. Só me conheço como entidade humana; o palco, por assim dizer, de pensamentos e afetos; e percebo uma certa duplicidade graças à qual posso me afastar de mim mesmo como de outrem. Por mais intensa que seja minha experiência, tenho consciência da presença e da crítica de uma parte de mim, a qual, por assim dizer, não é parte de mim, mas é um espectador, que não partilha a experiência, mas toma nota dela; e que não é você nem sou eu. Quando a peça ou, talvez, a tragédia da vida termina, o espectador vai embora. Para ele, era apenas uma espécie de ficção, uma obra da imaginação. Às vezes essa duplicidade facilmente nos torna maus amigos e vizinhos.

Acho saudável ficar sozinho a maior parte do tempo. Ter companhia, mesmo a melhor delas, logo cansa e desgasta. Gosto de ficar sozinho. Nunca encontrei uma companhia mais companheira do que a solidão. Em geral estamos mais solitários quando saímos e convivemos com os homens do que quando ficamos em nossos aposentos. Um homem pensando ou trabalhando está sempre sozinho, esteja onde estiver. A solidão não se mede pelos quilômetros que se interpõem entre um homem e seus semelhantes. O estudante realmente esforçado numa das turmas lotadas de Cambridge é tão solitário quanto um dervixe no deserto.

O agricultor pode trabalhar sozinho no campo ou na mata o dia inteiro, carpindo ou cortando lenha, sem se sentir solitário, porque está em atividade; mas, quando volta para casa à noite, não consegue ficar sentado num quarto sozinho, entregue a seus pensamentos, mas tem de ir a algum lugar onde possa "ver gente" e se divertir para compensar, julga ele, a solidão do dia; por isso pergunta-se como o estudante consegue ficar sozinho em casa a noite toda e grande parte do dia sem sentir tédio nem "fossa"; mas ele não percebe que o estudante, embora em casa, ainda está trabalhando em *seu* campo, cortando lenha em *sua* mata, como o agricultor na dele, e por sua vez procura a mesma companhia e diversão que este procura, embora talvez de forma mais condensada.

O convívio social, geralmente, é banal demais. Encontramo-nos a intervalos muito curtos, sem dar tempo de adquirirmos qualquer novo valor mútuo. Encontramo-nos três vezes por dia à mesa de refeições, e mais uma vez damos uma amostra daquele queijo velho e mofado que somos. Tivemos de concordar com um certo conjunto de regras, que se chama etiqueta e cortesia, para que esses encontros frequentes sejam toleráveis e não precisemos entrar em guerra aberta. Encontramo-nos no correio, nas reuniões, ao pé da lareira toda noite; vivemos sempre juntos, um no caminho do outro, um tropeçando no outro, e penso que assim perdemos um certo respeito mútuo. Sem dúvida, uma menor frequência bastaria para todas as comunicações importantes e sinceras. Vejam as moças numa fábrica – nunca sozinhas, nem mesmo em sonhos. Seria melhor se houvesse apenas um habitante por 2,5 quilômetros quadrados, tal como aqui onde vivo. O valor de um homem não está em sua pele, para precisarmos tocá-lo.

Ouvi falar de um homem perdido na mata, morrendo de fome e cansaço ao pé de uma árvore, aliviado em sua solidão pelas visões grotescas com que, devido à fraqueza do corpo, sua imaginação enferma o cercava e que ele julgava reais. Assim também, graças à saúde e ao vigor mental e físico, podemos receber um alento constante com uma companhia parecida, mas mais normal e natural, e saber que nunca estamos sozinhos.

Tenho muita companhia em casa, principalmente de manhã, quando ninguém aparece. Farei algumas comparações, e talvez alguma delas possa dar uma ideia de minha situação. Não sou mais solitário do que a mobelha no lago que ri tão alto, nem do que o próprio Walden. Que companhia tem aquele lago solitário, digam-me? E no entanto em sua fossa abrigam-se anjos e não demônios. O sol é sozinho, exceto em tempo fechado, quando às vezes parece ser dois, mas um é de imitação. Deus é um só – já o demônio está longe de ser sozinho; tem imensa companhia; é legião. Não sou mais solitário do que um verbasco ou dente-de-leão num pasto, ou do que uma folha de feijão, uma azedinha, um moscardo ou um zangão. Não sou mais solitário do que o Açude do Moinho, ou do que um catavento, a estrela do norte, o vento do sul, uma chuva de abril ou um degelo de janeiro ou a primeira aranha numa casa nova.

Nas longas noites de inverno, quando a neve cai intensa e o vento uiva na mata, recebo as visitas ocasionais de um antigo colono e dono original, que, ao que consta, escavou o Lago Walden, pôs-lhe pedras, franjou-o de pinheirais; ele me conta histórias dos velhos tempos e da nova eternidade, e juntos passamos uma noite animada, em alegre convívio alegre e uma visão agradável das coisas, mesmo sem maçãs nem cidra – um amigo extremamente sábio e bem-humorado, a quem muito amo, que se mantém mais escondido do que Goffe ou Whalley; e embora o julguem morto, ninguém sabe mostrar onde está sua sepultura. Há uma senhora de idade que também mora nas vizinhanças, invisível à maioria das pessoas, em cujo jardim de ervas aromáticas muito me apraz caminhar ocasionalmente, colhendo símplices e ouvindo suas fábulas; pois seu espírito é de uma fecundidade sem igual, sua memória recua no passado mais do que a mitologia, e ela sabe me contar o original de cada fábula, os fatos em que cada uma delas se baseia, pois os episódios aconteceram durante sua mocidade. Uma senhora corada e robusta, que gosta de todos os climas e estações, e ainda é capaz de sobreviver a todos os seus filhos.

A indescritível inocência e beneficência da Natureza – do sol, vento e chuva, do verão e inverno –, quanta saúde, quanta disposição eles sempre proporcionam! e que solidariedade sempre têm para com nossa espécie, de forma que toda a Natureza é afetada, e o brilho do sol se apaga, e os ventos suspiram doloridamente, e as nuvens derramam lágrimas, e as matas desprendem as folhas e se põem de luto em pleno verão sempre que algum homem sofre por uma justa razão. E como eu não me entenderia com a terra? Não sou também folha e húmus?

Qual é a pílula que nos manterá bem, serenos, contentes? Não a do meu ou do teu bisavô, mas a botânica medicinal universal de nossa bisavó Natureza, com a qual ela mesma se conserva sempre jovem, sobrevivendo a tantos velhos Parrs e alimentando sua saúde com a obesidade decadente deles. Minha panaceia, em vez daqueles frasquinhos dos charlatães com uma mistura tirada do Aqueronte e do Mar Morto, que saem daquelas carroças rasas e compridas, parecendo escunas de piratas, que às vezes vemos transportar garrafas, é sorver um longo trago do ar puro da manhã. Ar da manhã! Se os homens não o sorvem na nascente do dia, de fato precisaremos engarrafá-lo e vendê-los nas lojas aos que perderam o bilhete de ingresso para a matinê deste mundo. Mas lembrem, ele não se conservará até o meio-dia nem mesmo no porão mais fresco, vai estourar sua rolha muito antes disso e seguirá os passos da Aurora rumo a oeste. Não sou adorador de Higeia, filha daquele velho curandeiro Esculápio, que é representado nos monumentos segurando uma serpente numa das mãos e na outra uma taça onde às vezes se abebera a serpente; e sim de Hebe, a escansã de Júpiter, filha de Juno e da alface-silvestre, e que tinha o poder de devolver aos deuses e aos homens o vigor da juventude. Provavelmente foi a única jovem com plena saúde, de compleição sólida e robusta, a existir no mundo, e por onde ela ia, era primavera.

Visitas

Penso que gosto de convívio social tanto quanto a maioria das pessoas, e rapidamente grudo como sanguessuga em qualquer homem de sangue bom que me apareça pela frente. Não sou ermitão por natureza, e poderia muito bem me converter no mais convicto frequentador de bares, se meus assuntos me chamassem a isso.

Eu tinha três cadeiras em casa; uma para a solidão, duas para a amizade; três para o convívio social. Quando chegavam visitas em número maior e inesperado, havia apenas a terceira cadeira para todas, mas geralmente elas economizavam espaço ficando de pé. É surpreendente ver quantos grandes homens e mulheres podem caber numa pequena casa. Uma vez cheguei a ter sob meu teto vinte e cinco a trinta almas, com seus respectivos corpos, e mesmo assim nos despedíamos sem perceber que tínhamos ficado tão juntos. Muitas de nossas casas, públicas e privadas, com seus aposentos quase incontáveis, vestíbulos enormes e adegas para estocar vinho e outras munições de paz, me parecem de um tamanho extravagante para seus habitantes. São tão vastas e grandiosas que os moradores parecem meros insetos a infestá-las. Fico surpreso quando o arauto anuncia formalmente a chegada de alguém, na frente de algum Tremont, Astor ou Middlesex House, para ver um ridículo camundongo rastejar até a varanda do hotel e logo desaparecer em algum buraco no chão.

O único inconveniente que às vezes eu sentia numa casa tão pequena era a dificuldade de guardarmos distância suficiente entre nós quando começávamos a expor grandes pensamentos com grandes palavras. Você precisa de espaço para que seus pensamentos ajustem as velas e sigam uma ou duas rotas até chegar ao porto. O projétil do pensamento precisa vencer o movimento lateral e de ricochete, para entrar em seu curso constante e definitivo até atingir o ouvido do interlocutor, do contrário a bala pode atravessar a cabeça e sair pelo outro lado. Nossas frases também precisavam de espaço para se desdobrar e se dispor em colunas. As pessoas, como as nações, precisam de fronteiras adequadas, largas e naturais, e mesmo um considerável espaço neutro entre elas. Vi que era um raro luxo conversar com alguém por sobre o lago, na margem oposta. Em casa ficávamos tão perto que nem conseguíamos nos ouvir – não conseguíamos falar baixo o suficiente para sermos ouvidos; como quando você atira numa água parada duas pedras tão próximas que uma interrompe as ondulações da outra. Se somos apenas loquazes e gostamos de falar em voz alta, então é possível ficarmos bem juntos, lado a lado, sentindo um a respiração do outro; mas, se falamos com reserva e ponderação, precisamos de uma boa distância para que toda a umidade e todo o calor animal tenham ocasião de se evaporar. Para gozar a mais íntima companhia com aquilo dentro de nós que está acima ou além de nossas palavras, temos não só de manter o silêncio, mas geralmente guardar uma distância física que, de qualquer maneira, impediria ouvir a voz do outro. Segundo este critério, a fala é para quem é duro de ouvido; mas existem inúmeras belas coisas que não podemos dizer se tivermos de gritar. Quando a conversa começava a assumir um tom mais elevado e grandioso, íamos afastando gradualmente nossas cadeiras até elas se encostarem na parede, em cantos opostos, e muitas vezes o espaço não era suficiente.

Minha "melhor" sala, porém, minha sala íntima, sempre pronta para receber, cujo tapete raramente o sol tocava, era o bosque de pinheiros atrás de minha casa. Para lá, nos dias de verão, eu levava os visitantes ilustres que chegavam, e uma empregada inestimável varria o chão, desempoeirava os móveis e mantinha as coisas em ordem.

Se chegava uma visita só, às vezes ela partilhava de minha refeição frugal, e a conversa não se interrompia se, enquanto isso, eu mexia um rápido mingau ou vigiava o pão crescendo e amadurecendo nas cinzas. Mas se chegavam vinte visitas e se sentavam em minha casa, mesmo que houvesse pão suficiente para duas pessoas, não se falava nada a respeito de comer, como se fosse um hábito esquecido; praticávamos naturalmente a abstinência, e isso nunca foi tomado como uma ofensa à hospitalidade, e sim como a conduta mais apropriada e atenciosa. O desgaste e a decadência da vida física, que tantas vezes demandam reparos, neste caso pareciam diminuir milagrosamente, e o vigor vital se mantinha firme. Assim, eu podia receber vinte ou mil; e se alguém algum dia, tendo me encontrado em casa, foi embora com fome ou desapontado, pode ter certeza de que pelo menos contou com minha solidariedade. É fácil assim, mesmo que muitas donas de casa duvidem, substituir os velhos costumes por novos e melhores. Você não precisa firmar sua reputação com os jantares que oferece. De minha parte, nunca houve nenhum Cérbero mais eficaz para me dissuadir de frequentar a casa de alguém do que toda a pompa com que certa vez me ofereceram um jantar, coisa que tomei como insinuação muito indireta e educada para nunca mais lhes dar tanto incômodo. Creio que jamais visitarei de novo tais cenários. Muito me orgulharia ter como lema de minha cabana aqueles versos de Spenser que uma das visitas escreveu numa folha amarela de nogueira, como cartão:

> "Lá chegando, enchem a pequena casa,
> O que buscam não é entretenimento;
> Festa é descansar, e tudo o que lhes apraza:
> Nobres almas ali têm o melhor contentamento."
>
> [*"Arrived there, the little house they fill,*
> *Ne looke for entertainment where none was;*
> *Rest is their feast, and all things at their will:*
> *The noblest mind the best contentment has."*]

Quando Winslow, depois governador da Colônia de Plymouth, foi com um colega fazer uma visita de cerimônia a Massassoit, atravessando a pé as matas, e chegou cansado e com fome ao alojamento do rei, foram bem recebidos, mas não se falou nada de comida naquele dia. Ao chegar a noite, para citar suas palavras: "O rei nos acomodou numa cama junto com ele mesmo e a esposa, o casal numa das pontas e nós na outra, sendo apenas de tábuas a cerca de trinta centímetros do chão, com uma esteira fina por cima. Dois de seus homens de confiança, por falta de espaço, se apertaram a nosso lado e em cima de nós; de modo que ficamos mais cansados com a hospedagem do que com a viagem". No dia seguinte, à uma da tarde, Massassoit "trouxe dois peixes que tinha arpoado", cerca de três vezes o tamanho de uma brema; "enquanto cozinhavam, havia pelo menos quarenta pessoas querendo um pedaço. A maioria comeu. Só esta refeição fizemos em duas noites e um dia; e se um de nós não tivesse comprado uma perdiz, teríamos ficado em jejum durante nossa jornada". Temendo ficar com vertigens por falta de comida e também de descanso, devido à "cantoria bárbara dos selvagens (pois costumavam cantar até dormir)", e que seria melhor voltarem para casa enquanto tinham forças para viajar, eles foram embora. Quanto à acomodação, é verdade que não foi muito boa, embora o que eles tenham visto como inconveniência certamente pretendia ser uma honra; mas, quanto à alimentação, não vejo como os índios poderiam ter feito melhor. Eles mesmos não tinham nada para comer, e eram sensatos para saber que as desculpas não substituiriam a comida para os hóspedes; de forma que apertaram ainda mais o cinto e não comentaram nada a respeito. Numa outra visita que Winslow lhes fez, sendo época de fartura, não houve qualquer deficiência neste aspecto.

Quanto à companhia dos homens, dificilmente faltará a qualquer pessoa em qualquer lugar. Tive mais visitas quando vivia na mata do que em qualquer outra época de minha vida; quero dizer, tive algumas. Recebi várias em circunstâncias mais favoráveis do que em qualquer outro lugar. Mas menos pessoas vinham me ver por causa de assuntos triviais. Sob este aspecto, as visitas a mim eram joeiradas pela simples distância da cidade. Eu tinha me retirado tanto para o grande oceano da solidão, onde desembocam os rios do convívio social, que de modo geral, no que se referia às minhas necessidades, apenas os sedimentos mais finos se depositavam a meu redor. Além disso, flutuavam até mim sinais de distantes continentes incultos e inexplorados.

Quem haveria de me aparecer em casa esta manhã, senão um autêntico personagem homérico ou paflagônio – ele tinha um nome tão apropriado e poético que lamento não poder citá-lo aqui –, um canadense, lenhador e fazedor de postes, capaz de fincar cinquenta postes por dia, cuja última ceia foi uma marmota que seu cão apanhou. Ele também tinha ouvido falar de Homero, e, "se não fossem os livros", não "saberia o que fazer nos dias de chuva", embora talvez não tenha lido nenhum inteiro ao longo de muitas estações chuvosas. Algum padre que sabia recitar grego ensinou-o a ler seus versículos no Testamento lá em sua paróquia natal; e agora, enquanto ele segura o livro, tenho de lhe traduzir o trecho em que Aquiles repreende Pátroclo pelo semblante triste – "Por que estás em lágrimas, Pátroclo, como uma jovenzinha?":

> "Ou recebeste alguma notícia de Ftia?
> Dizem que está vivo Menetes, filho de Actor,
> E vivo está Peleu, filho de Éaco, entre os mirmidões,
> Os quais, tivessem morrido, muito prantearíamos."

Ele diz: "Bonito". Traz um grande feixe de cascas de carvalho-branco debaixo do braço, que colheu neste domingo de manhã para um homem que está doente. "Suponho que não faz mal ir atrás disso hoje", diz. Para ele, Homero era um grande escritor, embora não saiba do que tratam seus escritos. Seria difícil encontrar alguém mais simples e natural. O vício e a doença, que lançam uma sombra moral tão densa sobre o mundo, pareciam praticamente nem existir para ele. Tinha cerca de 28 anos de idade, e saíra do Canadá e da casa paterna uns doze anos antes, para vir trabalhar nos Estados Unidos e ganhar dinheiro para comprar um sítio, talvez em sua terra natal. Era forjado no mais grosseiro dos moldes; um físico robusto, mas lento de movimentos, e no entanto com um porte elegante, um pescoço largo e bronzeado, cabelos bastos escuros e olhos azuis sonolentos e opacos, que de vez em quando se iluminavam expressivos. Usava um boné baixo de pano cinza, um sobretudo de lã desbotado e botas de couro bovino. Era um grande consumidor de carne, geralmente levando a refeição para o trabalho, uns quatro quilômetros adiante de minha casa – pois cortava lenha o verão inteiro – numa vasilha de alumínio com alça; carnes frias, muitas vezes de marmota, e café num cantil de pedra que pendia de um cordão no cinto; e às vezes ele me oferecia um gole. Aparecia cedo, atravessando minha plantação de feijão, mas sem a pressa ou a ansiedade em chegar ao trabalho que os ianques exibem. Não estava indo para se esfalfar. Não se importava se ganhasse apenas o dia. Muitas vezes, quando seu cão apanhava alguma marmota no caminho, ele deixava seu almoço nos arbustos e voltava mais de dois quilômetros para esfolá-la e deixá-la no porão da pensão onde se hospedava, não sem antes deliberar durante meia hora se não iria deixá-la dentro do lago, em segurança, até o anoitecer – adorando se demorar sobre tais temas. E dizia, ao passar de manhã: "Quantos pombos! Se minha profissão não fosse trabalhar todo dia, eu pegaria toda carne que preciso caçando – pombos, marmotas, coelhos, perdizes – benzadeus! podia pegar num dia só tudo o que precisasse para a semana inteira".

Era um lenhador habilidoso, e se permitia alguns floreios e ornamentos em sua arte. Cortava suas árvores reto e rente ao chão, para que os brotos que surgissem depois fossem mais vigorosos e qualquer trenó pudesse deslizar sobre os tocos; e, em vez de deixar uma árvore inteira sustentando a madeira empilhada, ele a desbastava até ficar um mourão ou uma estaca fina que, depois, dava para quebrar com a mão.

Ele me interessava porque era tão calmo e solitário e, ao mesmo tempo, tão feliz; um reservatório de contentamento e bom humor que transbordava pelos olhos. Sua alegria era pura e sem mistura. Às vezes eu o via trabalhando na mata, derrubando árvores, e ele me cumprimentava com um riso de satisfação indizível e uma saudação em francês canadense, embora também falasse inglês. Quando eu me aproximava, ele suspendia o trabalho, e com uma alegria semicontida se estendia sobre o tronco de um pinheiro que derrubara e, despelando um pedaço da casca interna, enrolava e fazia uma bolinha, que ficava mascando enquanto ria e falava. Tinha uma tal exuberância de vitalidade animal que, às vezes, caía e rolava no chão de tanto rir por qualquer coisa que o fizesse pensar e lhe fizesse cócegas. Olhando as árvores em redor, ele exclamava: "Meu são Jorge! Posso me divertir bastante derrubando árvores; não quero melhor esporte". Às vezes, quando estava de folga, ele se divertia o dia todo na mata com uma pistola de bolso, disparando salvas a si mesmo, a intervalos regulares, enquanto andava. No inverno, fazia uma fogueira onde, ao meio-dia, esquentava seu café numa chaleira; e quando se sentava num cepo para almoçar, os chapins às vezes vinham rodeá-lo, pousavam-lhe no braço e bicavam-lhe a batata entre os dedos; e dizia que gostava de ter seus "amiguinhos lenhadorzinhos" junto com ele.

Nele se desenvolvera principalmente o homem animal. No contentamento e na resistência física, era primo do pinheiro e da rocha. Um dia perguntei-lhe se às vezes não se sentia cansado de noite, depois de trabalhar o dia inteiro; e ele respondeu, com um olhar sério e sincero: "Cruz credo, nunca fiquei cansado em minha vida". Mas o homem intelectual e o chamado homem espiritual estavam adormecidos como numa criança de colo. Tinha recebido instrução daquela maneira inocente e ineficiente com que os padres católicos ensinam os índios, com que o aluno nunca aprende a alcançar um grau de consciência, mas apenas um grau de confiança e reverência, e com que a criança nunca se transforma em adulto e permanece criança. Quando a Natureza o criou, aquinhoou-o com robustez e alegria e firmou-o por todos os lados com fé e respeito, para viver seus setenta anos como criança. Era tão simples e autêntico que nenhuma apresentação serviria para apresentá-lo, e seria como querer apresentar uma marmota a seu vizinho. Ele tinha de descobrir suas capacidades sozinho, tal como vocês. Não desempenhava nenhum papel. Os homens lhe pagavam para trabalhar, e assim ajudavam a alimentá-lo e vesti-lo; mas nunca trocava opiniões com eles. Era humilde de uma maneira tão simples e natural – se é que se pode chamar humilde a quem nada aspira – que a humildade não era uma qualidade distinta nele, e tampouco era capaz de concebê-la. Homens mais instruídos eram para ele como semideuses. Se você lhe dissesse que um deles estava para chegar, reagia como se pensasse que uma coisa tão grandiosa assim não iria esperar nada dele e tomaria a si toda a responsabilidade, esquecendo-o e deixando-o quieto. Nunca ouviu o som de um elogio. Reverenciava sobretudo o escritor e o pregador. Faziam milagres. Quando lhe contei que eu escrevia bastante, por muito tempo ele pensou que eu me referia apenas à operação manual da escrita, pois ele mesmo tinha uma caligrafia muito boa. Às vezes eu via o nome de sua paróquia natal escrito com letra caprichada na neve da estrada, com o acento correto do francês, e então sabia que ele tinha passado por ali. Perguntei-lhe se nunca quis escrever seus pensamentos. Ele disse que tinha lido e escrito cartas para pessoas iletradas, mas nunca tentou escrever pensamentos – não, não saberia, não saberia por onde começar, seria de matar, e além disso teria que prestar atenção à grafia ao mesmo tempo!

Eu soube que um ilustre sábio e reformador lhe perguntou se não queria que o mundo mudasse; mas ele respondeu com uma risadinha de surpresa em seu sotaque canadense, sem a menor ideia de que a pergunta já fora algum dia levantada: "Não, gosto bastante dele assim". Se conversasse com um filósofo, poderia lhe sugerir muitas coisas. Para um estranho, parecia não saber nada das coisas em geral; no entanto, às vezes eu via nele um homem que não tinha visto antes, e não sabia se era sábio como Shakespeare ou simplesmente ignorante como uma criança, se devia enxergar nele uma refinada consciência poética ou mera estupidez. Um conhecido me disse que, quando o encontrava passeando pela cidade com seu gorrinho justo, assobiando para si mesmo, lembrava-lhe um príncipe disfarçado.

Seus únicos livros eram um almanaque e uma aritmética, na qual era um bom especialista. Considerava o almanaque como uma espécie de enciclopédia, que supunha conter uma síntese do saber humano, como de fato contém em medida considerável. Eu gostava de sondá-lo sobre as várias reformas da época, e ele nunca deixava de olhá-las à luz mais simples e prática. Nunca tinha ouvido falar de tais coisas. Passaria sem fábricas?, perguntava eu. Tinha usado pano feito em casa, disse ele, e era bom. Passaria sem chá e café? Este país teria alguma bebida além de água? Tinha feito uma infusão de folhas de pinheiro canadense e tomado, e achou que era melhor do que água na época do calor. Quando lhe perguntei se passaria sem dinheiro, ele mostrou a conveniência do dinheiro de uma maneira que sugeriria e coincidiria com as explicações mais filosóficas da origem de tal instituição, e a própria derivação da palavra *pecunia*. Se ele tivesse um boi, e quisesse pegar fio e agulhas na loja, parecia-lhe inconveniente e impossível ir penhorando alguma parte do bicho a cada vez, até atingir o total. Era capaz de defender muitas instituições melhor do que qualquer filósofo, porque, ao descrevê-las no que lhe diziam respeito, apresentava a verdadeira razão para a existência delas, sem nenhuma especulação a lhe sugerir alguma outra. Outra vez, ao ouvir a definição de homem de Platão – um bípede sem penas – e que então alguém exibiu um galo depenado e falou que era o homem de Platão, ele achou que uma diferença importante era que os *joelhos* se dobravam para o lado errado. De vez em quando exclamava: "Como gosto de falar! Por são Jorge, eu podia falar o dia todo!". Uma vez eu lhe perguntei, depois de ficar meses sem o ver, se tinha tido alguma nova ideia neste verão. "Meu Senhor!", disse ele, "um homem que tem que trabalhar feito eu, se não esquecer as ideias que teve, vai se dar bem. Talvez o sujeito que está ali com você goste de correr; cruz credo, sua cabeça tem que ficar ali; você só pensa no mato." Às vezes, em tais ocasiões, ele me perguntava primeiro se eu tinha feito algum avanço. Num dia de inverno, perguntei se ele estava sempre satisfeito consigo mesmo, querendo sugerir um substituto dentro dele para o padre do lado de fora, e algum motivo mais elevado para viver. "Satisfeito!", disse ele; "alguns homens ficam satisfeitos com uma coisa, outros com outra. Um homem, talvez, se tem o suficiente, vai ficar satisfeito em sentar o dia todo de costas para a lareira e a barriga encostada na mesa, são Jorge!" No entanto, jamais consegui com manobra nenhuma levá-lo para a visão espiritual das coisas; a coisa mais elevada que parecia conceber era algum expediente, tal como se esperaria de um animal; e isso, na prática, vale para a maioria dos homens. Se eu sugeria algum aperfeiçoamento em seu modo de vida, ele simplesmente respondia, sem manifestar qualquer pesar, que era tarde demais. No entanto, ele acreditava profundamente na honestidade e em virtudes semelhantes.

Podia-se notar nele uma certa originalidade positiva, por leve que fosse, e algumas vezes observei que ele estava pensando por si e expressava sua própria opinião, fenômeno tão raro que eu seria capaz de andar vinte quilômetros só para vê-lo, e que poderia resultar na reformulação de muitas instituições da sociedade. Embora hesitasse e talvez não conseguisse se expressar com clareza, ele sempre tinha algum pensamento apresentável por trás de suas palavras. Mas seu pensar era tão primitivo e imerso em sua vida animal que, embora fosse mais promissor do que o de um homem meramente culto, raramente chegava a amadurecer como algo passível de registro. O fato indicava que podem existir homens de gênio nos graus mais baixos da vida, por mais humildes e incultos que sejam, que sempre têm sua própria visão das coisas ou simplesmente não fingem ver; que são tão profundos como se julgava ser o Lago Walden, embora possam ser escuros e lamacentos.

Muitos viajantes se desviavam do caminho para me ver e conhecer minha casa por dentro e, como desculpa para a visita, pediam um copo de água. Eu lhes dizia que tomava direto do lago e apontava para lá, prontificando-me a lhes emprestar uma concha. Mesmo vivendo afastado, eu não estava imune à visitação anual que ocorre, penso eu, por volta de 1º de abril, quando o mundo todo se põe em movimento; e também fui premiado, embora houvesse alguns espécimes curiosos entre meus visitantes. Retardados mentais do asilo e de outros lugares vieram me ver; mas tentei que exercitassem toda a inteligência que tinham e me fizessem suas confidências, nestes casos tomando a inteligência como tema de nossa conversa; e assim havia uma compensação. Na verdade, descobri que alguns deles eram mais sábios do que os chamados *inspetores* dos pobres e conselheiros municipais, e pensei que seria hora de trocarem os lugares. Em relação à inteligência, descobri que não havia muita diferença entre os retardados e os adiantados. Um dia, em particular, um indigente inofensivo e simplório, que eu tinha visto várias vezes junto com outros, usado como uma cerca humana, de pé ou sentado num balaio nos campos guardando o gado e a si mesmo, me visitou e expressou o desejo de viver como eu vivia. Disse-me, com a máxima simplicidade e sinceridade, absolutamente superior, ou melhor, *inferior* a qualquer coisa chamada humildade, que era "deficiente em intelecto". Usou estas palavras. O Senhor o tinha feito assim, mas ele supunha que o Senhor se importava com ele tanto quanto com qualquer outro. "Eu sempre fui assim", disse ele, "desde a minha infância; nunca tive muita inteligência;

eu não era como as outras crianças; sou fraco da cabeça. Era a vontade do Senhor, suponho eu." E ali estava ele para provar a verdade do que dizia. Era um enigma metafísico para mim. Raramente encontrei um semelhante em terreno tão promissor – tão simples e sincero, tão verdadeiro era tudo o que dizia. E, de fato, à medida que ele parecia se humilhar, era exaltado. De início não percebi, mas era o resultado de uma sábia política. Parecia que, dessa base de verdade e franqueza que o pobre indigente de cabeça fraca havia lançado, nosso contato poderia avançar para algo melhor do que o contato dos sábios.

Recebi algumas visitas daqueles que normalmente não eram incluídos entre os pobres da cidade, mas que deveriam ser; em todo caso, estão incluídos entre os pobres do mundo; visitas que apelam, não à nossa hospitalidade, e sim à nossa *hospitalariedade*; que desejam sinceramente ser ajudados e, como prólogo de seus apelos, informam que estão decididos, entre outras coisas, a nunca ajudar a si mesmos. Espero de um visitante que ele não esteja realmente morrendo de fome, mesmo que possa ter o maior apetite do mundo, onde quer que o tenha conseguido. Objetos de caridade não são visitas. Homens que não percebiam quando a visita já tinha terminado, mesmo tendo eu retomado meus afazeres, respondendo a eles cada vez mais longe. Homens de praticamente todos os graus de espírito me visitavam na temporada migratória. Alguns que tinham mais inteligência do que sabiam usar; escravos fugidos com hábitos de fazenda, que se punham à escuta de quando em quando, como a raposa da fábula, como se estivessem ouvido os cães latindo em seu encalço, e me olhavam suplicantes, como que dizendo:

Ó cristão, irás me mandar de volta?

Um escravo fugido de verdade, entre os outros, que ajudei a seguir a estrela do norte. Homens de uma ideia só, como uma galinha com um só pintinho, e este, aliás, um patinho; homens de mil ideias descabeladas, como aquelas galinhas encarregadas de cuidar de cem pintinhos, todos perseguindo um único besouro, dezenas se perdendo todo dia no orvalho da manhã – e que então ficam arrepiadas e piolhentas; homens de ideias em lugar de pernas, uma espécie de centopeia intelectual que faz a gente se arrastar por toda parte. Teve um que sugeriu um livro para as visitas assinarem seus nomes, como nas White Mountains; mas infelizmente minha memória é boa demais para precisar disso.

Eu não podia deixar de notar algumas peculiaridades de minhas visitas. Meninas, meninos, moças em geral pareciam contentes de estar na mata. Olhavam o lago e as flores, e aproveitavam o tempo. Os homens de negócios, mesmo os agricultores, só pensavam na solidão e no trabalho, e na grande distância entre minha morada e qualquer outra coisa; e embora dissessem que apreciavam um ocasional passeio pela mata, era evidente que não. Homens impacientes e cheios de compromissos, com todo o tempo ocupado em ganhar ou manter a vida; sacerdotes que falavam de Deus como se detivessem o monopólio do tema, incapazes de tolerar outras opiniões; médicos, advogados, donas de casa ansiosas que espiavam meu guarda-louça e minha cama quando eu estava fora – como a sra. fulana de tal veio a saber que meus lençóis não eram tão limpos quanto os dela? –, jovens que tinham deixado de ser jovens e haviam concluído que o mais seguro era seguir a trilha batida das profissões liberais – todos eles geralmente diziam que, naquela minha posição, eu não poderia me sair tão bem quanto eles. Ora, aí é que residia o problema. Os velhos, enfermos e tímidos, de qualquer idade e sexo, pensavam mais em doenças, acidentes súbitos e morte; a vida lhes parecia cheia de perigos – que perigo existe se você não pensa em nenhum? – e achavam que um homem prudente escolheria cuidadosamente a posição mais segura, onde o dr. B. estivesse ao alcance a qualquer sinal de alerta. Para eles, a comunidade era literalmente uma co-munição, uma liga de mútua defesa, e era de se imaginar que jamais iriam colher mirtilos sem um cesto de remédios. O fundo da questão é que, se um homem está vivo, há sempre o *perigo* de que possa morrer, embora se deva reconhecer que é um perigo proporcionalmente menor se ele for um morto-vivo. Um homem cria os riscos que corre. Por fim, havia os reformadores autoproclamados, os mais enfadonhos de todos, que achavam que eu vivia cantando:

> Eis a casa que construí;
> Eis quem mora na casa que construí;

mas não sabiam que a continuação dos versos era:

> Eis o pessoal que amola o homem
> Que mora na casa que construí.

    Eu não receava os predadores de galinhas, pois não tinha frangos; mas receava os predadores de gente.
    Tive visitas mais animadoras do que essas últimas. Crianças colhendo amoras, ferroviários passeando nas manhãs de domingo com suas camisas limpas, pescadores e caçadores, poetas e filósofos, em suma, peregrinos honestos, que vinham à mata pela liberdade e realmente deixavam a cidade para trás, todos eles de bom grado eu saudava: "Bem-vindos, ingleses! bem-vindos, ingleses!", pois tinha tido contato com aquele povo.

O CAMPO DE FEIJÃO

Enquanto isso meus feijões, plantados em carreiras que já somavam uma linha de quase doze quilômetros, estavam impacientes para ser carpidos, pois os primeiros tinham crescido bastante antes que os últimos fossem semeados; de fato, não seria fácil deixá-los de lado. Qual seria o sentido dessa tarefa tão constante, de tanto respeito próprio, um pequeno trabalho de Hércules, eu não sabia. Vim a gostar de minhas leiras, de meus feijões, mesmo sendo numa quantidade muito maior do que eu precisava. Eles me ligavam à terra, e eu me sentia forte como Anteu. Mas por que cultivá-los? Só os Céus sabem. Foi este meu curioso trabalho o verão todo – fazer com que esta parcela da superfície terrestre, que até então tinha dado apenas cinco-folhas, amoras pretas, ervas-de-são-joão e coisas assim, bagas doces e flores bonitas, agora desse essa leguminosa. O que hei de aprender sobre o feijão, e o feijão sobre mim? Cuido, dou uma carpida, de manhã e de tarde dou uma olhada nele; e esta é minha jornada de trabalho. É uma bela folhagem de se ver. Meus ajudantes são os serenos e as chuvas que regam este solo seco, e a fertilidade que possa haver no próprio solo, que na maior parte é pobre e estéril. Meus inimigos são as lagartas, os dias frios e principalmente as marmotas. Estas me traçaram mais de mil metros quadrados. Mas que direito tinha eu de expulsar a erva-de-são-joão e as demais, e acabar com a antiga horta delas? Logo, porém, os feijões restantes estarão rijos demais para elas, e enfrentarão novos inimigos.

Quando eu tinha quatro anos de idade, como bem me lembro, me trouxeram de Boston para esta minha cidade natal, passando por estas mesmas matas e este campo, até o lago. É uma das cenas mais antigas impressas em minha memória. E agora à noite minha flauta desperta os ecos naquelas mesmas águas. Os pinheiros ainda estão ali, mais velhos do que eu; ou, se alguns caíram, tenho preparado minha comida com a lenha deles, e uma nova geração está crescendo por toda a volta, formando um outro panorama para novos olhos infantis. Uma erva-de-são-joão quase igual brota da mesma raiz perene neste pasto, e até eu acabei contribuindo para vestir aquela paisagem fabulosa de meus sonhos de infância, e um dos resultados de minha presença e influência se vê nas folhas de feijão, nas lâminas de milho e nas hastes de batata.

Plantei cerca de um hectare na parte alta; e como fazia somente uns quinze anos que a terra tinha sido desmatada, e eu mesmo tinha destocado uns dez metros cúbicos de toros, não coloquei nenhum adubo; mas, durante o verão, pelas pontas de flecha que apareceram quando eu estava carpindo o solo, ficou evidente que outrora aqui morava uma nação desaparecida, que plantava milho e feijão antes que os brancos viessem limpar a área, e assim, em certa medida, tinham esgotado o solo para essas culturas.

Antes mesmo que alguma marmota ou esquilo cruzasse a estrada ou o sol se erguesse acima dos arbustos de carvalho, ainda durante o sereno, embora os agricultores me advertissem contra ele – eu aconselho vocês a fazer todo o trabalho, se possível, durante o sereno –, comecei a nivelar os altivos pés de mato no meu feijoal e a lhes espalhar cinzas na cabeça. De manhã cedo eu trabalhava descalço, espalhando salpicos como um artista plástico enquanto afundava os pés na areia úmida e esfarelada, mas mais tarde o sol me repreendia causando bolhas. Lá o sol me iluminava enquanto carpia o feijão, medindo lentamente com meus passos, ida e volta entre as longas carreiras verdes, setenta e cinco metros de comprimento naquele terreno amarelo cheio de cascalho, uma das pontas terminando numa capoeira de moitas de carvalho, onde eu podia descansar à sombra, a outra num campo de amoras-pretas cujas bagas verdes iam carregando suas cores no tempo que eu levava para fazer outra carreira. Tirar os matos, chegar mais terra nos pés de feijão e encorajar este mato que eu tinha semeado, fazer com que o solo amarelo expressasse seus pensamentos estivais sob a forma de folhas e flores de feijão em vez de losna, grama-do-campo e milheto, fazer com que a terra dissesse feijão em vez de capim – este era meu trabalho diário. Como pouca ajuda tinha de cavalos ou bois, de homens ou meninos por diária, ou de implementos agrícolas modernos, eu era muito mais lento e fiquei muito mais íntimo de meus feijões do que o habitual. Mas o trabalho manual, mesmo quando se torna quase enfadonho e pesado, talvez nunca seja a pior forma de ociosidade. Ele guarda uma moral constante e imperecível, e para o erudito rende um clássico. Era eu um diligente *agricola laboriosus* para os viajantes que passavam por Lincoln e Wayland, seguindo rumo oeste sabe-se lá para onde; eles sentados à vontade em seus troles, os cotovelos nos joelhos, as rédeas pendendo frouxas em grinalda; eu o nativo da terra, caseiro e laborioso. Mas logo meu sítio caseiro lhes saía da vista e do pensamento. Durante um longo trecho e dos dois lados da estrada, era o único campo aberto e cultivado; por isso aproveitavam ao máximo; e às vezes chegava ao homem no campo mais do que lhe cabia ouvir dos comentários e murmúrios dos viajantes: "Feijão tão tarde! ervilha tão tarde!" – pois continuei a plantar quando outros já tinham começado a carpir – o aprendiz de lavrador não tinha pensado nisso. "Milho, meu rapaz, para forragem; milho para forragem." "Ele *mora* ali?", pergunta o boné preto do casaco cinza; e o agricultor de traços duros puxa as rédeas para a gratidão de seu cavalo vagaroso, e pergunta o que você está fazendo, pois não vê nenhum adubo nos sulcos, e recomenda um pouco de serragem ou resto de alguma coisa, ou também pode ser cinza ou gesso calcinado. Mas é um hectare inteiro de sulcos, e só uma enxada como carriola e dois braços para puxar – havendo uma aversão a outros carros e cavalos –, e a serragem fica longe. Companheiros de viagem, enquanto sacolejavam, faziam comparações em voz alta com os campos por onde tinham passado, de forma que fiquei sabendo como eu me situava no mundo da agricultura. Meu campo estava ausente do relatório do sr. Coleman. Aliás, quem calcula o valor da safra que a Natureza dá nos campos ainda mais agrestes, sem nenhuma melhoria humana? Pesa-se cuidadosamente a safra do feno *inglês*, calculam-se o grau de umidade, os silicatos e o hidróxido de potássio; mas em todos os valezinhos e lagoas nos bosques, nos pastos e várzeas há uma safra rica e variada que apenas não é colhida pelo homem. O meu era, por assim dizer, o elo de ligação entre os campos selvagens e os campos cultivados; assim como alguns estados são civilizados, outros semicivilizados e outros bárbaros ou selvagens, da mesma forma meu campo era semicultivado, mas não num mau sentido. Eram feijões retornando alegremente a seu estado primitivo e silvestre que eu cultivava, e minha enxada lhes tocava os *Ranz des Vaches*.

Perto de mim, no ramo mais alto de uma bétula, o debulhador – ou o tejo-da-praia, como alguns gostam de chamá-lo – canta a manhã inteira, contente com nossa companhia, e, se não fosse aqui, encontraria o campo de algum outro agricultor. Enquanto a gente está plantando a semente, ele grita: "Põe, põe – cobre – sobe, sobe, sobe". Mas não era milho, e assim está a salvo de inimigos como ele. Podemos nos indagar o que seu palavrório, suas execuções de um Paganini amador em uma ou em vinte cordas, tem a ver com nosso plantio, e mesmo assim preferi-lo à lixívia de cinzas ou de gesso calcinado. Era uma espécie de adubação fácil na qual eu depositava inteira confiança.

Enquanto eu aleirava as carreiras com minha enxada, perturbava as cinzas de nações desconhecidas que, em anos primevos, viviam sob estes céus, e seus pequenos implementos de caça e guerra eram trazidos à luz deste tempo moderno. Estavam misturados com outras pedras naturais, algumas trazendo marcas de terem sido queimadas em fogueiras índias, e algumas ao sol, e também fragmentos de cerâmica e vidro aqui trazidos pelos recentes lavradores do solo. Quando minha enxada batia contra as pedras, aquela música ressoava até a mata e o céu, e era um acompanhamento de meu trabalho que dava uma safra instantânea e imensurável. Não era mais feijão que eu carpia, e nem era eu que carpia feijão; e com pena e orgulho lembrava, se é que lembrava, meus conhecidos que tinham ido à cidade para assistir aos oratórios. No alto, o bacurau voava em círculos nas tardes ensolaradas – pois às vezes eu passava o dia ali – como um cisco em meu olho, ou no olho do céu, e vez por outra ele descia numa sonora arremetida como se os céus tivessem se rasgado, finalmente se dilacerando em trapos e farrapos, e mesmo assim permaneciam como abóbada de túnica inconsútil; pequenos diabretes que enchem o ar e põem seus ovos na areia nua do chão ou em rochas no topo dos montes, onde raros são os que os encontram; graciosos e esbeltos como ondulações que tivessem sido apanhadas do lago, como folhas erguidas pelo vento a flutuar nos céus; tais parentescos tem a Natureza. O gavião é o irmão aéreo da onda, a qual ele inspeciona e singra pelo alto, aquelas suas asas perfeitas infladas pelo ar respondendo às elementais rêmiges implumes do oceano. Ou às vezes eu olhava um casal de falcões-do-tanoeiro aos círculos lá em cima, ora subindo, ora descendo, aproximando-se e afastando-se entre si, como se fossem a própria encarnação de meus pensamentos. Ou eu era atraído por pombos selvagens indo desta para aquela mata, com um leve som trêmulo adejante e a pressa de um mensageiro; ou de baixo de um toco apodrecido minha enxada fazia sair uma lenta e portentosa salamandra, com manchas bizarras, resquício do Egito e do Nilo, e ainda nossa contemporânea. Quando eu parava e me apoiava em minha enxada, esses sons e visões eu ouvia e via em qualquer trecho da carreira, parte do inesgotável entretenimento que o campo oferece.

Nos dias de gala a cidade dispara seus canhões, que ecoam como espingardas de ar comprimido até a mata, e chegam aqui alguns restos de música marcial. Para mim, afastado em meu feijoal no outro extremo da cidade, os canhões soavam como se fosse uma bufa-de-loba estourando; e quando havia algum treinamento dos civis que eu ignorava, às vezes ficava o dia inteiro com a vaga sensação de algum tipo de coceira e mal-estar no horizonte, como se logo fosse brotar ali alguma erupção de escarlatina ou borbulhas, até que finalmente bufava um sopro mais favorável, apressando-se pelos campos e subindo a estrada de Wayland, que me trazia informações dos "treinantes" em sua marcha de corrida. Pelo zumbido distante, era como se as abelhas de algum apicultor tivessem saído num enxame, e os vizinhos, seguindo o conselho de Virgílio, com um leve *tintinnabulum* em seus mais sonoros utensílios domésticos, tentassem chamá-las de volta para a colmeia. E quando o som morria à distância, e o zumbido cessava, e as brisas mais favoráveis não tinham nenhuma história para contar, eu sabia que tinham levado até o último zangão de volta à colmeia do Middlesex, e que agora estavam com o espírito ocupado no mel lambuzando os favos.

Eu me sentia orgulhoso em saber que as liberdades de Massachusetts e de nossa pátria estavam sob guarda tão segura; e, quando voltava à minha enxada, sentia-me repleto de uma indizível confiança e prosseguia animadamente em meu trabalho, com uma serena confiança no futuro.

Quando havia várias bandas de música, era como se toda a cidade fosse um imenso fole, e todas as construções se expandiam e se contraíam num estrondo contínuo. Mas às vezes havia uma melodia realmente nobre e inspiradora que chegava até a mata, a trombeta que canta a fama, e eu me sentia capaz de pôr no espeto algum mexicano bem temperado – pois por que haveríamos sempre de querer coisa pouca? – e olhava ao redor procurando uma marmota ou uma jaritataca para praticar minhas artes de cavalaria. Essas melodias marciais me pareciam tão remotas quanto a Palestina, e me lembravam uma marcha de cruzados no horizonte, num galope ligeiro e o trêmulo oscilar do cimo dos olmos feito elmos sobre a cidade. Era um daqueles dias *grandiosos*, embora o céu, visto de minha clareira, estivesse com a mesma aparência perpetuamente grandiosa que tem todos os dias, e eu não notasse nenhuma diferença nele.

Era uma experiência singular, aquela longa familiaridade que cultivei com os feijões, e ao plantar, carpir, colher, debulhar, separar e vender – este era o mais difícil – eu podia acrescentar o comer, pois realmente gostei do sabor. Eu estava decidido a conhecer o feijão. Quando estava crescendo, eu costumava carpir das cinco da manhã até o meio-dia, e geralmente passava o resto do dia em outros afazeres. Considerem a íntima e curiosa familiaridade que se adquire com várias espécies de matos – haverá uma certa repetição no relato, pois havia não pouca repetição no trabalho –, perturbando tão impiedosamente a delicada organização deles, e fazendo distinções tão odiosas com a enxada, derrubando filas inteiras de uma espécie e cultivando laboriosamente outra. Aquela é a losna romana – aquele é o caruru – aquela é a azeda – aquela é a grama-do-campo – e dá-lhe, arranca, vira as raízes para cima, expõe ao sol, não lhe deixes uma fibra na sombra, se deixares ele vai se desvirar de novo e em dois dias estará verde como um alho-poró. Uma longa guerra, não com grous, mas com matos daninhos, aqueles troianos que tinham a seu lado o sol, a chuva e o sereno. Diariamente os feijões me viam chegar em seu socorro, armado com uma enxada, para dizimar as fileiras de seus inimigos, lotando as trincheiras com mortos daninhos. Mais de um robusto Heitor de penacho ondulante, sobranceando em quase dois palmos seus camaradas aglomerados ao redor, caiu sob minha arma e rolou no pó.

Assim, aqueles dias de verão que alguns contemporâneos meus dedicavam às belas-artes em Boston ou Roma, e outros à contemplação na Índia, e outros ao comércio em Londres ou Nova York, eu, com os demais agricultores da Nova Inglaterra, dediquei à lavoura. Não que eu quisesse feijão para comer, pois sou por natureza um pitagórico no que concerne aos feijões, quer signifiquem sopas ou votos, e trocava por arroz; mas quiçá, como a gente tem que trabalhar no campo quando menos pelas metáforas e figuras de expressão, para servir algum dia a um criador de parábolas. Era, em suma, um precioso entretenimento, o qual, levado longe demais, poderia se tornar uma dissipação. Embora não fizesse nenhuma adubação e não carpisse todos ao mesmo tempo, eu carpia excepcionalmente bem os trechos que ia fazendo, e fui recompensado ao final, "em verdade não existindo", como diz Evelyn, "nenhum composto ou adubação que se compare a remexer, incorporar e revirar continuamente o solo com a pá". "A terra", acrescenta ele em outra passagem, "especialmente quando fresca, tem um certo magnetismo que atrai o sal, o poder ou a virtude (como se queira chamar) que lhe dá vida, e esta é a lógica de todo o trabalho e toda a movimentação que lhe dedicamos, para nos sustentar; todos os estercos e outras misturas sórdidas não passam de sucedâneos vicários desse melhoramento". Além disso, sendo um daqueles "campos em descanso exauridos e esgotados que estão em seu período sabático", talvez ele tenha atraído, como provavelmente pensa *Sir* Kenelm Digby, "espíritos vitais" do ar. Colhi doze balaios de feijão.

Mas, para ser mais detalhado, pois reclamam que o sr. Coleman registrou principalmente as experiências dispendiosas de agricultores ricos, minhas despesas foram:

Uma enxada	0,54
Arar, rastelar e sulcar	7,50 – demais.
Feijão para semear	3,12 ½
Batatas para plantar	1,33
Ervilhas para semear	0,40
Sementes de nabo	0,06
Arame liso para cerca	0,02
Três horas de um menino e lavrador com cavalo	1,00
Cavalo e carroça para pegar a colheita	0,75
Ao todo	$14,72 ½

Minha receita foi (*patrem famílias vendacem, non emacem esse oportet*) de:

Venda de nove balaios e doze quartos de feijão	$16,94
Cinco balaios de batata grande	2,50
Nove balaios de batata miúda	2,25
Plantas	1,00
Hastes de plantas	0,75
Ao todo	$23,44
Deixando um lucro pecuniário, como disse em outro lugar, de	$8,71 ½

Este é o resultado de minha experiência de plantar feijão. Plante o feijão branco miúdo comum por volta de 1º de junho, em carreiras de 90 centímetros com uma distância de 40 centímetros entre as linhas, tendo o cuidado de escolher sementes novas, bem redondinhas e sem mistura. Primeiro fique atento aos gorgulhos e deixe uma reserva para replantar as falhas. Então cuidado com as marmotas, se for um lugar aberto, pois elas vão mordiscar as primeiras folhas tenras quase até o talo conforme forem passando; e quando as jovens gavinhas começarem a aparecer, as marmotas vão perceber e vão tosquiá-las com botões, vagens e tudo, sentando-se retas como esquilos. Mas o principal é colher tudo o mais cedo possível, se quiser escapar às geadas e ter uma boa safra para vender; assim, você vai evitar uma quebra muito grande.

Também ganhei mais uma experiência. Disse para mim mesmo: não vou mais plantar feijão e milho com tanto trabalho no próximo verão; vou, isso sim, plantar as sementes, se é que não se perderam, da sinceridade, da verdade, da simplicidade, da fé, da inocência e outras que tais, e ver se crescem neste solo com ainda menos labuta e adubação, e se me provêm sustento, pois certamente a terra não está cansada para tais plantios. Foi o que eu disse a mim mesmo, mas, ai!, agora já se passou mais um verão, e outro, e mais outro, e sou obrigado a lhe dizer, ó Leitor, que as sementes que plantei, se de fato *eram* mesmo as sementes das virtudes, estavam carunchadas ou tinham perdido a vitalidade, e por isso não germinaram. Geralmente os homens só serão bravos se os pais tiverem sido bravos – ou tímidos. Esta geração planta milho e feijão todos os anos com toda segurança, exatamente da mesma maneira como os índios faziam séculos atrás e ensinaram aos primeiros colonos, como se fosse um destino inelutável. Outro dia, para meu grande espanto, vi um velho fazendo covas com uma enxada, no mínimo pela septuagésima vez, e não era para ele se deitar! Mas por que o morador da Nova Inglaterra não tenta novas aventuras, deixa de insistir tanto em seu cereal, sua batata e seu pasto e seu pomar, e planta outras coisas além disso? Por que nos preocupamos tanto com nossas sementes de feijão, e não nos preocupamos minimamente com uma nova geração de homens? Realmente deveríamos dar uma festa e um banquete se, ao encontrar um homem, tivéssemos certeza de ver que algumas qualidades que nomeei, as quais todos nós valorizamos acima daqueles outros plantios, mas que são semeadas a mão e ficam espalhadas pairando no ar, tomaram raízes e cresceram nele. Aí vem pela estrada uma dessas qualidades sutis e inefáveis, como por exemplo a verdade ou a justiça, embora numa ínfima quantidade ou numa nova variedade. Nossos embaixadores deveriam ser instruídos a mandar essas sementes para cá, e o Congresso deveria ajudar a distribuí-las por todo o país. Nunca insistiríamos na cerimônia se tivéssemos sinceridade. Nunca trapacearíamos, insultaríamos, expulsaríamos uns aos outros com nossa mesquinharia, se houvesse um cerne de valor e amizade. Não teríamos tanta pressa em nossos encontros. Na verdade nem encontro a maioria dos homens, pois parecem não ter tempo; estão muito ocupados com seus feijões. Não trataríamos com um homem sempre labutando assim, no intervalo do trabalho inclinando-se sobre a enxada ou a pá como uma escora, não como um cogumelo, e não apenas ali de pé, mas erguendo-se parcialmente da terra, como andorinhas pousadas e andando no solo:

> "E quando ele falava, às vezes suas asas se desdobravam
> Como se fosse voar, e depois de novo se fechavam."
>
> ["*And as he spake, his wings would now and then
> Spread, as he meant to fly, then close again.*"]

sem suspeitar que estamos conversando com um anjo. O pão pode nem sempre nos alimentar; mas algo que sempre nos faz bem, até desemperra nossas juntas e faz-nos leves e flexíveis quando nem sabíamos o que nos molestava, é reconhecer alguma generosidade no homem ou na Natureza, partilhar alguma alegria pura e heroica.

A poesia e a mitologia da antiguidade sugerem, quando menos, que a agricultura foi outrora uma arte sagrada; mas nós a praticamos com desmazelo e uma pressa pouco respeitosa, pois nosso objetivo é apenas ter grandes sítios e grandes safras. Não temos nenhuma festa, nenhuma procissão, nenhuma cerimônia, sem excetuar nossas Exposições de Gado e as chamadas Festas de Ação de Graças, em que o agricultor expresse a percepção do caráter sagrado de sua atividade ou lhe sejam relembradas suas origens sagradas. O que o atrai é o prêmio e a comilança. Ele faz suas oferendas não a Ceres e ao Jove Terrestre, e sim ao infernal Plutão. Por avareza e egoísmo, e por um hábito degradante, do qual nenhum de nós está livre, de olhar o solo como propriedade ou principalmente como meio de adquirir propriedades, a paisagem é deformada, a agricultura é degradada junto conosco, e o agricultor leva a mais mesquinha das vidas. Ele conhece a Natureza apenas como ladrão. Catão diz que os lucros da agricultura são especialmente justos ou piedosos (*maximeque pius quaestus*), e segundo Varrão os romanos antigos "chamavam a mesma terra de Mãe e Ceres, e consideravam que os agricultores levavam uma vida piedosa e útil, e que eram os únicos remanescentes da linhagem do Rei Saturno".

Costumamos esquecer que o sol olha nossas lavouras, as pradarias e as florestas sem fazer distinção. Todas elas refletem e absorvem igualmente seus raios, e nossos campos lavrados compõem apenas uma pequena parte do glorioso quadro que ele contempla em seu curso diário. A seus olhos, toda a terra é igualmente cultivada como um jardim. Portanto deveríamos receber o benefício de sua luz e calor com igual confiança e magnanimidade. Mas e se eu dou valor à semente desse feijão, e faço a colheita no outono? Esse vasto campo que tanto olhei não me olha como seu principal lavrador, e sim, longe de mim, aquelas influências mais cordiais com ele, que o regam e o fazem verdejar. Esses feijões dão frutos que não sou eu que colho. Não crescem também para as marmotas? A espiga de trigo (em latim *spica*, do arcaico *speca*, de *spe*, esperança) não devia ser a única esperança do lavrador; o caroço ou grão (*granum*, de *gerendo*, gerar) não é a única coisa que ele gera. Então como podemos ter uma quebra em nossa safra? Não me alegrarei também com a abundância dos matos cujas sementes são celeiro dos pássaros? Não importa muito que os campos encham os celeiros do agricultor. O verdadeiro lavrador deixará a ansiedade, como os esquilos que não se preocupam se a mata vai gerar castanhas este ano, e terminará seu trabalho de cada dia, abandonando qualquer pretensão sobre o produto de seus campos, e em seu espírito prestando a oferenda não só de seus primeiros, mas também de seus últimos frutos.

A CIDADE

Depois de carpir, ou talvez de ler e escrever, no final da manhã, geralmente eu tomava outro banho no lago, tendo como raia uma de suas enseadas, e tirava do corpo a poeira do trabalho ou alisava a última ruga que o estudo causara, e estava totalmente livre para a parte da tarde. Todos os dias, ou dia sim, dia não, eu andava até o povoado para ouvir um pouco dos mexericos que circulam incessantemente por lá, passando de boca em boca, ou de jornal em jornal, e que, tomados em doses homeopáticas, realmente eram, à sua maneira, tão revigorantes quanto o farfalhar das folhas e o chilrar das rãs. Tal como eu caminhava pela mata para ver os pássaros e os esquilos, também caminhava pelo povoado para ver os homens e os meninos; em vez do vento entre os pinheiros, eu ouvia o estrépito das carroças. Num dos lados de minha casa, havia uma colônia de ratos almiscarados na várzea ribeirinha; sob o bosque de olmos e plátanos no horizonte havia uma colônia de homens atarefados, tão curiosos para mim como se fossem cães-das-pradarias, cada um sentado na entrada de sua toca ou correndo até a do vizinho para mexericar. Frequentemente eu ia observar seus hábitos. O povoado me parecia uma grande sala de imprensa; e num dos lados, para sustentá-la, como antigamente na Redding & Company na State Street, eles tinham nozes e passas, ou sal e farinha, e outros produtos. Alguns têm um enorme apetite pela mercadoria número um, isto é, as notícias, e um sistema digestivo tão sólido que podem ficar eternamente sentados nas avenidas públicas sem se mexer, enquanto elas passam por eles chiando e sussurrando como os ventos etésios, ou como se inalassem éter, apenas causando torpor e insensibilidade à dor – pois de outra maneira seriam coisas amiúde dolorosas de ouvir – sem afetar a consciência. Quando eu perambulava pelo povoado, era raro deixar de ver uma fila de tais figuras, sentadas numa escada tomando sol, com o corpo inclinado para a frente e os olhos de quando em quando relanceando daqui para lá, numa expressão voluptuosa, ou encostadas a um galpão com as mãos nos bolsos, feito cariátides, como se o escorassem. Como geralmente estavam fora de casa, ao ar livre, ouviam tudo o que o vento trazia. Estes são os moinhos que moem mais grosso, todos os mexericos são primeiro quebrados ou digeridos grosseiramente, antes de ser despejados em funis mais finos e delicados dentro de casa. Notei que os órgãos vitais do povoado eram a mercearia, o bar, o correio e o banco; e, como parte necessária da maquinaria, eles tinham um sino, um canhão e uma bomba contra incêndios em locais adequados; e as casas eram dispostas de maneira a aproveitar o máximo da humanidade, em ruas estreitas, uma em frente da outra, de tal forma que todo transeunte tinha de passar por aquele corredor polonês, e cada homem, mulher e criança podia lhe assentar uma lambada. Naturalmente, os que estavam colocados mais perto do começo da linha, onde mais podiam ver e ser vistos, e podiam lhe desferir o primeiro golpe, pagavam o preço mais alto pelo lugar; e os poucos moradores esparsos no outro extremo, onde começavam a surgir longos intervalos na linha, e o transeunte podia pular algum muro ou pegar a trilha lateral das vacas e assim escapar, pagavam um imposto de janela ou do solo bem reduzido. Havia tabuletas penduradas por todos os lados para atraí-lo; algumas para fisgá-lo pelo apetite, como a taverna e o armazém de vitualhas; algumas pela fantasia, como a loja de tecidos e a joalheria; e outras pelos cabelos, pelos pés ou pelas calças, como o barbeiro, o sapateiro ou o alfaiate. Além disso, havia um convite permanente ainda mais terrível para ir a cada uma das casas, e esperava-se a visita em tais ocasiões. De modo geral, eu conseguia escapar maravilhosamente bem a esses perigos, fosse avançando firme e sem hesitação para o objetivo final, tal como se recomenda a quem segue pelo corredor polonês, ou mantendo meus pensamentos em coisas elevadas, como Orfeu, que, "entoando em voz alta os louvores aos deuses em sua lira, afogou as vozes das Sereias e escapou do perigo". Às vezes eu sumia de repente, e ninguém sabia dizer meu paradeiro, pois não me detinha muito em manter um ar de dignidade e nunca hesitava diante de uma passagem numa cerca. Até me acostumei a irromper em algumas casas, onde era bem recebido, e depois de ouvir o núcleo já bem peneirado das notícias, o que tinha se decantado, as perspectivas de guerra e paz, e se era provável que o mundo ainda continuasse por um bom tempo, eu saía pelos fundos, atravessava as ruas de trás e assim escapava de novo para a mata.

Quando eu ficava até mais tarde na cidade, era muito agradável me lançar dentro da noite, principalmente se fosse uma noite escura e tempestuosa, e zarpar de alguma iluminada sala de palestra ou de leitura, com um saco de farinha de milho ou de centeio no ombro, para meu sólido e pequeno porto na mata, tendo calafetado tudo por fora e me recolhido sob o convés com uma alegre tripulação de pensamentos, deixando apenas meu homem externo ao leme ou até amarrando o leme quando o navegar avançava a contento. Tive muitos pensamentos agradáveis ao calor da cabina "enquanto navegava". Nunca soçobrei nem me afligi em tempo algum, mesmo tendo enfrentado alguns temporais violentos. É mais escuro na mata, mesmo em noites normais, do que a maioria das pessoas supõe. Frequentemente eu tinha de olhar pelas frestas entre as árvores para me guiar pelo caminho, e, onde não havia estrada de veículos, tinha de sentir com os pés a leve trilha que ficara marcada com minha passagem ou me orientar pela relação entre determinadas árvores que eu tateava com as mãos, passando, por exemplo, entre dois pinheiros com no máximo 45 centímetros de distância entre eles, no meio da mata, o que invariavelmente ocorria nas noites mais escuras. Às vezes, depois de voltar para casa tão tarde numa noite escura e opressiva, sentindo com os pés o caminho que meus olhos não conseguiam enxergar, sonhando e com o espírito ausente durante todo o percurso, até despertar no momento de erguer a mão para abrir o trinco da porta, eu não era capaz de lembrar um único passo do caminho, e pensava que meu corpo, se seu mestre viesse a se perder, encontraria sozinho o rumo de casa, tal como a mão não precisa de auxílio para encontrar o caminho da boca. Várias vezes, quando uma visita se arriscava a ficar até tarde, no escuro da noite, eu era obrigado a levá-la até a estrada de veículos atrás de casa, então lhe mostrava a direção que devia seguir e explicava quais as coisas que lhe serviriam de guia mais pelos pés do que pelos olhos. Numa noite muito escura, foi como indiquei o caminho para dois rapazes que tinham estado a pescar no lago. Eles moravam a cerca de um quilômetro e meio atravessando a mata, e estavam plenamente acostumados com a rota. Um ou dois dias depois, um deles me contou que tinham perambulado a maior parte da noite, perto de suas terras, e só chegaram em casa ao amanhecer, quando já estavam ensopados até os ossos, pois no meio-tempo caíram várias pancadas de chuva forte, e as folhagens estavam encharcadas. Ouvi falar de muita gente que se perdia até nas ruas do povoado, quando as trevas eram tão densas que se podia cortá-las com a faca, como diz a expressão. Alguns que moram nos arrabaldes, que vão de carroça à cidade para fazer compras, são obrigados a pernoitar lá; e damas e cavalheiros fazendo alguma visita se desviam oitocentos metros do caminho, sentindo a calçada apenas com os pés, sem saber onde viraram errado. Perder-se na mata é uma experiência não só surpreendente e memorável, como também valiosa. Amiúde, durante uma tempestade de neve, mesmo de dia, alguém pode estar numa estrada bem conhecida, e mesmo assim parece-lhe impossível saber qual a direção que leva ao povoado. Embora saiba que já passou por ali mil vezes, a pessoa não consegue reconhecer nenhum traço do caminho, sendo-lhe tão estranho como se fosse uma estrada na Sibéria. De noite, claro, a perplexidade é infinitamente maior. Em nossos passeios mais triviais, guiamo-nos constantemente, mesmo sem perceber, como pilotos que se orientam por certas balizas e promontórios conhecidos, e se avançamos além de nosso curso habitual ainda temos em mente a posição de referência de algum cabo próximo; e só quando nos perdemos totalmente ou damos uma volta ao contrário – pois basta dar uma volta num homem de olhos fechados para que ele se perca neste mundo – é que apreciamos a imensidão e a estranheza da Natureza. Todo homem precisa reaprender os pontos cardeais a cada vez que desperta, seja do sono ou de alguma abstração. Só quando nos perdemos, em outras palavras, só quando perdemos o mundo, é que começamos a nos encontrar, entendemos onde estamos e compreendemos a infinita extensão de nossas relações.

Uma tarde, terminando o primeiro verão, quando fui ao povoado para pegar um sapato no conserto, fui detido e preso porque, como contei em outro lugar, não paguei um imposto, ou seja, não reconheci a autoridade do Estado que compra e vende homens, mulheres e crianças como gado às portas de seu senado. Eu tinha ido para a mata com outros propósitos. Mas, onde quer que um homem vá, os homens vão persegui-lo e agarrá-lo com as patas sujas de suas instituições sórdidas, e, se puderem, vão obrigá-lo a fazer parte de sua temerária sociedade de excêntricos Oddfellow. É verdade que eu podia ter tentado resistir à força, podia ter reagido como um "louco furioso" contra a sociedade; mas preferi que a sociedade reagisse como uma "louca furiosa" contra mim, sendo ela a parte temerária. Mas fui solto no dia seguinte, peguei meu sapato consertado e voltei para a mata em tempo de almoçar meus mirtilos em Fair-Haven Hill. Nunca fui molestado por ninguém, a não ser pelos representantes do Estado. Não tinha nenhum ferrolho ou fechadura exceto na mesa onde guardava meus papéis, nem sequer um prego para travar meu trinco ou minhas janelas. Nunca tranquei minha porta, nem de dia nem de noite, mesmo que ficasse ausente vários dias; nem mesmo quando, no outono seguinte, passei duas semanas nas matas do Maine. E no entanto minha casa era mais respeitada do que se estivesse cercada por uma fileira de soldados. O andarilho cansado podia descansar e se aquecer a meu lume, o literato podia se entreter com os poucos livros em minha mesa, o curioso, abrindo a porta de minha despensa, podia ver o que tinha sobrado de meu almoço e quais minhas perspectivas de jantar. Todavia, embora muita gente de todas as classes passasse por aqui a caminho do lago, não sofri nenhum sério inconveniente de tais fontes, e nunca dei por falta de coisa alguma, exceto um livrinho, um volume de Homero, talvez com uma capa impropriamente dourada, e mesmo ele, a essas alturas, espero que algum soldado de nosso acampamento já tenha encontrado. Tenho a convicção de que, se todos os homens vivessem com a simplicidade que eu vivia na época, roubos e furtos seriam desconhecidos. Estes acontecem apenas em comunidades onde alguns têm mais do que o suficiente, enquanto outros não têm o necessário. Os Homeros de Pope logo seriam devidamente distribuídos:

"*Nec bella fuerunt,
Faginus astabat dum scyphus ante dapes.*"

"Nem guerras os homens molestavam,
Quando apenas gamelas de madeira se demandavam."

"Vocês que dirigem os assuntos públicos, que necessidade têm de usar punições? Amem a virtude, e o povo será virtuoso. As virtudes de um homem superior são como o vento; as virtudes de um homem comum são como o capim; quando o vento passa, o capim se curva."

Os lagos

Às vezes, sentindo uma indigestão de mexericos e convívio humano, e tendo esgotado a paciência de todos os meus amigos da cidade, eu vagueava mais a oeste de onde normalmente fico, indo a partes ainda menos frequentadas do povoado, "a bosques frescos e novos pastos", ou, enquanto o sol se punha, fazia minha ceia de mirtilos e mirtilos-azuis em Fair Haven Hill, e colhia um estoque para vários dias. Os frutos não revelam seu verdadeiro sabor a quem compra, nem a quem planta para vender. Há apenas um caminho, mas poucos seguem por ele. Se vocês quiserem conhecer o sabor dos mirtilos, perguntem ao menino que cuida do gado ou à perdiz. É um erro comum supor que provou um mirtilo quem jamais o colheu. O mirtilo nunca chega até Boston; não é conhecido por lá desde que começou a dar em suas três colinas. A essência e a ambrosia da fruta se perdem com o veludo da casca, que sofre atrito e desaparece durante o transporte até o mercado, e ele se torna um simples gênero alimentício. Enquanto reinar a Justiça Eterna, jamais um único inocente mirtilo poderá ser trazido das colinas para cá.

Ocasionalmente, quando eu tinha acabado de carpir por aquele dia, juntava-me a algum impaciente companheiro que estava pescando no lago desde a manhã, silencioso e imóvel como um pato ou uma folha na água, e, depois de praticar várias espécies de filosofia, normalmente ele tinha concluído, na hora em que eu chegava, que pertencia à antiga seita dos estoicos fisganadas. Havia um homem de mais idade, excelente pescador e muito hábil em qualquer tipo de trabalho com madeira, que achava que minha casa era construída expressamente para o conforto dos pescadores; e eu também gostava quando ele se sentava à minha porta para ajeitar suas linhas de pesca. Vez por outra sentávamos juntos no lago, ele numa ponta do barco, e eu na outra; mas não trocávamos muitas palavras, pois ele tinha ensurdecido nos últimos anos, mas de vez em quando ele murmurava entredentes um salmo, o que se harmonizava bastante bem com minha filosofia. Nossa comunicação, portanto, era de total e contínua harmonia, muito mais agradável de lembrar do que se tivessem sido usadas palavras. Quando eu não tinha nada a lhe dizer, como geralmente acontecia, eu costumava despertar os ecos batendo com um remo na lateral de meu barco, preenchendo as matas ao redor com um som que se dilatava em círculos, açulando-os como o domador açula seus animais selvagens, até extrair um rugido das matas de cada vale e de cada encosta.

Nas noites quentes, muitas vezes eu sentava no barco tocando flauta, e via as percas me rodeando como se estivessem encantadas, e a lua percorrendo as costelas do leito do rio, por onde se espalhavam os restos naufragados da floresta. Antes, de tempos em tempos eu e um companheiro vínhamos a este lago a título de aventura, nas noites escuras de verão, e acendendo um fogo perto da margem, que pensávamos que atrairia os peixes, apanhávamos fanecas com várias minhocas amarradas num fio; e quando acabávamos, noite adiantada, atirávamos os tições ardentes para o alto, como foguetes de artifício, os quais, caindo no lago, se extinguiam num forte sibilar, e de repente encontrávamo-nos tateando numa escuridão completa. Então, assobiando uma melodia, tomávamos nosso caminho de volta para a morada dos homens. Mas agora eu tinha feito minha casa junto ao lago.

Às vezes, depois de ficar numa sala de visitas da cidade até toda a família se retirar, eu voltava para a mata e, em parte pensando no almoço do dia seguinte, passava os meados da noite pescando num barco ao luar, ao som da serenata de corujas e raposas, e de tempos em tempos ouvindo ali por perto o canto chiado de algum pássaro desconhecido. Essas experiências me eram muito valiosas e memoráveis – ancorado em doze metros d'água, e a cem ou cento e cinquenta metros da margem, às vezes cercado por milhares de pequenas percas e peixinhos prateados que ondeavam a superfície com suas caudas ao luar, e me comunicando por meio de um longo fio de linha com misteriosos peixes noturnos que tinham sua morada a doze metros ao fundo, ou às vezes arrastando vinte metros de linha pelo lago, conforme eu seguia à deriva impelido pela suave brisa noturna, vez por outra sentindo uma leve vibração percorrendo o fio, que indicava alguma vida a zanzar ao redor de sua ponta, com propósito incerto, moroso, vacilante, demorando a se decidir. Finalmente, devagarinho, puxando com uma mão e depois com a outra, eu erguia um peixe-gato guinchando e se contorcendo no ar. Era muito esquisito, principalmente nas noites escuras, quando os pensamentos vagueavam por grandiosos temas cosmogônicos em outras esferas, sentir esse leve tranco que vinha interromper os sonhos e ligar a pessoa de volta à Natureza. Era como se, no próximo lance, eu pudesse atirar a linha para o alto, ao ar, tal como atirava para baixo naquele elemento não muito mais denso. Eu pescava dois peixes, por assim dizer, com um anzol só.

O cenário do Walden é de escala modesta e, embora seja muito bonito, não chega a ser grandioso, e tampouco é capaz de despertar grande interesse em alguém que não o frequente muito ou não viva junto à sua margem; no entanto, este lago é tão admirável em sua pureza e profundidade que merece uma descrição toda sua. É uma água límpida e verde-escura, com oitocentos metros de extensão e dois mil e oitocentos metros de circunferência, e ocupa cerca de vinte e cinco hectares; uma fonte perene no meio de bosques de pinheiros e carvalhos, sem qualquer entrada ou saída visível exceto as nuvens e a evaporação. Em redor, as colinas se erguem abruptamente do nível da água, elevando-se a treze e até vinte e seis metros, embora a sudeste e a leste atinjam respectivamente cerca de trinta metros e quarenta e cinco metros de altura, dentro de uma extensão de quatrocentos metros e de quinhentos e trinta metros. Consistem exclusivamente em florestas. Todas as nossas águas de Concord têm pelo menos duas cores, uma quando são vistas à distância, e outra, mais apropriada, quando vistas de perto. A primeira depende mais da luz e acompanha o céu. Com tempo claro, no verão, parecem azuis a pequena distância, principalmente quando agitadas, e a grande distância todas parecem iguais. Em tempo fechado, às vezes são de cor de ardósia escura. Dizem que o mar, porém, é azul num dia e verde no outro sem qualquer alteração perceptível na atmosfera. Já vi nosso rio, estando a paisagem coberta de neve, com a água e o gelo quase tão verdes quanto o mato. Alguns consideram que o azul é "a cor da água pura, líquida ou sólida". Mas, olhando diretamente dentro de nossas águas, num barco, elas podem aparentar cores muito diferentes. O Walden ora é azul, ora é verde, ainda que pelo mesmo ângulo de visão. Estando entre a terra e o céu, ele partilha da cor de ambos. Visto do alto de uma colina, ele reflete a cor do céu, mas de perto tem uma cor amarelada junto à margem, onde se pode ver a areia, a seguir um verde claro, que se carrega gradualmente até atingir um verde escuro uniforme na parte principal do lago. Sob certa luminosidade, mesmo visto do alto de uma colina, ele é verde-vivo junto à margem. Alguns atribuem esse fato ao reflexo da vegetação, mas ele é igualmente verde lá no outro lado, contra o banco de areia da ferrovia, e também no começo da primavera, antes que os brotos das folhas se abram, e pode ser simplesmente o resultado do azul predominante em mistura com o amarelo da areia. Tal é a cor de sua íris. E esta parte é também a primeira, na primavera, onde o gelo, aquecendo-se com o calor do sol refletido do fundo das águas e também transmitido pela terra, começa a se derreter e forma um canal estreito em torno do centro ainda congelado. Tal como nossas demais águas, quando estão muito agitadas em dias límpidos, e a superfície das ondas, vista do ângulo certo, pode refletir o céu ou está mais luminosa, da mesma forma o lago, visto de perto, parece de um azul mais intenso do que o do próprio céu; e nesses dias límpidos, estando eu em sua superfície e dividindo a visão para ver o reflexo, percebi um azul claro indescritível e incomparável, como aquele azul sugerido por lâminas de espadas ou chamalotes de seda furtacor, mais cerúleo do que o próprio céu, alternando-se com o verde escuro original nos dois lados opostos das ondas, que, em comparação, acabavam parecendo quase turvos de lama. Lembro-me dele como um azul-esverdeado vítreo, como aqueles trechos do céu de inverno que vislumbramos por trás do vasto panorama de nuvens a oeste antes do crepúsculo. E no entanto um copo dessa água, erguido à contraluz, é tão incolor quanto a mesma quantidade de ar. É fato sabido que uma chapa grande de vidro terá um tom esverdeado, devido, ao que dizem os fabricantes, a seu "corpo", mas um pedaço pequeno do mesmo vidro será incolor. Qual teria de ser o tamanho do "corpo" das águas do Walden para refletir um tom esverdeado, é algo que nunca tentei. A água de nosso rio é negra ou marrom muito escuro para quem a olha diretamente de cima, e, como em muitos lagos, quem se banha nela ganha no corpo um tom amarelado; mas esta água é de uma pureza tão cristalina que o corpo do banhista parece de uma brancura de alabastro, ainda mais inatural, e, como os membros aparecem ampliados e distorcidos, ela gera um efeito monstruoso, que renderia bons estudos para um Michelangelo.

A água é tão transparente que pode se enxergar facilmente o fundo a oito, dez metros de profundidade. Remando, dá para enxergar a vários metros sob a superfície os cardumes de percas e peixinhos prateados, quiçá com apenas uns dois ou três centímetros de comprimento, mas sendo fácil de distinguir as percas pelas listras transversais, e a gente fica pensando que devem ser peixes realmente ascéticos com a subsistência que encontram por ali. Uma vez, no inverno, muitos anos atrás, quando eu estava cortando buracos no gelo para apanhar lúcios, voltando à margem joguei meu machado para trás de mim, em cima do gelo, mas, como que levado por algum gênio maligno, ele deslizou uns vinte ou vinte e cinco metros até cair num dos buracos, onde a água tinha mais de oito metros de fundo. Por curiosidade, deitei no gelo e olhei pelo orifício, até vislumbrar o machado num dos lados, fincado de pé, com o cabo erguido, oscilando de leve, para frente e para trás, acompanhando a pulsação do lago; e lá podia ter ficado oscilando até o cabo apodrecer, se eu não o perturbasse. Fazendo um outro buraco diretamente por cima dele, com uma talhadeira de gelo que trazia comigo, e cortando com minha faca a vara de bétula mais comprida que consegui encontrar nas proximidades, fiz um nó corrediço que prendi na ponta dela e, descendo-a com muito cuidado, passei o laço pela saliência do cabo, e puxei com uma linha pela vara e assim tirei meu machado dali.

A margem é composta de um cinturão de pedras brancas lisas e arredondadas, como pedras de calçamento, exceto uma ou duas pequenas praias de areia, e ela é tão íngreme que, em muitos pontos, basta dar um salto, e a água já cobre a cabeça; e se não fosse por sua admirável transparência, seria a última coisa que se veria do fundo até o terreno se erguer na margem oposta. Alguns pensam que ele não tem fundo. Não há lodo em parte alguma, e um observador ocasional diria que não há nenhuma vegetação nele; quanto a plantas que se notem, exceto nas pequenas várzeas que sofreram recente inundação e que não pertencem propriamente a ele, um exame mais atento não revela nenhum junco ou espadana, e nem mesmo um lírio, branco ou amarelo, mas apenas alguns potamogetons e algumas pequenas folhas em forma de coração, e talvez uma ou duas ninfeias; todos, porém, podendo passar desapercebidas ao banhista; essas plantas são limpas e brilhantes como o elemento em que se desenvolvem. As pedras se estendem por cinco ou dez metros água adentro, e depois o leito é só de areia, exceto nas partes mais fundas, onde geralmente há um pouco de sedimento, decerto por causa da decomposição das folhas que tantos outonos sucessivos fizeram cair e boiar no lago, e mesmo em pleno inverno as âncoras, ao subir, trazem uma vegetação verde brilhante.

Temos um outro lago muito parecido com este, o Lago Branco em Nine Acre Corner, a menos de quatro quilômetros a oeste; mas, embora eu conheça bem a maioria dos lagos e lagoas num raio de vinte quilômetros a partir deste centro, não sei de nenhum outro que tenha essa água pura como de uma nascente. Sem dúvida sucessivas nações aqui se abeberaram, admiraram e sondaram suas profundezas, e desapareceram; e a água continua verde e translúcida como sempre. Incessante primavera das águas! Talvez o Lago Walden já existisse naquela manhã primaveril quando Adão e Eva foram expulsos do Paraíso, e já então se dissolvesse numa branda chuva de primavera, com neblina e vento sul, e se cobrisse de miríades de patos e gansos, que nunca tinham ouvido falar da queda, e quando ainda lhes bastavam lagos de tal pureza. Já então ele começara a subir e descer, e havia purificado suas águas, matizando-as com a cor que agora usam, e obtendo uma patente dos céus para ser o único Lago Walden no mundo, destilaria dos orvalhos celestiais. Quem sabe em quantas literaturas de deslembradas nações não terá sido a Fonte Castália? ou que ninfas não terão presidido a suas águas na Idade de Ouro? É uma gema de brilho cristalino, como primeva água, que orna a coroa de Concord.

E no entanto os primeiros que vieram a esta nascente podem quiçá ter deixado algum traço de suas pegadas. Fiquei surpreso ao descobrir em redor do lago, bem onde um denso bosque acabara de ser derrubado à sua margem, uma trilha estreita com saliências como se fossem degraus, no lado íngreme da colina, ora subindo, ora descendo, aproximando-se e afastando-se da beira d'água, provavelmente tão antiga quanto a espécie humana aqui neste local, batida pelos pés de caçadores aborígines, e ainda, de tempos em tempos, inadvertidamente palmilhada pelos atuais ocupantes da terra. Ela é especialmente visível num determinado ponto no centro do lago no inverno, logo após uma ligeira nevasca, aparecendo como uma nítida linha branca sinuosa, sem que a toldem ramos ou capins, e é muito evidente a quatrocentos metros de distância, em muitos lugares onde, no verão, mal conseguimos distingui-la de perto. A neve reimprime de novo seus traços, por assim dizer, num límpido alto-relevo branco. Os jardins ornamentados de mansões que algum dia poderão ser aqui construídas talvez ainda preservem alguns vestígios dessa trilha.

O lago sobe e desce, mas se tem regularidade ou não, e em que período isso ocorre, ninguém sabe, embora, como de costume, muitos afetem saber. Normalmente está mais alto no inverno e mais baixo no verão, embora não corresponda ao índice geral de umidade e secura. Posso me lembrar de épocas em que ele esteve de trinta a sessenta centímetros mais baixo, e também quando esteve pelo menos um metro e meio mais alto do que na época em que eu vivia lá. Nele penetra uma estreita faixa de areia, num dos lados com água bem funda, onde, por volta de 1824, ajudei a fazer uma caldeirada de peixe, a cerca de trinta metros da margem principal, o que não foi possível voltar a fazer em vinte e cinco anos; e, por outro lado, meus amigos ouviram com incredulidade quando lhes contei que, alguns anos depois, fui pescar várias vezes de barco numa angra escondida dentro da mata, a setenta e cinco metros da única margem que eles conheciam, local que se tornou várzea faz muito tempo. Mas o lago subiu continuamente durante dois anos, e agora, neste verão de 1852, está um metro e meio mais alto do que quando eu vivia lá, tão alto quanto trinta anos atrás, e é novamente possível pescar na várzea. Isso significa uma diferença de nível de 1,80 a 2,10 metros do lado externo; e no entanto a água que desce das colinas ao redor vem em volume insignificante, e esse transbordamento deve ser atribuído a causas que afetam as nascentes profundas. Neste mesmo verão, o lago começou a baixar de novo. Assim, esta flutuação, seja periódica ou não, parece visivelmente demandar muitos anos para se completar. Observei a água subir uma vez e descer quase duas vezes, e prevejo que daqui a doze ou quinze anos a água estará de novo no nível mais baixo em que a vi. O Lago de Flints, a mil e seiscentos metros a leste, descontando as alterações causadas pela entrada e saída da água, e também as lagunas intermediárias, acompanha o Walden, e recentemente atingiu seu nível mais alto na mesma época. O mesmo se aplica, até onde vão minhas observações, a o Lago Branco.

Essa lenta variação do nível de água do Walden serve, quando menos, para o seguinte: a água, permanecendo neste nível bem alto por um ano ou mais, mesmo que dificulte as caminhadas em volta do lago, mata os arbustos e as árvores que brotaram na margem desde a última subida, pinheiros, bétulas, amieiros, faias-pretas e outros, e, quando desce de novo, ela deixa uma margem desobstruída; pois, à diferença de muitos lagos e de todas as águas sujeitas a uma maré diária, sua margem fica mais limpa quando a água atinge o ponto mais baixo. Na parte do lago que dá para minha casa, um renque inteiro de pinheiros com cinco metros de altura foi abatido e tombado como sob a ação de uma alavanca, e assim se pôs um ponto final à invasão deles; e o tamanho das árvores indica quantos anos transcorreram desde a última vez em que a água atingiu essa altura. Com essa flutuação, o lago afirma seu direito a uma margem, e assim a *margem* é *escanhoada*, e as árvores não podem ocupá-la a título de posse. São os lábios do lago em que não cresce barba alguma. De vez em quando ele lambe seus lábios gretados. Quando a água está alta, os amieiros, salgueiros e bordos lhe enviam uma massa de raízes vermelhas fibrosas com metros e metros de comprimento, de todos os lados de seus troncos, e a uma altura de 90 a 120 centímetros do solo, na tentativa de se manter; e vi os arbustos de mirtilo azul da margem, na variedade de grande porte, que geralmente não dão frutos, renderem uma safra abundante sob tais condições.

Alguns se confundem ao explicar como a margem se pavimentou de maneira tão regular. Todos os meus concidadãos conhecem a tradição, e os mais velhos me falam que ouviram essa história quando eram jovens, a qual diz que, antigamente, os índios estavam fazendo um ritual no alto de uma colina daqui, que se elevava tanto aos céus quanto hoje o lago desce à profundeza da Terra, e teriam praticado tantas blasfêmias, embora este seja um dos vícios que jamais poderiam ser imputados aos índios, que durante o ritual o morro sofreu um abalo e se afundou de repente, e apenas uma velha índia chamada Walden escapou, e por isso o lago recebeu seu nome. Há quem sustente a hipótese de que, com o abalo, essas pedras rolaram declive abaixo e formaram a atual margem do lago. Em todo caso, o certo é que houve um tempo em que aqui não existia nenhum lago, e agora existe; e essa fábula indígena não contraria de maneira alguma a explicação daquele antigo colono que mencionei, o qual lembra claramente quando chegou aqui pela primeira vez com sua vara divinatória, viu um fino vapor subindo da relva, e a vara apontou firmemente para baixo, e ele decidiu cavar um poço no local. Quanto às pedras, muitos ainda pensam que seria difícil explicá-las pela ação das ondas nessas colinas; mas observo que há uma quantidade notável do mesmo tipo de pedra nos montes ao redor, a tal ponto que foram obrigados a empilhá-las como muros de arrimo nos dois lados do talude cavado para o leito da ferrovia na parte mais próxima do lago; e, além disso, a quantidade maior de pedras se concentra na parte mais íngreme da margem; de forma que, infelizmente, para mim não é mais um mistério. Consigo ver a calcetaria. Se o nome não veio de alguma localidade inglesa – Saffron Walden, por exemplo –, pode-se supor que se chamava originalmente *Walled-in* Pond.[4]

---

4. Lago *murado*. (N.E.)

O lago era meu poço cavado e já pronto. Por quatro meses no ano, sua água está sempre pura e fria; e penso que é tão boa, se não melhor, quanto a da cidade. No inverno, toda a água que fica exposta ao ar é mais fria do que a das fontes e dos poços que ficam protegidos. A temperatura da água do lago que ficou em minha casa das cinco da tarde até o meio-dia seguinte, em 6 de março de 1846, tendo o termômetro chegado a 18°C ou 21°C durante algum tempo, em parte devido ao sol no telhado, era de 5,6°C, ou seja, pouco menos do que a água recém-tirada de um dos poços mais frios na cidade. A temperatura da Fonte Fervente naquele mesmo dia era de 7,2°C, ou seja, a menos fria de todas as águas testadas, embora seja a mais fria que conheço no verão, quando, além disso, ela não se mistura com a água rasa e parada da superfície. Ademais, no verão, o Walden nunca se aquece como a maioria das águas que ficam expostas ao sol, por causa de sua profundidade. Na época mais quente, eu costumava colocar um balde cheio no porão, onde a água esfriava à noite e continuava fresca durante o dia, embora eu também recorresse a uma fonte nas proximidades. Uma semana depois, ela continuava tão boa como no dia em que tinha sido tirada, e sem nenhum sabor de bomba. Para quem quiser acampar uma semana à margem de um lago, no verão, basta colocar um balde de água a alguns palmos de profundidade à sombra de sua barraca para ficar independente no luxuoso quesito de gelo.

No Walden já se pescaram lúcios, tendo um deles chegado a 3,5 quilos, para nem mencionar um outro que arrebatou o carretel de linha tão velozmente que o pescador nem chegou a ver, mas garantiu ter quatro quilos, percas e fanecas, algumas passando de um quilo, peixes prateados, pardelhas ou gobiões (*Leuciscus pulchellus*), umas raras bremas e um par de enguias, uma com dois quilos – estou entrando em detalhes porque geralmente o peso de um peixe é seu único título à fama, e estas foram as únicas enguias de que ouvi falar por aqui –, e tenho também uma leve lembrança de um pequeno peixe com cerca de doze centímetros de comprimento, com as laterais prateadas e o dorso esverdeado, de tipo bastante parecido com um vairão, que menciono aqui principalmente para ligar meus fatos à fábula. Apesar disso, o lago não é muito piscoso. Os lúcios, embora não abundantes, são seu principal motivo de orgulho. Uma vez vi no gelo lúcios de pelo menos três espécies diferentes; um comprido e estreito, cor de aço, muitíssimo parecido com os que se pegam no rio; um de espécie dourada brilhante, com reflexos esverdeados e notavelmente largo, que é o mais comum por aqui; e outro, de cor dourada e com o mesmo formato do anterior, mas pintalgado nas laterais com pequenas manchas pretas ou marrom-escuras, entremescladas com algumas leves manchas vermelho--vivo, muito parecido com uma truta. Não se aplicaria a ele o nome específico de *reticulatus*; seria antes *guttatus*. Todos eles são peixes de carne muito firme, e pesam mais do que aparentam pelo tamanho. Os prateados, as fanecas e as percas também, e na verdade todos os peixes que vivem neste lado, têm uma carne muito mais firme, mais clara e mais bonita do que os peixes do rio e da maioria dos outros lagos, pois a água é mais pura, e é fácil distingui-los dos outros. Provavelmente muitos ictiólogos classificariam alguns deles como novas variedades. Encontram-se também rãs e tartarugas de uma espécie clara, e alguns mexilhões; martas e ratos almiscarados deixam seus traços, e de vez quando aparece a visita de alguma tartaruga-da-lama. Às vezes, quando eu empurrava meu barco de manhã, perturbava o sossego de uma grande tartaruga-da-lama que tinha se escondido debaixo dele durante a noite. Patos e gansos frequentam o lago na primavera e no outono, as andorinhas de barriga branca (*Hirundo bicolor*) roçam a superfície e as batuíras (*Totanus macularius*) "ziguezagueiam" o verão inteiro ao longo de suas margens pedregosas. Algumas vezes incomodei um gavião-pescador pousado num pinheiro--branco à beira d'água; mas duvido que algum dia o Walden tenha sido profanado pela asa de uma gaivota, como o Porto Belo. No máximo, ele tolera uma mobelha anual. Estes são os principais animais que o frequentam atualmente.

Num barco, em tempo sereno, pode-se ver perto da margem arenosa a leste, onde a água tem de 2,5 a três metros de profundidade, e também em algumas outras partes do lago, alguns montes circulares com cerca de dois metros de diâmetro e trinta centímetros de altura, consistindo em seixos menores do que um ovo de galinha, cercados de areia nua. De início, a gente se pergunta se os índios teriam feito esses montes sobre o gelo para alguma finalidade, e então, ao se derreter o gelo, eles teriam se afundado; mas são regulares demais e alguns visivelmente novos demais para isso. São semelhantes aos que se encontram nos rios; mas, como aqui não há papa-terras nem lampreias, não sei qual peixe poderia tê-los feito. Talvez sejam ninhos de gobiões. Emprestam um agradável mistério ao fundo do lago.

A margem é irregular o suficiente para não ser monótona. No olho do espírito, tenho a imagem do lado ocidental denteado com baías fundas, o lado setentrional mais escarpado, e a margem sul belamente recortada, onde sucessivos promontórios se sobrepõem e sugerem a presença de enseadas inexploradas entre eles. A melhor vista de uma floresta, onde ela aparece com maior beleza, é a que se tem no meio de um pequeno lago entre colinas que se erguem da beira d'água; pois a água em que a mata se reflete é o melhor primeiro plano que ela pode ter, e além disso as margens sinuosas formam os limites mais naturais e agradáveis de uma floresta. Ali sua orla não tem nenhuma imperfeição ou rudeza, como acontece quando o machado abre uma clareira ou alguma lavoura faz divisa com ela. As árvores têm amplo espaço para se expandir em direção da água, e é para lá que todas dirigem seus ramos mais vigorosos. A natureza teceu ali uma ourela natural, e o olhar vai se erguendo gradualmente dos arbustos baixos da margem até as árvores mais altas. Veem-se poucos sinais da mão humana. A água banha a margem como banhava mil anos atrás.

Um lago é o traço mais belo e expressivo da paisagem. É o olho da terra; fitando dentro dele, o observador mede a profundidade de sua própria natureza. As árvores fluviais perto da margem são os finos cílios que a franjeiam, e as colinas e os despenhadeiros arborizados ao redor são os sobrecílios em relevo.

De pé na areia lisa da praia, na extremidade leste do lago, numa calma tarde de setembro, quando uma leve cerração torna indistinta a margem do outro lado, entendi de onde veio a expressão "a superfície vítrea de um lago". Se invertermos a cabeça, parece um fio de finíssima gaze a se estender pelo vale, cintilando contra o fundo dos pinheirais distantes, separando os estratos da atmosfera. Parece que poderíamos vadeá-lo a seco até as colinas da outra margem, e que as andorinhas roçando a superfície poderiam se empoleirar nele. De fato, às vezes elas mergulham abaixo da linha da superfície, como por engano, e aí se dão conta do erro. Olhando para o oeste além do lago, temos de usar as duas mãos para proteger os olhos contra o reflexo do sol e o sol de verdade, pois os dois são igualmente brilhantes; e, se a gente inspeciona com atenção a superfície entre os dois sóis, ela é literalmente lisa como um espelho, exceto onde os gerrídeos, espalhados a intervalos regulares por toda a sua extensão, com seus movimentos ao sol criam ali a mais bela cintilação imaginável, ou quiçá um pato se empluma ou, como disse eu, uma andorinha roça por ela em seu voo rasante. Por vezes, na distância, um peixe descreve no ar uma curva de um metro ou mais, e no ponto de onde ele emerge refulge um clarão, e refulge outro clarão onde ele desce e bate n'água; vez por outra vê-se todo o arco prateado; ou aqui e ali os peixes se lançam a uma lanugem de paina flutuando na superfície, que então volta a se ondular. A água parece vidro derretido esfriado, mas não congelado, e os poucos ciscos nela são puros e belos como imperfeições no vidro. Não raro pode-se perceber uma água ainda mais lisa e escura, separada do resto como que por uma teia invisível, rede onde repousam as ninfeias. Do alto de uma colina dá para ver peixes saltando por quase todas as partes; pois não há um lúcio ou um prateadinho que apanhe um inseto nessa superfície lisa sem perturbar visivelmente o equilíbrio de todo o lago. É maravilhoso o requinte com que esse fato tão simples é anunciado – esse písceo crime é revelado –, e aqui de meu posto afastado vejo os círculos ondulantes que chegam a trinta metros de diâmetro. Dá até para perceber um besouro-d'água (*Gyrinus*), avançando incessante na superfície lisa a quatrocentos metros de distância; pois eles sulcam levemente a água, formando uma nítida ruga limitada por duas linhas divergentes, enquanto os gerrídeos deslizam sem enrugá-la de modo visível. Quando a superfície está bastante agitada, não há gerrídeos nem besouros-d'água, mas nos dias calmos eles saem de seus abrigos e se aventuram desde a margem, avançando em pequenos impulsos, até cobri-la por completo. É uma ocupação tranquilizadora, num daqueles belos dias de outono quando é possível apreciar todo o calor do sol em sua plenitude, sentar num toco de árvore a uma altura como esta, olhando o lago de cima, e estudar os círculos ondeantes que se inscrevem incessantemente em sua superfície, a qual, não fossem eles, seria invisível entre as imagens refletidas dos céus e das árvores. Não há qualquer perturbação nessa vasta superfície que não seja de imediato suavemente afastada e apaziguada, pois, tal como quando se agita a água de um cântaro, os círculos trêmulos procuram as bordas, e então tudo retoma a placidez. Não há o salto de um peixe ou o cair de um inseto no lago que não seja logo anunciado em ondulações curvas, em linhas de beleza, como se fosse o jorro constante de sua fonte, a delicada pulsação de sua vida, o alçar de seu seio. Os frêmitos de alegria e os frêmitos de dor são indiscerníveis. Como são pacíficos os fenômenos do lago! Os trabalhos do homem voltam a rebrilhar, como na primavera. Ah, cada folha e cada broto, cada pedra e cada teia de aranha fulge agora à tarde como que coberta de orvalho numa manhã de primavera. Cada remada e cada inseto gera uma cintilação; e se cai um remo, que eco tão suave!

Num dia assim, em setembro ou outubro, o Walden é um espelho perfeito da floresta, rodeado por pedras que, a meus olhos, eram tão mais preciosas como se fossem gemas ainda mais raras. Talvez não exista na face da Terra nada tão límpido, tão puro e, ao mesmo tempo, tão vasto quanto um lago. Água celeste. Dispensa cercas. Nações passam, conspurcando-o. É um espelho que a pedra não quebra, cujo mercúrio nunca se gasta, cujo dourado a Natureza restaura continuamente; nenhuma chuva, nenhuma poeira pode empanar sua superfície sempre fresca – espelho de onde some toda impureza, varrida e espanada pela escova enevoada do sol – a solar flanela de tirar pó –, que não retém nenhum sopro nele soprado, mas sopra seu próprio sopro que irá flutuar como nuvem no alto e se refletirá em seu regaço parado.

Um campo de água revela o espírito que está no ar. Do alto recebe continuamente nova vida e novo movimento. É, em sua natureza, o intermediário entre o céu e a terra. Na terra, apenas o capim e as árvores ondulam, mas a água é, ela mesma, encrespada pelo vento. Pelos riscos ou flocos de luz vejo por onde o percorre a brisa. Admirável que possamos olhar sua superfície do alto. Algum dia, quem sabe, olharemos do alto a superfície do ar, e veremos por onde a percorre um espírito ainda mais sutil.

Os gerrídeos e os besouros-d'água finalmente desaparecem após meados de outubro, quando chegam as geadas fortes; então e em novembro, nos dias calmos, em geral nada, absolutamente nada vem enrugar sua superfície. Numa tarde de novembro, na bonança depois de um temporal que durou por vários dias, quando o céu ainda estava todo encoberto e havia muita cerração no ar, notei que o lago estava admiravelmente liso, a ponto de ser difícil distinguir a superfície, mesmo que não refletisse mais as cores brilhantes de outubro, e sim as cores sombrias de novembro das colinas ao redor. Embora eu deslizasse por ele com a maior suavidade possível, as leves ondulações causadas por meu barco se estendiam quase a perder de vista, e conferiam aos reflexos uma aparência canelada. Mas, enquanto eu fitava a superfície, vi aqui e acolá uma débil cintilação à distância, como se ali fosse possível apanhar alguns gerrídeos escapados às geadas, ou quiçá a superfície, estando tão lisa, revelasse onde brotava uma fonte nas profundezas. Remando delicadamente até um desses lugares, fiquei surpreso ao me ver cercado de miríades de pequenas percas, com cerca de doze centímetros de comprimento, de um tom brônzeo intenso no verde da água, divertindo-se por ali, aflorando constantemente e ondeando a superfície, às vezes deixando borbulhas. Naquela água transparente, aparentemente sem fundo, refletindo as nuvens, eu me sentia flutuar no ar como um balão, e os peixinhos nadando pareciam voar ou planar, como se formassem um bando cerrado de aves a passar logo abaixo de mim, para a direita ou para a esquerda, suas barbatanas como velas enfunadas em derredor. Havia muitos cardumes desses no lago, sem dúvida aproveitando a breve estação antes que o inverno viesse cerrar com janelas de gelo aquela ampla claraboia, às vezes imprimindo na superfície marcas que pareciam feitas por uma leve brisa ou por algumas gotas de chuva. Quando eu me aproximava descuidado, eles se assustavam, davam uma rabeada súbita, encrespando a superfície e espirrando salpicos, como se alguém batesse na água com um galho áspero, e iam se refugiar imediatamente nas profundezas. Com o decorrer dos dias, o vento aumentava, a cerração se adensava, as ondas começavam a se avolumar, e as percas passavam a saltar a uma altura muito maior do que antes, metade do corpo fora d'água, centenas de pontos pretos, com sete centímetros de comprimento, todas ao mesmo tempo acima da superfície. Num ano, cheguei a ver em data bem adiantada, já em 5 de dezembro, algumas ondulações na superfície e, pensando que estava para cair um temporal, o ar carregado de umidade, fui logo ocupar meu assento no barco e remar de volta para casa; a chuva parecia engrossar rapidamente, embora eu não sentisse nenhuma gota no rosto, e previ que me encharcaria até os ossos. Mas de repente o encrespamento das águas cessou, pois tinha sido causado pelas percas que fugiam para o fundo, assustadas pelo som dos remos, e vi os cardumes desaparecendo até sumir; assim, no final das contas, passei a tarde sem me molhar.

Um velho que costumava frequentar este lago quase sessenta anos atrás, quando era sombreado pelas florestas em torno, conta que o viu algumas vezes, naqueles tempos, repleto de patos e outras aves aquáticas, e que muitas águias sobrevoavam a área. Ele vinha pescar aqui e usava uma canoa velha que encontrou na margem. Era feita de dois troncos de pinheiro branco cavados e cavilhados, e com as duas pontas cortadas em quadrado. Era muito tosca, mas durou inúmeros anos antes de se saturar de umidade e provavelmente afundou. Ele não sabia de quem era; pertencia ao lago. Costumava fazer um cabo para a âncora com um feixe de tiras de casca de nogueira amarradas. Um outro velho, um oleiro que morava junto ao lago antes da Revolução, certa vez disse a ele que havia uma arca de ferro no fundo do lago, e que chegara a vê-la. Às vezes a arca vinha boiando até a margem; mas, na hora em que alguém se aproximava, ela voltava para o fundo das águas e desaparecia. Gostei de ouvir a história da canoa de troncos, que substituiu uma canoa índia do mesmo material, mas de construção mais esmerada, que antes devia ter sido uma árvore na ribanceira, e então, por assim dizer, caiu dentro d'água e ali ficou flutuando por uma geração, a nau mais adequada para o lago. Lembro que, quando olhei pela primeira vez o fundo das águas, consegui vislumbrar vagamente muitos troncos grossos lá embaixo, que tinham caído no lago tempos antes ou que foram largados no gelo durante a última derrubada, quando a madeira era mais barata; mas agora quase todos desapareceram.

Na primeira vez em que fui remar no Walden, ele era totalmente cercado por matas altas e densas de pinheiros e carvalhos, e em algumas angras estendiam-se videiras por cima das árvores perto d'água, formando caramanchões sob os quais dava para passar um barco. As ribanceiras são tão íngremes, e as matas eram tão altas que, quando se olhava para baixo no lado oeste, o lago parecia um anfiteatro para alguma espécie de espetáculo silvestre. Quando era mais jovem, eu passava muitas horas flutuando em sua superfície ao sabor do zéfiro, depois de remar até o centro dele, deitado de costas e de comprido nos bancos, no final das manhãs de verão, perdido em devaneios, até ser despertado pelo barco tocando a areia, e levantava para ver a que praia meus fados haviam me impelido; dias em que o ócio era o trabalho mais atraente e produtivo. Muitas manhãs roubei, preferindo passar assim a parte mais valiosa do dia; pois eu era rico não em dinheiro, e sim em horas de sol e dias de verão, e gastava-os prodigamente; e não lamento não ter perdido mais horas na oficina ou à minha mesa de professor. Mas, desde então, aquelas praias foram ainda mais devastadas pelos lenhadores, e agora por muito tempo não haverá mais passeios pelas aleias da mata, que de vez em quando abriam vistas dando para o lago. Minha Musa será perdoada se doravante silenciar. Como esperar que os pássaros cantem se seus bosques foram abatidos?

Agora foram-se os troncos de árvore no fundo, foi-se a canoa de madeira, foram-se as matas sombreadas, e os moradores, que mal sabem onde o lago fica, em vez de ir se banhar ou se abeberar em suas águas, estão pensando como trazê-las – elas que deveriam ser pelo menos tão sagradas quanto as águas do Ganges – por uma tubulação até a vila, para lavar seus pratos! Conquistar seu Walden abrindo uma torneira ou destampando uma rolha! Aquele Cavalo de Ferro demoníaco, cujo relincho estrondoso é ouvido por toda a cidade, turvou a Fonte Fervente com suas patas, e foi ele que pastou todas as matas nas margens do Walden; aquele cavalo de Troia com mil homens no ventre, introduzido por gregos mercenários! Onde está o paladino da terra, o herói que enfrentará o dragão em Deep Cut e arremessará a lança vingadora entre as costelas da peste tumefata?

Ainda assim, entre todos os personagens que conheço, Walden é talvez o que melhor porta e melhor preserva sua pureza. Muitos são comparados a ele, mas poucos merecem tal honra. Embora os lenhadores tenham desmatado primeiro esta e depois aquela margem, e os irlandeses tenham construído suas pocilgas perto dele, e a estrada de ferro tenha invadido suas fronteiras, e os cortadores de gelo tenham retalhado sua superfície, ele em si continua inalterado, a mesma água que meus olhos fitaram na juventude; toda a mudança se deu em mim. Após todas as suas ondulações, ele não adquiriu nenhuma ruga permanente. É eternamente jovem, e posso me postar aqui e, como antes, ver uma andorinha mergulhando em seu voo para pegar um inseto à flor d'água. Ele me surpreendeu de novo hoje à noite, como se eu não o tivesse visto quase diariamente por mais de vinte anos – ora, eis aqui o Walden, o mesmo lago em meio à mata que descobri tantos anos atrás; na margem onde uma floresta foi derrubada no inverno passado está nascendo uma outra, mais viçosa do que nunca; o mesmo pensamento aflora à sua superfície, como outrora; é a mesma alegria e felicidade líquida para si e para seu Criador, ah, e *quiçá* para mim também. Certamente é obra de um bravo, em quem não havia falsidade! Ele arredondou essa água com a mão, deu-lhe profundidade e pureza no pensamento e legou-a em herança a Concord. Vejo na face do Walden que lhe ocorre a mesma reflexão; e quase posso perguntar: Walden, és tu?

> Não é quimera minha
> Para adornar uma linha;
> De Deus e do Céu vou me acercar
> Tendo em Walden modelo exemplar.

Sou a margem que o rodeia
E a brisa que por ele passeia;
Na concha da mão abrigo
Suas areias e águas comigo,
E seu mais profundo recesso
Ocupa na mente lugar excelso.

[*It is no dream of mine,*
To ornament a line;
I cannot come nearer to God and Heaven
Than I live to Walden even.
I am its stony shore,
And the breeze that passes o'er;
In the hollow of my hand
Are its water and its sand,
And its deepest resort
Lies high in my thought.]

Os vagões nunca se detêm para olhá-lo; mesmo assim, imagino que os maquinistas, os foguistas, os guarda-freios, os passageiros regulares que o veem amiúde, todos eles se tornam homens melhores por causa disso. À noite, o maquinista ou sua natureza não esquece que pôde contemplar essa visão pura e serena pelo menos uma vez durante o dia. Mesmo visto uma única vez, ele ajuda a lavar as ruas venais de Boston e a fuligem do trem. Há quem lhe proponha o nome de "Gota de Deus".

Eu disse que o Walden não tem entrada nem saída visível, mas por um lado ele está ligado por vias distantes e indiretas ao Lago de Flints, que fica em lugar mais alto, através de uma série de pequenos lagos que vêm daquele quadrante, e por outro lado, por vias visíveis e diretas, ao rio Concord, que fica em lugar mais baixo, através de uma série parecida de lagos pelos quais ele pode ter escoado em algum outro período geológico, e através de uma pequena vala, que Deus não o permita, pode voltar a escoar para lá. Se, por tanto tempo vivendo assim austero e reservado, como um eremita nas matas, ele adquiriu tão maravilhosa pureza, quem não deploraria se as águas comparativamente impuras do Lago de Flints viessem a se lhe misturar ou se ele mesmo fosse desperdiçar sua doçura entre as ondas do oceano?

O Lago Arenoso ou Lago de Flints, em Lincoln, nosso maior lago e mar interior, fica a cerca de um quilômetro e meio a leste do Walden. Ele é muito maior, e dizem que tem quase oitenta hectares, e é mais piscoso; no entanto, em termos comparativos, é mais raso e não especialmente puro. Muitas vezes entretive-me passeando pelas matas de lá. Valia a pena, quando menos para sentir o vento a soprar livremente no rosto, ver as ondas rolarem e lembrar a vida dos marinheiros. Eu ia colher castanhas por ali no outono, em dias de ventania, quando as castanhas caíam no lago e eram trazidas pelas águas até meus pés; e um dia, quando avançava com dificuldade pela margem cheia de caniços, com as rajadas de vento fresco me batendo no rosto, cheguei aos destroços desfeitos de um barco, sem as laterais, reduzido quase apenas à marca do fundo chato impressa entre os juncos; mesmo assim, seu feitio estava claramente definido, como se fosse uma grande folha aquática apodrecida, com suas nervuras. Eram tão impressionantes quanto os mais impressionantes destroços que se pode imaginar à beira-mar, e a moral era igualmente edificante. Agora é mera terra vegetal que não se distingue na várzea onde crescem juncos e espadanas. Eu costumava admirar as marcas estriadas no fundo arenoso, na ponta norte desse lago, firmes e sólidas a quem o vadeasse, devido à pressão da água, e os juncos crescidos em fila indiana, em linhas ondulantes, correspondendo àquelas marcas, carreira após carreira, como se tivessem sido plantados pelas próprias ondas. Lá também encontrei umas bolas estranhas, em quantidades consideráveis, visivelmente compostas de fios de capim ou raízes finas, talvez de eriocaulons, com diâmetro variando de 1,5 a 10 centímetros, perfeitamente esféricas. Elas rolam na água rasa sobre o fundo arenoso, e às vezes são lançadas à margem. São maciças, de vegetal, ou têm um pouquinho de areia no meio. À primeira vista parecem formadas pela ação das ondas, como um seixo rolado; no entanto, as menores são feitas de materiais igualmente grosseiros, com 1,5 centímetro, e se formam apenas numa estação do ano. Além disso, desconfio que as ondas não compõem, e sim desgastam um material já dotado de consistência própria. Quando secas, elas conservam a forma por período indeterminado.

Lago de Flints! Tal é a pobreza de nossa nomenclatura. Que direito tinha o agricultor sujo e obtuso, cuja terra chegava até essa água celestial, de margens que desnudou impiedosamente, de dar seu nome a ela? Um Flint sovina, que preferia a superfície reluzente de um dólar ou de um luzidio centavo, onde podia mirar sua cara despudorada; o qual considerava como invasores até os patos selvagens que pousavam ali; os dedos convertidos em garras aduncas e calosas pelo longo hábito de agarrar as coisas feito uma harpia – por isso, para mim o lago não tem nome. Não vou lá para ver nem para ouvir quem nunca *viu* o lago, quem nunca se banhou nele, quem nunca o amou, quem nunca o protegeu, quem nunca o elogiou, quem nunca agradeceu a Deus por tê-lo feito. Melhor seria que lhe dessem o nome dos peixes que ali nadam, das aves ou dos quadrúpedes que o frequentam, das flores silvestres que crescem às suas margens, de algum selvagem ou de alguma criança cuja história se entreteça com a dele; e não o nome de alguém que era incapaz de provar qualquer direito a ele, além do documento que lhe foi dado por uma legislatura ou por um vizinho de mentalidade parecida – o nome de alguém que pensava apenas no valor de seu dinheiro; cuja presença possivelmente amaldiçoou toda a orla; que esgotou a terra ao redor; que, se pudesse, de bom grado esgotaria também suas águas; que lamentava apenas que não era uma charneca de fenagem ou um brejo de oxicocos – de fato, não havia nada que redimisse o lago a seus olhos – e bem que drenaria suas águas e o venderia pelo barro do fundo. Não movia seu moinho, e contemplá-lo, para ele, não era um *privilégio*. Não respeito a labuta, a lavoura onde tudo tem seu preço, de quem é capaz de levar a paisagem, de levar seu Deus ao mercado, se isso lhe render alguma coisa; que vai ao mercado como se este fosse seu deus; em cujas terras nada cresce em liberdade, cujos campos não geram colheitas, cujas campinas não dão flores, cujas árvores não se carregam de frutas, e sim de dólares; de alguém que não ama a beleza de seus frutos, cujos frutos não estão maduros enquanto não se converterem em dólares. Deem-me a pobreza que desfruta da verdadeira riqueza. Os agricultores são respeitáveis e interessantes para mim na proporção em que são pobres – agricultores pobres. Uma fazenda-modelo! onde a casa se ergue como fungo num monte de esterco, aposentos para homens, cavalos, bois e porcos, limpos e sujos, todos pegados um ao outro! Um criatório de homens! Um grande local gordurento, com a olorosa fragrância de esterco e leite azedo! Em grau avançado de cultivo, adubado com corações e cérebros humanos! Como se fôssemos plantar nossas batatas no cemitério! Assim é uma fazenda-modelo.

Não, não; se é para dar nomes humanos aos mais belos traços da paisagem, que sejam apenas os dos homens mais nobres e dignos. Que nossos lagos recebam nomes autênticos como, pelo menos, o Mar de Ícaro, onde "na orla ainda ressoa" uma "valorosa ação".

O Lago do Ganso, de pequenas dimensões, fica em meu caminho para o Flints; o Porto Belo, uma extensão do rio Concord que dizem ocupar cerca de 28 hectares, fica a 1,6 quilômetros a sudoeste; e o Lago Branco, com cerca de dezesseis hectares, fica a menos de 2,5 quilômetros adiante do Porto Belo. Esta é minha região dos lagos. Com o rio Concord, são eles meus privilégios de água; e dia e noite, ano após ano, eles moem todos os grãos que lhes trago.

Desde que os lenhadores, a estrada de ferro e eu mesmo profanamos o Walden, o mais atraente, se não o mais belo, de todos os nossos lagos, a gema das matas, é talvez o Lago Branco – um nome pobre em sua generalidade, derivado da notável pureza de suas águas ou da cor de suas areias. Nestes e em outros aspectos, porém, ele é um irmão menor do Walden. São tão parecidos que diríamos que devem estar ligados subterraneamente. Ele tem as mesmas margens de pedras, suas águas são da mesma tonalidade. Como no Walden, nos dias de calor sufocante, olhando por entre as matas para algumas baías suas, não tão fundas a ponto de não se tingirem pelo reflexo do leito, suas águas são de um verde--azulado ou de um glauco enevoado. Muitos anos atrás, eu costumava ir até lá extrair cargas de areia, para fazer lixas, e desde então continuo a visitá-lo. Um frequentador lhe sugere o nome de Lago Verde. Talvez coubesse Lago do Pinheiro Amarelo, pelas seguintes circunstâncias. Cerca de quinze anos atrás, podia-se ver o topo de um pinheiro resinoso, do tipo que por aqui chamam de pinheiro-amarelo, embora não seja uma espécie definida, vindo do fundo do lago e se projetando acima da superfície, a dezenas de metros da margem. Alguns chegaram a supor que o lago tinha se afundado, e que a árvore pertencia à floresta primitiva que antes havia ali. Descobri que já em 1792, numa "Topographical Description of the Town of Concord", feita por um de seus cidadãos, nas Coleções da Sociedade Histórica de Massachusetts, o autor, depois de falar do Lago Walden e do Lago Branco, acrescenta: "No meio deste último pode-se ver, quando o nível da água está bem baixo, uma árvore que parece ter crescido no local onde se encontra, embora as raízes fiquem a mais de quinze metros abaixo da superfície da água; o topo desta árvore está quebrado, e nesse ponto ela tem 35 centímetros de diâmetro". Na primavera de 1849, conversei com o morador mais próximo do lago em Sudbury, que me contou que foi ele quem removeu essa árvore, dez ou quinze anos antes. Até onde ele conseguia lembrar, a árvore ficava a sessenta ou setenta metros da margem, onde a água tinha uma profundidade de dez a treze metros. Foi no inverno: de manhã ele estava cortando gelo, e resolveu que de tarde iria retirar o velho pinheiro-amarelo, com a ajuda dos vizinhos. Serrou um canal no gelo na direção da margem, e com uma junta de bois suspendeu, inclinou e puxou o tronco para cima do gelo; mas, antes de avançar muito nessa tarefa, descobriu surpreso que ela estava invertida, com os tocos dos galhos apontando para baixo e a ponta superior do tronco solidamente encravada no leito de areia. Tinha cerca de trinta centímetros de diâmetro na extremidade larga, e a expectativa dele era que rendesse uma boa tora para serrar, mas estava tão podre que só serviria, quando muito, para queimar. Naquela época, ele ainda tinha um resto no telheiro. Havia marcas de machado e de pica-paus na parte mais grossa. Ele achava que podia ser uma árvore morta da margem que caíra no lago e, depois que o topo se encharcara, enquanto a outra ponta ainda se mantinha leve e enxuta, tinha ido à deriva, afundando de ponta-cabeça. Seu pai, com oitenta anos de idade, lembrava de tê-la visto durante toda a sua vida. Ainda é possível enxergar vários toros bem grandes no fundo do lago, onde, devido à ondulação da superfície, parecem imensas cobras em movimento.

Este lago raramente é profanado por algum barco, pois não tem muito a oferecer a um pescador. Em vez do lírio-do-brejo, que gosta de lama, ou do lírio-roxo comum, a íris selvagem (*Iris versicolor*) cresce esparsa na água pura, brotando do fundo de pedras ao redor de toda a margem, visitada pelos beija-flores em junho, e o tom azulado tanto das lâminas quanto das flores, e principalmente seus reflexos, formam uma singular harmonia com o glauco das águas.

O Lago Branco e o Lago Walden são grandes cristais na superfície da Terra, Lagos de Luz. Se estivessem perpetuamente congelados, e fossem de tamanho que desse para apanhá-los, decerto seriam transportados por escravos, como pedras preciosas, para adornar a cabeça de imperadores; mas, sendo líquidos e vastos, para sempre assegurados a nós e a nossos descendentes, pouca importância lhes damos e corremos atrás do diamante de Kohinoor. São puros demais para ter valor no mercado; não têm jaça. São eles tão mais belos do que nossa vida, tão mais transparentes do que nosso caráter! Jamais soubemos de qualquer mesquinharia deles. Tão mais límpidos do que o tanque diante da casa do agricultor, onde estão seus patos a nadar! Para cá vêm os asseados patos silvestres. A Natureza não tem habitante humano que a aprecie. As aves com suas plumagens e melodias estão em harmonia com as flores, mas qual o rapaz ou a moça que está em consonância com a beleza agreste e luxuriante da Natureza? Ela mais floresce sozinha, longe das cidades onde residem. E falais dos céus! vós desgraçais a terra.

Baker Farm

Às vezes eu ia até as matas de pinheiros, que se erguiam como templos ou navios com seus mastros em galera, as ramagens ondulantes e tremulando à luz, tão amenos, tão verdes e sombreados que os druidas deixariam seus carvalhos para vir fazer seus rituais nestes bosques; ou até a mata de cedros além do Lago de Flints, onde as árvores, cobertas de bagas azuis esbranquiçadas, espiralando-se nas alturas, poderiam ornar a frente do Valhala, e o zimbro rasteiro cobre o solo com coroas carregadas de frutinhas; ou até os pântanos onde festões de barba-de-velho pendem dos abetos-brancos, e cogumelos-de-chapéu, távolas redondas dos deuses dos pantanais, recobrem o chão, e fungos ainda mais belos adornam os tocos de árvores, como conchas ou borboletas, caramujos vegetais; onde crescem a helônia rosa e o corniso, as bagas vermelhas do amieiro brilham como olhinhos de diabretes, a doce-amarga estria e prensa as madeiras mais duras em suas dobras, e as bagas do azevinho, com sua beleza, fazem o observador esquecer o lar, e ele fica maravilhado e tentado por outros silvestres frutos proibidos sem nome, formosos demais para o gosto dos mortais. Em vez de visitar eruditos, fiz muitas visitas a certas árvores, de espécie rara aqui na região, no meio de algum remoto pasto, nos recessos de algum bosque ou pântano, ou no alto de alguma colina; como a bétula negra, da qual temos alguns belos espécimes com sessenta centímetros de diâmetro; sua prima, a bétula amarela, com suas soltas vestes douradas, perfumada como a primeira; a faia, que tem um tronco tão definido e belamente pintado de líquen, perfeita em todos os detalhes, da qual, tirando alguns espécimes avulsos, conheço apenas um pequeno grupo de árvores de tamanho considerável remanescente na cidade, que alguns imaginam ter sido plantado pelos pombos que outrora eram atraídos por suas castanhas ali nas redondezas; vale a pena ver faiscar o veio argênteo quando se corta essa madeira; a tília, o carpino, o *celtis occidentalis* ou falso olmo, de que temos apenas um espécime bem desenvolvido; algum mastro mais alto de pinheiro, de cedro rosa ou um abeto mais perfeito do que o usual, destacando-se como um pagode em meio à mata; e muitos outros que eu poderia mencionar. Tais eram os santuários que eu visitava no verão e no inverno.

Uma vez me aconteceu estar bem na ponta de um arco-íris, que ocupava o estrato mais baixo da atmosfera, colorindo a relva e as folhas ao redor, e me ofuscando como se eu olhasse por um cristal colorido. Era um lago de luz irisada, onde por alguns instantes vivi como um delfim. Se tivesse durado mais tempo, teria irisado minha vida e minhas ocupações. Quando eu andava na calçada da ferrovia, costumava admirar o halo de luz circundando minha sombra, e gostava de me imaginar como um dos eleitos. Um visitante me disse que as sombras de alguns irlandeses à sua frente não tinham halo, e que apenas os naturais da terra possuíam tal distinção. Benvenuto Cellini nos conta em suas memórias que, depois de um terrível sonho ou visão que teve durante seu confinamento no castelo de Sant'Angelo, passou a brilhar uma luz resplandecente sobre a sombra de sua cabeça, de manhã e à noite, estivesse na Itália ou na França, e ela se mostrava particularmente intensa quando a relva estava úmida de orvalho. Era provavelmente o mesmo fenômeno a que eu me referi, que se observa em especial de manhã, mas também em outros momentos, e mesmo ao luar. Embora seja constante, normalmente não se nota, e, no caso de uma imaginação sensível como a de Cellini, daria base suficiente para a superstição. Além disso, ele nos diz que mostrou a pouquíssimas pessoas. Mas já não é distinção suficiente quando a pessoa está consciente de ter um olhar sobre si?

Uma tarde saí para pescar no Porto Belo, atravessando a mata, a fim de complementar minha parca dieta de vegetais. Meu caminho passava por Pleasant Meadow, um anexo da Baker Farm, aquele retiro cantado por um poeta que começava assim:

> "Tua entrada é uma campina formosa,
> Que algumas frutíferas de casca musgosa
> Conduzem a um riacho rosado,
> Onde desliza o rato almiscarado
> E a truta ligeira
> Por ele se esgueira."
>
> ["*Thy entry is a pleasant field,*
> *Which some mossy fruit trees yield*
> *Partly to a ruddy brook,*
> *By gliding musquash undertook,*
> *And mercurial trout,*
> *Darting about.*"]

Eu pensava em viver lá antes de ir para Walden. "Fisguei" as maçãs, saltei o riacho e espantei o rato almiscarado e a truta. Era uma daquelas tardes que pareciam se estender indefinidamente diante de mim, quando podem acontecer muitas coisas, uma larga parcela de nossa vida natural, embora a tarde já estivesse a meio quando me pus a caminho. E, enquanto estava andando, caiu uma chuva torrencial que me obrigou a ficar meia hora embaixo de um pinheiro, juntando ramos sobre a cabeça e usando meu lenço como abrigo; e quando finalmente lancei a linha entre os aguapés que se erguiam diante de mim, vi-me de repente sob a sombra de uma nuvem, e o trovão começou a retumbar com tanta ênfase que a única coisa que eu conseguia fazer era ouvi-lo. Os deuses devem estar orgulhosos, pensei eu, em desferir tantos raios em zigue-zague para aniquilar um pobre pescador indefeso. Assim corri para me abrigar na cabana mais próxima, que ficava a oitocentos metros de qualquer estrada, mas bem mais perto do lago, desabitada fazia muito tempo:

> "E aqui um poeta construiu,
> Em tempos do passado,
> Olhai, uma cabana simples
> E a destruição é seu fado."
>
> ["*And here a poet built,*
> *In the completed years,*
> *For behold a trivial cabin*
> *That to destruction steers.*"]

Assim canta a Musa. Mas ali dentro, como descobri, agora morava John Field, um irlandês, com a esposa e vários filhos, desde o menino de cara larga que ajudava o pai no trabalho, e agora, vindo da várzea, corria a seu lado para escapar à chuva, até o bebê de cabeça pontuda, enrugado, parecendo uma sibila, que se sentava no joelho do pai como nos palácios dos nobres, e de seu lar em meio à umidade e à fome olhava inquisidoramente para o estranho, com o privilégio da infância de não saber senão que era o último de uma nobre linhagem, esperança e centro de admiração do mundo, em vez do paupérrimo pirralho faminto de John Field. Lá ficamos juntos, sentados na parte em que havia menos goteiras, enquanto lá fora trovejava e despencava um temporal. Eu já me sentara ali várias vezes no passado, antes sequer que construíssem o navio que tinha trazido esta família para a América. Honesto, trabalhador, mas visivelmente inepto, assim era John Field; e sua mulher, também ela era valente, cozinhando tantas refeições sucessivas nos recessos daquele forno imponente; com o rosto redondo e gorduroso e o peito murcho, ainda pensando que algum dia melhorariam de condição; com o indefectível esfregão em punho, mas sem conseguir nenhum efeito visível em parte alguma. As galinhas, que também tinham se abrigado da chuva aqui dentro, andavam galhardamente pelo recinto como membros da família, humanizadas demais, a meu ver, para dar um bom assado. Paravam e me fitavam os olhos ou bicavam meu sapato com ar significativo. Enquanto isso, meu anfitrião me contou sua história, como dava duro "se atolando" para um sitiante vizinho, revolvendo uma várzea com pá ou enxadão, por dez dólares o acre e o uso da terra e de estrume por um ano, e enquanto isso o menino de cara larga trabalhava animadamente com o pai, sem saber o mau negócio que ele tinha feito. Tentei ajudá-lo com minha experiência, dizendo que ele era um de meus vizinhos mais próximos, e que eu também, que tinha vindo pescar aqui e parecia um vadio, tinha de ganhar a vida como ele; que eu morava numa casa sólida, clara, limpa, que dificilmente sairia mais caro do que o aluguel anual daquela ruína onde ele morava; e que, se ele quisesse, em um ou dois meses ele mesmo poderia construir um palácio para si; que eu não usava chá, nem café, nem manteiga, nem leite, nem carne fresca, e assim não precisava trabalhar para tê-los; e mais, como eu não trabalhava pesado, não precisava comer pesado, e minha comida me custava uma ninharia; mas, se ele se punha a usar chá, café, manteiga, leite, carne, tinha de trabalhar pesado para pagar essas coisas, e depois de trabalhar pesado, tinha de comer pesado de novo para recompor o gasto do corpo – e que, feitas as contas, dava na mesma, e na verdade ele saía perdendo, pois estava descontente e tinha empenhado a vida naquele negócio –; no entanto, ele achava que saía lucrando ao vir para a América, pois aqui podia ter chá, café e carne todos os dias. Mas a única verdadeira América é o país onde você tem liberdade de seguir um modo de vida que lhe permita passar sem essas coisas, e onde o Estado não se empenha em obrigá-lo a sustentar a escravidão, a guerra e outras despesas supérfluas que, direta ou indiretamente, resultam do uso de tais coisas. Pois conversei intencionalmente com ele como se fosse ou quisesse ser um filósofo. Por mim, eu ficaria contente se todas as várzeas da terra ficassem em estado selvagem, como se fosse o resultado dos primeiros passos dos homens para se redimir. Um homem não precisa estudar história para descobrir o que é melhor para cultivar a si mesmo. Mas, infelizmente, o cultivo de um irlandês é um empreendimento que demanda uma espécie de enxadão moral. Eu lhe falei que, para trabalhar tão pesado se atolando na várzea, ele precisava de botas grossas e roupas resistentes, as quais mesmo assim logo estariam manchadas e puídas, ao passo que eu usava sapatos leves e roupa fina, que custavam menos da metade, embora pudesse lhe parecer que eu me vestia como um cavalheiro (o que, porém, não era o caso), e que em uma ou duas horas, não como faina, mas como recreação, eu pegaria, se quisesse, peixe suficiente para dois dias ou ganharia dinheiro suficiente para me sustentar durante uma semana. Se ele e sua família vivessem com simplicidade, todos poderiam se divertir colhendo mirtilos no verão. John soltou um suspiro a essa ideia, e sua esposa me fitou com as mãos na cintura, e ambos pareciam estar avaliando se teriam capital suficiente para tomar um rumo desses, ou se saberiam aritmética suficiente para prosseguir nele. Para eles, era como navegar por cálculo, e não viam bem como chegariam ao porto daquela maneira; portanto, suponho que ainda levam a vida na coragem, da maneira deles, encarando-a de frente, com unhas e dentes, sem habilidade para fender suas grossas colunas com alguma cunha fina e penetrante e desbaratá-las em pequenos destacamentos – pensando em lidar com ela com aspereza, como se fosse um cardo cheio de espinhos. Mas eles lutam com uma desvantagem esmagadora – ah, pobre John Field! vivem sem fazer as contas e, portanto, fracassam.

"Você nunca pesca?", perguntei eu. "Oh, claro, de vez em quando pego um monte, quando estou à toa; pego umas boas percas." "O que você usa como isca?" "Pego prateadinhos com minhocas, e uso eles como isca para as percas." "É melhor ir agora, John", disse a mulher com um ar vivo e esperançoso; mas John não se animou.

A chuva tinha parado, e um arco-íris sobre as matas a oriente prometia um belo anoitecer; assim pus-me de saída. Quando estava lá fora, pedi uma vasilha, na esperança de dar uma olhada no fundo do poço, para concluir minha inspeção da área; mas, ai!, o que havia era um baixio de areia movediça, além de uma corda arrebentada e um balde irrecuperável. Enquanto isso foi escolhido o recipiente culinário adequado, aparentemente a água foi destilada e, após longas consultas e demoras, ela foi entregue ao sedento – sem deixar que ela resfriasse, sem deixar que ela se assentasse. E é essa lama que sustenta a vida aqui, pensei eu; assim, fechando os olhos e eliminando os detritos com uma subcorrente habilmente conduzida, tomei em honra à genuína hospitalidade o gole mais sincero que consegui. Não sou melindroso nos casos que envolvem boas maneiras.

Quando deixei o teto do irlandês após a chuva, novamente dirigindo os passos para o lago, minha pressa em apanhar lúcios, atravessando várzeas, atoleiros e lamaçais, em locais ermos e selvagens, por um instante pareceu uma coisa trivial para mim, eu que tinha frequentado a escola e a faculdade; mas, enquanto corria pela colina abaixo, na direção do oeste que se avermelhava ao crepúsculo, com o arco-íris às costas, e alguns leves tinidos que me chegavam aos ouvidos no ar purificado, vindos não sei de onde, meu

Bom Gênio parecia dizer: Vai, vai pescar e caçar todos os dias ao derredor – e ao redor do derredor – e descansa sem receio junto aos riachos e às lareiras. Lembra teu Criador enquanto és jovem. Levanta-te despreocupado antes do alvorecer, e vai em busca de aventuras. Que o meio-dia te encontre em outros lagos, e que seja lar onde quer que a noite te surpreenda. Não existem campos mais vastos a percorrer nem jogos mais importantes a jogar. Cresce agreste de acordo com tua natureza, como aqueles juncos e samambaias que nunca se tornarão feno. Que ribombe o trovão; e daí que ele ameace a ruína das lavouras? não é a ti que ele envia seu recado. Abriga-te sob a nuvem, enquanto eles fogem para as carroças e telheiros. Que teu sustento não te seja profissão, e sim esporte. Goza a terra, não sejas o dono dela. É por falta de iniciativa e de fé que estão os homens onde estão, comprando e vendendo, gastando a vida como servos.

Ó Baker Farm!

> "Paisagem onde o mais rico elemento
> É um pequeno raio de sol inocente."

> "Ninguém se diverte a correr
> Por teu campo cercado."

> "Com ninguém travas discussão,
> Às perguntas nunca ficas aturdido,
> Manso agora e à primeira impressão,
> Com tua simples gabardine vestido."

> "Vinde e ouvi este canto,
> Amor e ódio, lado a lado
>
> Filhos do Espírito Santo,
> E Guy Faux do estado,
> E enforcai toda conjura
> Em rija árvore a uma boa altura!"

> [*"Landscape where the richest element*
> *Is a little sunshine innocent."*
>
> *"No one runs to revel*
> *On thy rail-fenced lea."*

"Debate with no man hast thou,
With questions art never perplexed,
As tame at the first sight as now,
In thy plain russet gabardine dressed."

"Come ye who love,
And ye who hate,

Children of the Holy Drove,
And Guy Faux of the State
And hang conspiracies
From the tough rafters of the trees!"]

Os homens retornam docilmente à casa de noite, vindos do campo próximo ou da rua ao lado, onde o doméstico ecoa como fantasma e suas vidas definham porque respiram apenas a própria respiração; suas sombras matinais e noturnas se alongam mais do que seus passos diurnos. Devíamos chegar em casa vindos de longe, de aventuras e perigos, de descobertas diárias, com um novo caráter e com novas experiências.

Antes que eu alcançasse o lago, algum recente impulso tinha trazido John Field, que mudara de ideia e desistira de "se atolar" neste final de tarde. Mas o coitado só conseguiu espantar um par de barbatanas enquanto eu apanhava uma bela fieira, e disse ele que era a sorte; mas, quando trocamos de lugar no barco, a sorte também trocou de assento. Pobre John Field! – confio que não lerá estas páginas, a menos que possa tirar algum proveito – pensando em viver ao modo derivativo do velho país neste novo país primitivo – pegar percas com prateados. É uma boa isca, às vezes, admito. Com todo o seu horizonte só para si, e mesmo assim pobre, nascido para ser pobre, com sua pobreza ou herança de pobreza irlandesa, com seus modos de se atolar na vida mais velhos do que a avó de Adão, e não se desatolará neste mundo, nem ele nem sua posteridade, enquanto os calcanhares de seus pés de palmípede a vadear e trotear pela lama não ganharem *talaria*.

LEIS SUPERIORES

AO VOLTAR PARA CASA, atravessando a mata com minha fieira de peixes, arrastando meu caniço, e sendo noite fechada, vi de relance uma marmota cruzando furtivamente meu caminho, tive uma estranha emoção de prazer selvagem e senti uma forte tentação de agarrá-la e devorá-la crua; não que eu estivesse com fome, a não ser uma fome daquele agreste que ela representava. Uma ou duas vezes, porém, quando eu vivia no lago, peguei-me explorando a mata, como um sabujo esfaimado, com um estranho abandono, em busca de alguma caça que eu pudesse devorar, e nenhum naco seria selvagem demais para mim. As cenas mais ferozes tinham se tornado inexplicavelmente familiares. Eu encontrava, e ainda encontro, em mim um instinto para uma vida mais elevada ou, como dizem, espiritual, como ocorre com muitos homens, e um outro instinto para um nível primitivo e a vida selvagem, e reverencio ambos. Amo o bom como amo o feroz. O caráter feroz e aventureiro da pesca ainda a recomendavam a mim. Às vezes gosto de agarrar a vida com rudeza e passar meu dia à semelhança dos animais. Talvez eu deva minha extrema e íntima familiaridade com a Natureza a essa atividade e à caça, que aprendi desde cedo. Elas nos introduzem e nos mantêm em cenários que, de outra maneira, naquela idade, teríamos pouca oportunidade de conhecer. Pescadores, caçadores, lenhadores e outros que passam a vida nos campos e florestas, em certo sentido como partes da própria Natureza, muitas vezes têm melhor disposição para observá-la, nos intervalos de suas atividades, do que os filósofos ou mesmo os poetas, que se aproximam dela com muitas expectativas. Ela não tem medo de se mostrar a eles. O viajante das pradarias é naturalmente um caçador, nas cabeceiras do Missouri e do Colúmbia ele apanha animais com armadilhas, e nas Cataratas de St. Mary é um pescador. Quem se limita a ser simples viajante aprende as coisas de segunda mão e pela metade, e pouca autoridade tem no assunto. Ficamos mais interessados quando a ciência informa o que aqueles homens já sabem na prática ou por instinto, pois apenas esta é uma verdadeira *humanidade*, ou apresentação da experiência humana.

Erra quem diz que o ianque tem poucas diversões, por não ter tantos feriados públicos, e que os homens e meninos não praticam tantos esportes quanto na Inglaterra, pois aqui as diversões mais primitivas, porém solitárias, da caça, da pesca e congêneres ainda não cederam lugar a eles. Praticamente qualquer menino da Nova Inglaterra de minha geração andou com uma caladeira no ombro entre os dez e os catorze anos; e suas áreas de caça e pesca não eram restritas como as reservas de um nobre inglês, e sim mais extensas do que as de um selvagem. Assim, não admira que ele não passasse mais tempo brincando nas áreas comunais. Mas já está ocorrendo uma mudança, devido não a um maior humanitarismo, e sim a uma maior escassez de caça, pois o caçador é talvez o maior amigo dos animais caçados, mais do que a humanitária Sociedade Protetora dos Animais.

Além disso, quando eu vivia no lago, às vezes queria variar minha dieta acrescentando um pouco de peixe. De fato, eu pescava pelo mesmo tipo de necessidade dos primeiros pescadores. Qualquer humanitarismo que eu pudesse invocar contra isso era totalmente fictício, e se referia mais à minha filosofia do que a meus sentimentos. Agora falo apenas da pesca, pois quanto à caça de aves eu já tinha outros sentimentos desde longa data, e vendi minha espingarda antes de ir para Walden. Não que eu seja menos humanitário do que os outros, mas não me sentia muito afetado pela pesca. Não tinha pena dos peixes nem das minhocas. Era um hábito. Quanto à caça de aves selvagens, minha desculpa nos últimos anos em que carreguei uma espingarda era que estava estudando ornitologia, e procurava apenas aves novas ou raras. Mas confesso que agora me sinto inclinado a pensar que existe uma outra maneira, mais refinada, de estudar ornitologia. Requer uma atenção tão maior aos hábitos dos pássaros que, quando menos por isso, me dispus a abandonar a espingarda. Mas, a despeito das objeções em nome do humanitarismo, sinto-me levado a duvidar se algum esporte igualmente valioso veio a substituir a caça e a pesca; e quando alguns amigos me perguntaram ansiosos sobre os filhos, se deviam deixar que caçassem, respondi: sim – lembrando que esta foi uma das melhores partes de minha educação –, *façam*-nos caçadores, mas no começo apenas por esporte, se possível, até se tornarem grandes caçadores, e assim nunca encontrarão caça grande demais para eles nesta ou em qualquer outra mata selvagem – caçadores, bem como pescadores de homens. Quanto a isso, sou da opinião da freira de Chaucer, que:

> "não dá um figo seco pelo teor
> Que diz que padre não pode ser caçador".
>
> [" *'yave not of the text a pulled hen
> That saith that hunters ben not holy men.*"]

Há um período na história do indivíduo, tal como da espécie, em que os caçadores são os "melhores", como diziam os algonquinos. Só podemos sentir pena do menino que nunca disparou uma espingarda; não se torna mais humanitário e fica com uma séria lacuna em sua formação. Tal foi minha resposta em relação àqueles jovens que se dedicavam a tal atividade, confiando que logo iriam superá-la. Nenhum ser humano, passada a fase irrefletida da meninice, irá matar à toa qualquer criatura, que como ele tem igual direito à vida. A lebre em seu final chora como uma criança. Aviso a vocês, mães, que minhas simpatias nem sempre fazem as usuais distinções fil*antrópicas*.

Geralmente esta é a apresentação do jovem à floresta e à parte mais original de si mesmo. No começo ele vem para cá como caçador e pescador, até que, se traz em si as sementes de uma vida melhor, finalmente enxerga seus objetivos pessoais, seja como poeta ou naturalista, e abandona a espingarda e a vara de pescar. A maioria dos homens ainda é e continuará a ser jovem neste aspecto. Em alguns países, não é incomum ver um pároco caçando. Pode até ser um bom cão pastor, mas está longe de ser o Bom Pastor. Fiquei surpreso ao constatar que, tirando a derrubada de árvores, o corte de gelo ou negócios assim, a pesca era a única atividade visível, pelo que sei, capaz de reter por mais de meio dia no Lago Walden algum concidadão meu, fossem pais ou filhos da cidade, salvo uma única exceção. Mesmo tendo a oportunidade de ver o lago durante todo o tempo que ficavam ali, normalmente só se sentiam felizes ou achavam que valera a pena se apanhassem uma longa fieira de peixes. Podiam voltar lá mil vezes antes que o sedimento da pescaria se depositasse no fundo e lhes purificasse as intenções; mas enquanto isso, sem dúvida, estaria ocorrendo um processo de depuramento. O governador e seus secretários têm uma vaga lembrança do lago, pois lá pescavam quando eram meninos; mas agora são velhos e respeitáveis demais para pescarias, e assim não o conhecem mais. No entanto, até eles querem ir para o céu. Se o legislativo se ocupa do lago, é principalmente para regulamentar o número de anzóis que podem ser usados; mas eles nada sabem do anzol dos anzóis para pescar o próprio lago, usando o legislativo como isca. Assim, mesmo em comunidades civilizadas, o homem em embrião passa em seu desenvolvimento pelo estágio da caça.

Nos últimos anos, tenho constatado amiúde que não consigo pescar sem perder um pouco de respeito por mim mesmo. Senti isso várias vezes. Sou habilidoso na pesca e, como muitos de meus semelhantes, tenho um certo instinto para a coisa, que ressurge de tempos em tempos, mas, depois de pescar, sempre sinto que teria sido melhor se eu não tivesse pescado. Creio que não me engano. É uma percepção leve, mas leves são também os primeiros raios do amanhecer. Inquestionavelmente tenho em mim este instinto que pertence às ordens inferiores da criação; no entanto, a cada ano que passa, sou menos pescador, embora não mais humanitário nem mais sábio; hoje em dia, nada tenho de pescador. Mas vejo que, se fosse viver no agreste, sentiria novamente a tentação de me tornar pescador e caçador para valer. Além disso, há algo de essencialmente impuro nessa dieta e em qualquer carne, e comecei a ver onde se inicia o trabalho doméstico e, portanto, o esforço tão penoso de ter uma aparência asseada e respeitável todos os dias, de manter a casa agradável, limpa, sem nenhum mau cheiro ou má impressão. Como fui meu próprio açougueiro, ajudante de cozinha e cozinheiro, além do cavalheiro a quem eram servidos os pratos, posso falar com uma experiência invulgarmente completa. A objeção prática ao consumo de carne, em meu caso, era a impureza; além disso, depois de apanhar, limpar, cozinhar e comer meu peixe, eu não me sentia essencialmente nutrido. Era uma coisa insignificante e desnecessária, e custava mais do que rendia. Um pouco de pão ou algumas batatas teriam dado na mesma, com menos incômodo e menos sujeira. Como muitos contemporâneos, por muitos anos quase não consumi carne, chá, café etc., não tanto por causa de algum efeito nocivo que eu lhes atribuísse, mas porque não me eram agradáveis à imaginação. A repugnância por carne não é fruto da experiência, e sim um instinto. Parecia mais bonito viver com pouco e comer simples em vários aspectos; embora nunca tenha vivido assim, o que experimentei foi suficiente para agradar à minha imaginação. Acredito que todo homem que algum dia se empenhou seriamente em preservar ao máximo suas faculdades poéticas ou mais elevadas teve uma especial propensão em se abster de alimentos de origem animal, e de grandes quantidades de qualquer alimento. É um fato significativo, apresentado por entomologistas, conforme vejo em Kirby e Spence, que "alguns insetos em seu estado perfeito, embora providos de órgãos para se alimentar, não fazem uso deles"; e estabelecem como "uma regra geral que quase todos os insetos neste estado comem muito menos do que no estado larvar. A lagarta voraz, quando transformada em borboleta (...) e o gusano glutão quando convertido em mosca" se contentam com uma ou duas gotas de mel ou de algum outro líquido doce. O abdômen sob as asas da borboleta ainda representa a larva. Este é o petisco que tenta seu destino insetívoro. O comilão é um homem em estado larvar; e existem nações inteiras nesta condição, nações sem fantasia nem imaginação, traídas por seus vastos abdomens.

É difícil obter e cozinhar uma dieta simples e pura que não ofenda a imaginação; mas quando alimentamos o corpo, penso eu, devemos alimentar também a ela; ambos deveriam se sentar à mesma mesa. Talvez seja possível. As frutas comidas com moderação não precisam nos despertar vergonha por nosso apetite, nem interromper as mais sublimes atividades. Mas ponha um tempero adicional no prato, e ele irá envenená-lo. Não vale a pena viver com uma culinária opulenta. Muitos homens sentiriam vergonha se fossem flagrados a preparar com as próprias mãos aquela mesma refeição, seja de alimentos de origem vegetal ou animal, que lhes é diariamente preparada por outrem. Mas, enquanto for assim, não somos civilizados e, mesmo sendo cavalheiros e damas, não somos verdadeiros homens e mulheres. Isso, certamente, sugere o tipo de mudança que deve ser feita. Talvez seja ocioso perguntar por que a imaginação não se reconcilia com a carne e a gordura. Fico satisfeito que assim seja. Não é uma vergonha que o homem seja um animal carnívoro? Certo, ele pode viver e realmente vive, em grande medida, predando outros animais; mas é uma maneira sórdida de viver – como sabe qualquer um que põe armadilhas para coelhos ou abate borregos –, e quem ensinar o homem a se limitar a uma dieta mais inocente e saudável será visto como benfeitor de sua raça. Qualquer que seja minha prática pessoal, não tenho dúvida de que faz parte do destino da espécie humana, em seu gradual aperfeiçoamento, deixar de comer animais, tal como as tribos selvagens deixaram de se comer entre si quando entraram em contato com os mais civilizados.

Quando um homem dá ouvidos às sugestões levíssimas, mas constantes, de seu gênio interior, que certamente são verdadeiras, ele não sabe a que extremos, ou mesmo a que loucura, pode ser levado; e no entanto é aí, à medida que se torna mais firme e fiel, que se encontra seu caminho. A objeção convicta de um homem saudável, por mais frágil que seja, com o tempo prevalecerá sobre os argumentos e os costumes da humanidade. O gênio interior jamais extraviou quem o seguisse. Mesmo que resulte uma fraqueza física, ninguém poderá dizer que as consequências foram lamentáveis, pois era uma vida em conformidade com princípios mais elevados. Se o dia e a noite são tais que você os acolhe com alegria, se a vida emana um perfume como as flores e ervas docemente aromáticas, e é mais flexível, mais cintilante, mais imortal – este é seu sucesso. Toda a natureza se congratula com você, e por alguns instantes você tem motivos para se sentir abençoado. Os maiores valores e ganhos são os mais difíceis de ser apreciados. Não raro chegamos a duvidar que existam. Logo os esquecemos. Eles são a mais alta realidade. Talvez os fatos mais assombrosos e mais reais nunca sejam comunicados de homem a homem. A verdadeira colheita de minha vida diária é intangível e indescritível como as cores da manhã ou do anoitecer. É um pouco de poeira das estrelas que eu apanho, um pedaço do arco-íris que eu colho.

Mas, de minha parte, nunca fui especialmente melindroso; às vezes, se necessário, eu podia comer um rato frito com um bom tempero. Fico contente em ter tomado água por tanto tempo, pela mesma razão pela qual prefiro o céu da natureza ao paraíso de um comedor de ópio. Gostaria de continuar sempre sóbrio; e existem infinitos graus de embriaguez. Acredito que a água é a única bebida para um homem sábio; o vinho não é um licor tão nobre; e imaginem macular as esperanças de uma manhã com uma xícara de café quente, ou de uma noite com um copo de chá! Ah, quanta degradação quando me sinto tentado por eles! Mesmo a música pode ser inebriante. Tais causas aparentemente pequenas destruíram Grécia e Roma, e destruirão a Inglaterra e a América. Entre todas as espécies de embriaguez, quem não prefere se inebriar com o ar que respira? Descobri que a mais séria objeção a trabalhos grosseiros muito prolongados era o fato de me obrigarem a comer e beber também grosseiramente. Mas, para falar a verdade, hoje em dia sou um pouco menos detalhista nestes aspectos. Levo menos religião à mesa, não dou graças; não porque esteja mais sábio do que antes, mas, devo confessar, por mais que lamentável que seja, porque me tornei com os anos mais grosseiro e indiferente. Talvez a gente levante essas questões apenas na juventude, como muitos acreditam ser no caso da poesia. Minha prática está em "lugar nenhum", minha opinião está aqui. No entanto, estou longe de me considerar um daqueles privilegiados a que se refere o Veda quando diz: "aquele que tem verdadeira fé no Ser Supremo Onipresente pode comer tudo o que existe", ou seja, não é obrigado a indagar qual é o alimento ou quem o preparou; e mesmo assim cabe observar, como notou um comentador hindu, que o Vedanta limita este privilégio ao "tempo de penúria".

Quem já não sentiu algumas vezes uma indescritível satisfação com sua comida, mesmo sem apetite? Eu vibrava em pensar que alguma percepção mental minha se devia ao sentido usualmente grosseiro do paladar, que eu fora inspirado pelo palato, que algumas bagas comidas numa colina haviam alimentado meu gênio. "Quando a alma não é senhora de si", diz Thseng-tseu, "o homem olha e não vê; ouve e não escuta; come e não sente o sabor da comida". Quem percebe o verdadeiro sabor do alimento nunca será um glutão; quem não o percebe não pode deixar de sê-lo. Um puritano pode ir para sua côdea de pão preto com um apetite tão grosseiro quanto um dignitário para seu pombo. O que degrada um homem não é o alimento que entra pela boca, e sim o apetite com que é comido. Não é a qualidade nem a quantidade, mas a devoção aos sabores sensuais; quando aquilo que é comido não é pasto para sustentar nossa vida animal ou inspirar nossa vida espiritual, e sim alimento para os vermes que nos possuem. Se o caçador gosta de tartarugas-de-lama, de ratos almiscarados e outras dessas iguarias selvagens, a dama elegante aprecia a geleia feita com a pata de um bezerro ou sardinhas do outro lado do oceano, e assim estão quites. Ele vai ao açude, ela ao pote de conservas. O surpreendente é como eles, como você e eu, comendo e bebendo, podemos viver essa viscosa vida animal.

Nossa vida toda é alarmantemente moral. Nunca há um instante de trégua entre a virtude e o vício. A bondade é o único investimento que nunca falha. Na música da harpa que freme por todo o mundo, é a insistência nisso que nos faz vibrar. A harpa é o propagandista ambulante da Companhia de Seguros do Universo, recomendando suas leis, e nossa pequena bondade é a única cota que pagamos. Embora a juventude acabe se tornando indiferente, as leis do universo não são indiferentes, mas estão sempre ao lado dos mais sensíveis. Ouçam em todos os zéfiros se há alguma censura, pois certamente há, e infeliz quem não a escuta. Não podemos dedilhar uma corda ou mudar de orifício sem sermos trespassados pelo encanto da moral. Muito barulho irritante, que se prolonga à distância, é tido como música, soberba sátira sobre a mesquinharia de nossas vidas.

Temos consciência de um animal dentro de nós, que desperta na proporção em que nossa natureza mais elevada adormece. É réptil e sensual, e talvez não possa ser totalmente expelido; como os vermes que, mesmo em vida e com saúde, ocupam nosso corpo. Podemos talvez nos retrair diante dele, mas nunca lhe alterar a natureza. Receio que ele tenha uma certa saúde própria; que possamos estar bem, mas não puros. Outro dia apanhei do chão a queixada de um porco, com presas e dentes brancos e sólidos, que sugeriam uma saúde e um vigor animais diferentes dos espirituais. Esta criatura se deu bem por outros meios que não eram a temperança nem a pureza. "Aquilo que diferencia os homens dos animais brutos", diz Mêncio, "é algo muito insignificante; o rebanho comum logo o perde; os homens superiores o preservam cuidadosamente." Quem sabe o tipo de vida que resultaria se atingíssemos a pureza? Se eu soubesse de um homem tão sábio que pudesse me ensinar a pureza, iria procurá-lo imediatamente. "O domínio sobre nossas paixões e sobre os sentidos externos do corpo, e as boas ações são considerados pelo Veda como indispensáveis na aproximação da mente a Deus." Mas enquanto isso o espírito pode perpassar e dominar todos os membros e todas as funções do corpo, e transmutar o que, na forma, é a mais grosseira sensualidade em pureza e devoção. A energia criadora, que se dissipa e nos torna impuros quando estamos à solta, revigora-nos e nos inspira quando somos continentes. A castidade é o florescimento do homem; e o que se chama Gênio, Heroísmo, Santidade e similares não são senão os vários frutos que se seguem a ela. O homem flui imediatamente para Deus quando o canal da pureza está desobstruído. Alternadamente nossa pureza nos inspira e nossa impureza nos avilta. Abençoado quem tem certeza de que o animal dentro de si morre dia a dia e o ser divino se instala. Talvez não exista ninguém que deva se envergonhar por causa da natureza inferior e bruta a que está ligado. Temo que sejamos deuses ou semideuses apenas como faunos e sátiros, a divindade ligada aos animais, às criaturas do apetite, e que em certa medida nossa própria vida seja nossa desgraça.

> "Feliz quem destinou o devido lugar
> A seus animais e desmatou seu espírito!

Pode usar seu cavalo, bode, lobo, quaisquer animais,
E não ser um asno para todos os demais!
Cada homem cuida dos porcos e é seu pastor,
Mas é também aquele demônio açulador
A levá-los a uma impetuosa raiva e piorá-los."

[*"How happy's he who hath due place assigned
To his beasts and disaforested his mind!*

*Can use his horse, goat, wolf, and ev'ry beast,
And is not ass himself to all the rest!
Else man not only is the herd of swine,
But he's those devils too which did incline
Them to a headlong rage, and made them worse."*]

    A sensualidade é uma só, mesmo que assuma muitas formas; a pureza é uma só. Tanto faz se um homem come, bebe, coabita ou dorme sensualmente. São o mesmo apetite, e basta ver uma pessoa fazer qualquer uma dessas coisas para saber até onde vai sua sensualidade. Os impuros não conseguem ficar de pé nem sentados com pureza. Quando o réptil é atacado num buraco de sua toca, ele reaparece em outro. Se vocês querem ser castos, precisam ter temperança. O que é a castidade? Como um homem sabe se é casto? Não sabe. Ouvimos falar desta virtude, mas não sabemos o que é. Falamos conforme os rumores que ouvimos. Do empenho vêm a sabedoria e a pureza; da preguiça, a ignorância e a sensualidade. No estudioso, a sensualidade é um hábito preguiçoso da mente. Uma pessoa impura é universalmente preguiçosa, que se senta junto à estufa, deita-se ao calor do sol, repousa sem estar cansada. Se vocês querem evitar a impureza e todos os pecados, trabalhem com empenho, mesmo que seja limpando um estábulo. A natureza é difícil de vencer, mas deve ser vencida. O que adianta serem cristãos, se não são mais puros do que os pagãos, se vocês não se negam mais, se não são mais religiosos? Conheço muitos sistemas religiosos tidos como pagãos, cujos preceitos enchem de vergonha o leitor e lhe dão inspiração para retomar o empenho, mesmo que seja realizando meros rituais.

    Hesito em dizer essas coisas, mas não por causa do tema – não me importa que minhas *palavras* possam ser obscenas –, e sim porque não posso falar delas sem trair minha impureza. Discorremos livremente, sem vergonha, sobre uma forma de sensualidade e silenciamos sobre outra. Estamos tão degradados que não conseguimos falar com simplicidade sobre as funções necessárias da natureza humana. Em épocas anteriores, em alguns países, todas as funções eram tratadas com reverência e regulamentadas por lei. Nada era demasiado trivial para o legislador hindu, por mais ofensivo que possa ser para o gosto moderno. Ele ensina a comer, beber, coabitar, expelir urina e fezes, e coisas do gênero, elevando o que é mesquinho, e não se desculpa hipocritamente qualificando essas coisas de ninharias.

Todo homem é o construtor de um templo, chamado corpo, dedicado ao deus que ele cultua, num estilo puramente seu, e não pode se desobrigar apenas malhando o mármore. Somos todos escultores e pintores, e nosso material é nossa própria carne, nosso sangue e nossos ossos. Toda nobreza logo começa a refinar os traços de um homem; toda mesquinharia ou sensualidade, a embrutecê-los.

O roceiro sentou à sua porta num anoitecer de setembro, depois de um dia de dura faina, a mente ainda às voltas com o trabalho. Depois de tomar banho, sentou-se para recrear e recriar seu homem intelectual. Era uma noite bastante fria, e alguns vizinhos previam uma geada. Pouco depois de se entregar ao fio de seus pensamentos, ele ouviu alguém tocando uma flauta, e aquele som se harmonizava com seu estado de espírito. Ainda pensava no trabalho; mas o que lhe pesava era que, embora esse pensamento continuasse a lhe girar na mente e ele se visse planejando e programando contra sua vontade, ainda assim aquilo pouco lhe interessava. Era apenas a descamação de sua pele, que estava se soltando continuamente. Mas as notas da flauta lhe chegavam aos ouvidos vindas de uma outra esfera, diferente de onde ele trabalhava, e sugeriam trabalho para certas faculdades adormecidas dentro dele. Brandamente afastaram a rua, a cidade, o estado onde ele vivia. Uma voz lhe disse: Por que você fica aqui e vive esta vida mesquinha e cansativa, quando lhe é possível uma existência gloriosa? Estas mesmas estrelas cintilam em outros campos. – Mas como sair desta condição e realmente migrar para lá? A única ideia que lhe ocorreu foi praticar alguma nova austeridade, deixar a mente lhe entrar no corpo e redimi-lo, e tratar a si mesmo com respeito sempre maior.

Vizinhos irracionais

Às vezes, quando pescava, eu tinha um companheiro que vinha do outro lado da cidade até minha casa, e apanhar nosso almoço era um exercício social equivalente a comê-lo.
Ermitão. Eu me pergunto o que o mundo anda fazendo neste momento. Nas últimas três horas só ouvi um gafanhoto na samambaia. Todos os pombos estão dormindo em seus poleiros – nenhum esvoaçar. Foi o toque do meio-dia de um agricultor que acabou de soar para lá da mata? Os peões estão entrando, para o charque cozido, a cidra e a broa de milho. Por que os homens se incomodam tanto? Quem não come não precisa trabalhar. Eu me pergunto quanto terão ceifado. Quem pode viver onde um corpo nunca consegue pensar, com os latidos do Rex? Ah, e cuidar de casa! Manter as maçanetas do diabo brilhando, e esfregar suas banheiras neste dia brilhante! Melhor não ter casa para cuidar. Digamos, o oco de alguma árvore, e então, para os toques da manhã e do almoço, apenas as batidinhas de um picapau. Ah, eles fervilham ali, o sol ferve de quente; estão embrenhados demais na vida para mim. Tenho água da fonte, e um pão de melado na prateleira. Atenção! Ouço um farfalhar nas folhagens. Será algum sabujo faminto da cidade rendendo-se ao instinto da caça? ou o porco extraviado que dizem que anda por essas matas, cujos rastros vi depois da chuva? Está vindo rápido, meus sumagres e rosas-amarelas estremecem. – Ei, senhor Poeta, é você? Como lhe parece o mundo hoje?
Poeta. Veja aquelas nuvens; como flutuam! É a coisa mais importante que vi hoje. Não existe nada assim nos antigos quadros, nada assim nas terras estrangeiras – a não ser na costa da Espanha. É um autêntico céu mediterrâneo. Já que tenho de ganhar meu sustento e hoje ainda não comi, achei que podia vir pescar. Este é o verdadeiro trabalho dos poetas. É o único ofício que aprendi. Vamos, vamos lá.

Ermitão. Irresistível. Meu pão de melado está no fim. Logo vou com você, de bom grado, mas agora estou concluindo uma profunda meditação. Creio que estou quase terminando. Então me deixe um pouco sozinho. Mas, para a gente não se atrasar, vá enquanto isso arranjando as iscas. É difícil encontrar minhocas, aqui onde o solo nunca foi adubado com esterco; a raça está quase extinta. O esporte de arranjar a isca é quase equivalente a apanhar o peixe, quando a fome não aperta demais; e hoje pode ficar todo a seu cargo. Meu conselho é que você finque a pá lá entre aqueles pés de falsa-glicínia, onde se vê a erva-de-são-joão ondulando. Acho que posso lhe garantir uma minhoca a cada três torrões que você revirar, se olhar bem entre as raízes do mato, como se estivesse carpindo. Ou, se você preferir ir mais longe, vai ser uma boa coisa, pois descobri que o aumento de boas minhocas para isca é praticamente igual ao quadrado das distâncias.

Ermitão sozinho. Vejamos; onde eu estava? Acho que o quadro mental era mais ou menos assim; o mundo se estendia por este ângulo. Vou ao céu ou vou pescar? Se eu interromper esta meditação, haverá outra ocasião tão favorável? Nunca em minha vida estive tão próximo de me dissolver na essência das coisas como agora. Receio que meus pensamentos não me retornem. Se adiantasse, eu os chamaria de volta com um assobio. Quando eles nos fazem uma oferta, será sábio dizer: Vamos pensar? Meus pensamentos não deixaram rastro, e não consigo reencontrar o caminho. No que eu estava pensando? Foi um dia muito nebuloso. Vou tentar com essas três frases de Confúcio; talvez consigam trazer de volta aquele estado mental. Não sei se era melancolia ou êxtase brotando. Obs. Nunca há senão uma oportunidade dessa espécie.

Poeta. E agora, Ermitão, ainda é muito cedo? Peguei treze inteiras, além de várias falhadas ou miúdas demais; mas vão servir para os peixinhos pequenos; não encobrem muito o anzol. Aquelas minhocas da cidade são grandes demais; um prateadinho dá para uma refeição sem precisar do espeto.

Ermitão. Bom, então vamos. Vamos ao Concord? É um bom divertimento, se a água não estiver alta demais.

Por que exatamente estes objetos que vemos formam um mundo? Por que o homem tem como vizinhos justamente essas espécies de animais, como se apenas um camundongo pudesse preencher essa fenda? Desconfio que Pilpay & Cia. deram aos animais o melhor uso possível, pois são todos animais de carga, em certo sentido, carregando uma parte de nossos pensamentos.

Os camundongos que frequentavam minha casa não eram aqueles comuns, que consta terem sido trazidos do estrangeiro, mas de uma espécie selvagem nativa que não se encontra na cidade. Enviei um espécime a um ilustre naturalista, que ficou muito interessado. Quando eu estava fazendo a construção, um deles fez seu ninho embaixo da casa e, antes de eu assentar o segundo pavimento e remover as aparas de madeira, ele saía regularmente na hora do almoço e catava as migalhas a meus pés. Provavelmente nunca tinha visto um homem antes; e logo ficou totalmente à vontade, correndo por meus sapatos e minhas roupas. Escalava depressa os lados do aposento dando curtos impulsos, como um esquilo, e aliás seus movimentos eram parecidos. Depois, certo dia, quando eu estava sentado no banco, apoiando-me no cotovelo, ele subiu por minha roupa e foi por minha manga, e ficou rodeando o papel de meu almoço, que estava embrulhado, sumindo e voltando, brincando de se esconder; e, por fim, quando segurei um pedacinho de queijo entre o polegar e o indicador, ele veio e mordiscou, sentado na palma de minha mão, depois limpou o focinho e as patas, como uma mosca, e foi embora.

Um papa-moscas logo construiu seu ninho em meu depósito, e um tordo fez seu abrigo num pinheiro que crescia encostado junto à casa. Em junho, a perdiz-tetraz-de-capelo (*Tetrao umnellus*), que é uma ave tão arisca, conduzia sua ninhada passando embaixo de minhas janelas, desde a mata ao fundo até a frente de minha casa, cacarejando e chamando os filhotes como uma galinha, provando ser, em todo o seu comportamento, a galinha das matas. A um sinal da mãe, os filhotes se dispersam rapidamente quando a gente se aproxima, como que varridos por uma ventania, e são tão parecidos com gravetos e folhas secas que muitos viajantes já pisaram no meio de uma ninhada e ouviram o zunido da matrona esvoaçando, com seus gemidos e chamados aflitos, ou viram a fêmea arrastar as asas para lhes atrair a atenção, sem suspeitar que os filhotes estavam por ali. A mãe às vezes gira e rodopia à nossa frente com uma tal desenvoltura que leva um certo tempo até entendermos que criatura é aquela. Os filhotes ficam agachados imóveis, muitas vezes escondendo a cabecinha sob uma folha, e só se importam com as instruções que a mãe lhes dá à distância, e não fogem nem se traem à nossa aproximação. A gente pode até pisar em cima deles, ou ficar olhando durante um minuto inteiro, e eles não se mostram. Numa dessas vezes, segurei-os na palma da mão, e ainda assim a única preocupação deles, obedientes à mãe e ao instinto, era ficar agachados sem temor nem tremor. Este instinto é tão perfeito que, uma vez, fui colocá-los de volta nas folhas e, sem querer, um deles caiu de lado: dez minutos depois, ele continuava exatamente na mesma posição, entre os demais. Não são implumes como a maioria dos filhotes de pássaros, mas são mais precoces e mais desenvolvidos até do que os pintinhos. A expressão de seus olhos abertos e serenos, admiravelmente adulta e ainda assim inocente, é de fato memorável. Neles parece se refletir toda a inteligência. Sugerem não meramente a pureza da infância, mas uma sabedoria purificada pela experiência. Tais olhos não nasceram com a ave, mas têm a idade do céu que se reflete neles. As matas não produzem nenhuma pedra preciosa igual a esta. Raras vezes o viajante pode contemplar uma fonte tão límpida. O caçador por esporte, ignorante ou indiferente, muitas vezes atira na mãe numa hora dessas, e deixa que esses inocentes se tornem presa de algum pássaro ou animal à espreita, ou gradualmente se mesclem às folhas fanadas com as quais tanto se parecem. Dizem que, quando são chocados por galinhas, logo se dispersam a qualquer sinal de alarme e ficam perdidos, pois nunca ouvem o chamado da mãe que poderia reuni-los novamente. Tais eram minhas galinhas e pintainhos.

É surpreendente a quantidade de criaturas que vivem livres e selvagens nas matas, e se sustentam nas vizinhanças dos povoados, em segredo, pressentidas apenas por caçadores. Quão retirada consegue viver a lontra! Atinge mais de 1,2 metro de comprimento, do tamanho de um menino, e não é vista talvez nem sequer de relance por um ser humano. Antes eu via os guaxinins na mata atrás do terreno onde construí minha casa, e de noite às vezes ainda ouvia o rincho deles. Por volta do meio-dia, depois de plantar, eu costumava tirar uma ou duas horas de descanso à sombra, comia meu almoço e lia um pouco, junto a uma nascente que dava origem a um pântano e um riacho, escoando-se de Brister's Hill, a oitocentos metros de meu campo. Para chegar até ela, eu tinha de descer uma sucessão de cavidades cobertas de mato, cheias de pinheiros jovens, até chegar a um bosque maior perto do pântano. Lá, num local bem fechado e sombreado, sob um frondoso pinheiro-branco, havia um trecho de relva firme e limpa onde podia me sentar. Eu tinha cavado a nascente e feito um poço de água clara e levemente acinzentada, onde podia mergulhar um balde sem turvá-la, e ia até lá quase diariamente com essa finalidade, nos meados do verão, época em que o lago estava mais quente. Para lá também a galinhola levava sua ninhada, sondando a lama em busca de minhocas, esvoaçando uns trinta centímetros acima dos filhotes ao descer pelo declive, enquanto a tropa toda corria atrás dela; mas depois, espiando para meu lado, ela deixava a prole e ficava me rodeando e se aproximando cada vez mais, até chegar a 1,2 ou 1,5 metro de distância, fingindo estar com as asas e as pernas quebradas, para atrair minha atenção e me distrair dos filhotes, que a essas alturas já tinham se posto em marcha com seus piados leves e insistentes, seguindo em fila indiana pelo pântano, conforme as instruções dela. Ou eu ouvia o piado dos filhotes quando não enxergavam a mãe. Lá também as rolas pousavam no topo da fonte, ou esvoaçavam de galho em galho dos flexíveis pinheiros-brancos acima de minha cabeça; e o esquilo vermelho, correndo pelo galho mais próximo, era especialmente familiar e inquisidor. Basta se sentar imóvel em algum local atraente na mata, por tempo suficiente, para que todos os seus habitantes venham se exibir, de um em um.

Testemunhei acontecimentos de natureza menos pacífica. Um dia, quando fui até minha lenha empilhada, ou melhor, até minha pilha de toros, notei duas grandes formigas, uma vermelha, a outra muito maior, quase com

1,5 centímetro de comprimento, preta, lutando ferozmente entre si. Depois que se pegavam, não desistiam mais, mas lutavam, se engalfinhavam e rolavam nas lascas de madeira até não poder mais. Olhando adiante, fiquei surpreso ao ver que as lascas estavam forradas com tais combatentes, que não era um *duellum*, e sim um *bellum*, uma guerra entre duas raças de formicídeos, os vermelhos sempre se lançando contra os pretos, e não raro dois vermelhos contra um preto. As legiões desses mirmidões recobriam todos os montes e vales de meu lenheiro, e o chão já estava juncado de cadáveres e moribundos, vermelhos e negros. Foi a única batalha que presenciei na vida, o único campo de batalha que pisei em vida enquanto grassava a batalha; guerra intestina; os republicanos vermelhos de um lado, os imperialistas pretos do outro. Por todas as partes estavam engajados num combate mortal, mas sem qualquer som que me chegasse aos ouvidos, e nunca soldados humanos lutaram com tanto encarniçamento. Observei um casal firmemente entrelaçado em seus abraços, num pequeno vale ensolarado entre as lascas de madeira, agora ao meio-dia preparados para combater até o sol se pôr ou a vida se esvair. O guerreiro vermelho, menor, tinha se prendido feito um torno na cabeça do adversário e, apesar de todos os tombos em campo, nem por um instante deixou de se agarrar à antena do adversário, perto da base, já tendo arrancado a outra; enquanto o preto, mais forte, golpeava-o de um lado e outro e, como vi ao olhar mais de perto, já lhe tinha destroçado vários membros. Lutavam com mais pertinácia do que buldogues. Nenhum deles manifestava a menor intenção de recuar. Era evidente que o grito de batalha era Vencer ou Morrer. Nesse ínterim, apareceu um combatente vermelho sozinho na colina daquele vale, fremente de excitação, que ou tinha liquidado o inimigo ou ainda não ingressara na batalha; provavelmente esta última hipótese, pois não havia perdido nenhum de seus membros, tendo-lhe dito a mãe que voltasse com seu escudo ou sobre ele. Ou talvez fosse algum Aquiles, que havia alimentado sua cólera longe do campo de batalha, e agora vinha vingar ou resgatar seu Pátroclo. Ele viu à distância aquele combate desigual – pois os pretos tinham quase o dobro do tamanho dos vermelhos –, aproximou-se num passo rápido até se deter em guarda a um centímetro dos combatentes; então, aproveitando a oportunidade, saltou sobre o guerreiro preto e deu início a suas operações perto da base de sua pata dianteira direita, deixando que o inimigo escolhesse um de seus membros; e ali ficaram três unidos por toda a vida, como se tivesse sido inventado um novo tipo de vínculo que superava de longe todos os outros laços e elementos de união. Eu não me admiraria naquele momento se descobrisse que eles tinham suas respectivas bandas de músicas estacionadas na eminência de alguma lasca, a tocar seus hinos nacionais para incentivar os morosos e saudar os agonizantes. Eu mesmo fiquei um pouco excitado, como se fossem homens. Quanto mais a gente pensa, menor é a diferença. E certamente a batalha que consta registrada, se não nos anais da América, pelo menos nos anais de Concord, não poderá resistir um único instante à comparação com esta batalha, seja pelo número de combatentes engajados, seja pelo patriotismo e heroísmo demonstrados. Quanto aos números e à mortandade, foi uma Austerlitz ou uma Dresden. A Batalha de Concord! Dois mortos no lado dos patriotas e Luther Blanchard ferido! Ora, aqui cada formiga era um Buttrick – "Fogo! Pelo amor de Deus, fogo!" –, e milhares tiveram o destino de Davis e Hosmer. Não havia ali um único mercenário. Não duvido que lutassem por um princípio, como nossos ancestrais, e não para escapar a um imposto de três centavos sobre o chá; e os resultados desta batalha serão tão importantes e memoráveis para os envolvidos quanto os da batalha de Bunker Hill, no mínimo.

Peguei a lasca de madeira em que lutavam as três formigas que descrevi mais detalhadamente, levei para minha casa e pus sob um copo no parapeito de minha janela, para ver o desfecho. Mantendo um microscópio voltado para a formiga vermelha citada primeiro, vi que o inseto, embora continuasse a mascar assiduamente a pata dianteira do inimigo, tendo-lhe amputado a antena restante, estava com o próprio peito dilacerado, expondo os órgãos vitais que ali tivesse às mandíbulas do guerreiro negro, cujo peitoral, pelo visto, era grosso demais para que o vermelho conseguisse trespassar; e os carbúnculos escuros dos olhos do ferido brilhavam com uma ferocidade que apenas a guerra é capaz de despertar. Lutaram mais meia hora sob o copo e, quando olhei de novo, o soldado preto tinha arrancado as cabeças dos inimigos, e as cabeças ainda vivas lhe pendiam de ambos os lados como medonhos troféus no arção de sua sela, que parecia ainda firmemente ajustada, e ele se debatia num débil esforço, sem antenas e só com o toco de uma pata, e não sei quantos outros ferimentos, para se livrar delas, coisa que finalmente conseguiu depois de outra meia hora. Levantei o copo, e ele foi embora pelo parapeito da janela, naquele estado de mutilação. Se chegou a sobreviver ao combate e passou o resto de seus dias em algum Hôtel des Invalides, é coisa que não sei dizer, mas me pareceu que, depois daquilo, não lhe restaria uma grande capacidade física para voltar à ativa. Jamais soube quem foi o vencedor, nem qual tinha sido a causa da guerra; mas passei o resto do dia sentindo-me excitado e angustiado como se tivesse presenciado a luta, a ferócia e a mortandade de uma batalha humana diante de minha porta.

Kirby e Spence nos contam que as batalhas das formigas são celebradas desde muito tempo, com o registro das datas em que ocorreram, embora eles digam que Huber é o único autor moderno que parece ter assistido a elas. "Aeneas Sylvius", dizem eles, "depois de apresentar um relato muito pormenorizado de uma travada com grande obstinação por uma espécie grande e uma espécie pequena, no tronco de uma pereira, [acrescenta]: 'Este combate foi travado sob o pontificado de Eugênio IV, na presença de Nicholas Pistoriensis, eminente jurista, que narrou a história completa da batalha com a maior fidelidade'. Olaus Magnus narra um embate semelhante entre formicídeos grandes e pequenos, em que consta que os pequenos, saindo vencedores, enterraram os corpos de seus soldados, mas deixaram os de seus inimigos gigantes como presa para as aves. Este evento ocorreu antes da expulsão do tirano Cristiano II da Suécia." A batalha que presenciei ocorreu sob a Presidência de Polk, cinco anos antes da aprovação da Lei do Escravo Fugitivo, de Webster.

Muito Rex urbano, apto apenas a perseguir uma tartaruga-da-lama num depósito de alimentos, exercitava seus pesados quartos dianteiros e traseiros nas matas, sem o conhecimento do dono, e farejava inutilmente velhas tocas de raposas e buracos de marmotas; levado talvez por algum magro vira-lata que se embrenhava agilmente pela mata e ainda podia inspirar um terror natural entre seus habitantes; – agora muito atrás do guia, ladrando como um taurino cãozarrão para algum esquilo pequenino que se comprimira numa árvore para escrutinar, e então, saindo a trote largo, vergando os arbustos com seu peso, imaginando estar na trilha de algum membro perdido da família dos gerbos. Uma vez fiquei surpreso ao ver um gato andando pela margem pedregosa do lago, pois eles raramente se afastam tanto de casa. A surpresa foi mútua. Todavia, o mais doméstico dos gatos, que passa o dia dormindo num tapete, parece plenamente à vontade na mata, e, com seu comportamento furtivo e dissimulado, demonstra ser mais nativo dali do que os habitantes regulares. Uma vez, quando estava colhendo amoras, encontrei uma gata com seus gatinhos na mata, totalmente selvagens, e todos eles arquearam o dorso, tal como a mãe, e ficaram fungando ferozes para mim. Alguns anos antes de viver na mata, havia o que se chama de "gato com asas" na casa do sr. Gilian Baker, num dos sítios de Lincoln mais próximos do lago. Quando fui vê-lo em junho de 1842, ele tinha ido caçar na mata, como gostava de fazer, mas sua dona me disse que o gato tinha aparecido por ali mais de um ano antes, em abril, e que por fim foi adotado na casa; que era de um cinza-amarronzado escuro, com uma mancha branca no pescoço, patas brancas e um rabo grande e peludo como uma raposa; que no inverno a pelagem ficava muito densa e caía pelos lados, formando faixas com 25 a trinta centímetros de comprimento e seis centímetros de largura, e uma espécie de regalo sob o queixo, os pelos soltos em cima e emaranhados por baixo, compactos como feltro, e que na primavera esses apêndices se desprendiam e caíam. Eles me deram um par dessas "asas", que guardo até hoje. Não parecem membranas. Alguns achavam que o gato resultava de algum cruzamento com um esquilo-voador ou algum outro animal selvagem, o que não é impossível, pois, segundo os naturalistas, a união entre a marta e o gato doméstico tem gerado híbridos férteis. Se algum dia eu tivesse um gato, este seria o tipo certo para mim; pois por que o gato de um poeta não haveria de ser alado como seu cavalo?

No outono, como sempre, a mobelha (*Colymbus glacialis*) vinha trocar as penas e se banhar no lago, fazendo as matas ressoarem com sua risada selvagem antes de eu me levantar. À notícia de sua chegada, todos os caçadores por esporte de Mill-dam se põem de alerta, em troles e a pé, aos pares ou aos trios, com rifles patenteados, balas de ponta cônica e binóculos. Vêm farfalhando pelas matas como folhas de outono, no mínimo dez homens por mobelha. Alguns se posicionam no lado de cá do lago, outros no lado de lá, pois a pobre ave não pode ser onipresente; se mergulhar aqui, tem de aparecer ali. Mas agora se ergue o bondoso vento de outubro, farfalhando as folhas e encrespando a superfície da água, de modo que não se vê nem se ouve nenhuma mobelha, por mais que seus inimigos varram o lago com seus binóculos e façam ressoar a mata com seus disparos. As ondas sobem generosamente e se quebram com violência, tomando o partido de todas as aves aquáticas, e nossos caçadores esportivos têm de bater em retirada para a cidade, de volta à loja e ao serviço interrompido. Mas muitas vezes eles se saíam bem, até demais. De manhã cedo, quando eu ia pegar um balde de água, frequentemente via essa ave majestosa saindo de minha enseada a alguns metros de distância. Se eu tentava alcançá-la de barco, para ver como manobrava, ela mergulhava e se perdia totalmente de vista, e às vezes eu só ia reencontrá-la na parte da tarde. Mas na superfície era um páreo desigual, onde a vantagem era minha. Geralmente ela abandonava a partida.

Certa vez, quando eu estava remando ao longo da margem norte, numa tarde muito calma de outubro, pois é principalmente nesses dias que as mobelhas pousam nos lagos como leves painas, e perscrutava o lago em vão para ver alguma, de repente uma delas, deslizando da margem até o meio da água, algumas dezenas de metros à minha frente, soltou seu riso selvagem e se traiu. Avancei com um remo só, e ela mergulhou, mas quando subiu à tona eu estava mais perto do que antes. Mergulhou de novo, mas calculei errado a direção que ela tomaria e, quando voltou à superfície desta vez, havia uns 250 metros entre nós, pois eu ajudara a aumentar a distância; ela riu de novo, bem alto, e com mais razão do que antes. Manobrava com tanta esperteza que eu não conseguia chegar a menos de trinta metros dela. Toda vez que aflorava à superfície, virando a cabeça de um lado e outro, inspecionava calmamente a água e a terra, e aparentemente escolhia o rumo onde pudesse reaflorar na maior extensão de água e à maior distância do barco. Era surpreendente a rapidez com que tomava e executava sua decisão. Logo me conduziu até a parte mais larga do lago, e não havia como afastá-la dali. Enquanto seu cérebro pensava alguma coisa, meu cérebro tentava adivinhar seu pensamento. Era uma boa partida, jogada na superfície lisa do lago, um homem contra uma mobelha. De repente a peça do adversário desaparece sob o tabuleiro, e o problema é colocar nossa peça o mais próximo possível do lugar onde a dele vai reaparecer. Às vezes ela surgia inesperadamente do lado contrário onde eu estava, parecendo ter passado diretamente por sob o barco. Ela tinha tanto fôlego e era tão incansável que, depois de nadar o mais longe possível, ainda assim imediatamente mergulhava outra vez; e aí nenhum engenho seria capaz de adivinhar onde, nas profundezas do lago, sob a superfície lisa, ela poderia estar disparando como um peixe, pois tinha tempo e condições de visitar o leito das águas na parte mais funda. Dizem que já se apanharam mobelhas nos lagos de Nova York a quase trinta metros abaixo da superfície, com anzóis para truta – embora a profundidade do Walden seja maior. Como devem ficar surpresos os peixes ao ver este rústico visitante de outra esfera em disparada por entre os cardumes! Mesmo assim ela parecia conhecer seu curso subaquático com a mesma segurança que tinha na superfície, e nadava muito mais rápido embaixo d'água. Uma ou duas vezes vi uma ondulação quando ela se aproximava da superfície, punha a cabeça para fora apenas para um reconhecimento, e logo mergulhava outra vez. Acabei achando que tanto valia descansar os remos e aguardar sua reaparição em vez de quebrar a cabeça calculando onde ela viria à tona; pois várias vezes, quando eu forçava os olhos para um dos lados da superfície, de repente era apanhado de surpresa por sua estranha risada atrás de mim. Mas por que, depois de mostrar tanta esperteza, ela se traía invariavelmente no momento em que aflorava, com aquele riso alto? Não lhe bastava o peito branco para se trair? Era realmente uma mobelha boba, pensei. Normalmente eu podia ouvir o espadanar da água quando ela aflorava, e assim também a localizava. Mas, depois de uma hora, ela continuava vivaz como sempre, mergulhava com a mesma disposição e nadava ainda mais longe do que no começo. Era surpreendente ver como deslizava serena, sem uma pena eriçada no peito, quando vinha à superfície, fazendo todo o serviço com seus pés de palmípede debaixo d'água. Sua melodia costumeira era essa risada demoníaca, embora parecida com a de uma ave aquática; mas vez por outra, quando escapava com habilidade ainda maior e reaparecia bem longe de mim, ela emitia um longo uivo estranho, que mais parecia um lobo do que qualquer outra ave, como quando o animal põe o focinho no chão e solta um uivo prolongado. Este era seu uivo enlouquecido – talvez o som mais selvagem jamais ouvido por aqui, ressoando à distância por toda a mata. Cheguei à conclusão de que ela ria ridicularizando meus esforços, confiante em seus recursos. Embora o céu agora estivesse muito carregado, o lago estava tão liso que, mesmo que não a escutasse, eu podia ver onde ela rompia a superfície da água. O peito branco, o ar parado, a água lisa, tudo estava contra ela. Por fim, tendo aflorado a mais de 250 metros de distância, ela emitiu um daqueles uivos prolongados, como que invocando o deus das mobelhas em seu socorro, e imediatamente soprou um vento de leste encrespando a superfície do lago e enchendo todo o ar com uma neblina de garoa, e fiquei impressionado como se fosse a resposta à prece da mobelha, e o deus dela estivesse zangado comigo; assim deixei que desaparecesse à distância, na superfície turbulenta das águas.

Nos dias de outono, eu passava horas observando a esperteza dos patos a mudar de rumo, dar voltas e ocupar o centro do lago, longe do caçador esportivo; truques que terão menos necessidade de empregar nas baías da Louisiana. Quando levantavam voo, às vezes ficavam em círculos sobre o lago, a uma altura considerável, de onde podiam enxergar facilmente outros lagos e o rio, como ciscos pretos no céu; e, quando eu achava que tinham ido embora dali já fazia algum tempo, eles desciam uns quatrocentos metros em voo inclinado até pousar numa parte distante, que estava livre; mas, além da segurança, o que eles ganhavam nadando no meio do Walden, isso não sei, a menos que amem suas águas pela mesma razão que eu.

Aquecimento e inauguração

Em outubro eu ia colher uvas nas várzeas do rio e me carregava de cachos preciosos mais pela beleza e perfume do que pelo sabor. Lá também admirava, mas não colhia, os oxicocos, pequenas gemas lustrosas, brincos que ornam a vegetação da várzea, rubros e perolados, que o agricultor arranca com um ancinho feio, deixando a vegetação lisa da várzea toda emaranhada, medindo-os indiferente apenas por balaio e ao dólar, e vende o fruto de suas pilhagens para Boston e Nova York; destinados a ser *esmagados* em geleia para agradar aos gostos dos amantes da Natureza de lá. Assim fazem os açougueiros que arrancam das pradarias as línguas dos bisões, sem consideração pela planta abatida e dilacerada. Da mesma forma, o fruto brilhante da uva-espim era alimento apenas para meus olhos; mas eu colhia um pequeno suprimento de maçãs silvestres que tinham sido desprezadas pelo proprietário e pelos passantes, para cozer em fogo lento. Quando as castanhas estavam no ponto, eu guardava meio balaio para o inverno. Era muito empolgante naquela estação percorrer os castanhais de Lincoln, que então eram ilimitados – e agora dormem seu longo sono sob a estrada de ferro –, com uma sacola no ombro e uma vareta na mão para abrir os ouriços espinhosos, pois nem sempre eu esperava a geada, entre o farfalhar das folhas e as sonoras repreensões dos esquilos vermelhos e dos gaios, cujas castanhas semirroídas às vezes eu roubava, pois os ouriços que eles tinham escolhido certamente continham as castanhas boas. Ocasionalmente eu subia e sacudia as árvores. Também cresciam atrás de minha casa, e uma árvore grande que a ensombreava quase totalmente era, ao florir, um buquê que perfumava toda a vizinhança, mas os esquilos e os gaios pegavam a maioria dos frutos; estes últimos vinham em bandos de manhã cedo e tiravam as castanhas dos ouriços antes que caíssem. Eu lhes cedia essas árvores e ia visitar as matas mais distantes, compostas apenas por castanheiras. Essas castanhas eram, em si, um bom substituto do pão. Talvez possam se encontrar muitos outros substitutos. Um dia, cavando em busca de minhocas para usar como isca, descobri a falsa-glicínia (*Apios tuberosa*) com seu cordão de túberos, a batata-dos-aborígines, uma espécie de fruto fabuloso, que eu já começava a duvidar se algum dia de fato cavara e comera na infância, como havia dito, e se não havia sido apenas um sonho. Desde então, eu tinha visto muitas vezes seu cacho de flores dobradas vermelhas, veludosas, apoiando-se no caule de outras plantas, sem saber que era a própria. A agricultura praticamente acabou com ela. Tem um sabor adocicado, muito parecido com o da batata queimada pelo frio, e me pareceu mais saborosa cozida do que assada. Esse tubérculo parecia uma débil promessa da Natureza de aqui criar e alimentar seus filhos com simplicidade, em algum tempo futuro. Nestes dias de engorda de gado e campos ondulantes de cereais, esta humilde raiz, que foi no passado o totem de uma tribo indígena, está totalmente esquecida ou é conhecida apenas pela haste trepadeira com uma penca de flores; mas volte a Natureza a reinar outra vez, e os cereais ingleses, tenros e luxuriosos, provavelmente desaparecerão diante de uma miríade de inimigos, e sem o cuidado do homem os corvos são capazes de levar até o último grão de milho de volta para o grande milharal do Deus dos índios no sudoeste, de onde dizem que ele foi trazido; mas a falsa-glicínia, agora quase exterminada, talvez reviva e floresça apesar das geadas e das condições agrestes, demonstre-se nativa e retome sua antiga importância e dignidade como alimento principal da tribo de caçadores. Alguma Ceres ou Minerva índia deve tê-la criado e ofertado ao homem; e, iniciando-se aqui o reinado da poesia, suas folhas e cordões de túberos podem figurar em nossas obras de arte.

Em começo de setembro, eu já tinha visto dois ou três pequenos bordos se tornarem escarlates do outro lado do lago, onde os troncos brancos de três álamos se separavam na ponta de um promontório perto da água. Ah, quantas histórias contavam suas cores! E gradualmente, de semana em semana, apresentava-se o personagem de cada árvore, que admirava seu reflexo no espelho liso do lago. Toda manhã o curador desta galeria substituía o antigo quadro nas paredes por alguma nova pintura, que se distinguia por um colorido mais brilhante ou mais harmonioso.

Em outubro, as vespas vieram aos milhares ao meu alojamento, tomando-o como seus quartéis de inverno, e se instalaram em minhas janelas por dentro e no alto das paredes, às vezes impedindo a entrada das visitas. A cada manhã, quando estavam entorpecidas de frio, eu varria algumas para fora, mas não me incomodava muito em me livrar delas; chegava a me sentir lisonjeado por considerarem minha casa como um bom abrigo. Nunca me molestaram seriamente, embora passassem a noite comigo; e aos poucos sumiram, por quais fendas ignoro, fugindo ao inverno e ao frio indescritível.

Como as vespas, antes que finalmente eu entrasse no quartel do inverno em novembro, eu costumava frequentar o nordeste do Walden, que o sol, refletindo-se dos pinheirais e da margem pedregosa, convertia na lareira do lago; é muito mais agradável e saudável se aquecer ao sol, enquanto é possível, do que a um fogo artificial. Assim eu me aquecia junto às brasas ainda ardentes que o verão havia deixado, como um caçador na hora da partida.

Quando fui construir minha lareira, estudei a arte da alvenaria. Como meus tijolos eram de segunda mão, precisava limpá-los com uma trolha, de modo que aprendi mais do que o usual sobre as qualidades dos tijolos e das trolhas. A argamassa sobre eles tinha cinquenta anos de idade e, pelo que disseram, continuava a endurecer; mas é o tipo de ditado que os homens gostam de repetir, seja verdadeiro ou não. Esses próprios ditados se endurecem e aderem cada vez mais com o tempo, e seriam necessários muitos golpes de trolha para removê-los de um velho sabichão. Muitas cidades da Mesopotâmia são construídas com tijolos usados de ótima qualidade, obtidos nas ruínas da Babilônia, e a massa neles é ainda mais velha e provavelmente mais dura. Seja como for, fiquei impressionado com aquela peculiar dureza de aço que levava tantos golpes violentos sem se ferir. Como meus tijolos antes faziam parte de uma lareira, embora não lesse neles o nome de Nabucodonosor, escolhi todos os tijolos de lareira que consegui encontrar, para poupar trabalho e desperdício, e preenchi os espaços entre eles, ao redor da abertura, com pedras da margem do lago, e também fiz minha argamassa com a areia branca do mesmo local. Eu me demorei longamente na lareira, como a parte mais vital da casa. Na verdade, trabalhava com tanto vagar e deliberação que, embora começasse de manhã no nível do chão, uma carreira de tijolos a poucos centímetros do solo me servia de travesseiro à noite; nem por isso, ao que me lembre, meu pescoço endureceu de obstinação; minha obstinação vem de data mais antiga. Mais ou menos nessa época hospedei um poeta por quinze dias, o que me fez usá-la como aposento. Ele trouxe sua própria faca, embora eu tivesse duas, e costumávamos areá-las enfiando-as na terra. Dividíamos as tarefas de cozinha. Agradava-me ver meu trabalho subindo pouco a pouco, tão simétrico e sólido, e refletia que, se avançasse devagar, haveria de durar muito tempo. A lareira, em certa medida, é uma estrutura independente, que se apoia no chão e, atravessando a casa, se eleva aos céus; mesmo quando a casa se incendeia, às vezes ela ainda permanece, e sua importância e sua independência são evidentes. Isso foi no final do verão. Agora era novembro.

O vento norte já tinha começado a resfriar o lago, embora para isso tenha levado muitas semanas soprando constantemente, tão fundas são suas águas. Quando comecei a acender um fogo à noite, antes de rebocar minha casa, a chaminé conduzia muito bem a fumaça, devido às várias frestas entre as tábuas. Mesmo assim, passei algumas alegres noites naquele aposento frio e com ar encanado, cercado pelas tábuas marrons ásperas e cheias de nós, e as vigas de troncos com costaneira por sobre minha cabeça. Minha casa nunca voltou a agradar tanto a meus olhos depois de rebocada, embora eu tivesse de admitir que ficou mais confortável. Não deveriam todos os aposentos onde moram os homens ter um pé direito suficiente para criar uma certa obscuridade no alto, onde as sombras tremulantes possam, de noite, brincar entre as vigas? Essas formas são mais agradáveis à fantasia e à imaginação do que os afrescos ou os mais caros mobiliários. Posso dizer que inaugurei minha casa quando comecei a usá-la não só como abrigo, mas também como aquecimento. Eu tinha pegado um par de velhos cães de lareira para não deixar a lenha no chão, e gostava de ver a fuligem se formar no fundo da lareira construída com minhas mãos, e atiçava o fogo com maior direito e maior satisfação do que o habitual. Minha morada era pequena, e mal dava para fazer um eco ali dentro; mas parecia maior por ser um aposento só, sem vizinhos por perto. Todos os atrativos de uma casa estavam concentrados num único cômodo; era cozinha, dormitório, sala de estar e sala de visitas; e eu gozava todas as satisfações que pai ou filho, patrão ou empregado, derivam do fato de viver numa casa. Catão diz que o chefe de uma família (*patremfamilias*) deve ter em sua casa de campo "*cellam oleariam, vinariam, dolia multa, uti lubeat caritatem expectare, et rei, et virtuti, et gloriae eri*", isto é, "uma adega para o azeite e o vinho, muitos barris, para que possa esperar com calma os tempos difíceis; será para seu proveito, virtude e glória". Eu tinha em meu porão um barril de batatas e cerca de dois quilos de ervilhas carunchadas; em minha prateleira, um pouco de arroz, uma jarra de melado e um celamim de farinha de centeio e outro de farinha de milho.

    Às vezes sonho com uma casa maior e mais povoada, erguida numa idade dourada, de materiais resistentes, sem ornamentos fúteis, que continuaria a ter um único aposento, um salão enorme, rústico, essencial, primitivo, sem forro nem reboco, com terças e vigas nuas sustentando uma espécie de céu mais baixo sobre nossa cabeça – útil para proteger da chuva e da neve; onde os régios pendurais se destacam para receber nossa homenagem, depois de, transpondo a soleira e descobrindo a cabeça, termos prestado reverência ao prostrado Saturno de uma dinastia mais antiga; uma casa cavernosa onde, para enxergar o teto, temos de erguer uma tocha com mastro; onde alguns podem viver na lareira, outros no recesso de uma janela, e alguns em bancos de madeira, alguns numa das pontas do salão, outros na outra, alguns no topo das vigas junto com as aranhas, se quiserem; uma casa onde, para entrar, basta abrir a porta da frente e acabou-se a cerimônia; onde o viajante cansado pode se banhar, comer, conversar e dormir, sem estender a jornada; um abrigo que nos alegraria alcançar numa noite de tempestade, apetrechado com todos os essenciais de uma casa, mas nada de serviço de casa; onde vemos todos os tesouros da casa numa só vista d'olhos, e tudo o que um homem usa está pendurado em seu prego; ao mesmo tempo cozinha, copa, sala de estar, dormitório, despensa e sótão; onde vemos coisas necessárias como um barril ou uma escadinha, e coisas convenientes como um guarda-louça, ouvimos a panela a ferver, prestamos nossos respeitos ao fogo cozendo nosso jantar e ao forno assando nosso pão, e cujos principais ornamentos são os móveis e utensílios necessários; onde não há a canseira de estender a roupa, de apagar o fogo ou de cuidar da casa, e onde talvez nos peçam licença ao lado do alçapão, quando o cozinheiro quiser descer ao porão, e assim ficamos sabendo se o chão sob nós é sólido ou oco, sem precisarmos bater com o pé. Uma casa de interior aberto, à mostra como o ninho de uma ave, onde, ao entrar pela porta da frente e sair pela porta de trás, não podemos deixar de ver alguns de seus ocupantes; onde ser hóspede é ser apresentado à liberdade da casa, e não ser cuidadosamente excluído de sete oitavos dela, trancado numa cela particular, ouvindo a recomendação para ficar à vontade e se sentir em casa – em solitário confinamento. Hoje em dia o anfitrião não nos admite à lareira *dele*, mas manda o pedreiro construir uma lareira exclusiva para nós em algum lugar de seu terreno, e a hospitalidade é a arte de nos *reter* à maior distância possível. A cozinha é cercada por um tal sigilo como se o dono da casa pretendesse nos envenenar. Reconheço que estive na propriedade de muitos homens, e até poderiam ter me expulsado legalmente, mas desconheço que tenha estado na casa de muitos homens. De bom grado visitaria com minha roupa surrada um rei e uma rainha que vivessem com simplicidade numa casa dessas, se estivesse passando por ali; mas, se algum dia eu me apanhar num palácio moderno, a única coisa que vou querer é saber andar às arrecuas.

    É como se a própria linguagem de nossos parlatórios perdesse todo o seu vigor e degenerasse em simples *palavrório*, tão grande é a distância entre nossa vida e os símbolos da linguagem, e tão inevitavelmente forçadas são suas figuras e metáforas, como se fossem trazidas à sala num carrinho de bufê, por assim dizer; em outras palavras, tão grande é a distância entre a sala e a cozinha ou a oficina. Mesmo o almoço geralmente não passa da parábola de um almoço. Como se apenas o selvagem morasse perto da Natureza e da Verdade o suficiente para lhes tomar emprestado algum tropo. Como pode o erudito, que mora lá longe no Território de Noroeste ou na Ilha de Man, saber o que se parlamenta na cozinha?

No entanto, apenas um ou dois hóspedes meus ousavam ficar e dividir um mingau comigo; mas, quando viam se aproximar aquela crise, batiam em rápida retirada, como se ela fosse abalar a casa até os alicerces. Não obstante, ela passou por inúmeros mingaus.

Só comecei a aplicar a massa quando o frio ficou glacial. Para isso, eu trouxe uma areia mais clara e mais limpa da outra margem do lago, de barco, um tipo de transporte que me faria ir muito mais longe, se necessário fosse. Minha casa, nesse meio tempo, fora inteiramente revestida de sarrafos até o chão. Ao sarrafear, eu gostava de enfiar cada prego com uma martelada só, e minha meta era transferir a massa com rapidez e destreza da masseira para a parede. Lembrei a velha anedota de um sujeito presunçoso que, todo bem-vestido, gostava de passear à toa pela cidade, distribuindo conselhos aos operários. Aventurando-se um dia a substituir as palavras pelos atos, enrolou as mangas da camisa, pegou uma desempenadeira e, tendo enchido sua trolha sem maiores percalços, lançou um olhar complacente à armação de sarrafo no alto e atirou ali a massa num gesto largo; imediatamente, para seu completo desacorçoamento, recebeu todo o conteúdo nos folhos de seu peito estufado. Admirei uma vez mais a economia e a praticidade do reboco, tão eficiente para vedar o frio e que dá um belo acabamento, e aprendi os diversos acidentes a que um emboçador está sujeito. Fiquei surpreso em ver como os tijolos tinham sede e absorviam toda a umidade de minha massa antes que eu a alisasse, e quantos baldes de água são necessários para batizar uma lareira nova. No inverno anterior, eu tinha feito uma pequena quantidade de cal torrando as conchas do *Unio fluviatilis*, que dá em nosso rio, só a título de experiência; assim, eu sabia de onde vinham meus materiais. Se quisesse, poderia ter apanhado um bom calcário num raio de dois a três quilômetros e calcinado pessoalmente.

Nesse ínterim, o lago tinha coberto as enseadas mais rasas e sombreadas, alguns dias ou mesmo semanas antes do congelamento geral. O primeiro gelo é especialmente interessante e perfeito, sendo firme, escuro e transparente, e é a melhor ocasião para examinar o fundo, onde é raso; pois você pode se deitar de bruços no gelo com apenas 2,5 centímetros de espessura, como um gerrídeo na superfície da água, e estudar o fundo à vontade, apenas a cinco ou sete centímetros de distância, como uma pintura por trás de um vidro, e a água, então, é sempre necessariamente lisa. Há muitos sulcos na areia, por onde alguma criatura passou e voltou sobre as próprias pegadas; e, quanto aos destroços na margem, a areia fica juncada com os casulos de larvas feitos com minúsculos grãos de quartzo branco. Talvez tenham sido elas que estriaram a areia, pois encontram-se alguns casulos nos sulcos, embora sejam fundos e largos demais para ter sido feitos por elas. Mas o próprio gelo é o objeto de maior interesse, porém você precisa aproveitar a primeiríssima oportunidade de estudá-lo. Se examinar atentamente de manhã, depois de congelar, você descobre que a maior parte das bolhas, que a princípio pareciam estar dentro dele, se comprimem contra a parte de baixo de sua superfície, e que outras continuam a subir do fundo, incessantemente, enquanto o gelo ainda está relativamente sólido e escuro, ou seja, enxerga-se a água através dele. Essas bolhas têm um diâmetro de 1,5 a 3 milímetros, muito bonitas e transparentes, e é possível vermos nosso rosto refletido nelas, através do gelo. Há umas trinta ou quarenta delas em seis centímetros quadrados. Dentro do gelo, já há também bolhas perpendiculares, oblongas e estreitas, com cerca de 1,5 centímetro de comprimento, cones agudos com o vértice para cima; ou, com maior frequência, quando o gelo está bem fresco, minúsculas bolhas esféricas, uma diretamente sobre a outra, como um colar de contas. Mas estas dentro do gelo não são tão visíveis nem tão numerosas quanto as de baixo. Às vezes eu atirava pedras no gelo para testar sua resistência, e as que atravessavam o gelo permitiam a entrada do ar, o qual formava por baixo do gelo bolhas brancas muito grandes e visíveis. Um dia, quando retornei ao mesmo lugar 48 horas mais tarde, descobri que aquelas bolhas grandes continuavam perfeitas, mesmo o gelo tendo engrossado mais 2,5 centímetros, como era possível ver claramente pela marca na ponta de um bloco. Mas, como os dois últimos dias tinham sido bem cálidos, como um veranico, o gelo agora não estava transparente, mostrando o fundo e a cor verde escura da água, e sim opaco e cinza ou esbranquiçado, e embora estivesse com o dobro da espessura nem por isso estava mais resistente, pois as bolhas de ar tinham se expandido muito sob o calor e se juntado, perdendo a regularidade; não estavam mais uma diretamente em cima da outra, mas pareciam moedas de prata caindo de uma bolsa, uma se sobrepondo a outra, ou em camadas finas, como que ocupando ligeiros desníveis. A beleza do gelo tinha desaparecido, e era tarde demais para estudar o fundo. Curioso em saber a posição que minhas bolhas grandes estavam ocupando em relação ao novo gelo, quebrei um bloco contendo uma de tamanho médio, e virei-o de ponta-cabeça. O novo gelo tinha se formado em torno e por sob a bolha, de forma que ela ficou entre as duas camadas de gelo. Estava totalmente encerrada dentro do gelo de baixo, mas perto da camada superior, e estava achatada, ou talvez levemente lenticular, com a borda arredondada, com cerca de seis milímetros de espessura por dez centímetros de diâmetro; e fiquei surpreso ao descobrir que, imediatamente abaixo da bolha, o gelo tinha se derretido com muita regularidade, na forma de um pires invertido, até a altura de cerca de 1,5 centímetro no meio, deixando ali uma fina separação entre a água e a bolha, que mal chegava a uma espessura de 3 milímetros; e em muitos lugares as pequenas bolhas neste hiato tinham estourado por baixo, e provavelmente não havia nenhum gelo sob as bolhas maiores, com cerca de trinta centímetros de diâmetro. Inferi daí que a infinidade de bolhas minúsculas que eu tinha visto inicialmente contra a parte de baixo da superfície do gelo agora estaria igualmente congelada, e que cada uma delas, em seu nível, tinha funcionado como uma lente convexa sobre o gelo da parte inferior, derretendo-o e dissolvendo-o. São as pequenas espingardas de ar comprimido que contribuem para o gelo se romper e gemer.

Finalmente o inverno se instalou a rigor, no momento em que eu tinha acabado o reboco, e o vento começou a uivar em torno da casa como se, até então, não estivesse autorizado a fazê-lo. Noite após noite, os gansos avançavam com dificuldade no escuro, com clangores e zunidos das asas, mesmo depois que o solo estava forrado de neve, alguns para pousar no Walden, outros voando baixo sobre as matas, na direção do Porto Belo, seguindo para o México. Várias vezes, quando eu estava voltando da cidade às dez ou onze da noite, ouvia o som dos passos de um bando de gansos, ou quiçá patos, nas folhas secas da mata perto de uma lagoa atrás de minha morada, onde tinham vindo se alimentar, e escutava o débil grito ou grasnido do líder para se apressarem. Em 1845, o Walden se congelou totalmente pela primeira vez na noite de 22 de dezembro, enquanto o rio, o Flints e outros lagos mais rasos já estavam congelados fazia mais de dez dias; em 1846, no dia 16; em 1849; por volta do dia 31; e em 1850, por volta de 27 de dezembro; em 1852, em 5 de janeiro; em 1853, em 31 de dezembro. A neve já havia recoberto o chão desde 25 de novembro, e me cercou subitamente com o cenário de inverno. Recolhi-me ainda mais em minha concha, e me dediquei a manter um fogo brilhante dentro de minha casa e dentro de meu peito. Minha atividade fora de casa, agora, era juntar a madeira morta na floresta e trazê-la nas mãos ou nos ombros, ou às vezes arrastando sob os braços um pinheiro morto até meu depósito. Uma cerca velha da floresta, que tinha visto dias melhores, foi um grande achado para mim. Sacrifiquei-a a Vulcano, pois já não servia mais ao deus Terminus. Como é muito mais interessante aquele jantar do homem que esteve na neve caçando – ou melhor, roubando – a lenha para cozinhá-lo! Doce é seu pão, doce é sua carne. Existem gravetos e restos de madeira de todas as espécies nas florestas da maioria de nossas cidades, em quantidade suficiente para alimentar muitos fogos, mas que hoje em dia não aquecem ninguém e, pensam alguns, atrapalham o crescimento da nova mata. Havia também a madeira flutuante do lago. Durante o verão, eu tinha descoberto uma balsa de troncos de pinheiro com casca, feita pelos irlandeses quando foi construída a ferrovia. Coloquei-a parcialmente levantada na margem do lago. Depois de dois anos se encharcando na água e, então, escorrendo por seis meses, ela estava perfeitamente sólida, embora saturada demais para secar. Certo dia de inverno, diverti-me fazendo deslizar pelo lago as toras desmontadas, uma a uma, por quase oitocentos metros, patinando atrás com a ponta de um tronco de 4,5 metros de comprimento em meu ombro e a outra ponta no gelo; também amarrei vários troncos juntos com uma vara de bétula, e então, usando uma vara mais comprida de bétula ou de amieiro com um gancho na ponta, atravessei o lago arrastando o conjunto. Embora totalmente encharcados e pesando quase como chumbo, eles não só arderam por muito tempo, mas também deram um fogo muito quente; ora, até pensei que queimavam melhor por terem se saturado, como se a resina, ficando retida pela água, queimasse por mais tempo, como numa lamparina.

Gilpin, em sua descrição dos moradores na orla das florestas na Inglaterra, diz que "as ocupações dos invasores, e as casas e cercas assim construídas nos limites da floresta", eram "consideradas como graves contravenções pela antiga lei florestal, e eram severamente punidas como grilagens de áreas comunais, porque tendiam *ad terrorem ferarum – ad nocumentum forestae* &c.", isto é, a assustar a caça e a prejudicar a floresta. Mas eu estava mais interessado em preservar a veação e a vegetação do que os caçadores ou os lenhadores, como se eu fosse o próprio Guarda Florestal em pessoa de Sua Majestade; e se alguma área se incendiava, mesmo tendo sido eu a incendiá-la por acidente, afligia-me uma aflição mais longa e mais inconsolável do que a dos donos; aliás, afligia-me quando os próprios donos abatiam alguma área. Gostaria que nossos agricultores, ao derrubar uma floresta, sentissem um pouco daquele respeito que os antigos romanos sentiam quando desbastavam ou deixavam a luz entrar num bosque consagrado (*lucum conlucare*), isto é, acreditavam que era consagrado a alguma divindade. Os romanos faziam uma oferenda expiatória e oravam: Quem sejas, deus ou deusa a quem este bosque é sagrado, sê propício a mim, à minha família e filhos &c.

É admirável o valor que ainda se atribui à madeira, mesmo nesta época e neste país novo, um valor mais permanente e universal do que o do ouro. Mesmo depois de todas as nossas descobertas e invenções, nenhum homem abandona uma pilha de madeira. É tão preciosa para nós como foi para nossos ancestrais saxões e normandos. Se com ela faziam seus arcos, dela fazemos nossas coronhas. Michaux, mais de trinta anos atrás, disse que o preço de lenha para combustível em Nova York e Filadélfia "praticamente se equipara, e às vezes ultrapassa, ao da melhor lenha em Paris, embora esta imensa capital exija anualmente mais de um milhão de metros cúbicos e esteja cercada de planícies cultivadas que se estendem por quase quinhentos quilômetros". Aqui na cidade, o preço da madeira sobe quase sem parar, e a única pergunta é quanto ela vai aumentar neste ano em relação ao ano passado. Os artesãos e comerciantes que vêm pessoalmente à floresta com esta finalidade exclusiva não perdem um único leilão de madeira, e chegam a pagar um alto preço pelo privilégio de respigar a área depois do trabalho do lenhador. Faz muitos anos que os homens recorrem à floresta em busca de combustível e material para as artes; o habitante da Nova Inglaterra e o habitante da Nova Holanda, o parisiense e o celta, o agricultor e Robin Hood, Goody Blake e Harry Gill, na maior parte do mundo o príncipe e o camponês, o erudito e o selvagem igualmente continuam a pedir à floresta alguns galhos que os aqueçam e lhes cozinhem o alimento. E tampouco eu poderia passar sem eles.

Todo homem contempla sua pilha de lenha com uma espécie de afeição. Eu gostava de ter a minha diante da janela, e quanto mais lascas melhor, para me relembrar meu agradável trabalho. Eu tinha um machado velho que ninguém reivindicava, com o qual, de tempos em tempos, nos dias de inverno, no lado ensolarado da casa, entretinha-me com os tocos que havia removido de minha lavoura de feijão. Como profetizou meu guia quando eu estava arando a terra, eles me aqueceriam duas vezes, primeiro ao rachá-los como lenha, e depois quando alimentaram o fogo, de forma que nenhum combustível poderia fornecer mais calor. Quanto ao machado, aconselharam-me a levá-lo ao ferreiro da cidade para "amolar"; mas não quis eu me amolar e, encravando-lhe um cabo de nogueira da mata, ele voltou a prestar. Se não tinha fio, pelo menos estava bem firme.

Alguns tocos de pinheiro resinoso constituíam um grande tesouro. É interessante lembrar que ainda existe uma grande quantidade desse alimento para o fogo, escondida nas entranhas da terra. Anos antes, eu tinha ido fazer várias "prospecções" em algumas colinas desmatadas, onde outrora existira um pinheiral, e retirei as raízes de pinheiro resinoso. São quase indestrutíveis. Tocos com trinta ou quarenta anos de idade, pelo menos, ainda mostram o núcleo sólido, embora todo o alburno já tenha se transformado em terra vegetal, como mostram as camadas da casca espessa formando um anel paralelo ao solo, a uma distância de dez a doze centímetros do cerne da madeira. Com pá e machado você explora esta mina, e segue aquele tesouro de tutano, amarelo como sebo de boi, ou como se tivesse atingido um veio de ouro, penetrando profundamente na terra. Mas normalmente eu acendia meu fogo com as folhas secas da floresta, que tinha armazenado em meu depósito antes da chegada da neve. O lenhador, quando acampa na mata, usa madeira de nogueira verde cortada em varetas finas. De vez em quando eu pegava um pouco. Quando os moradores da cidade estavam acendendo seus fogos além do horizonte, eu também avisava aos vários habitantes selvagens do vale de Walden, com uma serpentina de fumaça se evolando de minha chaminé, que eu estava desperto.

> Leve fumo alado, pássaro de Ícaro
> Derretendo tuas rêmiges no voo às alturas,
> Cotovia sem melodia, mensageira da aurora,
> Rodeando o alto das aldeias como teu ninho;
> Ou além, deixando o sonho e a sombra
> Da aparição noturna, recolhendo tuas saias;
> À noite velando as estrelas, de dia
> Toldando a luz e apagando o sol;
> Vai, meu incenso, sobe desta lareira e
> Pede aos deuses perdão pela viva chama.

> [*Light winged Smoke, Icarian bird,*
> *Melting thy pinions in thy upward flight,*
> *Lark without song, and messenger of dawn,*
> *Circling above the hamlets as thy nest;*
> *Or else, departing dream, and shadowy form*
> *Of midnight vision, gathering up thy skirts;*
> *By night star-veiling, and by day*
> *Darkening the light and blotting out the sun;*
> *Go thou my incense upward from this hearth,*
> *And ask the gods to pardon this clear flame.*]

Uma madeira de lei verde, recém-cortada, embora eu usasse em pequena quantidade, era a que melhor atendia à minha finalidade. Às vezes eu deixava um bom fogo aceso quando saía para uma caminhada numa tarde de inverno; ao voltar, três ou quatro horas depois, o fogo ainda estava vivo e brilhante. Minha casa não ficava vazia, mesmo eu estando fora. Era como se eu tivesse deixado ali uma alegre governanta. Éramos eu e o Fogo a morar ali; e geralmente minha governanta se mostrava digna de confiança. Um dia, porém, quando estava rachando lenha, achei que deveria dar uma olhada pela janela e ver se a casa não havia se incendiado; foi a única vez que me lembro de ter sentido alguma preocupação a esse respeito; assim, fui olhar e vi que uma fagulha tinha atingido minha cama, e entrei e a apaguei, tendo ela feito uma queimadura do tamanho de minha mão. Mas minha casa ocupava uma posição tão ensolarada e abrigada, e tinha um telhado tão baixo, que eu podia deixar o fogo se extinguir praticamente em qualquer dia de inverno.

As toupeiras se abrigavam em meu porão, mordiscando um terço das batatas, e chegaram a fazer uma cama aconchegante com papel de embrulho e um resto de crina que havia sobrado da argamassa; pois mesmo os animais mais selvagens gostam de calor e de conforto, tanto quanto o homem, e só sobrevivem ao inverno porque têm grande cuidado em providenciá-los. Alguns amigos meus falavam como se eu tivesse vindo para a mata com o intuito de me congelar. O animal simplesmente faz uma cama, que aquece com seu corpo num local abrigado; mas o homem, tendo descoberto o fogo, fecha o ar num aposento espaçoso e, em vez de roubar o calor de si mesmo, esquenta-o com o fogo, faz com que essa sua cama, na qual ele pode se movimentar dispensando roupas mais pesadas, mantenha uma espécie de verão em pleno inverno, e pelas janelas até receba a luz, e com uma lâmpada prolongue o dia. Assim ele avança um ou dois passos além do instinto, e reserva um pouco de tempo para as belas-artes. Porém, quando eu ficava exposto às mais violentas rajadas de vento por muito tempo, todo o meu corpo começava a se entorpecer, e, quando eu chegava à atmosfera acolhedora de minha casa, logo recobrava minhas faculdades e prolongava minha vida. Mas o homem que dispõe do mais luxuoso abrigo não tem muito do que se vangloriar neste aspecto, nem precisamos nos incomodar em especular como a espécie humana vai acabar se destruindo. Seria fácil cortar seus fios a qualquer momento, bastando uma rajada mais intensa do norte. Continuamos a datar os tempos pelas Sextas-Feiras Geladas e pelas Grandes Nevascas; mas uma sexta um pouco mais gelada ou uma nevasca um pouco mais forte colocaria um ponto final à existência do homem no globo.

No inverno seguinte usei um pequeno fogão de cozinha, por economia, pois não era dono da floresta; mas ele não mantinha o fogo tão bem quanto a lareira aberta. De modo geral, cozinhar não era mais um processo poético, e sim meramente químico. Nesses tempos dos fogões, logo esqueceremos que assávamos batatas nas cinzas, à maneira dos índios. O fogão não só ocupava espaço e impregnava a casa com seu cheiro, mas também escondia o fogo, e senti como se tivesse perdido uma companhia. Sempre se pode enxergar um rosto no fogo. O trabalhador, olhando-o à noite, purifica seus pensamentos eliminando os refugos e aspectos terrenos que se acumularam neles durante o dia. Mas eu não podia mais me sentar e olhar o fogo, e relembrava com força redobrada as palavras de um poeta a respeito desse tema.

> "Nunca, ó brilhante chama, que me seja desprovida
> Tua cara e íntima simpatia, própria imagem da vida.
> O que, senão minha esperança, brilhante se alçava?
> O que, senão minha fortuna, na noite soçobrava?

Por que de nosso lar e lareira foste afastada,
Tu que és bem-vinda e por todos amada?
Foi tua existência demasiada fantasia
Para a luz comum de nossa vida, tão vazia?
Entreteve teu claro brilho conversas misteriosas
Com nossas almas afins? de ousadias sigilosas?
Agora seguros e fortes estamos, sentados em paz
A uma lareira onde sombras vagas não há mais,
Onde nada alegra nem entristece; só a pira
Aquece pés e mãos – e a nada mais aspira;
Junto à compacta pilha utilitária ardendo
Os presentes podem se sentar, adormecendo
Sem temer os fantasmas que do passado retornavam,
E à luz do velho fogo conosco conversavam."

[*"Never, bright flame, may be denied to me*
Thy dear, life imaging, close sympathy.
What but my hopes shot upward e'er so bright?
What but my fortunes sunk so low in night?

Why art thou banished from our hearth and hall,
Thou who art welcomed and beloved by all?
Was thy existence then too fanciful
For our life's so common light, who are so dull?
Did thy bright gleam mysterious converse hold
With our congenial souls? secrets too bold?
Well, we are safe and strong, for now we sit
Beside a hearth where no dim shadows flit,
Where nothing cheers nor saddens, but a fire
Warms feet and hands – nor does to more aspire;
By whose compact utilitarian heap
The present may sit down and to to sleep,
Nor fear the ghosts who from the dim past walked,
And with us by the unequal light of the old wood fire
  talked."]

Antigos habitantes e visitas invernais

Atravessei algumas álacres tempestades de neve, e passei algumas animadas noites de inverno junto à lareira, enquanto a neve rodopiava furiosamente lá fora, e até mesmo o uivo do mocho silenciara. Por muitas semanas, não encontrei ninguém em minhas caminhadas, afora alguns que vinham de vez em quando cortar madeira e levá-la de trenó para a cidade. Os elementos, porém, me incentivaram a abrir caminho por entre a neve mais alta na mata, pois, quando passei por ali uma vez, o vento soprando depositou as folhas de carvalho em minhas pegadas, que ali se alojaram e, absorvendo os raios do sol, derreteram a neve, e assim não só criaram um leito seco para meus pés, mas de noite a linha escura formada por elas servia-me de guia. Para o convívio humano, era-me grato conjurar os antigos ocupantes destas matas. Na memória de muitos concidadãos meus, a estrada perto de onde fica minha casa ressoava com os risos e charlas dos moradores, e as matas que a bordejam eram entalhadas e pontilhadas aqui e ali com suas pequenas hortas e moradas, embora naquela época fosse uma área muito mais fechada pela floresta do que agora. Eu mesmo lembro que, em alguns lugares, os pinheiros roçavam simultaneamente os dois lados das carroças de passagem, e as mulheres e crianças que precisavam tomar este caminho para ir a Lincoln, a pé e sozinhas, iam com medo, muitas vezes correndo por um bom trecho. Embora fosse basicamente apenas uma rota humilde para os povoados vizinhos ou para a parelha de bois do lenhador, sua variedade entretinha o viajante mais do que agora, e permanecia por mais tempo em sua lembrança. Agora estendem-se campos abertos de solo firme entre a cidade e as matas, mas antes o caminho seguia por uma área pantanosa de bordos, com uma base de troncos, cujos remanescentes certamente ainda se encontram sob a atual estrada seca e empoeirada, desde Stratten Farm, o atual Asilo de Pobres, até Brister's Hill.

A leste de meu campo de feijão, do outro lado da estrada, vivia Cato Ingraham, escravo de Duncan Ingraham, Esquire, fidalgo de Concord, que construiu uma casa para seu escravo e lhe deu permissão de morar nas Matas de Walden – um Catão local, não um Cato Uticensis, mas um Cato Concordiensis. Alguns dizem que era um negro da Guiné. Um ou outro ainda lembra seu pequeno terreno entre as nogueiras, as quais ele deixou crescer para quando ficasse velho e precisasse das árvores, porém um especulador mais jovem e mais branco acabou por ficar com elas. Mas agora ele também ocupa uma casa igualmente estreita. A cavidade do porão semidestruído de Cato ainda permanece, embora conhecida por poucas pessoas, oculta aos olhos do viajante por uma fímbria de pinheiros. Agora ela está ocupada pelo sumagre-liso (*Rhus glabra*), e ali cresce luxuriosamente uma das mais precoces espécies de vara-de-ouro (*Solidago stricta*).

Aqui, bem no canto de meu terreno, ainda mais perto da cidade, ficava a casinha de Zilpha, uma negra que fiava linho para o povo da cidade, fazendo as Matas de Walden ressoarem com seus sustenidos, pois tinha uma voz potente e admirável. Por fim, na guerra de 1812, seu lar foi incendiado por soldados ingleses, prisioneiros em condicional, quando ela estava fora, e seu gato, seu cachorro e suas galinhas foram queimados, todos juntos. Ela levava uma vida dura, e um tanto desumana. Um antigo frequentador dessas matas lembra um dia em que passou pela casa dela, e ouviu Zilpha resmungando sobre a panela murmurante: "Vocês são ossos, só ossos!". Vi tijolos por ali, entre os arbustos de carvalho.

Descendo a estrada à direita, em Brister's Hill, vivia Brister Freeman, "um negro jeitoso", outrora escravo do juiz de paz Cummings – ali onde ainda crescem as macieiras que Brister plantou e cuidou; agora grandes e velhas, mas com frutos ainda silvestres e sabendo a cidra para meu paladar. Algum tempo atrás li seu epitáfio no velho cemitério de Lincoln, um pouco apartado, perto dos túmulos sem identificação de alguns granadeiros britânicos que caíram na retirada de Concord – onde seu nome consta como "Sippio Brister" – e de Scipio Africanus tinha ele um certo direito de ser chamado – "um homem de cor", como se tivesse descolorido. A lápide também me informava, com uma ênfase retumbante, o ano em que ele morreu; o que era apenas uma maneira indireta de me informar que, afinal, algum dia ele viveu. Com ele morava Fenda, sua esposa simpática que lia a sorte, mas sempre sortes agradáveis – grande, roliça e preta, mais preta do que qualquer filho da noite, uma esfera negra como jamais se erguera ou voltaria a se erguer em Concord.

Descendo ainda mais a colina, à esquerda, na antiga estrada dentro da mata, há marcas de ocupação da família Stratten; seus pomares outrora cobriam toda a vertente de Brister's Hill, mas foram tomados muito tempo atrás pelos pinheirais, exceto alguns cepos, cujas velhas raízes ainda fornecem rebentos para enxertar em muitas árvores viçosas da cidade.

Ainda mais perto da cidade, chega-se à área de Breed, do outro lado do caminho, bem no limite da mata; lugar famoso pelas peças pregadas por um demônio não claramente nomeado na antiga mitologia, o qual tem desempenhado um papel surpreendente e de grande destaque em nossa vida na Nova Inglaterra, e merece, como qualquer personagem mitológico, que algum dia lhe escrevam a biografia; que de início chega disfarçado de amigo ou empregado, e então rouba e mata a família inteira – o Rum da Nova Inglaterra. Mas a história ainda não deve narrar as tragédias aqui encenadas; esperemos o tempo se interpor para amenizá-las e lhes emprestar o azul da distância. Diz a mais vaga e dúbia tradição que, outrora, aqui ficava uma taverna; e também o poço, que temperava a bebida do viajante e refrescava sua montaria. Aqui os homens se saudavam, ouviam e contavam as notícias, e retomavam seus caminhos.

A cabana de Breed ainda estava de pé doze anos atrás, embora desocupada desde longa data. Era mais ou menos do tamanho da minha. Foi incendiada por alguns moleques travessos, numa noite de Eleição, se não me engano. Naquela época eu vivia no limite da cidade, e tinha acabado de me perder no Gondibert de Davenant, naquele inverno que trabalhei em letargia – o que, aliás, eu nunca soube se devia encarar como uma doença de família, pois tenho um tio que adormece ao se barbear, e é obrigado a ficar tirando os grelos das batatas num porão aos domingos, para conseguir se manter acordado e observar o Dia do Descanso, ou como consequência de minha tentativa de ler a coleção Chalmers de poesia inglesa sem saltar as páginas. Ela derrotou totalmente meus Nervos. Minha cabeça tinha acabado de se afundar nisso quando os sinos deram o toque de incêndio e, no calor da pressa, lá seguiram as bombas contra incêndio, lideradas por uma tropa esparsa de homens e meninos, e eu entre os primeiros, pois eu tinha saltado o riacho. Pensamos que o fogo estava ao sul, além da mata – nós que já tínhamos acorrido a outros incêndios antes –, celeiro, loja, residência, ou todos juntos. "É o celeiro de Baker", gritou um. "É Codman Place", disse outro. E então saltaram novas fagulhas por sobre a mata, como se o telhado tivesse desmoronado dentro dela, e todos nós gritamos: "Concord acode!". As carroças passaram em furiosa disparada, apinhadas de gente, provavelmente levando o agente da Companhia de Seguros, obrigado a ir a qualquer distância que fosse; e volta e meia, lá atrás, o sino do carro de bombeiros tilintava, mais lento e mais seguro, e na retaguarda de todos, conforme os boatos que circularam mais tarde, vinham os que tinham ateado o fogo e dado o alarme. Assim prosseguimos como verdadeiros idealistas, rejeitando a evidência de nossos sentidos, até que numa curva da estrada ouvimos os estalos e, de fato, sentimos o calor do fogo vindo da parede, e percebemos, ai!, que tínhamos chegado. A proximidade do fogo arrefeceu nosso ardor. De início pensamos em atirar a água de uma poça; mas decidimos deixar queimar, tão avançado estava o incêndio e tão inútil seria nosso esforço. Assim ficamos em redor de nosso carro de bombeiros, acotovelando-nos, expressando nossos sentimentos a todo volume, ou referindo-nos em tom mais baixo às grandes conflagrações que o mundo tinha presenciado, inclusive a loja de Bascom, e confidenciando um ao outro que, se chegássemos a tempo com nossa "banheira" e houvesse uma poça ali perto, poderíamos materializar aquela ameaça do último dilúvio universal. Finalmente retiramo-nos sem nenhum dano ou travessura – voltamos ao sono e a Gondibert. Mas, quanto a Gondibert, eu abriria uma exceção para aquela passagem no prefácio dizendo que o humor é a pólvora que dá vigor à alma: "mas a maioria da humanidade é estranha ao humor, como os índios à pólvora".

Por acaso, na noite seguinte, eu estava atravessando os campos por aquele caminho, mais ou menos na mesma hora, e, ao ouvir um baixo gemido naquele ponto, aproximei-me no escuro e descobri o único sobrevivente da família que conheço, o herdeiro de seus vícios e virtudes, o único que estava interessado nesse incêndio, deitado de bruços e olhando por cima da parede do porão as cinzas ainda fumegantes lá embaixo, murmurando sozinho, como era seu costume. Ele tinha passado o dia inteiro fora, trabalhando nas várzeas do rio, e aproveitara os primeiros momentos que podia considerar seus para visitar a casa dos pais e de sua juventude. Passeava os olhos por todos os lados e pontos de vista do porão, sempre deitado ali de bruços, como se lembrasse a presença de algum tesouro escondido entre as pedras, onde não havia absolutamente nada além de um monte de tijolos e cinzas. Destruída a casa, ele fitava o que havia restado. Sentiu-se reconfortado com a solidariedade implícita em minha simples presença, e me mostrou, até onde a escuridão permitia, onde ficava o poço coberto; o qual, graças aos Céus, nunca poderia se queimar; e tateou ao longo da parede para encontrar a vara comprida de tirar água do poço, que seu pai tinha cortado e montado, procurando às apalpadelas o gancho ou a presilha de ferro que servia para prender um peso na ponta – única coisa a que agora ele podia se aferrar – para me mostrar que não era uma "estaca" comum. Apalpei-a, e ainda hoje vejo-a quase diariamente em minhas caminhadas, pois dela pende a história de uma família.

Também à esquerda, onde se pode ver o poço e os lilases junto à parede, no campo agora aberto, viviam Nutting e Le Grosse. Mas voltemos para os lados de Lincoln.

Mais embrenhado na mata do que todos os outros, ali onde a estrada é mais próxima do lago, o oleiro Wyman era posseiro de uma área; ele fornecia a seus concidadãos objetos de barro, e deixou descendentes que o sucederam no ofício. Não eram ricos em bens materiais, ocupando a terra de favor enquanto viveram; e frequentemente o delegado tentava em vão coletar os impostos, e "apreendia uma lasca de madeira" por mera formalidade, como li em seus relatórios, não havendo mais nada em que ele pudesse pôr as mãos. Um dia, em meados do verão, quando eu estava carpindo, um homem que transportava uma carga de utensílios de barro para o mercado parou com seu cavalo ao lado de meu campo e perguntou sobre Wyman filho. Muito tempo antes, tinha-lhe comprado uma roda de oleiro e queria saber o que era feito dele. Eu já tinha lido sobre argilas e rodas de oleiro na Escritura, mas nunca me ocorrera que as panelas que usamos não tinham vindo intactas desde aquela época, ou que não davam em árvores em algum lugar, como cabaças, e gostei muito de saber que se praticava uma arte tão moldável em minha vizinhança.

O último habitante destas matas antes de mim foi um irlandês, Hugh "Caracol" Quoil (se é que escrevi seu nome com todas as curvas e vogais), que ocupava o imóvel de Wyman — coronel Quoil, como era chamado. Diziam os boatos que ele tinha combatido em Waterloo. Se estivesse vivo, eu faria com que ele lutasse novamente suas batalhas. Seu ofício aqui era abrir valas. Napoleão foi para Santa Helena; Quoil veio para as Matas de Walden. Tudo o que sei dele é trágico. Era um homem de boas maneiras, conhecedor do mundo, capaz de uma linguagem mais civil do que seria de se esperar. Usava um casacão em pleno verão, sofrendo de *delirium tremens*, e seu rosto era da cor de carmim. Ele morreu na estrada ao pé de Brister's Hill logo antes de eu vir para cá, de forma que eu não me lembrava dele como vizinho. Antes que derrubassem sua casa, que seus camaradas evitavam como "um castelo agourento", fui visitá-la. Lá estavam suas roupas velhas encaracoladas pelo uso, como se fossem ele próprio, em cima de sua cama de tábuas altas. Seu cachimbo jazia quebrado no piso da lareira, em vez de um cântaro quebrado junto à fonte. Este último jamais poderia ser o símbolo de sua morte, pois ele me confessou que, embora tivesse ouvido falar da Fonte de Brister, nunca a vira; e pelo chão se espalhavam cartas sujas, reis de ouros, espadas e copas. Uma galinha preta que o administrador não conseguiu pegar, preta como a noite e igualmente silenciosa, sem sequer piar, esperando a Raposa, ainda usava o outro aposento como alojamento.

Nos fundos havia o vago contorno de uma horta, que tinha sido plantada, mas nunca fora carpida, devido àqueles terríveis acessos de tremedeira, embora agora fosse época da colheita. Estava coberta de losna e picão, que se prendeu em minhas roupas como único fruto dali. Havia a pele de uma marmota recém-estendida na parte de trás da casa, um troféu de seu último Waterloo; mas ele não precisava mais de gorro ou luva quente.

Agora apenas um recorte na terra marca o local dessas moradas, com pedras de porão enterradas, e morangos, framboesas, amoras, avelãs e sumagres crescendo ali na grama ensolarada; algum pinheiro ou carvalho nodoso ocupa o antigo canto da lareira, e uma bétula negra de perfume suave, talvez, ondula onde ficava a soleira da porta. Às vezes vê-se a marca do poço, onde outrora chorava uma fonte; agora mato seco e sem lágrimas; ou recoberto – para ser descoberto algum dia futuro – com uma pedra chata sob o torrão, quando partiu o último da raça. Que triste deve ser cobrir poços! e o simultâneo abrir poços de lágrimas. Essas marcas dos porões, como tocas de raposa abandonadas, buracos velhos, só isso restou onde outrora havia a agitação e o alvoroço da vida humana, e onde, em uma ou outra forma ou dialeto, discutia-se alternadamente "o destino, o livre arbítrio, a presciência absoluta". Mas tudo o que sei de suas conclusões se resume a isto: "Cato e Brister cardavam lã", o que é tão edificante quanto a história das mais famosas escolas de filosofia.

Ainda cresce o jovial lilás, uma geração depois de desaparecerem porta, lintel e soleira, abrindo suas flores docemente perfumadas a cada primavera, colhidas pelo viajante em devaneios. Outrora plantado e cuidado por mãos infantis, em canteiros na frente de casa – agora apoiado ao lado de alguma parede num pasto retirado, dando lugar a novas florestas –, o último daquela estirpe, sobrevivente único daquela família. Mal sabiam as pardas crianças que o minúsculo rebento com apenas dois olhos, que fincaram no solo à sombra da casa e diariamente regaram, iria se enraizar tanto e tanto lhes sobreviver, e se abrigaria no fundo sombreado da casa, ocuparia a horta e o pomar dos adultos e contaria baixinho a história delas ao caminhante solitário meio século depois de crescerem e morrerem – florescendo tão belo, perfumando tão doce como naquela primeira primavera. Contemplo suas cores ainda delicadas, gentis, alegres, lilases.

Mas este pequeno povoado, germe de algo mais, por que falhou enquanto Concord se firmou? Não havia vantagens naturais – privilégios sobre a água, certamente? Ah, o profundo Lago Walden e a fria Fonte de Brister – o privilégio de tomar longos e saudáveis goles, não aproveitado por esses homens a não ser para diluir suas bebidas. Era uma raça universalmente sedenta. Não podiam o cesto, a vassoura, a esteira, o milho tostado, o linho fiado e os potes de barro ter prosperado aqui, fazendo o agreste florescer como a rosa, e uma numerosa posteridade ter herdado a terra de seus pais? O solo estéril pelo menos teria sido à prova de uma degeneração das baixadas? Ai! Quão pouco a memória desses habitantes humanos realça a beleza da paisagem! A Natureza tentará outra vez, quiçá, tendo-me como primeiro povoador, e minha casa erguida na primavera passada como a mais antiga no vilarejo.

Não tenho conhecimento de que alguém tenha algum dia construído no local que agora ocupo. Livrem-me de uma cidade construída sobre outra cidade mais antiga, cujos materiais são ruínas, cujos jardins são cemitérios. O solo ali é calcinado e amaldiçoado, e antes que se note a própria terra estará destruída. Com tais reminiscências repovoei as matas e embalei meu sono.

Nesta estação raras foram as visitas que recebi. Quando a neve estava mais alta, nenhum caminhante se arriscou perto de minha casa durante uma ou duas semanas em seguida, mas vivi ali tão aconchegado como um rato silvestre, ou como o gado e as aves de criação que consta sobreviverem por muito tempo enterrados sob nevascas, mesmo sem alimento; ou como a família daquele primeiro colono na cidade de Sutton, neste estado, cuja cabana ficou totalmente coberta pela grande neve de 1717, quando ele estava ausente, e um índio a descobriu só por causa do orifício que o bafo da chaminé abriu na neve, e assim pôde socorrer a família. Mas nenhum índio amigo se preocupou comigo; nem precisaria, pois o dono da casa estava em casa. A Grande Nevada! Como é animador ouvir sobre ela! Quando os agricultores não podiam ir às matas e aos pântanos com suas juntas, e foram obrigados a derrubar as árvores de copa na frente de suas casas, e, quando a crosta ficou mais dura, cortaram as árvores nos pântanos a três metros acima do solo, como se revelou na primavera seguinte.

Nas neves mais altas, o caminho que eu usava da estrada até minha casa, com cerca de oitocentos metros, podia ser representado por uma linha sinuosa pontilhada, com grandes intervalos entre os pontos. Durante uma semana de tempo firme, dei exatamente o mesmo número de passos, e do mesmo comprimento, na ida e na volta, pisando cuidadosamente e com a precisão de um compasso em minhas próprias pegadas fundas – a tal rotina nos reduz o inverno –, e mesmo assim muitas vezes elas ficavam repletas com o próprio azul do céu. Mas nenhum clima interferia fatalmente em minhas caminhadas, ou melhor, em meus compromissos, pois frequentemente eu me afundava na neve mais alta por treze ou quinze quilômetros, caminhando para ir a um compromisso marcado com uma faia, uma bétula amarela ou algum velho conhecido entre os pinheiros; quando o gelo e a neve, fazendo seus galhos vergarem e assim afinando o topo, tinham transformado os pinheiros em abetos; subindo penosamente até o alto das mais altas colinas, quando a neve atingia quase sessenta centímetros acima do solo e despejava em minha cabeça mais outra tempestade de neve a cada passo; ou às vezes patinhando e me arrastando de quatro aqui e ali, quando os caçadores tinham se recolhido aos quartéis de inverno. Uma tarde, entretive-me observando uma coruja-barrada (*Strix nebulosa*) pousada num dos galhos secos mais baixos de um pinheiro-branco, perto do tronco, em plena luz do dia, eu postado a cinco metros de distância. Ela podia me ouvir enquanto eu andava e triturava a neve sob meus pés, mas certamente não me via. Quando fiz mais barulho, ela esticou o pescoço, eriçou as penas da garganta e abriu bem os olhos; mas logo suas pálpebras caíram de novo, e ela começou a dormitar. Também senti uma influência soporífera depois de observá-la por meia hora, enquanto ficava ali pousada com os olhos semicerrados, como um gato, irmã alada do gato. Havia apenas uma faixa estreita entre suas pálpebras, pela qual ela mantinha uma relação peninsular comigo; assim, com os olhos entrefechados, olhando-me da terra dos sonhos, tentando me perceber, vago objeto ou cisco que interrompia suas visões. Por fim, com algum som mais alto ou minha maior proximidade, ela se sentiu incomodada e se virou lentamente em seu poleiro, como que irritada por ter seus sonhos perturbados; e quando partiu e levantou voo por entre os pinheiros, abrindo as asas com uma largura inesperada, não fizeram nem o mais leve som que eu conseguisse ouvir. Assim, guiando-se por entre os ramos de pinheiro mais por um apurado senso da proximidade deles do que pela visão, tateando seu caminho crepuscular, por assim dizer, com suas antenas sensíveis, ela encontrou um novo pouso, onde poderia aguardar em paz a aurora de seu dia.

Quando percorria o longo passadiço construído para a ferrovia por entre as várzeas, eu enfrentava muitos ventos turbulentos e renhidos, pois em nenhuma outra parte brincam com tanta liberdade; e quando a geada me batia numa das faces, pagão como eu era, também lhe oferecia a outra. E não era muito melhor na estrada de veículos que vinha de Brister's Hill. Pois eu ainda vinha à cidade, como um índio amigo, quando o conteúdo dos vastos campos abertos estava todo comprimido entre os muros da estrada de Walden, e meia hora bastava para apagar as pegadas do último passante. E quando eu voltava, tropeçando entre os novos montes de neve que tinham se formado onde o azafamado vento de noroeste depositara a neve pulvurulenta, arredondando um ângulo agudo da estrada, não se via a trilha de um único coelho, e nem mesmo a fina pegada, minúscula, de um rato silvestre. E no entanto raramente eu deixava de encontrar, mesmo em pleno inverno, alguma várzea tépida e úmida, onde o capim e a alface-d'água ainda se elevavam com perene verdor, e algum ocasional pássaro mais ousado aguardava o retorno da primavera.

De vez em quando, apesar da neve, quando eu voltava à noite de minha caminhada, cruzava com as pegadas fundas de um lenhador na saída de minha porta, e encontrava sua pilha de aparas desbastadas no piso da lareira, minha casa rescendendo ao cheiro de seu cachimbo. Ou numa tarde de domingo, se acontecia de estar em casa, eu ouvia o ranger da neve sob os passos de um astuto agricultor que, lá de longe da mata, vinha até minha casa para ter um "momento" social; um dos poucos de sua profissão que são realmente "homens de sítio"; que preferia usar camisa de trabalho em vez de toga de professor, e tão lesto em extrair a moral da igreja ou do Estado quanto em arrastar uma carga de esterco de seu estábulo. Falávamos dos tempos rústicos e simples, quando os homens se sentavam ao redor de grandes fogueiras em dias frios e revigorantes, com espíritos claros; e quando faltava alguma outra sobremesa, experimentávamos os dentes em nozes que os sábios esquilos tinham abandonado muito tempo atrás, pois as que têm cascas mais grossas geralmente são ocas.

Quem percorria a maior distância até minha morada, passando pelas neves mais altas e pelas tempestades mais desanimadoras, era um poeta. Um lavrador, um caçador, um soldado, um repórter, mesmo um filósofo pode se atemorizar; mas nada consegue deter um poeta, pois move-o o puro amor. Quem pode prever suas idas e vindas? Seus assuntos o chamam a qualquer hora, mesmo quando os médicos dormem. Fazíamos aquela casinha vibrar de alegria esfuziante e ressoar com o murmúrio de muitas conversas sóbrias, assim indenizando o vale de Walden pelos longos silêncios. Broadway, em comparação, era quieta e deserta. A intervalos espoucavam salvas de risos, que podiam se referir indiferenciadamente ao gracejo dito por último ou ao que viria a seguir. Muitas frescas teorias da vida moemos na hora sobre nosso prato raso de mingau, o que somava as vantagens do convívio à clareza mental que exige a filosofia.

Não devo esquecer que, em meu último inverno no lago, havia um outro visitante bem-vindo, o qual uma vez veio do outro lado da cidade, atravessando a neve, a chuva e a escuridão, até enxergar minha lamparina por entre as árvores, e partilhou comigo algumas longas noites invernais. Um dos últimos filósofos – Connecticut o deu ao mundo –, ele diz que primeiro mascateava as louças dela, e depois os miolos dele. Estes ele ainda mascateia, cobrando de Deus e desacreditando o homem, dando como fruto apenas seus miolos, tal como a noz sua castanha. Penso que deve ser o homem de maior fé entre todos os vivos. Sua atitude e suas palavras sempre supõem um estado de coisas melhor do que conhecem os outros homens, e será o último a se desapontar enquanto as eras seguem em círculo. Ele não possui nada em risco no presente. Mas, embora hoje seja relativamente desconsiderado, quando seu dia chegar, leis insuspeitas à maioria irão vigorar e chefes de família e de Estado virão se aconselhar com ele.

"Cego é quem não vê a serenidade!"

Um verdadeiro amigo do homem; praticamente o único amigo do progresso humano. Uma Velha Mortalidade, ou melhor, Imortalidade, com paciência e fé inesgotáveis tornando clara a imagem gravada nos corpos dos homens, monumentos falhos e desfigurados de Deus. Com seu intelecto acolhedor, ele abraça crianças, mendigos, loucos e eruditos, e ocupa o pensamento de todos, geralmente acrescentando-lhe uma certa amplidão e elegância. Penso que ele devia manter um caravançará na estrada do mundo, onde filósofos de todas as nações pudessem se hospedar, e a tabuleta traria impresso: "Hospedagem para o homem, mas não para seu animal. Entra, tu que tens vagar e mente serena, e buscas sinceramente o caminho certo". É talvez o homem mais saudável e menos volúvel entre todos os que conheço; o mesmo ontem, o mesmo amanhã. Em dias de outrora tínhamos passeado e conversado, realmente deixando o mundo para trás; pois ele não era vinculado a nenhuma instituição, era livre de nascimento, *ingenuus*. Aonde quer que fôssemos, parecia que o céu e a terra se uniam, pois ele realçava a beleza da paisagem. Homem de manto azul, cujo teto mais adequado é a abóbada celeste que reflete sua serenidade. Não vejo como poderá algum dia morrer; a Natureza não pode se privar dele.

Ambos estando com algumas taubilhas de pensamentos bem secas, sentamos e pusemo-nos a esculpi-las, testando o fio de nossas facas e admirando os claros veios amarelados do cerne. Vadeávamos as águas com tanta reverência e delicadeza, ou remávamos com tanta suavidade, que os peixes do pensamento não se assustavam com a correnteza nem temiam nenhum pescador na margem, mas iam e vinham majestosos, como as nuvens que flutuam pelo céu a oeste e os flóculos de madrepérola que, de vez em quando, ali se formam e se dissolvem. Lá trabalhávamos, revendo a mitologia, contornando uma fábula aqui e ali, construindo no ar castelos que não encontrariam na terra nenhuma fundação digna. Homem do Grande Olhar! Homem da Grande Expectativa! Conversar com ele era uma das mil e uma noites da Nova Inglaterra. Ah! tais conversas mantínhamos, o ermitão, o filósofo e o velho colono que mencionei – nós três –, que elas se expandiam e abarrotavam minha casinha; não ousaria dizer quantas libras de pressão havia em cada centímetro cúbico da atmosfera; ela rompia as juntas, que depois teriam de ser vedadas com muito vagar para deter o vazamento resultante – mas desse tipo de estopa eu já tinha quantidade suficiente.

Houve um outro com quem tive "sólidas temporadas", de longa lembrança, em sua casa na cidade, e que me visitava de tempos em tempos; mas lá não tive mais convívio social.

Às vezes também esperava que ali aparecesse, como em todos os lugares, o Visitante que nunca vem. O Vishna Purana diz: "O dono da casa deve ficar ao anoitecer em seu pátio pelo tempo de ordenhar uma vaca ou mais, se quiser, aguardando a chegada de um hóspede". Cumpri muitas vezes este dever de hospitalidade, esperei o suficiente para ordenhar um rebanho inteiro de vacas, mas não vi o homem que viria da cidade.

Animais de inverno

Quando os lagos estavam solidamente congelados, eles ofereciam não só novas rotas mais curtas para vários pontos, mas também, em suas superfícies, novas vistas da paisagem familiar ao redor. Quando cruzei o Lago de Flints depois de se cobrir de neve, embora eu tivesse remado e deslizado por ali várias vezes, ele ficou tão inesperadamente largo e estranho que só me ocorreu pensar na Baía de Baffin. As colinas de Lincoln se erguiam à minha volta na extremidade de uma planície nevada, que eu não lembrava ter visitado antes; e os pescadores, movendo-se lentamente com seus cães-lobos a uma distância impossível de calcular, pareciam caçadores de focas ou esquimós, ou assomavam entre a neblina como criaturas fabulosas, e eu não sabia se eram gigantes ou pigmeus. Seguia este curso quando ia dar palestras em Lincoln à noite, sem nenhum caminho a percorrer e nenhuma casa a margear entre minha cabana e a sala de palestras. No Lago do Ganso, que ficava na rota, morava uma colônia de ratos almiscarados que erguiam seus abrigos sobre o gelo, embora eu não visse nenhum quando passava por ali. Como geralmente o Walden, como os demais lagos, estava sem neve ou tinha apenas com alguns depósitos baixos e esparsos, ele era meu quintal, onde eu podia andar livremente quando a neve atingia sessenta centímetros de altura em outros lugares e os moradores da cidade ficavam confinados a suas ruas. Lá, longe da rua urbana e, exceto a longos intervalos, do tilintar das campainhas dos trenós, eu deslizava e patinava como num vasto abrigo de alces, de chão muito batido, encimado pela copa dos carvalhos e por solenes pinheiros curvados ao peso da neve ou eriçados com pingentes de gelo.

Como sons nas noites e em muitos dias de inverno, eu ouvia a nota triste, mas melodiosa de um mocho orelhudo a uma distância indefinida; um som como emitiria a terra congelada se a vibrasse uma palheta adequada, a própria *lingua vernacula* da Mata de Walden, com o qual acabei me familiarizando, mesmo sem nunca ter visto o pássaro enquanto soltava seus uivos. Raramente abria minha porta numa noite de inverno sem ouvi-lo; *Huu huu huu, huurer huu*, soava sonoramente, e as três primeiras sílabas às vezes eram cadenciadas como *how der do* ["como vai"] ou às vezes apenas como *huu huu*. Certa noite no começo do inverno, antes que o lago se congelasse totalmente, por volta das nove horas, fui surpreendido pelo grasnido alto de um ganso e, indo à porta, ouvi o som de suas asas como uma tempestade na mata, enquanto um bando deles passava num voo raso por cima de minha casa. Passaram pelo lago em direção ao Porto Belo, aparentemente dissuadidos de pousar devido à minha luz, o líder deles grasnando continuamente num ritmo constante. De súbito, um inconfundível mocho-gato muito próximo de mim, com a voz mais áspera e terrível que jamais ouvi de qualquer habitante das matas, passou a responder a intervalos regulares ao ganso, como que decidido a desmascarar e derrotar esse invasor vindo da Baía de Hudson, exibindo uma maior cadência e volume de voz como morador nativo, expulsando-o do horizonte de Concord com seu *buu-huu*. O que você pretende alarmando a esta hora da noite a cidadela consagrada a mim? Pensa que algum dia me pegaram desprevenido numa horas dessas, e que não tenho laringe e pulmões como você? *Buu-huu, buu-huu, buu-huu*! Foi uma das mais dissonantes discórdias que ouvi na vida. E no entanto, se você tivesse um ouvido perspicaz, notaria aí os elementos de uma concórdia que estas planícies jamais viram ou ouviram.

Eu também ouvia o gemido do gelo no lago, meu grande companheiro de quarto naquela parte de Concord, como se estivesse inquieto em sua cama e quisesse se virar, como se estivesse incomodado com gases e sonhos ruins; ou despertava ao som dos estalos do solo sob a geada, como se alguém estivesse trazendo uma junta de bois até minha porta, e de manhã eu encontrava uma fenda na terra com quatrocentos metros de comprimento e quase um centímetro de largura.

Às vezes eu ouvia as raposas enquanto vagueavam pela crosta de neve, nas noites de luar, em busca de uma perdiz ou outra caça, com ladridos desafinados e demoníacos de cães selvagens, como que afligidas por alguma ansiedade ou procurando uma forma de expressão, lutando para encontrar a luz, consumar-se como plenos cães e correr livres pelas ruas; pois, se levarmos em conta as eras, não poderia existir uma civilização em curso não só entre os homens, mas também entre os animais? Pareciam-me homens rudimentares, vivendo em tocas, ainda na defensiva, aguardando sua transformação. Às vezes uma delas se aproximava de minha janela, atraída por minha luz, ladrava-me uma praga vulpina e então se retirava.

Geralmente o esquilo-vermelho (*Sciurus hudsonius*) me acordava ao amanhecer, correndo pelo telhado, descendo e subindo pelos lados da casa, como que enviado das matas para essa finalidade. Durante o inverno, joguei meio balaio de espigas de milho doce, que não tinham amadurecido, na camada de neve junto à minha porta, e me divertia em observar a movimentação dos vários animais atraídos por elas. No crepúsculo e à noite, regularmente vinham os coelhos e faziam uma lauta refeição. Durante o dia inteiro, vinham e iam os esquilos-vermelhos, e me proporcionavam muito entretenimento com suas manobras. Um deles começava se aproximando com grande cautela, vindo pelos arbustos de carvalhos, com corridinhas e paradas na crosta de neve, como uma folha soprada pelo vento, então dava alguns passos para cá, com uma velocidade e uma energia assombrosas, "trotando" com as patinhas de trás numa rapidez inconcebível como se fosse numa aposta, e então dava outros passos para lá, mas nunca avançando mais de 2,5 metros por vez; e então parava de repente com uma expressão cômica e uma cambalhota súbita, como se todos os olhos do universo estivessem fitos nele – pois todos os movimentos de um esquilo, mesmo nos mais solitários recessos da floresta, supõem espectadores, como se fosse uma bailarina –, gastando mais tempo nas protelações e circunspecções do que levaria para cobrir toda a distância – nunca vi um esquilo andar –, e então, num estalo, antes que desse para contar até três, ele se encarapitava num pinheiro novo, dando corda em seu relógio e ralhando com todos os espectadores imaginários, entregue a um solilóquio e, ao mesmo tempo, falando com todo o universo – sem nenhuma razão que eu conseguisse perceber ou, desconfio, que ele próprio soubesse. Finalmente ele chegava ao milho e, escolhendo uma espiga adequada, subia afobado, com a mesma incerta trigonometria em sua rota, até o graveto mais alto em minha pilha de lenha, diante de minha janela, onde me encarava de frente, e lá ficava sentado por horas, indo se abastecer de tempos em tempos com uma nova espiga, no começo mordiscando vorazmente e atirando fora os sabugos seminus; até que depois ia se tornando mais caprichoso e começava a brincar com sua comida, provando apenas o interior do grão, e a espiga, que ele equilibrava com uma pata em cima do graveto, escorregava por descuido e caía no chão, e ele ficava olhando para ela com uma cômica expressão de incerteza, como se desconfiasse que a espiga estava viva, sem se decidir se ia pegá-la de novo, ou se apanharia outra ou iria embora; ora pensando no milho, ora empenhando-se em ouvir o que trazia o vento. Assim, o sujeitinho atrevido desperdiçava muitas espigas numa manhã; até que finalmente, agarrando alguma mais comprida e roliça, consideravelmente maior do que ele mesmo, e equilibrando-a com habilidade, ia-se embora com ela para a mata, como um tigre levando um bisão, com os mesmos zigue-zagues e pausas frequentes, arrastando-se com ela pelo caminho como se fosse pesada demais para ele e levando vários tombos, numa queda que fazia uma diagonal entre a perpendicular e a horizontal, decidido a concluir sua tarefa a qualquer custo – um sujeito curiosamente frívolo e excêntrico –, e assim ia com ela até onde morava, talvez carregando-a até o alto de um pinheiro a duzentos ou 250 metros de distância, e depois eu encontraria os sabugos espalhados pela mata em várias direções.

Por fim vêm os gaios, cujos gritos desafinados se faziam ouvir muito antes, como que avisando cautelosamente sua aproximação a duzentos metros de distância, e de maneira sorrateira e furtiva voam de árvore em árvore, cada vez mais perto, e apanham os grãos que os esquilos deixaram cair. Então, pousados num galho de pinheiro, tentam engolir às pressas um grão grande demais para suas gargantas e se engasgam; depois de muito esforço conseguem expeli-lo, e passam uma hora na faina de quebrá-lo com bicadas incessantes. Eram flagrantes ladrões, e eu não tinha muito respeito por eles; já os esquilos, embora a princípio tímidos, entregavam-se ao trabalho como se pegassem o que lhes pertencia.

Nesse meio tempo também apareciam os chapins em bandos, que, apanhando as migalhas que os esquilos tinham derrubado, voavam para o galho mais próximo e, colocando-as sob as garrinhas, martelavam os fragmentos com seus bicos miúdos, como se fosse um inseto na casca da árvore, até ficarem de um tamanho apropriado para suas goelinhas estreitas. Um pequeno bando desses chapinzinhos vinha diariamente apanhar uma refeição em minha pilha de lenha, ou os farelos à minha porta, com um leve canto ciciante e fugidio como o tilintar dos sincelos no capim, ou às vezes com um esfuziante *dia dia dia*, ou mais raramente, nos dias que pareciam de primavera, um *so-ol* convictamente estival lá da mata. Sentiam-se tão à vontade que, certo dia, um deles pousou numa braçada de lenha que eu estava trazendo, e ficou bicando os gravetos sem nenhum receio. Uma vez, fiquei com um pardal pousado em meu ombro por alguns instantes, enquanto estava carpindo uma horta na cidade, e me senti mais galardoado por aquela circunstância do que me sentiria com qualquer dragona que me fosse dado usar. Os esquilos também acabaram ficando muito familiares, e de vez em quando passavam por cima de meu sapato, se fosse o atalho mais curto.

Quando o solo ainda não estava totalmente coberto, e depois, no final do inverno, quando a neve tinha se derretido em meu lado sul da colina e por cima de minha pilha de lenha, as perdizes saíam da mata, de manhã e à noite, para se alimentar por ali. Por qualquer lado que você ande na mata, a perdiz levanta voo de rompante, com um ruflar de asas, vibrando e fazendo cair a neve dos ramos e folhas secas no alto das árvores, e ela cai rodopiando à luz dos feixes solares como uma poeira dourada; pois esta ave destemida não se deixa intimidar pelo inverno. Não raro fica recoberta por depósitos de neve e, dizem, "às vezes mergulha de asas na neve macia, onde se mantém escondida por um ou dois dias". Eu costumava espantá-las também em terreno aberto, onde apareciam ao entardecer, vindas da mata, para se alimentar dos brotos das macieiras silvestres. Elas vêm sistematicamente todas as noites até determinadas árvores, onde o caçador esperto fica à espreita, e assim os pomares distantes, perto das matas, sofrem não pouco. Em todo caso, fico contente que a perdiz se alimente. É a própria ave da Natureza que vive de brotos e bebidas dietéticas.

Nas manhãs escuras de inverno, ou nas curtas tardes invernais, às vezes eu ouvia uma matilha de cães percorrendo todas as matas aos ganidos e latidos de caça, incapazes de resistir ao instinto caçador, e a intervalos sucedia-se o som da trompa de caça, provando que o homem vinha atrás. A mata ressoa outra vez, e no entanto não aparece nenhuma raposa na superfície plana e aberta do lago, e nenhuma matilha sai em perseguição de seu Ácteon. E de noite pode acontecer que eu veja os caçadores retornando com uma única cauda se arrastando atrás do trenó, como um troféu, de volta a suas moradas. Eles me dizem que, se a raposa ficasse no recesso da terra congelada, estaria a salvo, ou se corresse em linha reta nenhum cão conseguiria alcançá-la; mas, depois de deixar seus perseguidores para trás, ela se detém para descansar e fica atenta aos ruídos até que eles apareçam de novo; e, ao fugir, corre em círculos em torno de suas tocas antigas, onde os caçadores estão à sua espera. Às vezes, porém, ela corre dezenas de metros por sobre um muro, e então dá um grande salto numa das pontas, e parece saber que a água não guarda seu cheiro. Um caçador me contou que, uma vez, viu uma raposa perseguida por cães irromper no Walden, quando o gelo estava coberto de poças rasas; ela atravessou uma parte do lago e então voltou para a mesma margem. Pouco depois chegaram os cães, mas ali perderam o rastro. De vez em quando uma matilha caçando sozinha passava por minha porta; os cães rodeavam minha casa, latiam e ganiam sem olhar para mim, como se estivessem tomados por uma espécie de loucura e nada fosse capaz de desviá-los da perseguição. Assim correm em círculo até encontrar o rastro recente de uma raposa, pois um sábio cão de caça desistirá de qualquer coisa por isso. Um dia um homem veio de Lexington até minha cabana para perguntar de seu cão, o qual tinha seguido uma longa trilha e fazia uma semana que estava caçando sozinho. Mas receio que ele não ganhou em sabedoria apesar de tudo o que lhe falei, pois, a cada vez que eu tentava responder a suas perguntas, ele me interrompia indagando: "O que você faz aqui?". Tinha perdido um cão, e encontrou um homem.

Um velho caçador de poucas palavras, o qual costumava vir se banhar no Walden uma vez por ano, quando a água estava mais quente, e nessas ocasiões vinha me ver, contou que numa certa tarde, muitos anos atrás, pegou sua espingarda e saiu para uma excursão pela Mata de Walden; quando estava andando na estrada de Wayland, ele ouviu a grita de cães se aproximando, e pouco tempo depois uma raposa saltou do muro para a estrada, e, veloz como um raio, saltou o outro muro para além da estrada, sem ser atingida pelo rápido disparo do caçador. Um pouco atrás vinha uma velha cadela com seus três filhos em plena perseguição, caçando por conta própria, e desapareceram de novo na mata. Mais tarde, quando estava descansando na mata fechada ao sul do Walden, ele ouviu o som dos cães à distância, na direção do Porto Belo, ainda perseguindo a raposa; eles continuaram a se aproximar, a grita da caçada que repercutia em todas as matas soando cada vez mais perto, ora dos lados de Well-Meadow, ora de Baker Farm. Ele se manteve imóvel por muito tempo, ouvindo aquela música tão doce aos ouvidos de um caçador, quando de súbito apareceu a raposa, palmilhando as solenes aleias da floresta num ritmo rápido e desenvolto, cujo ruído era abafado pelo farfalhar solidário das árvores, ligeira e silenciosa, mantendo a dianteira, deixando seus perseguidores a uma grande distância; e, saltando sobre uma pedra na mata, ela se sentou ereta, com os ouvidos atentos, de costas para o caçador. Por alguns instantes, a compaixão lhe reteve o braço; mas foi um estado de espírito passageiro, e rápido como um raio ele ergueu a arma e bang! – a raposa rolando pela pedra caiu morta no chão. O caçador continuou onde estava e se pôs à escuta dos cães. Eles continuavam a avançar, e agora a mata próxima ressoava em todas as aleias com seus latidos demoníacos. Por fim a velha cadela apareceu focinhando o solo e farejando o ar como se estivesse possuída, e correu diretamente para a pedra; mas, ao ver a raposa morta, interrompeu de chofre sua caçada, como que paralisada de assombro, e ficou rodeando a raposa em silêncio; seus filhos chegaram, um a um, e tal como a mãe quedaram em silêncio diante daquele mistério. Então o caçador se adiantou e se pôs no meio deles, e o mistério se esclareceu. Os cães aguardaram em silêncio enquanto ele esfolava a raposa, depois seguiram sua cauda por algum tempo e finalmente rumaram de volta para a mata. Naquela noite, um fazendeiro de Weston foi até a cabana do caçador de Concord para indagar de seus cães, e comentou que fazia uma semana que eles estavam caçando por conta própria, desde as matas de Weston. O caçador de Concord lhe contou o que sabia e lhe ofereceu a pele; mas o outro declinou e foi embora. Não encontrou seus cães naquela noite, mas no dia seguinte soube que tinham atravessado o rio e pernoitado num sítio, onde foram bem alimentados, e na manhã seguinte partiram logo cedo.

O caçador que me contou esse episódio relembrou um certo Sam Nutting, que costumava caçar ursos em Fair Haven Ledges, e trocava suas peles por rum na vila de Concord, o qual chegou a lhe dizer que tinha visto um alce por lá. Nutting tinha um cão de caça famoso, que se chamava Burgoyne – ele pronunciava "Bugine" –, que costumava emprestar a meu informante. No "Livro de Registros" de um velho comerciante desta cidade, que também era capitão, secretário da câmara e representante municipal, encontro o seguinte lançamento: 18 jan., 1742-43, "John Melven Cr. por 1 Raposa Cinzenta 0-2-3"; hoje em dia não existem mais por aqui; e em seu livro de escrituração, 7 fev., 1743, Hezekiah Stratton tem crédito "por ½ pele de um Gato 0-1-4 ½"; evidentemente um lince, pois Stratton foi sargento na velha guerra francesa e não teria recebido crédito por caça menos nobre. Há também créditos por peles de veados, que eram vendidas diariamente. Há um homem que ainda conserva a galhada do último veado que foi abatido nessas redondezas, e um outro me contou os detalhes da caçada em que seu tio participou. Antigamente os caçadores daqui formavam um grupo alegre e numeroso. Lembro bem um esquelético Nimrod que pegava uma folha na beira da estrada e, se não me falha a memória, tirava dela um som mais vivo e melodioso do que qualquer trompa de caça.

À meia-noite, quando havia luar, por vezes eu encontrava em minha trilha alguns cães de caça perambulando pela mata, que se esquivavam de meu caminho como se estivessem com medo, e se mantinham quietos entre os arbustos até eu me afastar.

Os esquilos e os ratos silvestres disputavam meu depósito de nozes. Havia dezenas de pinheiros em torno de minha casa, com troncos de dois a dez centímetros de diâmetro, que tinham sido roídos pelos ratos no inverno anterior – um inverno norueguês para eles, pois a neve alta se estendia por uma vasta área, e eles eram obrigados a misturar uma grande proporção de casca de pinheiro a seus outros alimentos. Essas árvores estavam vivas e aparentemente viçosas no verão, e muitas haviam crescido cerca de trinta centímetros, embora totalmente cingidas; mas, depois de outro inverno, estavam todas mortas, sem exceção. É admirável que um único rato possa ter um pinheiro inteiro como refeição, mordiscando em torno dele, em vez de roer o tronco de cima a baixo; mas talvez seja necessário para abrir um pouco de espaço entre essas árvores, que costumam crescer muito próximas entre si.

As lebres (*Lepus americanus*) eram muito familiares. Uma delas se abrigou sob minha casa durante todo o inverno, separada de mim apenas pelo assoalho, e todas as manhãs ela me surpreendia com sua saída veloz quando eu começava a me mexer – tump, tump, tump, em sua pressa batendo a cabeça contra as tábuas do assoalho. Elas costumavam vir rodear minha porta ao anoitecer, para mordiscar as cascas de batata que eu tinha jogado fora, e eram de cor tão parecida com a do chão que, quando estavam paradas, mal se distinguiam dele. Às vezes, no crepúsculo, alternadamente enxergava e deixava de enxergar uma delas, sentada imóvel sob minha janela. Quando abria minha porta à noite, elas saíam correndo com um guincho e um salto. Ali perto apenas despertavam minha piedade. Uma noite, uma delas sentou à minha porta a dois passos de mim, primeiro tremendo de medo, mas sem disposição de se mover; uma pobre coisinha, magra e ossuda, com orelhas denteadas e focinho pontudo, com rabo mirrado e patas delgadas. Era como se a Natureza não comportasse mais a linhagem de

sangues mais nobres, estando já nas últimas. Seus olhos
graúdos pareciam jovens e doentios, quase hidrópicos. Dei
um passo, e pronto, ela saiu numa carreira, dando um salto
elástico na camada sólida de neve, alongando o corpo e os
membros numa graciosa linha horizontal, e logo interpôs
a floresta entre nós – a livre veação selvagem, afirmando
seu vigor e a dignidade da Natureza. Não sem razão era
esguia. Tal era, pois, sua natureza. (*Lepus*, *levipes*, pés
leves, pensam alguns.)

O que seria uma terra sem coelhos e perdizes? Eles
estão entre os produtos animais mais simples e nativos;
antigas e venerandas famílias conhecidas pela antiguidade
e pelos tempos modernos; da mesma cor e substância da
Natureza, as mais próximas aliadas das folhas e do solo
– e entre si, tenham asas ou patas. O que vemos, quando
um coelho ou uma perdiz passa em disparada, nem chega
propriamente a ser uma criatura selvagem; é apenas uma
criatura natural, como uma ramagem farfalhante. A perdiz
e o coelho certamente ainda continuam a prosperar, como
verdadeiros nativos do solo, a despeito de qualquer revolução que ocorra. Se a floresta é derrubada, os novos brotos e
arbustos lhes oferecem esconderijo, e se multiplicam mais
do que nunca. Pobre, de fato, há de ser a terra que não
sustenta uma lebre. Em nossas matas abundam a perdiz e o
coelho, deixando suas pegadas em volta de cada pântano,
acuados pelas vedações de gravetos e pelas armadilhas de
crina montadas por algum pequeno vaqueiro.

O LAGO NO INVERNO

DEPOIS DE UMA NOITE ainda invernal, acordei com a impressão de que me fora feita uma pergunta, à qual tentara em vão responder durante meu sono: o quê, como, quando, onde? Mas ali estava a alvorecente Natureza, na qual vivem todas as criaturas, olhando por minhas janelas largas com um rosto sereno e satisfeito, e nenhuma pergunta em *seus* lábios. Acordei para uma pergunta já respondida, para a Natureza e a luz do dia. A neve densa, que se estendia sobre a terra pontilhada de jovens pinheiros, e a própria vertente da colina onde se situa minha casa pareciam dizer: Avante! A Natureza não faz nenhuma pergunta e não responde a nenhuma que fazemos nós mortais. Ela tomou sua resolução muito tempo atrás. "Ó Príncipe, nossos olhos contemplam com admiração e transmitem à alma o espetáculo vário e maravilhoso deste universo. A noite, sem dúvida, vela uma parte desta gloriosa criação; mas o dia vem e nos revela esta grande obra, que se estende da terra até as planícies do éter."

Então sigo para meu trabalho matinal. Primeiro pego um machado e um balde, e vou buscar água, se é que não é um sonho. Depois de uma noite fria e nevosa, eu precisaria de uma vara divinatória para encontrá-la. A cada inverno, a superfície líquida e tremulante do lago, que era tão sensível a qualquer sopro e refletia cada luz e cada sombra, torna-se sólida com uma profundidade de trinta a 45 centímetros, capaz de suportar as mais pesadas parelhas de animais, com a neve provavelmente da mesma altura, e o lago não se distingue das outras planícies. Como as marmotas nas colinas em torno, o lago cerra suas pálpebras e adormece por três meses ou mais. De pé na planura coberta de neve, como se fosse um pasto entre as colinas, primeiro abro meu caminho cortando trinta centímetros de neve e depois trinta centímetros de gelo, recorto uma janela sob meus pés, por onde, ajoelhando-me para beber, olho lá para baixo, no silencioso salão dos peixes, trespassado por uma luz que se atenua como se passasse por uma janela de vidro fosco, com seu leito arenoso brilhante tal como no verão; onde reina uma perene serenidade constante como no céu ambarino do crepúsculo, correspondendo ao temperamento calmo e inalterável dos habitantes. O céu está sob nossos pés e sobre nossas cabeças.

De manhã cedo, quando todas as coisas se eriçam quebradiças e revigoradas pela geada, vêm os homens com varas de pescar e um almoço frugal e descem suas linhas finas, atravessando o solo de neve, para pegar lúcios e percas; homens rústicos, que adotam instintivamente outras maneiras e confiam em outras autoridades diferentes das de seus concidadãos, e em suas idas e vindas costuram as cidades nas partes que, do contrário, se rasgariam. Em capotes pesados e resistentes, sentam e comem seu lanche nas folhas secas de carvalho na margem, sábios em seu saber natural como o citadino em seu saber artificial. Nunca consultaram livros, e mais fazem do que falam ou sabem. Diz-se que as coisas que praticam ainda são desconhecidas. Eis um aqui, a pescar lúcios usando como isca uma perca adulta. Admirado, você olha dentro do balde dele que parece um lago no verão, como se ele guardasse o verão trancado em casa ou soubesse onde se escondeu. Ora, por favor, onde ele arranjou essas percas em pleno inverno? Oh, ele tirou minhocas de alguns troncos podres quando a terra se congelou, e foi assim que pegou as percas. Sua vida se aprofunda na Natureza mais do que os estudos dos naturalistas; ele mesmo é um objeto para o naturalista. Este, com seu canivete, ergue delicadamente o musgo e a casca da árvore à procura de insetos; aquele lhe fende o tronco até o meio com seu machado: musgo e casca voam longe. Ele ganha a vida descascando árvores. Um homem assim tem um certo direito de pescar, e gosto de ver a Natureza se consumando nele. A perca engole a minhoca, o lúcio engole a perca, e o pescador engole o lúcio, e assim se preenchem todas as fendas na escala do ser.

Quando eu passeava ao redor do lago em tempo nublado, às vezes divertia-me com os modos primitivos adotados por algum pescador mais rude. Era o caso, por exemplo, quando ele colocava galhos de amieiro em cima dos orifícios estreitos no gelo, a 20 ou 25 metros de distância entre um e outro e a igual distância da margem, e, tendo prendido a extremidade da linha numa vareta, para impedir que fosse puxada para baixo, ele passava a parte solta da linha por uma forquilha de amieiro, a trinta centímetros ou mais acima do gelo, e amarrava nela uma folha seca de carvalho, a qual, ao ser repuxada por baixo, mostraria que algum peixe tinha mordido a isca. Esses galhos de amieiro apontavam por entre a neblina a intervalos regulares, conforme você ia andando em volta do lago.

Ah, os lúcios do Walden! quando os vejo deitados em cima do gelo, ou no poço que o pescador corta no gelo, fazendo um pequeno buraco para a água subir, sempre fico admirado com sua rara beleza, como se fossem peixes fabulosos, tão estranhos às ruas e mesmo às matas, estranhos como a Arábia para nossa vida em Concord. Eles possuem uma beleza absolutamente deslumbrante e transcendente, que coloca uma vasta distância entre eles e o cadavérico hadoque ou bacalhau de fama tão alardeada em nossas ruas. Não são verdes como os pinheiros, nem cinzentos como as pedras, nem azuis como o céu; mas a meus olhos têm cores, se possível, ainda mais raras, como flores e pedras preciosas, como se fossem as pérolas, os cristais ou *nuclei* animalizados da água do Walden. São, sem dúvida, o Walden em sua inteireza; são em si pequenos Waldens do reino animal, da seita dos waldenses. É surpreendente que sejam pescados aqui – que nesta fonte imensa e profunda, muito abaixo das parelhas de bois, das carroças sacolejantes e dos trenós tilintantes que percorrem a estrada de Walden, nade este grande peixe de ouro e esmeralda. Nunca cheguei a ver sua espécie em nenhum mercado; seria a estrela a atrair todos os olhares. Após alguns poucos movimentos convulsivos, eles entregam docilmente suas almas aquáticas, como um mortal transladado antes do tempo para o etéreo ar dos céus.

Como eu desejava recuperar o fundo por tanto tempo perdido do Lago Walden, inspecionei-o cuidadosamente no começo de 1846, antes de se romper o gelo, com bússola, trena e sonda. Havia muitas histórias sobre o fundo, ou melhor, a falta de fundo deste lago, que certamente não tinham, elas mesmas, qualquer fundamento. É admirável por quanto tempo os homens podem crer na falta de fundo de um lago sem se dar ao trabalho de sondá-lo. Num único passeio pelas vizinhanças, visitei dois desses Lagos Sem Fundo. Muitos acreditavam que o Walden atravessava todo o globo até o outro lado. Alguns que ficaram muito tempo estendidos de bruços no gelo, olhando através desse meio ilusório, decerto com a vista embaçada por esta ilusão e levados a conclusões precipitadas pelo medo de pegar frio no peito, viram enormes buracos "por onde daria para passar uma carroça de feno", se houvesse alguém para passar com ela, a fonte inconteste do Estige e, saindo destas plagas, o portão de entrada para as Regiões Infernais. Outros vieram da cidade com um "25" e um rolo inteiro de corda de uma polegada, mas mesmo assim não conseguiram encontrar nenhum fundo; pois, enquanto o "25" ficou descansando parado, eles desenrolaram a corda na vã tentativa de mensurar sua própria capacidade de assombro, realmente incomensurável. Mas posso assegurar a meus leitores que o Walden tem um fundo razoavelmente compacto a uma profundidade não irrazoável, embora invulgar. Medi-o facilmente com uma linha de pescar bacalhau e uma pedra pesando cerca de setecentos gramas, e podia dizer exatamente quando a pedra se erguia do fundo, pois precisava de muito mais força para puxá-la quando não havia água por baixo me ajudando. A maior profundidade media exatamente 31,08 metros; aos quais se poderiam acrescentar os 1,52 metros que ele subiu desde então, dando 32,6 metros. É uma profundidade notável para uma área tão pequena; mesmo assim, a imaginação não lhe retiraria um único centímetro. O que seria se todos os lagos fossem rasos? Isso

---

Ao lado: Mapa do Lago Walden, de autoria do próprio Thoreau.
À esquerda, de cima para baixo: Lago Walden; Planta reduzida; Escala 1/1920 ou 40 varas para 1 polegada; Área 61 acres e 103 varas; Circunferência 1,7 milha; Maior comprimento 175 ½ varas; Maior profundidade 102 pés; Perfil de um corte pela linha A.B.; Corte C.D.
À direita, de cima para baixo: Ferrovia para Concord e Fitchbury; Meridiano verdadeiro (Norte); Casa. *No centro*: Banco de areia; Pico Descalvado; Pico Arborizado.

WALDEN POND
A reduced Plan.
(1846.)

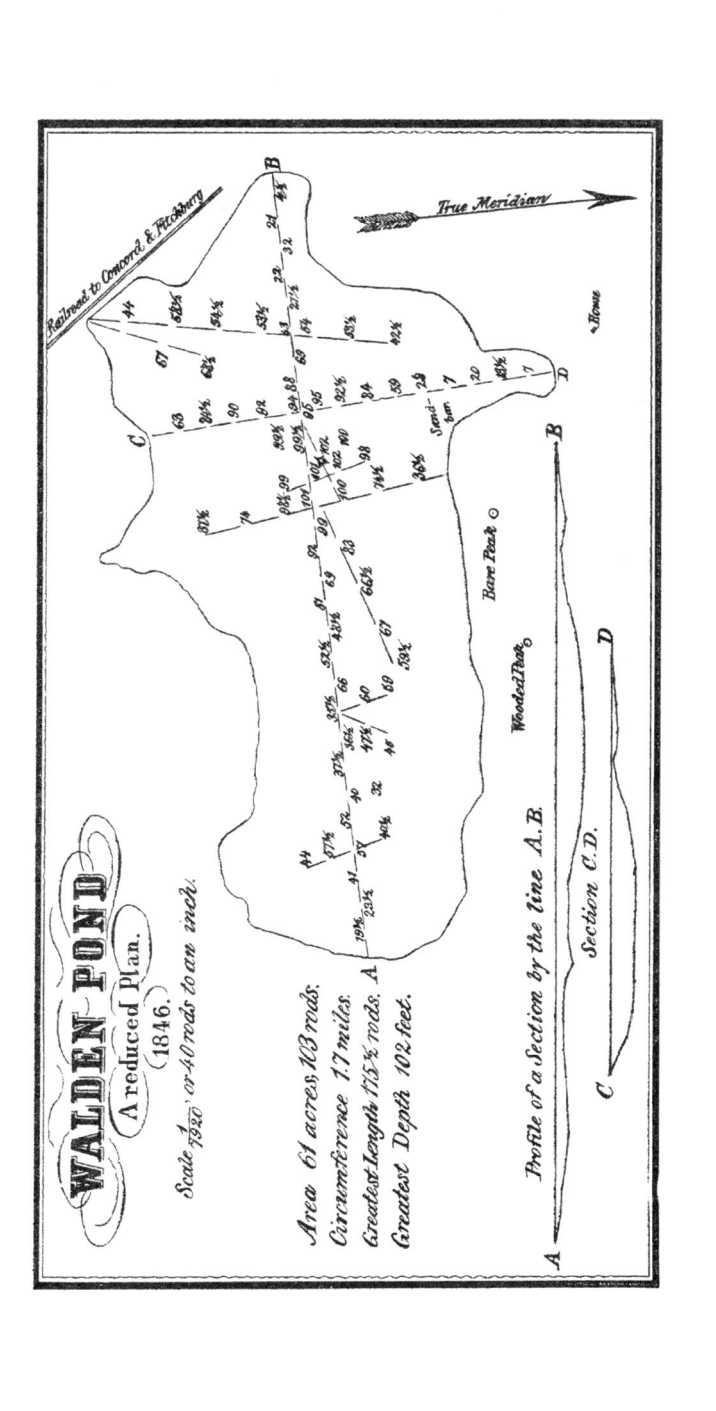

Scale $\frac{1}{7920}$, or 40 rods to an inch.

Area 64 acres, 103 rods.
Circumference 1.7 miles.
Greatest Length 175½ rods. A
Greatest Depth 102 feet.

Profile of a Section by the line A.B.

Section C.D.

não afetaria o espírito dos homens? Sinto-me grato que este lago tenha sido feito puro e profundo, como um símbolo. Enquanto os homens acreditarem no infinito, alguns lagos serão considerados sem fundo.

O dono de uma fábrica, vindo a saber da profundidade que eu tinha descoberto, pensou que não podia ser verdade, pois, segundo seu conhecimento de represas, a areia não poderia ficar num ângulo tão agudo. Mas os lagos mais fundos não são tão fundos assim em proporção à sua área, ao contrário do que muitos supõem, e, se fossem drenados, não deixariam vales muito notáveis. Não são como xícaras entre as colinas; pois este, que é tão invulgarmente fundo em relação à sua área, mostra-se, numa seção vertical passando por seu centro, não mais fundo do que um prato raso. A maioria dos lagos, esvaziados, deixaria uma várzea não mais cava do que geralmente vemos. William Gilpin, que é tão admirável e geralmente tão preciso em tudo o que se refere a paisagens, postado na ponta mais alta do Loch Fyne, na Escócia, que ele descreve como "uma baía de água salgada, com sessenta ou setenta braças de profundidade e quase seis quilômetros e meio de largura" e cerca de oitenta quilômetros de comprimento, cercada de montanhas, observa: "Se pudéssemos tê-lo visto logo após a catástrofe diluviana ou qualquer convulsão da Natureza que o ocasionou, antes de ser tomado pelas águas, que horrendo abismo devia se afigurar!

> Tão alto se ergueram os montes túmidos, tão baixo
> Desceu um fundo cavo, largo e profundo,
> Vasto leito de águas."
>
> [*So high as heaved the tumid hills, so low*
> *Down sunk a hollow bottom, broad, and deep,*
> *Capacious bed of waters –.*"]

Mas se, usando o menor diâmetro do Loch Fyne, aplicarmos essas proporções ao Walden, que, como vimos, numa seção vertical já se mostra como um simples prato raso, ele se mostrará quatro vezes mais raso. Isso quanto aos horrores *ainda maiores* do abismo do Loch Fyne, se esvaziado. Sem dúvida, muitos vales risonhos com seus extensos milharais ocupam exatamente um "horrendo abismo" desses, de onde recuaram as águas, embora requeiram-se a visão íntima e a visão longínqua do geólogo para convencer os ingênuos habitantes desse fato. Muitas vezes um olhar inquisitivo pode discernir as margens de um lago primitivo nas colinas baixas do horizonte, sem necessidade de qualquer elevação posterior da planície para ocultar sua história. Mas, como bem sabem os trabalhadores das estradas, é mais fácil localizar as depressões pelas poças que se formam após uma chuva. Isso significa que a imaginação, desde que tenha um mínimo de liberdade, mergulha mais fundo e sobe mais alto do que a Natureza. Assim, provavelmente, virá a se descobrir que a profundidade do oceano é quase insignificante comparada à sua extensão.

Quando fiz a sondagem através do gelo, consegui determinar a forma do fundo com uma precisão maior do que é possível quando se examinam enseadas que não se congelam na superfície, e fiquei surpreso com sua regularidade em geral. Na parte mais funda, há vários acres mais planos do que praticamente qualquer campo exposto ao sol, ao vento e ao arado. Num exemplo, seguindo uma linha escolhida arbitrariamente, a profundidade não variou mais do que trinta centímetros numa extensão de 150 metros; e de modo geral, perto do meio, pude calcular antecipadamente uma faixa de variação entre 7,5 e dez centímetros num raio de trinta metros em qualquer direção. Há quem costume falar em fossas fundas e perigosas mesmo em lagos arenosos e mansos como este, mas a água nessas condições tem como efeito nivelar todas as desigualdades. A regularidade do fundo e sua conformidade com as margens e a sucessão das colinas próximas eram tão perfeitas que as sondagens podiam acusar um promontório distante no outro lado do lago, e era possível determinar sua localização simplesmente observando a margem oposta. O cabo se transforma em barra, a planície em baixio, o vale e a garganta em água funda e canal.

Depois de mapear o lago na escala de dez varas para uma polegada e marcar as sondagens, mais de cem ao todo, observei esta admirável coincidência. Tendo notado que o número indicando a maior profundidade ficava aparentemente no centro do mapa, tracei uma reta no sentido do comprimento do mapa, e depois no sentido da largura, e descobri para minha surpresa que a linha de maior comprimento intersectava a linha de maior largura *exatamente* no ponto de maior profundidade, mesmo sendo o meio praticamente plano, o contorno do lago muito irregular e a largura e o comprimento tivessem sido medidos até a ponta extrema das enseadas; e eu disse para mim mesmo: Quem sabe se esta pista não levaria também à parte mais funda do oceano, tal como vale para um lago ou uma poça? Não será também a regra para a altura das montanhas, tomadas em oposição aos vales? Sabemos que a altura máxima de um monte não se situa em sua parte mais estreita.

De cinco enseadas, três, ou seja, todas as que foram sondadas, apresentavam uma barra bem na embocadura, com águas mais fundas, de forma que a baía tendia a ser uma expansão de água terra adentro não só em termos horizontais, mas também verticalmente, formando uma bacia ou um lago independente, e a direção dos dois cabos mostrava o curso da barra. Toda angra na costa litorânea também tem uma barra em sua entrada. Tal como a embocadura da enseada era mais larga do que seu comprimento, proporcionalmente a água na barra era mais funda do que a da bacia. Portanto, dados o comprimento e a largura da enseada, e as características da margem circundante, temos elementos praticamente suficientes para extrair uma fórmula válida para todos os casos.

Para ver a precisão com que eu poderia estimar, com essa experiência, a profundidade de um lago, observando apenas os contornos de sua superfície e as características de suas margens, fiz uma planta do Lago Branco, que tem cerca de 41 acres e, como o Walden, não possui nenhuma ilha nem qualquer entrada ou saída de água visível; e como a linha de maior largura caía muito perto da linha de menor largura, onde dois cabos opostos se aproximavam e duas baías opostas se afastavam, arrisquei-me a marcar como ponto de maior profundidade um local a curta distância desta segunda linha, mas ainda situado na linha de maior comprimento. Descobriu-se que a parte mais funda ficava a trinta metros dali, avançando ainda mais na direção pela qual eu havia me orientado, e tinha apenas trinta centímetros a mais de profundidade, ou seja, 18,3 metros. Evidentemente, um fluxo de água ou uma ilha no lago tornaria o problema muito mais complicado.

Se conhecêssemos todas as leis da Natureza, bastaria apenas um fato ou a descrição de um único fenômeno concreto para inferir daí todos os resultados particulares. Agora conhecemos somente algumas leis, e nosso resultado é viciado, não, claro, por qualquer confusão ou irregularidade na Natureza, e sim por nossa ignorância dos elementos essenciais para o cálculo. Nossas noções de lei e harmonia geralmente se restringem àqueles casos que detectamos; mas a harmonia que resulta de um número muito maior de leis aparentemente conflitantes, mas na verdade concordantes, que não detectamos, é ainda mais maravilhosa. As leis particulares são como nossos pontos de vista, tal como o contorno de uma montanha que varia a cada passo do caminhante, e possui uma infinidade de perfis, embora seja absolutamente uma forma só. Mesmo quando fendida ou perfurada, ela não é apreendida em sua inteireza.

O que observei em relação ao lago é igualmente verdadeiro em relação à ética. É a lei da média. Essa regra dos dois diâmetros não só nos guia em direção ao sol no sistema e ao coração no homem, como também traça linhas no sentido do comprimento e da largura no conjunto de comportamentos diários e ondulações da vida de um homem, penetrando em suas baías e enseadas, e o ponto de intersecção entre elas será a altitude ou a profundidade de seu caráter. Talvez baste apenas sabermos como se inclinam suas margens e terrenos ou circunstâncias adjacentes, para inferirmos sua profundidade e seu fundo oculto. Se ele estiver cercado de circunstâncias montanhosas, numa margem como a de Aquiles, cujos picos projetam sombras e se refletem em seu seio, elas hão de sugerir uma profundidade correspondente dentro dele. Já uma margem baixa e lisa demonstra que, sob este aspecto, ele é raso. Em nosso físico, uma fronte saliente e arrojada indica e se entrega a uma profundidade correspondente do pensar. Também existe uma barra na entrada de todas as nossas angras ou inclinações particulares; cada uma delas é nossa enseada durante uma estação, onde nos detemos e ficamos parcialmente cercados de terra firme. Essas inclinações, de modo geral, não são aleatórias, mas suas formas, dimensões e rumos são determinados pelos promontórios da margem, os antigos eixos de elevação. Quando o nível de água desta barra sobe gradualmente, devido a temporais, marés ou correntes, ou há uma diminuição das águas, e ela fica no nível da superfície, aquilo que de início era um simples declive na margem, enseada onde se abrigava um pensamento, agora se torna um lago individual, separado do oceano, onde o pensamento assegura suas condições próprias, e muda talvez de salino para doce, torna-se um mar doce, um mar morto ou um charco. Com o advento de cada indivíduo nesta vida, não podemos supor que em algum lugar uma barra dessas aflorou à superfície? É verdade que somos navegadores tão medíocres que nossos pensamentos, em sua maioria, ficam ao largo, numa costa desabrigada, em contato apenas com as curvas mais abertas das baías da poesia, ou rumam para a entrada dos portos públicos e atracam nas docas secas da ciência, onde se reaparelham meramente para este mundo, e nenhuma corrente natural vem individualizá-los.

Quando à entrada ou saída de água do Walden, não descobri nada além da chuva ou neve e da evaporação, embora talvez seja possível encontrá-las com um termômetro e uma linha, pois o local por onde a água entra no lago provavelmente será o ponto mais frio no verão e o mais quente no inverno. Quando os homens que extraíam gelo estiveram trabalhando aqui em 1846-47, certo dia alguns blocos levados até a margem foram rejeitados pelo pessoal que estava montando as pilhas, porque não tinham espessura suficiente para ficar enfileirados com os demais; assim, os cortadores descobriram que o gelo numa pequena área era uns cinco a sete centímetros mais fino do que nas outras partes, o que os levou a pensar que havia ali uma entrada de água. Eles também me mostraram num outro lugar algo que julgavam ser um "buraco vazando", onde o lago se escoava por sob uma colina até uma várzea próxima, e me fizeram subir numa barra de gelo para ver a saída. Era uma pequena cavidade a três metros de profundidade; mas creio poder garantir que o lago não precisa de nenhuma solda enquanto não encontrarem um vazamento mais sério do que este.

Alguém sugeriu que, se se encontrasse algum "buraco vazando" como aquele, daria para provar sua eventual ligação com a várzea colocando-se um pouco de pó ou serragem colorida na boca da cavidade, e então pondo-se um coador ou uma peneira na nascente da várzea, que reteria algumas das partículas transportadas pela corrente.

Enquanto eu estava fazendo o levantamento topográfico, o gelo, que estava com quarenta centímetros de espessura, ondulava como água a uma leve aragem. É fato sabido que não se pode usar nível no gelo. A cinco metros da margem, a flutuação máxima, quando observada com um nível na terra apontando para um marco graduado no gelo, foi de 1,8 centímetro, embora o gelo parecesse solidamente preso à margem. Provavelmente era maior no meio. Quem sabe, caso nossos instrumentos fossem de suficiente delicadeza, não poderíamos detectar uma ondulação na crosta da terra? Quando eu colocava dois pés de meu nível em tripé na margem e o terceiro pé no gelo, com o visor apontado para este, um aumento ou uma diminuição quase infinitesimal do gelo resultava numa diferença de mais de metro numa árvore do outro lado do lago. Quando comecei a cortar o gelo para a sondagem, havia de oito a dez centímetros de água sobre ele, por sob uma densa camada de neve que o fizera se afundar; mas a água começou a correr imediatamente para as cavidades que abri, e continuou a correr durante dois dias, em grande volume, derretendo o gelo por todos os lados e contribuindo muito, se não principalmente, para secar a superfície do lago; pois, conforme a água corria, ele aumentava e fazia flutuar o gelo. Era mais ou menos como abrir um orifício no casco de um navio para deixar sair a água. Quando esses orifícios se congelam e vem uma chuva, e depois um novo congelamento forma uma outra camada de gelo liso por toda a superfície, ele fica lindamente mosqueado por dentro com figuras escuras, como se fosse a teia de uma aranha, o que podemos chamar de rosetas de gelo, criadas pelos canais sulcados pela água convergindo de todos os lados para o centro. Às vezes também, quando o gelo estava coberto de poças rasas, eu via uma dupla sombra de mim mesmo, uma acima da outra, uma no gelo, a outra nas árvores ou na vertente da colina.

Embora ainda seja janeiro, faça frio, as camadas de gelo e neve estejam grossas e sólidas, o senhorio previdente vem da cidade até aqui, em busca de gelo para resfriar sua bebida no verão; ele mostra uma sabedoria impressionante, até comovente, ao antever em janeiro o calor e a sede de julho – usando capote pesado e luvas grossas! quando há tantas coisas que ainda não foram providenciadas. Talvez ele não esteja acumulando nenhum tesouro neste mundo para refrescar sua bebida de verão no próximo. Ele corta e serra o lago sólido, destelha a casa dos peixes e carrega o próprio ar e elemento deles, prendendo-o firmemente com correntes e estacas, como a madeira amarrada em fardos, atravessando o ar propício do inverno até porões sombrios e gelados, para ali passar o verão. À distância, arrastado pelas ruas, o bloco parece um pedaço de céu solidificado. Esses cortadores de gelo são uns sujeitos engraçados, cheios de pilhérias e brincadeiras; quando eu ia com eles, costumavam me convidar para serrar na vertical, e queriam que eu ficasse na parte de baixo.

No inverno de 1846-47, numa certa manhã apareceu uma centena de homens de extração hiperbórea, de arremetida em nosso lago, com muitas carretas de ferramentas agrícolas de aparência rústica, trenós, arados, semeadeiras, cavadeiras, pás, serras, ancinhos, e cada homem vinha armado com um pique de ponta dupla que não se vê descrito no *New-England Farmer* nem no *Cultivator*. Eu não sabia se tinham vindo semear centeio de inverno ou algum outro tipo de cereal recém-trazido da Islândia. Como não vi nenhum adubo, julguei que pretendiam aproveitar apenas o solo, como eu tinha feito, pensando que seria uma camada grossa e que já teria descansado por bastante tempo. Eles disseram que um senhor fazendeiro, que estava nos bastidores, queria dobrar sua fortuna, a qual, pelo que entendi, já subia a meio milhão; mas, para cobrir cada um de seus dólares com outro por cima, ele tirou o único casaco, ou melhor, a própria pele do Lago Walden em pleno rigor do inverno. Logo se atiraram ao trabalho, arando, gradeando, aplainando, abrindo leiras, numa ordem admirável, como se estivessem decididos a criar uma fazenda-modelo; mas, enquanto eu prestava toda a atenção para ver que tipo de semente haviam colocado nos sulcos, uma turma a meu lado começou de repente a remover os próprios torrões virgens, num tranco, até o subsolo de areia, ou melhor, até a água – pois era um solo muito úmido –, na verdade removendo toda a *terra firma* que havia e colocando nos trenós, e então me ocorreu que deviam estar cortando turfa num pântano. Assim chegavam e partiam todos os dias, com um silvo peculiar da locomotiva, vindo e indo para algum lugar das regiões polares, parecia a mim, como um bando de aves das neves árticas. Mas às vezes a Índia Walden revidava, e algum empregado, andando atrás de sua parelha, escorregava por alguma fenda no chão até o Tártaro, e ele, que antes era tão valente, de súbito se tornava apenas a nona parte de um homem, quase entregava seu calor animal, e ficava contente em se refugiar em minha casa, e reconhecia que um fogão tinha lá suas virtudes; ou às vezes o solo gelado arrancava uma peça de aço da relha do arado, ou algum arado ficava preso no sulco e tinha de ser amputado.

Falando literalmente, cem irlandeses com capatazes ianques vinham diariamente de Cambridge para retirar gelo. Dividiam-no em barras por métodos muito conhecidos que dispensam descrição, as quais, levadas de trenó até a margem, eram rapidamente arrastadas até uma base de gelo e erguidas por um sistema de ganchos e polias, movido por cavalos, para o alto de uma plataforma, com a mesma segurança como se fossem barris de farinha, e lá eram dispostas simetricamente lado a lado, fila por fila, como se formassem a base sólida de um obelisco que atravessaria as nuvens. Eles me disseram que, num dia bom, conseguiam tirar mil toneladas, que era o rendimento de cerca de um acre. A passagem dos trenós sempre na mesma trilha gravava valas e sulcos profundos no gelo, como se fosse *terra firma*, e os cavalos comiam invariavelmente sua aveia em barras de gelo cavadas como cestos. Assim, eles amontoavam as barras ao ar livre numa pilha com cerca de doze metros de altura de um lado e com trinta ou 35 metros quadrados, colocando palha entre as camadas externas para isolá-las do ar; pois quando o vento, embora nunca tão frio, encontra uma passagem, ele abre grandes cavidades deixando apenas esteios ou suportes delgados aqui e ali, e finalmente derruba o monte. A princípio, parecia um enorme forte ou Valhala azul; mas, quando os homens começaram a comprimir a palha rústica das várzeas nas fendas, e ela se recobriu de geada e sincelos, o conjunto ficou parecendo uma veneranda ruína encanecida e cheia de musgo, construída em mármore de tons azuis, a própria morada do Inverno, aquele velho que vemos nos almanaques – seu barraco, como se pretendesse passar o verão conosco. Eles calculavam que nem 25% das barras chegariam a seu destino, e que 2% ou 3% se perderiam no transporte. Todavia, uma parte ainda maior desse monte teria um destino diferente do programado; pois, seja por terem visto que o gelo não se conservou conforme o esperado, contendo mais ar do que o normal, ou por alguma outra razão, ele nunca chegou ao mercado. Estas barras, cortadas no inverno de 1846-47 e que, segundo as estimativas, pesariam dez mil toneladas, por fim foram cobertas com palha e tábuas; embora o conjunto tenha sido descoberto em julho, e uma parte dele transportada para outro local, o resto ficando exposto ao sol, ele se manteve congelado durante todo o verão e o inverno seguinte, e só acabou de se derreter em setembro de 1848. Assim o lago recuperou a maior parte.

Tal como a água, o gelo do Walden, visto de perto, possui uma tonalidade verde, mas de longe é lindamente azul, e a quatrocentos metros de distância é fácil distingui--lo do gelo branco do rio ou do gelo meramente esverdeado de alguns lagos. De vez em quando, uma daquelas grandes barras escorrega do trenó do cortador de gelo e cai na rua da cidade, e ali fica por uma semana como uma grande esmeralda, objeto de interesse para todos os passantes. Notei que uma parte do Walden, que era verde em estado líquido, vista pelo mesmo ângulo frequentemente parece azul, quando congelada. Assim, durante o inverno, às vezes as cavidades neste lago se enchem de uma água esverdeada parecida com a dele mesmo, mas no dia seguinte, congelada, ela fica azul. Talvez o azul da água e do gelo resulte da luz e do ar de lá, e quanto mais transparentes, mais azuis são. O gelo é um interessante objeto de contemplação. Eles me disseram que tinham visto algumas barras nos depósitos de gelo no Lago Fresco com cinco anos de idade, e que continuavam perfeitas. Por que a água de um balde logo fica pútrida, mas congelada permanece sempre pura? Costuma-se dizer que esta é a diferença que existe entre as afeições e o intelecto.

Assim, durante dezesseis dias vi por minha janela uma centena de homens trabalhando como agricultores azafamados, com juntas de bois e cavalos e aparentemente com todos os implementos agrícolas, como uma imagem que vemos na primeira página do almanaque; toda vez que olhava pela janela, eu lembrava a fábula da cotovia e dos ceifadores ou a parábola do semeador, e coisas do gênero; agora foram embora e, provavelmente daqui a trinta dias, olharei pela mesma janela para a água pura e verde do Walden, refletindo as nuvens e as árvores e solitariamente enviando ao alto suas evaporações, e não haverá nenhum vestígio da presença de qualquer homem ali. Talvez eu ouça uma mobelha solitária rindo ao mergulhar e alisar suas penas, ou quiçá um pescador sozinho em seu barco, como uma folha flutuante, fitando sua figura refletida nas ondas, onde pouco tempo atrás cem homens estiveram a labutar em segurança e solo firme.

Assim, pelo visto, os moradores encalorados de Charleston e Nova Orleans, de Madras, Bombaim e Calcutá, bebem de minha fonte. De manhã, eu banho meu intelecto na estupenda e cosmogônica filosofia do *Bhagavad-Gita*, decorridas muitas eras dos deuses desde que foi composta, e em comparação a ela nosso mundo moderno e sua literatura parecem insignificantes e triviais; e me pergunto se não é o caso de remontar aquela filosofia a um estágio anterior da existência, tão distante está ela, em sua sublimidade, de nossas concepções. Pouso o livro e vou à minha fonte em busca de água, e eis que ali encontro o servo dos brâmanes, o sacerdote de Brama, Vishnu e Indra, que continua sentado em seu templo no Ganges lendo os Vedas, ou habita ao pé de uma árvore com sua côdea e bilha de água. Encontro seu servo, que veio buscar água para seu mestre, e nossos baldes como que se roçam na mesma fonte. A água pura do Walden se mescla à água sagrada do Ganges. Às lufadas dos ventos favoráveis, ela avança pelas ilhas fabulosas de Atlântida e das Hespérides, faz o périplo de Hanno e, flutuando por Ternate e Tidor e pela foz do Golfo Pérsico, dissolve-se nas tempestades tropicais dos mares índicos e chega a portos que mesmo Alexandre conheceu apenas de nome.

Primavera

A EXTRAÇÃO DE GRANDES barras de gelo geralmente faz com que um lago rompa mais cedo; pois a água, agitada pelo vento, mesmo no frio, desgasta o gelo circundante. Mas não foi este o efeito no Walden naquele ano, pois logo arranjou uma nova roupa grossa para substituir a anterior. Este lago nunca se rompe tão cedo quanto os outros nesta região, devido à sua maior profundidade e também por não ter nenhum fluxo de água corrente que possa dissolver ou desgastar o gelo. Nunca soube que ele tenha se aberto durante um inverno, nem mesmo no de 1852-53, que representou uma provação tão rigorosa para os lagos. Geralmente ele se abre por volta de 1º de abril, uma semana ou dez dias depois do Lago de Flints e do Porto Belo, começando a se derreter no lado norte e nas partes mais rasas onde congelou primeiro. Ele sinaliza melhor do que qualquer outra água nos arredores o avanço da estação em termos absolutos, sendo o menos afetado por alterações passageiras da temperatura. Um frio rigoroso durante alguns dias em março pode atrasar muito a abertura daqueles outros dois lagos, ao passo que a temperatura do Walden aumenta quase ininterruptamente. Um termômetro lançado no meio do Walden em 6 de março de 1847 ficou em 0ºC, ou seja, o ponto de congelamento; perto da margem, em 0,56ºC; no meio do Lago de Flints, no mesmo dia, em 0,28ºC; a sessenta metros da margem, na água rasa, sob uma camada de trinta centímetros de gelo, em 2,22ºC. Esta diferença de 1,94 grau centígrado entre a temperatura do fundo e do raso neste último lago, e o fato de que uma grande parte dele é relativamente rasa, mostram por que ele deve se romper muito mais cedo do que o Walden. O gelo na parte mais rasa, desta vez, era vários centímetros mais fino do que no meio. No auge do inverno, o meio tinha sido o ponto mais quente, com a camada mais fina de gelo. Assim, qualquer pessoa que tenha andado pelas margens de um lago no verão deve ter percebido que a água é muito mais tépida perto da margem, com apenas oito ou dez centímetros de profundidade, do que a uma pequena distância mais adiante, e, onde a profundidade é maior, muito mais tépida na superfície do que no fundo. Na primavera, não só o sol exerce influência aumentando a temperatura do ar e da terra, como também seu calor atravessa o gelo com uma espessura de trinta centímetros ou mais, e se reflete do fundo na água rasa; também aquece a água e derrete o lado de baixo do gelo, ao mesmo tempo em que derrete mais diretamente por cima, tornando-o irregular e fazendo com que as bolhas de ar dentro dele se distendam para cima e para baixo, até que o bloco se torna como um favo de mel e finalmente desaparece de súbito com uma única chuva de primavera. O gelo tem veios como a madeira, e quando um bloco começa a se desfazer ou a "virar favo", isto é, a assumir a aparência de um favo de mel, qualquer que seja sua posição, os alvéolos de ar ficam em ângulo reto com a antiga superfície de água. Quando há uma pedra ou um tronco erguendo-se perto da superfície, o gelo ali é muito mais fino, e frequentemente se derrete por completo a esse calor refletido; e ouvi dizer que, na experiência em Cambridge para congelar a água num tanque raso de madeira, embora circulasse ar frio por baixo e assim ele tivesse acesso aos dois lados, o reflexo do sol vindo de baixo mais do que contrabalançava essa vantagem. Quando uma chuva morna no meio do inverno derrete a neve congelada do Walden e deixa no centro um gelo duro escuro ou transparente, haverá uma faixa de gelo branco quebradiço, embora grosso, com cinco ou mais metros de largura, ao longo das margens, criada por esse calor refletido. E também, como eu disse, as próprias bolhas dentro do gelo funcionam como lentes convexas que aquecem e derretem o gelo na parte de baixo.

Os fenômenos do ano se reproduzem diariamente num lago, em escala reduzida. Todas as manhãs, em termos gerais, a água rasa se aquece mais rápido do que a água funda, mesmo que não chegue a amornar, e todas as noites ela se resfria mais rápido até à manhã seguinte. O dia é uma síntese do ano. A noite é o inverno, a manhã e o entardecer são a primavera e o outono, e as horas ao redor do meio-dia são o verão. O romper e o estalar do gelo indicam uma mudança de temperatura. Em 24 de fevereiro de 1850, uma manhã agradável depois de uma noite muito fria, tendo ido ao Lago de Flints para passar o dia, notei com surpresa que, quando batia no gelo com a cabeça de meu machado, ele reboava como um gongo por muitos metros ao redor, ou como se eu tivesse batido no couro retesado de um tambor. O lago começou a estalar cerca de uma hora após o alvorecer, quando sentiu a influência dos raios do sol chegando-lhe obliquamente das colinas; ele ficou se espreguiçando e bocejando como um homem ao acordar, num alvoroço cada vez maior, que durou por três ou quatro horas. Tirou uma pequena sesta após o meio-dia, e voltou a estalar ao final da tarde, quando o sol estava retirando sua influência. Na fase climática certa, um lago dispara suas salvas vespertinas com grande regularidade. Mas, no meio do dia, estando cheio de fendas e o ar também sendo menos elástico, ele tinha perdido totalmente sua ressonância, e provavelmente nenhum peixe ou rato almiscarado se assustaria com alguma pancada sobre sua superfície. Os pescadores dizem que o "trovejar do lago" espanta os peixes e eles não mordem a isca. O lago nem sempre troveja ao entardecer, e não sei dizer com certeza quando ocorre esse trovejar; mas, mesmo que eu não perceba nenhuma diferença no tempo, ele certamente percebe. Quem desconfiaria que uma coisa tão grande, tão fria, de pele tão grossa, é tão sensível? E no entanto o lago tem sua lei, à qual ele troveja em obediência no momento certo, com a mesma segurança com que os brotos crescem na primavera. Toda a terra está viva e coberta de papilas. O maior dos lagos é tão sensível às mudanças atmosféricas quanto o glóbulo de mercúrio em seu tubo.

Um atrativo para vir viver na mata era o tempo e a oportunidade que eu teria de presenciar a chegada da primavera. O gelo no lago finalmente começa a se alveolar como favo, e posso calcar meus talões nele ao caminhar. As brumas, as chuvas, os sóis mais quentes estão derretendo gradualmente a neve; os dias se tornam sensivelmente mais compridos; e vejo que vou atravessar o inverno sem aumentar minha pilha de lenha, pois já não é necessário

acender um fogo muito grande. Estou atento aos primeiros sinais da primavera, para ouvir a nota casual de alguma ave chegando ou o chilro do esquilo-listrado, pois agora suas reservas devem estar quase esgotadas, ou ver a marmota se arriscar a sair de seu quartel de inverno. Em 13 de março, depois de ter ouvido o azulão, o pardal cantador e o melro-
-de-asa-vermelha, o gelo ainda estava com quase trinta centímetros de espessura. Conforme o tempo esquentava, ele não se mostrava visivelmente desgastado pela água nem havia rompido e se posto a flutuar como nos rios, mas, embora estivesse totalmente derretido numa faixa de cerca de 2,5 metros junto à margem, o meio estava apenas alveolado e saturado de água, de modo que era possível atravessá-lo a pé mesmo com quinze centímetros de espessura; mas na noite seguinte, talvez, depois de uma chuva morna seguida pela bruma, ele desapareceria por completo, totalmente dissolvido com a bruma, sumindo no ar. Um ano, passei pelo meio do gelo cinco dias antes de desaparecer de todo. Em 1845, o Walden se abriu completamente em 1º de abril; em 1846, no dia 25 de março; em 1847, em 8 de abril; em 1851, em 28 de março; em 1852, em 18 de abril; em 1853, em 23 de março; em 1854, por volta de 7 de abril.

Cada episódio relacionado com o degelo dos rios e lagos e a melhoria do tempo é especialmente interessante para nós, que vivemos num clima de extremos tão grandes. Quando chegam os dias mais quentes, quem mora perto do rio ouve o gelo estalar à noite com um estrondo alarmante, alto como um tiroteio de artilharia, como se seus grilhões gelados se despedaçassem de uma ponta a outra, e em poucos dias ele desaparece rapidamente. Assim o jacaré emerge do lodo com estremecimentos da terra. Um homem de idade, que tem sido íntimo observador da Natureza e conhece tão bem todas as suas operações como se, na infância, tivesse ajudado a construí-la e pôr-lhe a quilha no estaleiro – que chegou à maturidade e, mesmo que chegasse à idade de Matusalém, dificilmente teria mais a aprender sobre a natureza –, disse-me, e fiquei surpreso ao ouvi-lo manifestar espanto diante de alguma operação da Natureza, pois eu pensava que não havia segredo entre eles, que num dia de primavera ele pegou sua espingarda e o barco, e resolveu se entreter um pouco com os patos. Ainda havia gelo nas várzeas, mas no rio não, e ele desceu sem obstáculos de Sudbury, onde vivia, até o Lago Porto Belo, que encontrou inesperadamente coberto, em sua maior parte, por uma sólida camada de gelo. O dia estava quente, e ele ficou admirado ao ver uma quantidade tão grande de gelo ainda restante. Não vendo nenhum pato, escondeu seu barco na parte norte ou detrás de uma ilha no lago, e então se ocultou nas moitas do lado sul, à espera deles. O gelo tinha se derretido por uns quinze ou vinte metros desde a margem, e havia um lençol liso e tépido de água, com um fundo lodoso, tal como os patos gostam, e ele pensou que provavelmente logo apareceriam alguns por ali. Depois de estar deitado lá por cerca de uma hora, ele ouviu um som abafado que parecia muito distante, mas singularmente majestoso e marcante, diferente de qualquer coisa que já tinha ouvido, aos poucos aumentando e se avolumando como num final universal grandioso, um rugido impetuoso e sombrio, que de repente lhe pareceu o som de um enorme bando de aves vindo pousar ali, e, apanhando sua arma, ele se levantou rápido e excitado; mas, para sua surpresa, descobriu que o bloco inteiro de gelo tinha começado a se mover enquanto estava deitado e boiara até a beira do lago, e o som que ouvira era sua borda raspando na margem – de início ficando mordiscada e esfarelada, mas depois se erguendo e espalhando seus fragmentos por toda a ilha a uma altura considerável antes de se assentar outra vez.

Por fim os raios do sol atingem o ângulo certo, e os ventos tépidos, soprando entre a neblina e a chuva, derretem os bancos de neve, e o sol, dispersando o nevoeiro, sorri sobre uma paisagem axadrezada de branco e cor ferrugem fumegando de incenso, por onde o caminhante escolhe seu caminho de ilhota em ilhota, inspirado pela música de mil arroios e regatos tilintantes cujas veias estão repletas com o sangue do inverno que levam embora.

Poucos fenômenos me davam mais prazer do que observar as formas que a areia e o barro degelando assumem ao escorrer pelas laterais de um alto talude escavado na estrada de ferro, por onde eu passava a caminho da cidade, um fenômeno não muito comum em escala tão grande, embora a quantidade de novas rampas com esse mesmo tipo de material deva ter se multiplicado muito desde a invenção das ferrovias. Era uma areia em grãos de todos os tamanhos e de cores ricas e variadas, geralmente misturada com um pouco de barro. Quando a geada se desfaz na primavera, e mesmo num dia de degelo no inverno, a areia começa a escorrer pelas rampas como lava, às vezes rompendo e transbordando pela neve onde antes jamais se vira qualquer areia. Inúmeros filetes se sobrepõem e se entrelaçam, exibindo uma espécie de produto híbrido, que obedece em parte às leis das correntes, em parte às leis da vegetação. Conforme escorre, ela assume as formas de sarmentos ou folhas de suculentas, formando montes de guirlandas ou ramalhetes polpudos com trinta centímetros ou mais de profundidade, os quais, vistos de cima, parecem os talos de lobos laciniados e imbricados de alguns líquens; ou lembram-nos corais, patas de leopardos ou pés de pássaros, miolos, pulmões ou intestinos, e excrementos de toda espécie. É uma vegetação realmente *grotesca*, cujas formas e cores vemos reproduzidas em bronze, uma espécie de folhagem arquitetônica mais antiga e típica do que o acanto, a chicória, a hera, a vinha ou qualquer folha vegetal; destinada talvez, em certas circunstâncias, a se tornar um enigma para geólogos do futuro. O talude inteiro me impressionava como uma caverna com suas estalactites expostas à luz. As várias tonalidades da areia são singularmente ricas e agradáveis, abarcando os diversos tons de ferrugem, castanho, cinza, amarelado e avermelhado. Quando a massa fluindo atinge o dreno ao pé da rampa, ela se espalha mais plana em *praias*, as correntes separadas perdendo sua forma semicilíndrica e se espraiando e se alargando gradualmente, juntando-se conforme se tornam mais úmidas, até formar um *areal espraiado*, ainda belamente variegado, mas onde conseguimos perceber as formas vegetais originais; até que por fim, na própria água, elas se convertem em *bancos*, como aqueles que se formam na foz dos rios, e as formas vegetais se perdem nas marcas onduladas do fundo.

A rampa inteira, que varia de sete a catorze metros de altura, às vezes fica coberta com uma massa desse tipo de folhagem, ou ruptura arenosa, por quatrocentos metros de um ou de ambos os lados, efeito de um único dia de primavera. O que torna admirável essa folhagem de areia é que ela passa a existir de súbito. Quando vejo num dos lados a rampa inerte – pois o sol atua primeiro num lado só – e no outro lado vejo essa folhagem luxuriante, criação no espaço de uma hora, sinto-me atingido como se, num sentido bem peculiar, estivesse na oficina do Artista que criou o mundo e a mim – como se tivesse vindo ao local onde ele ainda estava a trabalhar, entretendo-se com essa rampa e, num excesso de energia, espalhando por ela seus novos desenhos. Sinto-me como se estivesse mais próximo dos órgãos vitais do globo, pois este transbordamento de areia é uma espécie de massa foliácea tal como os órgãos vitais do corpo animal. Desse modo encontramos na própria areia uma antecipação da folha vegetal. Não admira que a terra se expresse exteriormente em folha, pois tanto trabalha interiormente com a ideia. Os átomos já aprenderam essa lei, e estão prenhes dela. A folha encontra aqui seu protótipo. *Internamente*, seja no globo ou no corpo animal, é um *lobo* espesso e úmido, palavra que se aplica especialmente ao fígado, aos pulmões e às *folhas* ou camadas de gordura (λειβω, *labor*, *lapsus*, escorrer ou deslizar abaixo, um *lapsing*, escoamento ou deslize; λοβοζ, *globus*, lobo, globo; também *lap*, *flap* [falda, aba] e muitas outras palavras), *externamente* uma *folha* fina e seca, tal como o *f* e o *v* são um *b* prensado e desidratado. Os radicais de lobo são *lb*, a massa suave do *b* (um lobo só, ou *B*, dois lobos), com um *l* líquido por trás empurrando-o em frente. Em globo, *glb*, o *g* gutural acrescenta ao significado a capacidade da garganta. As penas e as asas dos pássaros são folhas ainda mais finas e secas. Assim, também, passamos da larva inerte e pesada na terra para a borboleta leve e flutuante no ar. O próprio globo se transcende e se translada continuamente, tornando-se alado em sua órbita. Mesmo o gelo começa com delicadas folhas de cristal, como se tivesse escorrido dentro de moldes que as frondes de plantas aquáticas teriam imprimido no espelho d'água. A própria árvore inteira é apenas uma folha, e os rios são folhas ainda maiores cuja polpa é a terra entre eles, e as vilas e as cidades são os ovos de insetos em suas axilas.

Quando o sol se retira, a areia deixa de se escoar, mas de manhã as correntes recomeçam e se ramificam incessantemente numa miríade de outras correntes. Aqui vemos talvez como se formam os vasos sanguíneos. Se olharmos de perto, notaremos que primeiramente brota da massa em degelo um filete de areia amolecida com a ponta em formato de gota, como a polpa do dedo, tateando seu caminho às cegas e descendo devagar, até que finalmente, com maior calor e umidade à medida que o sol se eleva, a porção mais fluida, em seu esforço de obedecer à lei à qual se rendem mesmo os mais inertes, se separa e sozinha forma um canal ou uma artéria sinuosa em seu interior, onde se vê um pequeno filete prateado cintilando como um raio e passando de um a outro estágio de folha ou cacho polpudo, sendo por fim tragado pela areia. É maravilhosa a rapidez, e no entanto a perfeição, com que a areia se organiza à medida que escoa, usando o melhor material que lhe permite sua massa para formar as bordas agudas de sua canaleta. São estas as fontes dos rios. Na matéria de silício depositada pela água encontra-se talvez o sistema ósseo, e no solo e na matéria orgânica ainda mais fina a fibra muscular ou o tecido das células. O que é o homem, senão uma massa de barro descongelado? A polpa do dedo humano não é senão uma gota congelada. Os dedos das mãos e dos pés são extensões que se escoam da massa em degelo do corpo. Quem sabe o que o corpo humano expandiria e deixaria fluir sob um céu mais propício? Não é a mão uma folha de palma que se abre com seus lobos e veias? Em nossa fantasia, podemos ver a orelha como um líquen, *umbilicaria*, no lado da cabeça, com seu lobo ou gota. O lábio – *labium*, de *labor* (?) – é uma falda que desce dos lados da boca cavernosa. O nariz é uma evidente estalactite ou gota congelada. O queixo é uma gota ainda maior, o ponto para onde conflui o gotejamento do rosto. As faces são vertentes que descem das têmporas até o vale do rosto, tendo seu contraste e difusão a partir dos ossos dos zigomas. Cada lobo arredondado da folha vegetal também é uma gota, maior ou menor, densa e agora parada; os lobos são os dedos da folha; e as direções para onde ela tende a se escoar são tantas quantos são seus lobos, e um maior calor ou outras influências propícias fazem com que ela se escoe ainda mais adiante.

Assim, parecia que esta única vertente da colina ilustrava o princípio de todas as operações da Natureza. O Criador desta terra patenteou apenas uma folha. Que Champollion nos decifrará este hieróglifo, para podermos finalmente virar uma nova folha? Este fenômeno me entusiasma mais do que a exuberância e a fertilidade dos vinhedos. É verdade, ele guarda um certo caráter excrementício, e os montes de fígados, pulmões e intestinos não têm fim, como se o globo estivesse virado do avesso; mas isso pelo menos sugere que a Natureza tem entranhas, e nisso também ela é mãe da humanidade. Eis o gelo se afastando do solo; eis a Primavera. O degelo precede a primavera verde e florida, tal como a mitologia precede a poesia. Não conheço nada que purgue melhor os gases e as indigestões do inverno. Ele me convence que a Terra ainda está envolta em fraldas, e estende dedinhos de bebê para todos os lados. Novos cachos nascem da mais calva fronte. Não existe nada inorgânico. Esses montes foliáceos jazem nos bancos como a escória de uma fornalha, mostrando que a Natureza está "fazendo força" ali dentro. A terra não é um mero fragmento de história morta, estrato sobre estrato como as folhas de um livro, a ser estudado principalmente por geólogos e antiquaristas, e sim poesia viva como as folhas de uma árvore, que precedem as flores e os frutos – não uma terra fóssil, mas uma terra viva, cuja grandiosa vida central faz qualquer forma de vida animal e vegetal parecer meramente parasitária. Seus espasmos despertarão nossas *exuviae* das sepulturas. Vocês podem derreter seus metais e despejá-los nos moldes mais belos que tiverem; eles nunca me empolgarão como as formas em que se derrama essa terra derretida. E não só ela, mas as instituições sobre ela são maleáveis como a argila nas mãos do oleiro.

Passado pouco tempo, não só nessas rampas, mas em todas as colinas, planícies e depressões a geada abandona o solo como um quadrúpede que sai da toca onde hiberna, e segue melodiosa em busca do mar ou migra em nuvens para outros climas. O degelo Thaw com sua gentil persuasão é mais poderoso do que o deus Thor com seu martelo. Um derrete, o outro apenas despedaça.

Quando o solo estava parcialmente degelado, e alguns dias de calor lhe haviam secado um pouco a superfície, era agradável comparar os primeiros sinais tenros do ano recém-nascido a espiar o mundo e a beleza imponente da vegetação ressequida que havia enfrentado o inverno – cistos, varas-de-ouro, sempre-vivas e graciosos matos silvestres, amiúde mais vistosos e interessantes do que no próprio verão, como se só então a beleza deles amadurecesse; mesmo as bolas-de-algodão, as taboas, os verbascos, as ervas-de-são-joão, as colinsônias, as rainhas-do-prado e outras plantas de caules firmes, aqueles celeiros inesgotáveis que alimentam os primeiros pássaros – matos decentes, pelo menos, que a Natureza veste em sua viuvez. Sinto-me especialmente atraído pelo junco *Scirpus cyperinus* com seus cachos arqueados no topo; ele devolve o verão a nossas memórias de inverno, e é uma das formas que a arte gosta de copiar, e que, no reino vegetal, mantém com os tipos já existentes na mente humana a mesma relação que tem a astronomia. É um estilo antigo, anterior ao grego ou ao egípcio. Muitos fenômenos do inverno sugerem uma indizível brandura e uma frágil delicadeza. Estamos acostumados à descrição deste rei como um tirano bruto e fanfarrão; mas com a gentileza de um amante ele adorna as tranças do Verão.

À aproximação da primavera, os esquilos-vermelhos iam para debaixo de minha casa, dois por vez, passando diretamente sob meus pés quando eu estava sentado a ler ou a escrever, e faziam piruetas vocais com os sons casquinantes, estridulantes e gorgolejantes mais esquisitos que já foi dado ouvir; e quando eu batia com o pé, eles simplesmente estridulavam mais alto, como se estivessem além de qualquer temor e respeito em suas brincadeiras malucas, desafiando a humanidade a detê-los. Não não não – squilim – squilim. Faziam-se totalmente surdos a meus argumentos, ou não percebiam a força deles, e entravam numa toada de invectivas que era irresistível.

O primeiro pardal da primavera! O ano começando mais esperançoso do que nunca! Os débeis trinados argênteos do azulão, do pardal cantador e do melro-de-asa-vermelha, que se ouviam acima dos campos parcialmente nus e úmidos, como se os últimos flocos do inverno retinissem ao cair! Nessa hora, o que são histórias, cronologias, tradições e todas as revelações escritas? Os regatos entoam hinos e cânticos à primavera. O tartaranhão-azulado pairando baixo sobre a várzea já está em busca da primeira vida lodosa a despertar. O som da neve que se dissolve e afunda é audível em todos os valezinhos, e o gelo se derrete rapidamente nos lagos. O capim se ergue nas colinas como as chamas de um incêndio de primavera – "*et primitus oritur herba imbribus primoribus evocata*" – como se a terra enviasse um calor interno para saudar o retorno do sol; e verde é sua labareda, não amarela – a lâmina do capim, símbolo da eterna juventude, como uma longa faixa verde brota da terra penetrando no verão, na verdade tolhido pela geada, mas logo forçando de novo, erguendo sua lança dentre o restolho do ano anterior com a nova vida a impulsioná-lo. Ele cresce com a constância do arroio que brota do solo. São quase iguais, pois, nos dias de junho que se alongam e quando secam os arroios, as lâminas dos capins são suas canaletas, e todos os anos os rebanhos se abeberam neste perene córrego verde, e é a ele que o ceifeiro logo acode para alimentar o gado no inverno. Da mesma forma nossa vida humana perece quase até a raiz, e mesmo assim estende sua lâmina verde para a eternidade.

O Walden estava derretendo depressa. Há um canal com dez metros de largura a norte e a oeste, e ainda mais largo na ponta leste. Um grande bloco de gelo se desprendeu do corpo principal. Ouço um pardal cantador chilreando nos arbustos da margem – vai, vai, vai – prrra prrra prrra lá – sssai sssai sssai. Ele também está ajudando a quebrar o gelo. Como são belas as grandes e amplas curvas na borda do gelo, respondendo de alguma maneira às curvas da margem, mas mais regulares! Ele está excepcionalmente firme, devido ao frio recente, rigoroso mas passageiro, e todo molhado ou chamalotado como o chão de um palácio. Em vão o vento desliza sobre sua superfície opaca, rumo a leste, até alcançar a superfície viva mais adiante. É glorioso contemplar esta faixa de água faiscando ao sol, a face nua do lago repleta de brilho e juventude, como se falasse da alegria dos peixes ali dentro, e das areias em suas margens – um resplendor argênteo como o das escamas de um *leuciscus*, como se toda ela fosse um peixe só. Tal é o contraste entre o inverno e a primavera. O Walden estava morto e agora está vivo. Mas nesta primavera ele se rompeu de modo mais constante, como disse eu.

A passagem do inverno tempestuoso para o tempo ameno e sereno, das horas arrastadas e escuras para as flexíveis e brilhantes, é uma crise memorável anunciada por todas as coisas. Ao final parece instantânea. De súbito um banho de luz encheu minha casa, embora estivesse próximo o anoitecer, as nuvens de inverno ainda pairassem sobre ela e os beirais gotejassem com uma chuva de granizo. Olhei pela janela e, oh!, onde ontem havia um gelo cinzento agora se estendia o lago transparente, já calmo e esperançoso como num anoitecer estival, com um céu de estival anoitecer refletido em seu fundo, embora não houvesse nada visível por cima, como se tivesse feito um acordo com algum horizonte remoto. Ouvi um tordo à distância, o primeiro que ouvia em muitos milênios, pensei eu, cuja melodia não esquecerei por mais outros tantos milênios – a mesma cantiga suave e poderosa de outrora. Oh, o tordo vespertino, ao final de um dia de verão da Nova Inglaterra! Se ao menos eu conseguisse encontrar o galhinho onde ele pousa! E digo *ele*; e digo *o galhinho*. Este, pelo menos, não é o *Turdus migratorius*. Os pinheiros e carvalhos arbustivos em torno de minha casa, que andavam semidesfalecidos por tanto tempo, de repente recuperaram suas várias características, pareciam mais brilhantes, mais verdes, mais eretos e mais vivos, como se tivessem se lavado e se restaurado sob a água da chuva. Eu sabia que não choveria mais. Basta olhar qualquer ramo na floresta, ou nossa própria pilha de lenha, para saber se o inverno passou ou não. Conforme escurecia, fui surpreendido com o grasnar dos gansos voando baixo sobre a mata, como viajantes cansados, chegando tarde dos lagos do sul, finalmente permitindo-se dar livre vazão às queixas e consolos mútuos. De pé à minha porta, ouvi o ruflar de suas asas quando, rumando para minha casa, de repente viram minha luz e, com um clamor abafado, deram a volta e pousaram no lago. Então entrei, fechei a porta e passei minha primeira noite de primavera na mata.

De manhã, à porta, fiquei observando os gansos por entre a neblina, nadando no meio do lago, a 250 metros de distância, tão grandes e turbulentos que o Walden parecia um lago artificial para o entretenimento deles. Mas, quando me postei à margem, prontamente levantaram voo com um grande bater de asas ao sinal de seu comandante e, depois de entrar em fila, deram uma volta sobre minha cabeça, 29 deles, e então rumaram diretamente para o Canadá, com um grasnido regular do líder, a intervalos, confiando que tomariam seu desjejum em lagos mais lamacentos. Um círculo de patos se ergueu ao mesmo tempo e tomou a rota para o norte, na esteira de seus primos mais barulhentos.

Durante uma semana, ouvi o clangor indeciso e tateante de algum ganso solitário nas manhãs nubladas, procurando seu companheiro e ainda povoando as matas com o som de uma vida maior do que a que podiam prover. Em abril os pombos apareceram de novo, voando rápido em pequenos bandos, e no devido momento ouvi os martinetes pipilando por sobre meu terreiro, embora não parecesse que a cidade tivesse tantos deles a ponto de me ceder algum, e fantasiei que pertenciam especificamente à antiga raça que morava no oco das árvores antes da chegada dos brancos. Em quase todos os climas, a tartaruga e a rã estão entre os precursores e arautos desta estação, e os pássaros voam com melodias e plumagens resplandecentes, e as plantas crescem e florescem, e os ventos sopram, para corrigir esta leve oscilação dos polos e preservar o equilíbrio da Natureza.

Assim como cada estação, à sua vez, parece-nos a melhor, da mesma forma a chegada da primavera é como a criação do Cosmo a partir do Caos e a materialização da Idade de Ouro.

Eurus ad Auroram, Nabathacaque regna recessit,
Persidaque, et radiis juga subdita matutinis.

O Vento de Leste se retirou para a Aurora e o reino nabateu,
E o persa, e submeteu a crista aos raios matinais.

*

Nasceu o homem. Quer aquele Artífice das coisas,
Origem de um mundo melhor, tenha-o feito da divina
    semente;
Ou a terra, recente e de pouco separada do alto
Éter, tenha retido algumas sementes do céu parente.

Uma única chuva branda aviva o verdor do capim. Assim também nossas perspectivas brilham à chegada de melhores pensamentos. Seríamos abençoados se vivêssemos sempre no presente, e aproveitássemos toda ocorrência que nos sucede, como o capim que revela a influência do mais leve orvalho a umedecê-lo, em vez de gastar nosso tempo expiando a perda de oportunidades passadas, o que dizemos ser nosso dever. Tardamo-nos no inverno quando já é primavera. Numa manhã agradável de primavera, os pecados de todos os homens são perdoados. Um dia assim é uma trégua do vício. Enquanto arde um sol desses, o mais pérfido pecador pode retornar. Por meio de nossa inocência recuperada, percebemos a inocência de nossos vizinhos. Ontem você talvez conhecesse seu próximo como ladrão, bêbado ou sensualista, e sentisse apenas piedade ou desprezo, e perdesse as esperanças no mundo; mas o sol brilha claro e quente nesta primeira manhã de primavera, recriando o mundo, e você encontra seu vizinho em alguma atividade serena, e vê como suas veias exaustas e devassas se dilatam numa calma alegria e abençoam o novo dia, sentem a influência primaveril com a inocência da infância, e todas as suas faltas são esquecidas. Há não só uma atmosfera de boa vontade em torno dele, mas até mesmo um sabor de santidade tentando se expressar, às cegas e em vão, talvez, como um instinto recém-nascido, e por uma breve hora não ressoa nenhum gracejo vulgar na vertente sul da colina. Você vê alguns belos rebentos inocentes preparando-se para romper a casca nodosa e experimentar um novo ano de vida, tenros e frescos como a mais jovem planta. Mesmo ele conheceu a alegria de seu Senhor. Por que o carcereiro não abre as portas de sua prisão – por que o juiz não encerra seu processo – por que o pregador não dispensa sua congregação?! Porque eles não obedecem à sugestão que lhes faz Deus, nem aceitam o perdão que Ele oferece livremente a todos.

"Um retorno à bondade realizado diariamente no hálito tranquilo e benéfico da manhã faz com que, em respeito ao amor à vida e o ódio ao vício, a pessoa se aproxime um pouco da natureza primitiva do homem, como os brotos da floresta que foi derrubada. De modo semelhante, o mal que a pessoa faz ao longo de um dia impede que os germes das virtudes que começaram a brotar novamente se desenvolvam e os destrói.

"Depois que os germes da virtude foram assim impedidos muitas vezes de se desenvolver, o hálito benéfico do anoitecer não basta para preservá-los. Quando o hálito do anoitecer não basta mais para preservá-los, a natureza do homem já não se diferencia muito da do animal. Os homens, ao ver a natureza deste homem como a do animal, pensam que ele nunca possuiu a faculdade inata da razão. São estes os sentimentos naturais e verdadeiros do homem?"

> "Primeiro foi criada a Idade de Ouro, que sem vingadores,
> Espontânea, sem lei, acalentava a lealdade e a retidão.
> Castigo e medo não havia; não se lia a frase ameaçadora
> Impressa no bronze; a multidão suplicante não receava
> As palavras do juiz e segura vivia sem vingadores.
> E tampouco o pinheiro abatido nos montes descera
> Às ondas líquidas para ver um mundo estrangeiro,
> E os mortais conheciam apenas seus litorais.
>
> *
>
> Eterna era a primavera, e plácidos zéfiros de sopro
> Tépido afagavam as flores nascidas sem semente."

Em 29 de abril, quando eu estava pescando na beira do rio perto da ponte de Nine-Acre-Corner, de pé entre o capim tremulante e as raízes de salgueiro onde espreitam os ratos almiscarados, ouvi um curioso som de chocalho, parecido com o daquelas castanholas que os meninos tocam com os dedos, e, olhando para cima, vi um gavião muito leve e gracioso, como um bacurau, repetidamente subindo como uma onda e depois precipitando-se cinco ou dez metros, mostrando a parte de baixo de suas asas, que brilhavam como uma fita de cetim ao sol ou a madrepérola dentro de uma concha. A esta visão lembrei-me da falcoaria e da nobreza e poesia associadas a tal esporte. Esmerilhão, podia chamar-se ele: mas não me importa o nome. Foi o voo mais etéreo que jamais presenciei. Ele não esvoaçava simplesmente como uma borboleta, nem planava alto como os gaviões maiores, mas brincava com orgulhosa confiança nos campos do ar; subindo, subindo com seu estranho cacarejo, ele repetia sua bela queda livre, dando voltas sobre si como um milhafre e então se recuperando de sua soberba acrobacia, como se nunca tivesse pousado em *terra firma*. Parecia não ter nenhum companheiro no universo – brincando ali sozinho – e não precisar de nada além da manhã e do éter onde se divertia. Não era solitário, mas fazia toda a terra sob ele parecer solitária. Onde estava a mãe que o incubara, seus parentes, seu pai nos céus? Habitante dos ares, sua única relação com a terra parecia ser um ovo chocado por algum tempo na fenda de um penhasco – ou seu ninho nativo estaria no canto de alguma nuvem, entretecido com fiapos de arco-íris e de crepúsculo, forrado com alguma suave neblina de verão, recolhida na terra? Seu elevado castelo, agora alguma nuvem escarpada.

Além disso, apanhei uma rara mescla de peixes dourados, prateados e acobreados brilhantes, que pareciam uma fieira de pedras preciosas. Ah! entrei naquelas várzeas em muitas manhãs inaugurais de primavera, saltando de uma saliência a outra, de uma raiz de salgueiro a outra, quando o agreste vale ribeirinho e os bosques estavam banhados numa luz tão pura e brilhante que despertaria os mortos, se estivessem adormecidos em seus túmulos, como supõem alguns. Não é necessária nenhuma prova mais sólida da imortalidade. Todas as coisas devem viver a uma tal luz. Onde estava, ó Morte, teu aguilhão? Onde estava, ó Túmulo, tua vitória então?

A vida de nossa cidade se estagnaria se não fossem as várzeas e florestas virgens ao redor dela. Precisamos do tônico do agreste – às vezes vadear várzeas onde espreitam as galinholas-reais e as galinhas-d'água, e ouvir o grito das narcejas; sentir o cheiro dos juncos sussurrantes onde apenas alguma ave mais silvestre e mais solitária constrói seu ninho, e a marta rasteja com o ventre perto do chão. Ao mesmo tempo em que queremos explorar e aprender todas as coisas, esperamos que todas as coisas sejam misteriosas e inexploráveis, que a terra e o mar sejam infinitamente selvagens, imapeados e insondados porque insondáveis. Nunca nos cansaremos da Natureza. Precisamos nos restaurar à vista do vigor inexaurível, dos traços imensos e titânicos, do litoral com seus destroços, do agreste com suas árvores vivas e suas árvores decadentes, da nuvem trovejante, da chuva que se prolonga por três semanas e traz enchentes. Precisamos ver transgredidos nossos próprios limites, e alguma vida pastando livremente onde nunca pisamos. Reconfortamo-nos ao ver o abutre se alimentando da carniça que nos enoja e desgosta, e desse repasto extraindo força e saúde. Havia um cavalo morto na vala perto do caminho para minha casa, o que me obrigava às vezes a me afastar de minha rota, principalmente de noite, quando o ar estava pesado, mas a garantia que ele me dava quanto ao grande apetite e saúde inabalável da Natureza era minha compensação para aquilo. Gosto de ver que há uma tal abundância de vida na Natureza que miríades podem ser sacrificadas e cair presas umas das outras; que organismos tenros podem ter sua existência tão serenamente esmagada como polpa – girinos que as cegonhas engolem, tartarugas e sapos atropelados na estrada; e que às vezes choveu carne e sangue! Sujeitos a acidentes, devemos ver quão pouco importam. A impressão que tem um sábio é a da inocência universal. No fundo, o veneno não é venenoso, nenhum ferimento é fatal. A compaixão é um terreno muito cediço. Ela precisa ser rápida. Seus apelos não se prestam a repetições.

No começo de maio, os carvalhos, as nogueiras, os bordos e outras árvores, acabando de se destacar entre os pinheirais ao redor do lago, conferiam à paisagem um brilho como que solar, sobretudo nos dias nublados, como se o sol rompesse as brumas e cintilasse debilmente nas encostas, aqui e ali. No dia 3 ou 4 de maio, vi uma mobelha no lago, e na primeira semana do mês ouvi o noitibó, o debulhador, o tordo-ruivo, o piuí-verdadeiro, o pipilo-d'olho-vermelho e outros pássaros. Já tinha ouvido o tordo-do-bosque muito antes. O papa-moscas já tinha retornado, olhado pela minha porta e janela, para ver se minha casa era uma caverna a seu gosto, sustendo-se nas asas vigorosas com garras recurvas, como se se prendesse no ar, enquanto inspecionava a área.

O pólen sulfurino do pinheiro logo cobriu o lago, as pedras e a madeira podre na margem, numa quantidade que daria para encher um barril. Tais são as "chuvas sulfurinas" de que ouvimos falar. Mesmo em *Sakuntala*, o drama de Calidas, lemos a respeito dos "regatos tingidos de amarelo com o pó dourado do lótus". E dessa maneira as estações prosseguiram até o verão, tal como avançamos entre capins cada vez mais altos.

Assim se completou o primeiro ano de minha vida na mata; e o segundo ano foi muito semelhante a ele. Finalmente saí de Walden em 6 de setembro de 1847.

Conclusão

Aos doentes, os médicos sabiamente recomendam mudança de ares e paisagem. Graças aos Céus, aqui não é o mundo inteiro. A castanheira-olho-de-coelho não cresce na Nova Inglaterra, e aqui raramente se ouve o tordo-imitador. O ganso selvagem é mais cosmopolita do que nós; faz seu desjejum no Canadá, almoça em Ohio e se empluma para a noite numa baía pantanosa do sul. Mesmo o bisão, em certa medida, acompanha o ritmo das estações, alimentando-se nas pastagens do Colorado até dispor de capim mais verde e doce à sua espera em Yellowstone. No entanto, pensamos que, se fincarmos cercas de madeira e erguermos muros de pedra em nossas terras, estarão estabelecidos os limites para nossas vidas e decididos nossos destinos. Se você for escolhido como secretário da câmara, certamente não poderá ir para a Terra do Fogo neste verão: mas poderá ir para a terra do fogo dos infernos, em todo caso. O universo é maior do que as visões que temos dele.

No entanto, deveríamos olhar com mais frequência pelo balaústre de nosso navio, como passageiros curiosos, e não fazer a viagem como marinheiros obtusos desfiando estopa. O outro lado do globo não é senão o lar de nosso correspondente. Nossa viagem segue meramente a geodésica, e os médicos dão receitas apenas para doenças da pele. Há quem se precipite até a África do Sul para caçar girafas; mas certamente não é a caça que ele perseguiria. Ora, por quanto tempo um homem, se pudesse, haveria de caçar girafas? Narcejas e galinholas também proporcionam um bom esporte; mas creio que uma caça mais nobre seria o próprio eu.

> "Dirige teu olhar para dentro de ti,
> E mil regiões encontrarás ali,
> Ainda ignotas. Percorre tal via
> E mestre serás em tua cosmografia."

[*"Direct your eye right inward, and you'll find
A thousand regions in your mind
Yet undiscovered. Travel them, and be
Expert in home-cosmography."*]

O que representa a África – o que representa o Ocidente? Nosso próprio interior não é um ponto em branco no mapa? mesmo que possa se revelar negro, como o litoral, quando descoberto. O que encontraremos – a fonte do Nilo, do Níger, do Mississipi, uma Passagem Noroeste ao redor deste continente? São estes os problemas que mais interessam à humanidade? Franklin foi o único que se perdeu, para que sua esposa se empenhasse tanto em encontrá-lo? E Grinnell, sabe onde ele próprio está? Mais vale ser o Mungo Park, o Lewis, Clarke e Frobisher de seus próprios rios e oceanos; explore suas latitudes mais altas – com grande estoque de carne em conserva para se alimentar, se necessário for; e faça com as latas vazias uma pilha até o céu, como sinal. Foram as carnes em conserva inventadas apenas para conservar a carne? Não, seja o Colombo de novos continentes e mundos inteiros dentro de si mesmo, abrindo novos canais, não de comércio, mas de pensamento. Todo homem é senhor de um reino ao lado do qual o império terreno do czar não passa de um estado minúsculo, um montículo deixado pelo gelo. Mesmo assim, existem aqueles que não têm respeito *por si mesmos* e são patriotas, e sacrificam o maior ao menor. Eles amam o solo de suas sepulturas, mas não têm qualquer afinidade com o espírito que ainda pode lhes estar animando o barro da existência. O patriotismo é uma minhoca em seus miolos. Qual era o significado daquela Expedição de Exploração dos Mares do Sul, com toda a sua pompa e ostentação, senão um reconhecimento indireto do fato de que existem oceanos e continentes ainda inexplorados no mundo moral, onde cada homem é um istmo ou um braço de mar, mas que é mais fácil singrar milhares e milhares de quilômetros por entre o frio, as tempestades e os canibais, num navio do governo, com quinhentos homens e rapazes para auxiliar um único indivíduo, do que explorar o mar privado, o oceano Atlântico e o Pacífico de apenas um ser?

*"Erret, et extremos alter scrutetur Iberos.
Plus habet hic vitae, plus habet ille viae."*

"Que errem e escrutem os distantes australianos.
Tenho mais de Deus, eles mais da estrada."

*"Let them wander and scrutinize the outlandish
Australians.
I have more of God, they more of the road."*

Não vale a pena dar a volta ao mundo para contar os gatos em Zanzibar. Mas faça isso enquanto não puder fazer coisa melhor, e talvez você encontre alguma "Fenda de Symmes" por onde finalmente consiga entrar. A Inglaterra e a França, a Espanha e Portugal, a Costa do Ouro e a Costa dos Escravos, todas dão de frente para este mar interior; mas nenhum barco se arriscou a perder a terra de vista, embora certamente seja o caminho direto para a Índia. Mesmo que você aprenda a falar todas as línguas e a seguir os costumes de todas as nações, que viaje mais longe do que todos os viajantes, adapte-se a todos os climas e faça a Esfinge dar com a cabeça contra uma pedra, obedeça sempre ao preceito do antigo filósofo, e Explora-te a ti mesmo. Aqui se exigem olhos e nervos. Apenas os derrotados e os desertores vão para a guerra, covardes que saem correndo e vão se alistar. Comece agora por aquele caminho para o extremo oeste, que não se detém no Mississipi ou no Pacífico, nem leva a uma extenuada China ou a um extenuado Japão, mas conduz numa tangente direta a esta esfera, verão e inverno, dia e noite, sob o sol, sob a lua e, finalmente, sob a terra também.

Dizem que Mirabeau se tornou ladrão de estradas "para verificar o grau de resolução necessário para a pessoa se colocar em oposição formal às leis mais sagradas da sociedade". Ele afirmou que um "soldado que combate nas fileiras do exército não precisa da metade da coragem de um salteador" – "que a honra e a religião nunca foram obstáculos a uma decisão firme e bem ponderada". Foi algo viril, num mundo desses; no entanto, foi inútil, se não temerário. Um homem mais sensato é capaz de se encontrar com bastante frequência "em oposição formal" ao que é tido como "as leis mais sagradas da sociedade", por obedecer a leis ainda mais sagradas, e assim pode testar sua resolução sem sair de seu caminho. Próprio de homem não é adotar tal atitude em relação à sociedade, e sim manter a atitude em que se encontra em sua obediência às leis de seu ser, que nunca será de oposição a um governo justo, se vier a encontrar algum.

Deixei a mata por uma razão tão boa quanto a que me levou para lá. Talvez me parecesse que eu tinha várias outras vidas a viver, e não podia dedicar mais tempo àquela. É notável a facilidade e a insensibilidade com que caímos numa determinada rotina, e construímos uma trilha batida para nós mesmos. Eu vivia lá não fazia uma semana, e meus pés já tinham calcado um caminho de minha porta até o lago; embora façam cinco ou seis anos desde que o palmilhei, ainda é claramente visível. Receio, é bem verdade, que outros possam ter caminhado por ali, e assim ajudaram a mantê-lo aberto. A superfície da terra é macia e se deixa imprimir pelos pés dos homens; o mesmo ocorre com os caminhos por onde viaja a mente. Como, então, devem ser gastas e empoeiradas as estradas do mundo, como são fundos os sulcos da tradição e da conformidade! Eu não quis pegar uma cabine de primeira classe sob o tombadilho, mas viajar de segunda, na frente do mastro e no convés do mundo, pois dali podia enxergar melhor o luar entre as montanhas. Não pretendo descer agora.

Aprendi com minha experiência pelo menos isto: se o homem segue confiante rumo a seus sonhos e se empenha em viver a vida que imaginou, ele terá um sucesso inesperado em momentos comuns. Deixará algumas coisas para trás, cruzará uma fronteira invisível; novas leis universais e mais liberais começarão a se estabelecer por si sós ao redor e dentro dele; ou as velhas leis se ampliarão e serão interpretadas em seu favor num sentido mais liberal, e ele viverá com a licença de uma ordem superior de seres. À medida que ele simplifica sua vida, as leis do universo se mostrarão menos complexas, e a solidão não será solidão, nem a pobreza pobreza, nem a fraqueza fraqueza. Se você tiver construído castelos no ar, não será trabalho perdido; é ali mesmo que eles devem estar. Agora ponha-lhes os alicerces.

É uma exigência ridícula da Inglaterra e dos Estados Unidos que você deva falar de uma maneira que possam entendê-lo. Não é assim que crescem os homens nem os cogumelos. Como se isso fosse importante, e não houvesse o suficiente para que o entendam. Como se a Natureza fosse capaz de sustentar apenas uma ordem de entendimento, não pudesse prover a aves e quadrúpedes, a coisas voadoras e coisas rastejantes, e como se *quieto!* e *quem?*, que até um boi consegue entender, fossem o suprassumo do inglês. Como se houvesse segurança apenas na obtusidade. O que mais temo é que minha expressão não seja *extra-vagante* o suficiente, que não possa vaguear muito além dos limites estreitos de minha experiência diária para se adequar à verdade da qual estou convencido. *Extra vagância!* ela depende do que nos cerca. O bisão migrador, que procura novas pastagens em outra latitude, não é tão extravagante quanto a vaca que, na hora da ordenha, escoiceia o balde, salta a cerca e corre atrás de seu bezerro. Desejo falar em algum lugar *sem* fronteiras; como um homem num momento desperto a homens em seus momentos despertos; pois estou convicto de que nunca seria exagerar demais para lançar as bases de uma expressão verdadeira. Quem, depois de ouvir uma melodia, não receou que nunca conseguiria ser mais extravagante ao falar? Em vista do futuro ou do possível, deveríamos viver em completa vagueza e com a frente indefinida, nossos contornos deste lado indistintos e nebulosos; pois nossas sombras revelam uma perspiração insensível em direção ao sol. A verdade volátil de nossas palavras deveria trair continuamente a inadequação da parte residual. A verdade delas *se translada* instantaneamente; permanece apenas seu monumento literal. As palavras que expressam nossa fé e devoção não são definidas; no entanto, são densas de significado e olorosas como olíbano para as naturezas superiores.

Por que sempre nos nivelarmos por nossa percepção mais embotada, e louvá-la como senso comum? O senso mais comum é o senso dos homens adormecidos, que o expressam roncando. Às vezes tendemos a classificar os que têm inteligência e meia junto com os que têm meia inteligência, porque apreciamos apenas um terço da inteligência deles. Alguns achariam defeito no próprio rubor da manhã, se algum dia acordassem a tempo. Pelo que ouço dizer, "Eles pretendem que os versos de Kabir têm quatro sentidos diferentes: ilusão, espírito, intelecto e a doutrina exotérica dos Vedas"; mas aqui nestas plagas considera-se motivo de queixa que os escritos de um homem admitam mais de uma interpretação. Enquanto a Inglaterra se empenha em curar a podridão da batata, ninguém se empenhará em curar a podridão do cérebro, que predomina de maneira muito mais vasta e fatal?

Não suponho que eu tenha chegado à obscuridade, mas me orgulharia se, quanto a isso, não se encontrasse nenhum defeito mais grave em minhas páginas do que o encontrado no gelo do Walden. Os clientes do sul reclamaram de sua cor azul, que é a prova de sua pureza, como se fosse sinal de lodo, e preferiram o gelo de Cambridge, que é branco, mas tem gosto de alga. A pureza amada pelos homens é como a neblina que envolve a terra, e não como o éter azul-celeste mais além.

Alguns martelam em nossos ouvidos que nós americanos, e os modernos em geral, somos anões intelectuais em comparação aos antigos ou mesmo aos elizabetanos. Mas a que vem isso? Melhor o cão vivo do que o leão morto. Então o homem teria de se enforcar porque pertence à raça dos pigmeus, em vez de ser o maior pigmeu que puder? Que cada qual cuide de seus afazeres, e se empenhe em ser como foi feito.

Por que havemos de ter uma pressa tão desesperada em conseguir sucesso, e em empreendimentos tão desesperados? Se um homem não mantém o passo com seus companheiros, talvez seja porque ouve um outro toque de tambor. Ele que acompanhe a música que ouve, por mais marcada ou distante que seja. Não importa que amadureça ao tempo de uma macieira ou de um carvalho. Converterá sua primavera em verão? Se a condição das coisas para as quais fomos feitos ainda não existe, qual é a realidade que podemos colocar em seu lugar? Não naufragaremos contra uma realidade vã. Iremos nos esforçar em erguer um céu de vidro azul sobre nós mesmos, mesmo sabendo que, depois de pronto, ainda estaremos fitando o verdadeiro céu etéreo lá no alto, como se o primeiro não existisse?

Havia um artista na cidade de Kouroo que estava disposto a alcançar a perfeição. Um dia ocorreu-lhe a ideia de fazer um bastão. Tendo considerado que o tempo é um ingrediente num trabalho imperfeito, mas que num trabalho perfeito o tempo não entra, ele disse a si mesmo: Será perfeito em todos os aspectos, mesmo que eu não faça mais nada em minha vida. Foi imediatamente buscar madeira na floresta, tendo resolvido que não devia ser feito com material inadequado; e, enquanto procurava e rejeitava vara após vara, seus amigos o abandonaram gradualmente, pois envelheceram em seus trabalhos e morreram, mas ele não envelheceu um só instante. Sua perseguição de um único fim, sua resolução e sua elevada devoção o dotaram, sem que soubesse, da eterna juventude. Como ele não fazia nenhuma concessão ao Tempo, o Tempo se mantinha fora de seu caminho, e apenas suspirava à distância, por não conseguir vencê-lo. Antes de encontrar uma madeira adequada sob todos os aspectos, a cidade de Kouroo se transformou numa veneranda ruína, e ele se sentou numa de suas elevações para descascar a vara. Antes de lhe ter dado a forma apropriada, a dinastia dos Candahars terminou, e com a ponta da vara ele escreveu o nome do último daquela estirpe na areia, e então retomou seu trabalho. Na época em que alisou e poliu o bastão, Kalpa já não era a estrela polar; e antes que ele colocasse o anel de reforço e o castão adornado com pedras preciosas, Brahma acordou e adormeceu várias vezes. Mas por que estou mencionando essas coisas? Quando ele deu o toque final em seu trabalho, este subitamente se dilatou diante dos olhos do artista atônito e se transformou na mais bela de todas as criações de Brahma. Ele tinha criado um novo sistema ao fazer um bastão, um mundo de proporções justas e perfeitas onde, embora as antigas cidades e dinastias tivessem desaparecido, novas e mais gloriosas haviam se sucedido. E então o artista viu, pelo monte de aparas ainda recentes a seus pés, que, para ele e seu trabalho, o decurso anterior do tempo tinha sido uma ilusão, e que não decorrera tempo maior do que o necessário para que apenas uma centelha do cérebro de Brahma caísse e inflamasse a madeira do cérebro de um mortal. O material era puro, e sua arte era pura; como o resultado não seria maravilhoso?

Nenhuma face que possamos dar a um assunto nos assentará tão bem, ao fim, como a verdade. Apenas ela cai bem. Em geral estamos não onde estamos, e sim numa falsa posição. Por uma debilidade de nossas naturezas, supomos um caso e colocamo-nos dentro dele, e assim ficam dois casos ao mesmo tempo, e se torna duplamente difícil sair. Em momentos mais saudáveis, olhamos apenas os fatos, o caso que existe. Diga o que você tem a dizer, e não o que você deveria dizer. Qualquer verdade é melhor do que a simulação. Estando na forca, perguntaram a Tom Hyde, o funileiro, se ele tinha algo a dizer. "Digam aos alfaiates", respondeu ele, "que lembrem de dar um nó na linha antes de dar o primeiro ponto". A prece de seu companheiro foi esquecida.

Por mais mesquinha que seja sua vida, aceite-a e viva-a; não se esquive a ela nem a trate com termos duros. Ela não é tão ruim quanto você. Ela parece tanto mais pobre quanto mais rico você é. Quem vê defeito em tudo verá defeitos até no paraíso. Ame sua vida, por pobre que seja. Talvez você possa ter algumas horas agradáveis, emocionantes, gloriosas, mesmo num asilo de pobres. O poente se reflete nas janelas do albergue de mendigos com o mesmo fulgor com que brilha na morada dos ricos; a neve se dissolve em ambas as portas na mesma época da primavera. Não vejo por que um espírito sereno não possa viver com o mesmo contentamento e com pensamentos alegres num asilo ou num palácio. Muitas vezes me parece que os pobres da cidade são os que vivem a vida mais independente de todas. Pode ser que simplesmente tenham a grandeza suficiente para receber sem temores. Muitos homens se julgam acima de aceitar sustento do município; mas amiúde não estão acima de se sustentar por meios desonestos, o que deveria ser mais vergonhoso. Cultive a pobreza como uma horta, como a sálvia do sábio. Não se incomode muito em ter coisas novas, sejam roupas ou amizades. Torne-as do avesso; retorne a elas. As coisas não mudam; mudamos nós. Venda suas roupas, conserve seus pensamentos. Deus verá que você não precisa de ocasiões sociais. Se eu estivesse confinado a um canto de um sótão por todos os meus dias, como uma aranha, o mundo continuaria igualmente vasto para mim, enquanto eu estivesse com meus pensamentos.

O filósofo disse: "De um exército de três divisões pode-se tirar o general e instaurar a desordem; do homem, o mais vulgar e abjeto, não se pode tirar o pensamento". Não fique tão ansioso em se desenvolver, em se sujeitar a muitas influências em jogo; tudo isso é dissipação. A humildade, tal como a escuridão, revela as luzes celestiais. As sombras da pobreza e da mesquinharia se juntam ao nosso redor, "e eis que a criação se abre à nossa vista". Amiúde somos lembrados de que, fosse-nos concedida a riqueza de Creso, nossos objetivos ainda deveriam ser os mesmos, e nossos meios essencialmente os mesmos. Além disso, se você está tolhido em seu nível por causa da pobreza, se não pode, por exemplo, comprar livros e jornais, em verdade está apenas confinado às experiências mais significativas e vitais; vê-se obrigado a lidar com o material que rende mais açúcar e mais amido. É a vida perto do osso a mais doce. Você não corre o risco de ser frívolo. Ninguém jamais perde num nível inferior por sua magnanimidade num nível superior. A riqueza supérflua só pode comprar supérfluos. Não é preciso dinheiro para comprar o necessário à alma.

    Vivo no canto de uma parede plúmbea, cuja composição leva um pouco da liga dos sinos. Muitas vezes, em meu descanso no meio do dia, chega a meus ouvidos um indistinto *tintinnabulum* lá de fora. É o barulho de meus contemporâneos. Meus vizinhos me contam suas aventuras com damas e cavalheiros famosos, as personalidades que encontraram à mesa de jantar; mas essas coisas me interessam tanto quanto o conteúdo do *Daily Times*. Os interesses e as conversas giram principalmente em torno das roupas e das maneiras; mas um ganso é sempre um ganso, prepare-se-o como quiser. Eles me falam da Califórnia e do Texas, da Inglaterra e das Índias, do Exmo. Sr. ____ da Geórgia ou de Massachusetts, todos eles fenômenos fugazes e transitórios, até que me preparo para saltar e fugir dali como o bei mameluco. Tenho prazer em seguir meus rumos – não desfilar com pompa e ostentação, num local em evidência, mas andar junto com o Construtor do universo, se puder –; não viver neste Século XIX agitado, nervoso, alvoroçado, trivial, mas me postar ou me sentar pensativamente enquanto ele passa. O que os homens estão comemorando? Estão todos num comitê de organização, e de hora em hora esperam que alguém faça um discurso. Deus é apenas o presidente do dia, e Webster é seu orador. Gosto de pesar, de assentar, de gravitar para aquilo que me atrai com mais força e retidão – não me segurar no braço da balança e tentar pesar menos – não supor um caso, mas tomar o caso tal como é; percorrer o único caminho que posso, e no qual nenhum poder é capaz de resistir a mim. Não sinto nenhuma satisfação em começar a erguer um arco antes de ter uma fundação sólida. Não vamos brincar de correr no gelo fino. Em toda parte existe um fundo sólido. Lemos que o viajante perguntou ao menino se o pântano à sua frente tinha um fundo sólido. O menino respondeu que tinha. Mas logo depois o cavalo do viajante se afundou até a cilha, e ele comentou com o menino: "Pensei que você tinha dito que este atoleiro tinha um fundo firme". "E tem", respondeu o garoto, "mas você não chegou ainda nem à metade". Assim é com os atoleiros e as areias movediças do convívio social; mas quem sabe isso é um menino de idade. Só é bom aquilo que se diz, se pensa ou se faz numa rara coincidência muito específica. Não sou daqueles que tolamente fincariam pregos na mera armação da massa; isso me tiraria o sono por algumas noites. Dê-me um martelo, e me deixe tatear até encontrar o batente que dá suporte à armação. Não se baseie na massa do revestimento. Finque o prego e dobre sua ponta com tal firmeza que você possa acordar de noite e pensar com satisfação em seu trabalho – um trabalho para o qual você não se envergonharia de invocar a Musa. Assim, e só assim, Deus o ajudará. Cada prego fincado deveria ser mais um rebite na máquina do universo, e você a dar andamento ao trabalho.

Mais do que o amor, do que o dinheiro, do que a fama, deem-me a verdade. Sentei a uma mesa onde havia ricos pratos, vinho em abundância e serviço obsequioso, mas não havia sinceridade nem verdade; e saí com fome daquela mesa pouco hospitaleira. A hospitalidade era fria como gelo. Pareceu-me que não precisariam de gelo para se congelar. Falaram-me sobre a idade do vinho e a fama da safra; mas eu pensava num vinho mais velho, mais novo e mais puro, de uma safra mais gloriosa, que eles não tinham e não poderiam comprar. O estilo, a casa, os jardins, o "entretenimento" nada são para mim. Visitei o rei, mas ele me fez esperar em seu saguão e se conduziu como homem incapacitado para a hospitalidade. Havia um homem em minha vizinhança que vivia no oco de uma árvore. Suas maneiras eram realmente régias. Mais valeria que eu tivesse ido visitá-lo.

Por quanto tempo ficaremos sentados em nossas varandas praticando virtudes vãs e mofadas, que qualquer trabalho tornaria impertinentes? Como se alguém fosse começar o dia com resignação e contratasse um homem para carpir suas batatas; e à tarde fosse praticar a cordura e a caridade cristãs com uma bondade premeditada! Considerem o orgulho chinês e o contentamento estagnante da humanidade consigo mesma. Esta geração tem uma certa tendência a se congratular por ser a última de uma ilustre linhagem; e em Boston, Londres, Paris e Roma, pensando em sua longa ascendência, ela fala com satisfação de seus progressos na arte, na ciência e na literatura. Existem os Anais das Sociedades Filosóficas e os Necrológios públicos aos *Grandes Homens*! É o bom Adão contemplando sua própria virtude. "Sim, realizamos grandes feitos e entoamos canções divinas, que jamais morrerão" – isto é, enquanto *nós* continuarmos a lembrá-los. As sociedades científicas e os grandes homens da Assíria – onde estão eles? Que jovens filósofos e experimentalistas somos nós! Não existe entre meus leitores um único que já tenha vivido uma vida humana completa. Talvez estes sejam apenas os meses de primavera na vida da espécie. Se temos a sarna dos sete anos, ainda não vimos em Concord a cigarra dos dezessete anos. Conhecemos apenas uma mera película do globo em que vivemos. A maioria não sondou seis pés abaixo da terra nem deu um salto da mesma altura. Não sabemos onde estamos. Além disso, passamos quase metade de nosso tempo num sono profundo. E no entanto julgamo-nos sábios e temos uma ordem estabelecida na superfície. Realmente, que pensadores profundos, que espíritos ambiciosos somos! Quando sobranceio o inseto se arrastando entre as agulhas de pinheiro no solo da floresta, tentando se esconder de minha vista, e me pergunto por que ele alimenta esses pensamentos humildes e oculta sua cabeça a mim, eu que poderia ser talvez seu benfeitor e transmitir à sua espécie alguma informação alentadora, lembro o Benfeitor e a Inteligência maior que sobranceia este inseto humano que sou.

Uma corrente incessante de novidade chega ao mundo, e no entanto toleramos um incrível embotamento. Basta apenas lembrar o tipo de sermão que ainda se ouve nos países mais esclarecidos. Há palavras como alegria e pesar, mas são apenas o estribilho de um salmo, entoado em som nasal, enquanto acreditamos no mesquinho e corriqueiro. Pensamos que podemos mudar apenas de roupa. Dizem que o Império Britânico é muito grande e respeitável, e que os Estados Unidos são uma potência de primeira categoria. Não acreditamos que por trás de cada homem sobe e desce uma maré capaz, se em algum momento ela encontrasse porto em seu espírito, de fazer o Império Britânico flutuar como uma lasca de madeira. Quem sabe qual espécie de cigarra de dezessete anos surgirá do solo? O governo do mundo onde eu vivo não foi montado, como o da Grã-Bretanha, em conversas regadas a vinho após o jantar.

A vida em nós é como a água no rio. Ela pode aumentar este ano a um nível jamais visto e inundar os planaltos ressecados; pode até ser o ano memorável que afogará todos os nossos ratos almiscarados. Aqui onde moramos nem sempre foi terra seca. Vejo em áreas bem interiores as margens outrora banhadas pelos rios, antes que a ciência começasse a registrar suas enchentes. Todos já ouviram a história, que percorreu a Nova Inglaterra, do besouro forte e bonito que saiu do nó seco de uma velha mesa de madeira de macieira, que havia ficado sessenta anos na cozinha de um agricultor, primeiro em Connecticut e depois em Massachusetts – saído de um ovo que fora depositado na árvore viva muitos anos antes, conforme se viu depois contando as camadas anuais do tronco, e que ficou roendo audivelmente o interior durante várias semanas até conseguir sair, após ter sido incubado talvez pelo calor de uma chaleira. Quem não sente fortalecida sua fé na ressurreição e na imortalidade, ao ouvir isso? Quem sabe qual a bela vida alada, cujo ovo ficou enterrado por muitas eras sob muitas camadas concêntricas de lígneo embotamento na vida ressequida do convívio social, outrora depositado no alburno da árvore viva e verdejante, que aos poucos se converteu na imagem de sua sepultura de madeira totalmente seca – talvez roendo audivelmente o interior, desta vez durante anos, até conseguir sair, para o espanto da família sentada ao redor da mesa festiva –, que pode inesperadamente surgir do móvel mais trivial e comemorado entre o convívio social, para gozar finalmente sua plena vida estival!

Não digo que João ou José venham a entender tudo isso; mas este é o caráter daquele amanhã que o mero decorrer do tempo jamais fará alvorecer. A luz que extingue nossos olhos é escuridão para nós. Só amanhece o dia para o qual estamos despertos. O dia não cessa de amanhecer. O sol é apenas uma estrela da manhã.

Apêndice

Thoreau[5]
por Ralph Waldo Emerson[6]

Entre seus pares folga uma rainha,
E a atenta Natureza conhece os seus,
Nas vilas, matas, vales e céus,
E como amante a eles se aninha,
Num passeio à mata, oferece a seu filho
Em generosa dádiva sem empecilho
Mais tesouros do que aos estudiosos
Numa centena de exames cuidadosos.

Como que trazido pelas brisas nasceu,
Como que criado pelas pardais cresceu,
Como se soubesse por senha secreta
Onde distante cresce a orquídea discreta.

HENRY DAVID THOREAU era o último descendente masculino de um antepassado francês que chegou a este país vindo da ilha de Guernsey. Seu caráter mostrava traços ocasionais derivados dessa linhagem, numa combinação singular com um gênio saxão muito forte.

Thoreau nasceu em Concord, Massachusetts, em 12 de julho de 1817. Graduou-se em Harvard em 1837, mas sem distinção literária. Iconoclasta em literatura, ele raramente agradecia os préstimos das faculdades à sua formação, tendo-as em baixa estima, apesar de sua grande dívida para com o ensino universitário. Depois de sair da universidade, ele se associou ao irmão para ensinar numa escola particular, mas logo desistiu. O irmão era um fabricante de lápis

---

5. Versão publicada na revista *Atlantic Montly* em agosto de 1862 do discurso fúnebre proferido por Emerson em 6 de maio do mesmo ano, quando da morte de Thoreau. (N.E.)
6. Ralph Waldo Emerson (1803-1882) foi um importante escritor, filósofo e poeta americano. (N.E.)

de grafite, e durante algum tempo Henry se dedicou a esse ofício, acreditando que poderia fazer um lápis melhor do que os que estavam em uso. Depois de concluir suas experiências, ele apresentou seu trabalho a químicos e artistas em Boston e, tendo obtido seus certificados de excelência do produto, equivalente aos melhores fabricados em Londres, voltou para casa satisfeito. Os amigos o parabenizaram, pois agora tinha aberto caminho para fazer fortuna. Mas ele respondeu que nunca faria um outro lápis. "Por que faria? Não vou fazer de novo algo que já fiz uma vez." Retomou seus passeios intermináveis e sua miscelânea de estudos, adquirindo diariamente novos conhecimentos da Natureza, mas sem nunca falar em zoologia ou botânica, pois, mesmo sendo um grande estudioso dos fatos naturais, era indiferente à técnica e à ciência dos livros.

Nessa época, quando todos os seus amigos estavam escolhendo uma profissão ou dispostos a iniciar alguma atividade lucrativa, o rapaz forte e saudável, recém-saído da universidade, inevitavelmente estaria pensando na mesma questão, e foi necessária uma grande e rara firmeza para rejeitar todos os caminhos já trilhados e manter sua liberdade solitária, ao preço de desapontar as expectativas naturais da família e dos amigos: ainda mais difícil porque ele era de uma absoluta integridade, consciencioso em garantir sua independência e convicto de que todos tinham a mesma obrigação. Mas Thoreau nunca fraquejou. Era um protestante nato. Recusou-se a trocar suas amplas ambições teóricas e práticas por algum ofício ou profissão estreita, atendendo a um chamado muito mais alto, a arte de bem viver. Se desprezava e enfrentava a opinião dos outros, era apenas porque estava mais empenhado em conciliar suas ações com suas crenças. Nunca ocioso ou acomodado, ele preferia, quando precisava de dinheiro, ganhá-lo com algum trabalho manual que lhe agradasse, como construir um barco ou uma cerca, fazer um plantio, um enxerto, uma medição topográfica ou outros serviços rápidos, sem se comprometer a longo prazo. Com seus hábitos austeros e poucas necessidades, sua habilidade em trabalhos na madeira e seu bom domínio aritmético, Thoreau tinha grande competência para morar em qualquer parte do mundo. Para suprir suas necessidades, precisava de menos tempo do que qualquer outra pessoa, e assim garantia tempo livre para si.

Sua grande facilidade para mensuração, resultante de seu conhecimento matemático e do hábito de tomar as medidas e distâncias dos objetos que o interessavam, o tamanho das árvores, a profundidade e a extensão de lagos e rios, a altura das montanhas e a distância aérea entre seus cumes favoritos – isso e mais seu íntimo conhecimento do território em volta de Concord o conduziram à profissão de agrimensor. Ela lhe oferecia a vantagem de levá-lo constantemente a novas áreas isoladas, e ajudava em seus estudos da Natureza. Sua precisão e habilidade nesse ofício logo foram reconhecidas, e não lhe faltava serviço.

Henry podia resolver facilmente problemas topográficos, mas era diariamente perseguido por questões mais sérias, que enfrentava com bravura. Questionava todos os costumes, e queria assentar toda a sua prática sobre um fundamento ideal. Era um protestante *à l'outrance*, e raras são as vidas de tantas renúncias. Nunca se formou em nenhuma profissão, nunca se casou; vivia sozinho; nunca ia à igreja; nunca votou; recusou-se a pagar um imposto ao Estado; não comia carne, não tomava vinho, nunca usou tabaco; embora estudasse a Natureza, não utilizava armas nem armadilhas. Sua escolha, certamente sábia para ele, foi ser o cavaleiro solitário a serviço da mente e da Natureza. Não tinha talento para a riqueza, e sabia ser pobre sem qualquer ponta de deselegância ou sordidez. Talvez tenha tomado esse rumo de vida sem grande deliberação, mas aprovou-o à luz da experiência posterior. Como escreveu em seu diário: "Amiúde sou lembrado de que, fosse-me concedida a riqueza de Creso, meus objetivos ainda deveriam ser os mesmos, e meus meios essencialmente os mesmos". Não tinha tentações a combater – desejos, paixões ou o gosto por ninharias elegantes. Uma bela casa, roupas finas, as maneiras e as conversas das pessoas altamente cultivadas não significavam nada para ele. Preferia um bom índio, e considerava tais refinamentos como obstáculos à conversação, desejando manter a conversação nos mais simples termos. Declinava convites para jantares, porque ali todos se misturavam e não poderia ter um contato individual direto. "Eles se orgulham", disse Henry, "que seus jantares saiam caros; eu me orgulho que meu jantar saia barato". Quando lhe perguntavam à mesa qual prato preferia, ele respondia: "O que estiver mais perto". Não gostava de vinho, e nunca teve um vício na vida. Dizia: "Tenho uma leve lembrança do prazer em fumar hastes secas de lírio, antes de ser adulto. Costumava ter um estoque. Nunca fumei nada mais pernicioso".

Thoreau decidiu ser rico diminuindo suas necessidades e atendendo pessoalmente a elas. Em suas viagens, usava o trem apenas para atravessar a região que não se referia a seu objetivo naquele momento, percorria a pé centenas de quilômetros, evitava as estalagens, pagava para se alojar na casa de agricultores e pescadores, como opção mais barata e mais agradável para ele, e porque facilitava encontrar as pessoas e as informações que queria.

Havia algo de militar em sua natureza, que não se dobrava, sempre viril e capaz, raramente terno, como se só se sentisse autêntico estando em oposição. Precisava de uma falácia para desmascarar, de um erro para ridicularizar; necessitava, por assim dizer, de uma pequena sensação de vitória, de um rufar de tambores, para exercer a plenitude de suas capacidades. Não lhe custava nada dizer "Não"; na verdade, achava muito mais fácil do que dizer "Sim". Era como se seu primeiro instinto, ao ouvir uma proposição, fosse contestá-la, tão impaciente ficava com as limitações de nosso raciocínio cotidiano. Esse hábito, naturalmente, esfria um pouco as afeições sociais; mesmo que, ao final, o interlocutar o absolva de qualquer malícia ou falsidade, ainda assim prejudica a conversa. Por isso nenhum companheiro imparcial mantinha relações afetuosas com alguém tão puro e franco. Como disse um de seus amigos, "Amo Henry, mas não consigo gostar dele; ao tomá-lo pelo braço, logo sinto como se fosse o braço de um olmo".

Apesar disso, ermitão e estoico como era, Henry realmente gostava de calor humano; entregava-se de coração, como uma criança, à companhia de jovens que lhe eram queridos e adorava entretê-los, como só ele conseguia, contando as variadas e intermináveis anedotas de suas experiências nos campos e nos rios: e estava sempre pronto para organizar uma festa dos mirtilos ou uma colheita de castanhas ou uvas. Certo dia, comentando um discurso público, Henry observou que nada que fazia sucesso entre o público prestava. E eu disse: "Quem não gostaria de escrever algo que todos possam ler, como *Robinson Crusoé*? E quem não lamenta ao ver que seu texto não tem um tratamento materialista correto, capaz de agradar a todos?". Henry objetou, claro, e declarou que as melhores palestras eram as que alcançavam apenas uma minoria. Mas, na hora do jantar, uma moça, ao saber que ele ia dar uma palestra no Liceu, perguntou-lhe diretamente "Se a palestra ia ser uma história bonita e interessante, como a que ela queria ouvir, ou se ia ser uma daquelas coisas filosóficas antiquadas que não lhe interessavam". Henry se virou para ela e se pôs a refletir consigo mesmo, esforçando-se em acreditar, como pude perceber, que ele teria assunto capaz de interessar a moça e seu irmão, que se levantariam e iriam assistir se fosse uma boa palestra para eles.

Ele era um orador e um ator da verdade, de nascença, e estava sempre entrando em situações críticas por causa disso. Em qualquer ocasião, todos os presentes se interessavam em saber o partido que Henry tomaria e o que diria; ele não frustrava as expectativas e emitia juízos originais a cada emergência. Em 1845, construiu pessoalmente uma pequena casa de madeira nas margens do Lago Walden, e lá viveu dois anos sozinho, numa vida de trabalho e estudo. Essa iniciativa era muito própria e adequada a ele. Ninguém que o conhecesse tomaria isso como afetação. Distinguia-se dos vizinhos mais nas ideias do que na ação. Logo que esgotou as vantagens daquele isolamento, saiu de lá. Em 1847, não aprovando o destino de alguns gastos públicos, se negou a pagar o imposto municipal e foi preso. Um amigo pagou o imposto por ele, e Henry foi solto. O mesmo problema ameaçou surgir no ano seguinte. Mas, como seus amigos pagaram a taxa a despeito de seus protestos, creio que ele parou de resistir. Nenhuma crítica ou ridículo exerciam qualquer efeito. Imperturbável, ele expunha integralmente sua opinião, sem fingir crer que fosse a opinião do interlocutor. Pouco importava se todos os outros presentes fossem de opinião contrária. Certa vez, ele foi à biblioteca da universidade para pegar alguns livros. O bibliotecário não quis fazer o empréstimo. Thoreau foi até ao reitor, o qual lhe explicou as regras e normas, que permitiam o empréstimo de livros a moradores formados, a clérigos que fossem ex-alunos e a alguns outros residentes num raio de dezesseis quilômetros em torno da universidade. Thoreau explicou ao reitor que a estrada de ferro tinha destruído a antiga escala das distâncias – e que nos termos daquelas suas regras a biblioteca era inútil, sim senhor, e reitor e universidade também; que o único benefício que ele reconhecia à universidade era sua biblioteca; que, naquele momento, não só tinha uma necessidade imperiosa de livros, como também precisava de uma grande quantidade de obras, e lhe assegurou que era ele, Thoreau, e não o bibliotecário, o guardião adequado dos livros. Em suma, o reitor considerou o requerente tão convincente, e as regras começaram a parecer tão ridículas que acabou lhe concedendo um privilégio que, em suas mãos, veio a se revelar inesgotável.

Jamais existiu americano mais autêntico do que Thoreau. Seu amor pelo país era genuíno, e sua aversão ao gosto e aos modos ingleses e europeus chegava às raias do desprezo. Ouvia com impaciência as notícias ou os *bonmots* colhidos nos círculos londrinos; embora tentasse ser cortês, essas anedotas o cansavam. Todos os homens estavam se imitando entre si, e seguindo um modelo limitado. Por que não podem viver afastados ao máximo, e cada qual ser um homem por si mesmo? O que Henry buscava era a natureza mais enérgica: queria ir ao Oregon, não a Londres. "Em todas as partes da Grã-Bretanha", escreveu no diário, "foram descobertos vestígios dos romanos, suas urnas funéreas, seus acampamentos, suas estradas, suas moradas. Mas a Nova Inglaterra pelo menos não se funda em nenhuma ruína romana. Não precisamos lançar os alicerces de nossas casas sobre as cinzas de uma civilização anterior."

Mas, idealista como era, defendendo a abolição da escravatura, a abolição dos impostos e quase a abolição do governo, nem é preciso dizer que não se via representado na política atual, e era também quase igualmente contrário a todas as categorias de reformadores. Mesmo assim, prestava o tributo de seu invariável respeito pelo Partido

Antiescravista. Havia um homem a quem honrava com excepcional apreço, tendo travado conhecimento pessoal com ele. Antes que se dissesse qualquer palavra positiva em favor do capitão John Brown, Henry mandou recado a inúmeras casas em Concord, avisando que iria discursar num salão público sobre a posição e o caráter de John Brown, num domingo à noite, e que estavam todos convidados a comparecer. O Comitê Republicano e o Comitê Abolicionista lhe mandaram dizer que era prematuro e desaconselhável. Ele respondeu: "Enviei o aviso a vocês não pedindo conselho, mas para anunciar que vou falar". O salão ficou lotado desde cedo com gente de todos os partidos, e o sincero tributo de Henry ao herói foi ouvido respeitosamente por todos, e por muitos com uma solidariedade que os surpreendeu pessoalmente.

Diz-se que Plotino sentia vergonha do próprio corpo, e é muito provável que tivesse boas razões para tanto – que seu corpo não era um bom servo, e que o filósofo não tinha facilidade para lidar com o mundo material, como sói acontecer a homens de inteligência abstrata. Mas Thoreau era dotado de um corpo extremamente adaptado, que lhe servia muito bem. Era baixo, de constituição sólida, tez clara, olhos azuis sérios e intensos e uma fisionomia grave – nos últimos anos, uma bela barba lhe cobria o rosto. Tinha os sentidos aguçados, uma estrutura sólida e compacta, as mãos fortes e hábeis no uso de ferramentas. E havia uma maravilhosa adequação entre corpo e mente. Ele podia medir oitenta metros com seus passos com um grau de precisão maior do que qualquer outra pessoa com metro e trena. E dizia que encontrava seu caminho nas matas à noite mais pelos pés do que pela visão. Conseguia calcular muito bem a olho a medida de uma árvore; e calculava o peso de um porco ou de um bezerro, como um comerciante. Numa caixa com 35 quilos ou mais de lápis soltos, ele apanhava rapidamente uma dúzia exata por vez. Nadava, corria, patinava e remava bem, e provavelmente era capaz de percorrer a pé, num dia de jornada, uma distância maior do que a maioria dos conterrâneos. E a relação entre corpo e mente tinha uma sintonia ainda mais fina do que assinalamos. Ele dizia que precisava de cada passada que davam suas pernas. O ritmo de suas caminhadas dava o ritmo de suas palavras escritas. Fechado em casa, não escrevia uma única linha.

Henry era dotado de sólido bom senso, como aquele que Rose Flammock, a filha do tecelão no romance de Scott, elogia em seu pai, como um padrão de medida que, se mede morins e panos de fralda, mede igualmente bem tapeçarias e tecidos de ouro. Ele sempre tinha um novo recurso. Quando eu estava plantando árvores florestais e tinha conseguido meio celamim de bolotas de carvalho, ele comentou que apenas uma pequena parte prestaria e começou a examiná-las e selecionar as boas. Mas, vendo que isso tomava tempo, disse: "Acho que, se você puser todas elas na água, as boas vão afundar"; fizemos a experiência e deu certo. Sabia projetar um jardim, uma casa ou um celeiro; teria competência para comandar uma "Expedição de Exploração ao Pacífico"; poderia dar conselhos judiciosos nos mais graves assuntos públicos ou privados.

Ele vivia o dia de hoje, e a memória não o mortificava nem o obstruía. Se tinha enunciado alguma nova proposição ontem, podia chegar hoje com uma outra igualmente revolucionária. Muito trabalhador, e dando, como todas as pessoas altamente organizadas, um grande valor ao tempo, ele parecia ser o único homem com tempo livre na cidade, sempre pronto para sair em qualquer excursão promissora ou para entabular longas conversas até altas horas. Sua percepção aguda nunca se detinha diante de suas regras de prudência diária, e estava sempre aberta às novas ocasiões. Thoreau apreciava e fazia uso da comida mais simples possível, mas, quando alguém defendia alguma dieta vegetariana, ele julgava que a questão das dietas eram muito trivial, dizendo: "o homem que mata o bisão para comer vive melhor do que o homem que faz suas refeições no Graham". Dizia também: "Você pode dormir ao lado da ferrovia, sem nunca ser incomodado: a Natureza sabe muito bem quais são os sons que merecem ser ouvidos, e decidiu não ouvir o apito do trem. Mas as coisas respeitam a mente devota, e jamais um êxtase mental foi interrompido". Ele notou algo que lhe ocorria com frequência: depois de receber de longe uma planta rara, logo encontrava a mesma nos locais que frequentava. E aqueles lances de sorte que acontecem apenas aos bons jogadores aconteciam a ele também. Certo dia, andando com um estrangeiro que perguntava onde poderia encontrar pontas de flechas índias, ele respondeu: "Em toda parte", inclinou-se e na mesma hora recolheu uma do chão. Em Monte Washington, na ravina de Tuckerman, Thoreau sofreu uma queda feia e torceu o pé. No momento em que ia se levantar, ele viu pela primeira vez as folhas da *Arnica mollis*.

Mas seu bom senso robusto, auxiliado pelas mãos fortes, os sensos aguçados e uma vontade férrea, não basta para explicar a superioridade que resplendia em sua vida simples e retirada. Devo acrescentar o fato fundamental de que ele possuía uma extrema sabedoria, própria de uma rara classe de homens, que lhe mostrava o mundo material como meio e símbolo. Essa descoberta, que por vezes fornece uma certa luz ocasional e intermitente aos poetas, nele era uma percepção constante; mesmo que ela pudesse ser toldada por qualquer falha ou defeito de temperamento, ele nunca desobedecia à visão celestial. Quando jovem, um dia ele disse: "O outro mundo é toda a minha arte; meus lápis não desenharão senão ele, meu canivete não cortará nada além dele; não é um meio para mim". O outro mundo era a musa e o gênio que regia suas opiniões, suas conversas, estudos, trabalhos e rumos de vida. Converteu-o num juiz perspicaz dos homens. Ele media a pessoa a uma vista d'olhos e, mesmo insensível a alguns traços culturais mais refinados, conseguia avaliar muito bem seu peso e seu calibre. E imprimiu a marca de genialidade que às vezes surgia em sua conversação.

Thoreau entendia imediatamente o assunto em questão e enxergava as limitações e a pobreza de seus interlocutores, de modo que nada parecia se ocultar a olhos tão terríveis. Tenho conhecido constantemente vários jovens de sensibilidade, que se converteram num instante à crença de que tal era o homem que buscavam, o homem dos homens, capaz de lhes dizer tudo o que deviam fazer. A relação de Henry com eles nunca era afetuosa, e sim superiora, didática, desdenhando suas trivialidades – apenas muito lentamente concedendo, ou não, a promessa de visitá-los na casa deles ou mesmo de recebê-los na sua. "Iria caminhar com eles?"

"Não sabia. Não havia nada tão importante para ele quanto suas caminhadas; não tinha caminhadas sobrando para desperdiçar com companhias." Vinham se oferecer respeitosamente, mas ele os dispensava. Admiradores amigos se ofereciam para levá-lo, custeando-lhe a viagem, ao rio Yellowstone, às Índias Ocidentais, à América do Sul. Mas, mesmo que suas negativas fossem absolutamente sérias e ponderadas, fazem lembrar a resposta daquele janota Brummel, num contexto totalmente diferente, ao cavalheiro que lhe ofereceu a carruagem durante um aguaceiro: "Mas então onde *você* irá?" – e que silêncios acusadores, e que discursos penetrantes e irretorquíveis, derrotando todas as defesas, seus amigos podem lembrar!

Thoreau dedicou seu gênio aos campos, às colinas e às águas de sua terra natal, com um amor tão incondicional que se tornaram conhecidos e se fizeram interessantes a todos os leitores americanos e a pessoas no exterior. O rio a cujas margens nasceu e morreu, ele conhecia desde a nascente até a confluência com o Merrimack. Acompanhou-o por muitos anos, observando-o no verão e no inverno, em todas as horas do dia e da noite. O resultado do recente levantamento feito pela Comissão de Águas nomeada pelo Estado de Massachusetts já tinha sido alcançado por Henry em suas experiências pessoais, muitos anos antes. Toda ocorrência no leito, nas margens ou no ar acima do rio; os peixes, a desova e os ninhos, os hábitos e a alimentação; os insetinhos efemerópteros que uma vez por ano enchem o ar no final da tarde e são apanhados pelos peixes com tanta avidez que muitos morrem de congestão; os montes cônicos de seixos nos baixios do rio, os ninhos enormes de peixes miúdos, que às vezes ocupam e até transbordam da carriola; as aves que frequentam o local, garças, patos, tadornos, mobelhas, águias-pescadoras; cobras, ratos almiscarados, lontras, marmotas e raposas nas margens; tartarugas, rãs, relas e grilos que dão voz à orla – todos eles lhe eram conhecidos, como que amigos e conterrâneos de Henry, o qual considerava um absurdo ou uma violência qualquer experiência de dissecação e ainda mais de medição esticando o animalzinho numa régua, de exibição do esqueleto ou a conservação de um esquilo ou de um pássaro em álcool. Gostava de discorrer sobre os hábitos do rio, como uma criatura em sentido próprio, mas sempre com exatidão e a partir de um fato da observação. Além do rio, conhecia igualmente os lagos da região.

Um dos instrumentos que usava, para ele mais importante do que o microscópio ou o recipiente com álcool para outros investigadores, era um capricho que se desenvolveu nele por gosto, mas que aparecia como a mais séria proposição, a saber, que sua cidade natal e seus arredores constituíam o centro mais propício para a observação da Natureza. Ele afirmava que a Flora de Massachusetts continha quase todas as plantas importantes da América: a grande maioria dos carvalhos e dos salgueiros, os melhores pinheiros, os freixos, os plátanos, as faias, as árvores de nozes e castanhas. Ele devolveu *Arctic Voyage* de Kane a um amigo que lhe emprestara, com o comentário: "A maioria dos fenômenos registrados pode ser observada em Concord". Parecia invejar um pouco o Polo, pela coincidência entre o nascer e o pôr do sol, ou pelo dia de cinco minutos depois de seis meses: um fato esplêndido que Annursnuc nunca tinha lhe proporcionado. Encontrou neve vermelha numa de suas caminhadas, e me disse que tinha esperanças de encontrar a *Victoria regia* em Concord. Era o defensor das plantas nativas e reconhecia explicitamente sua preferência pelos matos em vez das plantas importadas, pelo índio em vez do homem civilizado, e notava com prazer que as varas de salgueiro usadas como suporte do feijoeiro de seu vizinho tinham crescido mais do que os pés de feijão. Dizia: "Veja esses matos que têm sido carpidos por milhões de agricultores em todas as primaveras e verões, e mesmo assim prevaleceram, e agora aparecem triunfantes em todas as aleias, pastagens, lavouras e jardins, tamanho é o vigor deles. Nós os insultamos com nomes vulgares – como Pigweed ['capim-do-porco', caruru-da-angola], Wormwood ['pau--verme', losna], Chickweed ['capim-pintinho', morugem], Shad-blossom ['flor-de-arenque', nespereira-do-monte]" E continua: "Eles têm também belos nomes: Ambrosia, Stellaria, Amelanchier, Amaranthus etc".

Creio que sua vontade de remeter tudo ao meridiano de Concord não nascia da ignorância ou da depreciação de outras latitudes e longitudes, sendo antes uma expressão jocosa de sua ideia de que todos os lugares se equivalem, e que o melhor lugar para cada pessoa é onde ela está. Ele colocou isso da seguinte maneira: "Penso que não se pode esperar nada de você, se esse torrão sob seus pés não lhe for mais doce do que qualquer outro neste ou noutro mundo".

A outra arma com que ele vencia todos os obstáculos na ciência era a paciência. Sabia ficar imóvel, como se fizesse parte da pedra onde se sentava, até que o pássaro, o réptil, o peixe que tinham se afastado dali voltassem e retomassem seus hábitos, ou mesmo, movidos pela curiosidade, se aproximassem e ficassem a observá-lo.

Era um prazer e um privilégio caminhar com Thoreau. Conhecia a região como uma raposa ou uma ave, e percorria os locais livremente em veredas próprias dele. Conhecia cada trilha na neve ou no solo, e sabia que criatura tinha passado por ali antes dele. É preciso se submeter humildemente a um guia assim, e a recompensa era grande. Sob o braço levava um velho livro de partituras onde coletar plantas; no bolso, o diário e um lápis, um binóculo para os pássaros, microscópio, canivete e barbante. Usava um chapéu de palha, sapatos sólidos, calças cinzentas resistentes, para enfrentar as moitas de carvalhos e esmílaces, e para subir numa árvore por causa de algum ninho de gavião ou de esquilo. Entrava no lago para ver as plantas aquáticas, e suas fortes pernas eram elementos importantes de sua armadura. Neste dia que estou comentando, ele procurava *Menyanthes*, avistou-a do outro lado do lago e, ao examinar as florzinhas, concluiu que tinham florido fazia cinco dias. Tirou o diário do bolso e leu os nomes de todas as plantas que deviam florescer naquele dia, o que mantinha anotado como um banqueiro que marca a data de vencimento de seus títulos. O *Cypripedium* iria vencer amanhã. Ele achava que, se acordasse de um transe nesta várzea, seria capaz de dizer pelas plantas em que época do ano estava, com uma margem de dois dias. A setófaga voava por ali, e também o belo pardal-do-norte, cujo encarnado vivo "faz o observador apressado esfregar os olhos" e cujo canto límpido e agradável Thoreau comparava ao de um sanhaço que tivesse perdido a rouquidão. Então ele ouviu um canto que disse ser do rouxinol-dos-caniços, um pássaro que nunca tinha identificado e que procurava fazia doze anos, o qual, sempre que o via, estava se enfiando numa árvore ou numa moita, e que era inútil procurá-lo; a única ave canora que canta indiferentemente de dia e de noite. Eu lhe disse que devia se guardar de encontrá-lo e registrá-lo, para que a vida ainda tivesse algo para lhe mostrar. Henry respondeu: "O que você busca em vão durante metade de sua vida, um dia lhe cai por inteiro, toda a família reunida no jantar. Você busca como um sonho e, quando o encontra, torna-se sua vítima".

Seu interesse pelas flores e pelas aves tinha raízes muito fundas em seu espírito, e estava ligado à Natureza – e o significado da Natureza, ele nunca tentou definir. Thoreau não faria um relatório com suas observações para apresentar à Sociedade de História Natural. "Por que faria? Se eu separasse a descrição de suas relações em minha mente, ela deixaria de ser válida ou verdadeira para mim: e eles não querem o que é assim". Sua capacidade de observação parecia indicar outros sentidos adicionais. Ele via como que por um microscópio, ouvia como que com uma corneta acústica e sua memória era um registro fotográfico de tudo o que via e ouvia. E ninguém sabia melhor do que ele que não é o fato que importa, e sim a impressão ou o efeito do fato em nossa mente. Todo fato jazia em glória em sua mente, como um modelo da ordem e da beleza do conjunto.

Sua dedicação à História Natural era orgânica. Thoreau admitia que às vezes se sentia um sabujo ou uma pantera, e que se tivesse nascido entre os índios teria sido um caçador feroz. Mas, reprimido por sua cultura do Massachusetts, ele exercia a caça nessa forma branda da botânica e da ictiologia. Sua intimidade com os animais parecia aquilo que Thomas Fuller comentava a respeito do apiologista Butler: "ele contava coisas às abelhas ou as abelhas contavam a ele". Cobras se enrolavam em suas pernas; peixes nadavam na concha de sua mão fora d'água; tirava a marmota da toca puxando-a pela cauda, tomava a raposa sob sua proteção, defendendo-a dos caçadores. Nosso naturalista era da mais plena generosidade e não guardava segredos: ele nos levava ao retiro da garça ou a seu mais querido pântano botânico – provavelmente sabendo que nunca voltaríamos a encontrá-lo, mesmo que nos arriscássemos.

Nenhuma faculdade jamais lhe ofereceu um diploma ou uma cátedra; nenhuma academia o tomou como secretário correspondente, como pesquisador ou como simples membro. Talvez essas instituições eruditas temessem suas atitudes satíricas. Todavia, poucos possuíam tanto conhecimento do gênio e dos segredos da Natureza, e ninguém com uma síntese mais ampla e religiosa. Pois ele não tinha o menor grão de respeito pelas opiniões de qualquer pessoa ou grupo de pessoas, e prestava homenagem exclusivamente à verdade; e, quando descobria entre os cientistas de todas as partes alguma atitude movida apenas pela cortesia, eles caíam em seu descrédito. Thoreau passou a ser respeitado e admirado por seus concidadãos, que antes o tinham como um simples excêntrico. Os agricultores que o contratavam como agrimensor logo viam sua rara habilidade e precisão, seu conhecimento da terra, das árvores, das aves, dos vestígios indígenas, o que lhe permitia explicar a todos eles mais do que sabiam antes sobre seus próprios sítios, e assim começavam a sentir como se Thoreau tivesse mais direitos a suas terras do que eles mesmos. Sentiam também a superioridade de caráter que tratava a todos os homens com uma autoridade inata.

Existem vestígios indígenas em abundância em Concord – pontas de flechas, formões de pedra, pilões e fragmentos de objetos de olaria – e nas margens do rio há vários montes de conchas de mariscos e cinzas marcando os locais frequentados pelos índios. Esses vestígios e todos os elementos referentes aos índios eram de grande importância para ele. As visitas de Henry ao Maine se deviam sobretudo a seu amor pelos povos indígenas. Teve a satisfação de ver como se fazia a canoa de cascas de árvore, e pôde experimentá-la nas corredeiras. Tinha curiosidade em saber como era feita a ponta de pedra das flechas, e no final da vida encarregou alguns jovens que estavam de partida para as Montanhas Rochosas de encontrar um índio que pudesse explicar: "Para aprender, bem valia uma visita à Califórnia". De vez em quando, um pequeno grupo de índios penobscots visitava Concord e armava suas tendas durante algumas semanas de verão à beira do rio. Henry travou conhecimento com os melhores deles, embora soubesse que perguntar qualquer coisa aos índios era como tentar catequizar coelhos e castores. Em sua última visita ao Maine, ele teve grande satisfação em estar com Joseph Polis, um índio inteligente de Oldtown, que lhe serviu de guia durante algumas semanas.

Thoreau se interessava igualmente por todos os fatos naturais. Sua percepção profunda encontrava uma mesma lei em toda a Natureza, e não conheço nenhum outro gênio capaz de inferir tão rapidamente uma lei universal a partir de um fato isolado. Ele não se prendia a nenhum formalismo. Tinha os olhos abertos à beleza e os ouvidos atentos à música. Encontrava-as não esporadicamente, mas aonde quer que fosse. Julgava que a melhor musicalidade se encontrava na melodia simples, e via sugestões poéticas no zumbido do telégrafo.

Suas poesias podiam ser boas ou medíocres; sem dúvida faltavam-lhe a facilidade lírica e a habilidade técnica, mas tinha em si a fonte da poesia, em sua percepção espiritual. Era um bom leitor e um bom crítico, e seu juízo poético era sólido. Não se deixava enganar quanto à presença ou ausência do elemento poético em qualquer composição e, em sua sede de lirismo, era indiferente e quiçá desdenhoso em relação a floreios superficiais. Podia ignorar muitos ritmos delicados, mas detectaria num livro qualquer verso ou estrofe que tivesse vitalidade, e sabia muito bem encontrar igual encanto poético na prosa. Amava tanto a beleza espiritual que, comparativamente, pouco apreço dava aos poemas efetivamente escritos. Admirava Ésquilo e Píndaro, mas, quando alguém os elogiava, respondia que Ésquilo e os gregos, ao falar de Apolo e Orfeu, não haviam criado nenhuma melodia ou, pelo menos, nenhuma que prestasse. "Não deviam comover árvores, e sim cantar aos deuses um hino que lhes tirasse todas as velhas ideias da cabeça e lhes trouxesse outras novas." Os versos de sua lavra geralmente eram toscos e falhos. O ouro não corre puro, é grosseiro e vem com escória. O tomilho e a manjerona ainda não são mel. Mas, se lhe faltam méritos técnicos e refinamento líricos, se não possui um temperamento poético, nunca lhe falta o raciocínio causal, mostrando que seu gênio é maior do que seu talento. Henry conhecia o valor da Imaginação para elevar e consolar a vida humana, e gostava de encastoar todo pensamento humano num símbolo. O fato em si não tem valor, apenas sua impressão. Por isso a presença de Thoreau era poética, sempre atiçava a curiosidade para conhecermos melhor os segredos de sua mente. Tinha muitas reservas, relutava em mostrar a olhos profanos o que ainda lhe era sagrado, e sabia como lançar um véu poético sobre sua experiência. Todos os leitores de Walden lembrarão o registro mítico de suas desilusões:

"Muito tempo atrás perdi um cão de caça, um cavalo baio e uma rola, e ainda continuo a procurá-los. Falei com muitos viajantes sobre eles, descrevendo quais eram suas pegadas e a que chamados respondiam. Encontrei um ou dois que tinham ouvido o cão e o andar do cavalo, e até tinham visto a rola desaparecer atrás de uma nuvem, e pareciam tão ansiosos em recuperá-los como se eles mesmos os tivessem perdido".

Seus enigmas eram dignos de leitura, e tenho certeza de que, mesmo que eu possa não entender a expressão, ela é correta. Sua verdade era de tal riqueza que ele não usaria palavras em vão. Seu poema chamado "Sympathy" revela a ternura sob aquela tripla couraça de estoicismo e a sutileza intelectual alimentada por ela. Seu clássico poema sobre "Smoke" faz lembrar Simonides, mas é melhor do que qualquer poema de Simonides. Seu pensamento habitual converte toda a sua poesia num hino à Causa das causas, ao Espírito que o vivifica e o guia:

> Ouço como quem tinha apenas ouvidos,
> E vejo, como quem antes apenas via;
> Vivo instantes como outrora anos vividos
> E enxergo a verdade como quem tudo sabia.

E ainda mais nestes versos religiosos:

> Sim, é esta agora minha hora natal,
> E apenas agora minha plenitude vital;
> Não duvido do amor que se mantém silente,
> Que me veio não por ser digno ou carente,
> Que me cortejou jovem, e me corteja ancião,
> E a este entardecer me traz pela mão.

Embora Thoreau recorresse nos textos a uma certa petulância quando falava de igrejas ou sacerdotes, ele era uma pessoa de religiosidade absoluta, incapaz de qualquer profanação em atos ou em pensamentos. O mesmo isolamento que fazia parte de sua maneira original de pensar e viver também o apartava de todas as formas religiosas sociais. Não é algo que se deva censurar ou lamentar. Aristóteles explicou muito tempo atrás: "Quem ultrapassa seus concidadãos em virtude deixa de fazer parte da cidade. A lei deles não se lhe aplica, pois ele tem em si sua lei".

Thoreau era a própria sinceridade, capaz de fortalecer as convicções dos profetas nas leis éticas com sua maneira sagrada de viver. Era uma experiência afirmativa que não podia ser posta de lado. Orador da verdade, capaz da conversa mais profunda e rigorosa; médico para as chagas de todas as almas; amigo, conhecedor não só do segredo da amizade, mas quase adorado pelos poucos que recorriam a ele como confessor e profeta, e sabia do enorme valor de sua mente e de seu grande coração. Acreditava que, sem algum tipo de religião ou devoção, nunca se realizaria nada de grandioso; e pensava que o sectário fanático deveria levar isso em consideração.

Às vezes suas virtudes, evidentemente, chegavam aos extremos. Era fácil ver que aquela austeridade, que tornava esse ermitão voluntário ainda mais solitário do que desejaria, derivava da inexorável exigência de verdade que cobrava de todos. Sendo ele mesmo de probidade irrepreensível, exigia o mesmo dos outros. Tinha aversão ao crime, e nenhum êxito mundano o encobriria. Com a mesma presteza e o mesmo desdém detectava a trapaça nos cidadãos prósperos e respeitáveis ou nos mendigos. Havia em seu trato social uma franqueza tão perigosa que os admiradores o chamavam de "aquele terrível Thoreau", como se falasse estando em silêncio, como se continuasse presente depois de partir. Penso que o rigor de seu ideal contribuiu para privá-lo de um grau saudável de convívio humano.

Devido ao hábito do realista em descobrir que as coisas são o contrário do que aparentam, ele tendia a formular tudo sob a forma de paradoxo. Seus primeiros textos vinham desfigurados por um certo hábito de antagonismo:

um artifício retórico que não se desenvolveu plenamente nos textos posteriores, que consistia em substituir a palavra e a ideia óbvias pelo inverso diametralmente oposto. Louvava as montanhas ermas e as florestas de inverno pelo ar doméstico e acolhedor, encontrava calor no gelo e na neve, elogiava as paisagens agrestes pela semelhança com Roma e Paris. "Era tão seco que se podia dizer úmido."

A tendência de engrandecer o momento, de ler todas as leis da Natureza no objeto ou na combinação única sob os olhos, certamente é cômica para os que não partilham a percepção da identidade, própria do filósofo. Para ele, tamanho não existia. O lago era um pequeno oceano; o Atlântico, um grande Lago Walden. Remetia cada fato minúsculo a leis cósmicas. Embora pretendesse ser justo, parecia perseguido por um certo pressuposto crônico de que a ciência contemporânea apenas fingia ser completa, e acabara de descobrir que os *savants* tinham deixado de diferenciar uma determinada variedade botânica, de descrever as sementes ou contar as sépalas. Respondíamos: "Isso quer dizer que esses estúpidos não nasceram em Concord; mas quem disse o contrário? Foi um tremendo azar deles que tenham nascido em Londres, Paris ou Roma; mas, coitados, fizeram o que podiam, se considerarmos que nunca viram o Lago de Bateman, o Nine-Acre Corner e nem o Pântano de Becky Stow; ademais, para que você veio ao mundo, se não para acrescentar essa observação?".

Se fosse de gênio apenas contemplativo, Henry estaria plenamente adequado à sua vida, mas, com a energia e habilidade prática que tinha, parecia nascido para grandes empreendimentos e para o mando; e lamento tanto a perda de sua extraordinária capacidade de ação que não posso deixar de ver sua falta de ambição como um defeito. À falta dela, em vez de ter projetos para toda a América, capitaneava uma festa dos mirtilos. Bater feijão pode até servir vez por outra para bater impérios; mas, ao longo dos anos, continuam a ser apenas feijões!

No entanto, esses defeitos, reais ou aparentes, logo desapareceram no crescimento constante de um espírito tão robusto e sábio, que apagava suas derrotas com novas vitórias. Seu estudo da Natureza era um ornamento constante nele, e inspirava aos amigos a curiosidade de ver o mundo com seus olhos e de ouvir suas aventuras. Tinham todo o interesse.

Thoreau possuía muitos traços de elegância própria, embora zombasse da elegância convencional. Assim, não suportava ouvir o som dos próprios passos, o ranger do cascalho; assim, nunca caminhava de bom grado pela estrada, e preferia a grama, nas montanhas e nos bosques. Tinha sentidos aguçados, e comentava que, à noite, todas as moradias soltam emanações ruins, como um abatedouro. Ele gostava do perfume do trevo-cheiroso. Tinha especial consideração por certas plantas, sobretudo pelo aguapé – a seguir, pela genciana, a *Mikania scandens*, a "sempre-viva" e uma tília que visitava anualmente, na época da florada, em meados de julho. Considerava o olfato como instrumento de investigação mais oracular do que a visão – mais oracular e mais fidedigno. O olfato, naturalmente, revela o que está oculto aos outros sentidos. Pelo olfato ele detectava o que estava ligado à terra. Gostava de ecos, e dizia que eram quase a única espécie de vozes familiares que ouvia. Amava tanto a Natureza, sentia-se tão feliz na solidão dela que se tornou muito desconfiado das cidades e dos infelizes efeitos que os luxos e artifícios urbanos causavam ao homem e ao ambiente. O machado destruía incessantemente sua floresta. E dizia: "Graças a Deus não podem derrubar as nuvens!"; "Essa tinta branca fibrosa desenha no fundo azul figuras de todas as espécies".

Acrescento abaixo algumas frases extraídas de seus manuscritos inéditos, não só como registros de suas ideias e sentimentos, mas por sua força expressiva e excelência literária:

"Algumas provas circunstanciais são muito fortes, como quando encontramos uma truta no leite."

"O leucisco é um peixe macio, e tem gosto de papel de embrulho fervido com sal."

"O jovem junta seus materiais para construir uma ponte até a lua, ou talvez um palácio ou templo na terra, e depois o homem de meia-idade resolve construir com eles um barraco de madeira."

"O gafanhoto a-zz-obia."

"Libélulas ziguezagueando no riacho Nut-Meadow."

"O som é mais doce ao ouvido saudável do que o açúcar ao paladar."

"Amontoei alguns galhos de pinheiro, e o rico sal crepitando em suas folhas era como mostarda aos ouvidos, o crepitar de regimentos incontáveis. Árvores mortas amam o fogo."

"O azulão leva o céu nas costas."

"O sanhaço voa por entre a folhagem verde como se fosse incendiar as folhas."

"Se quero crina de cavalo para a mira do compasso, tenho de ir ao estábulo; mas a ave para seu ninho vai, com sua vista aguda, à estrada."

"Água imortal, viva mesmo na superfície."

"O fogo é o terceiro mais tolerável."

"A Natureza fez as samambaias só pelas folhas, para mostrar que sabia criar com aquelas linhas."

"Nenhuma árvore tem tronco tão belo e base tão bonita quanto a faia."

"Como essas lindas cores do arco-íris entraram na concha do marisco de água doce, enterrado na lama do fundo de nosso rio escuro?"

"Duros os tempos em que os sapatos da criança são seus segundos pés."

"Estamos estritamente confinados a nossos homens a quem damos liberdade."

"Não há nada que se deva temer mais do que o medo. O ateísmo pode ser relativamente popular com o próprio Deus."

"Que importância têm as coisas que você pode esquecer? Um pequeno pensamento é o sacristão de todo o mundo."

"Quem não tem uma época de plantio do caráter como pode esperar uma colheita de pensamentos?"

"Apenas quem apresenta uma face de bronze às expectativas pode receber presentes."

"Peço para ser derretido. A única coisa que se pode pedir aos metais é que sejam brandos com o fogo que os derrete. A nada mais podem ser brandos."

Existe uma flor conhecida dos botânicos, do mesmo gênero de nossa planta estival chamada "cotonária", parecida com uma *Gnaphalium*, que cresce nos penhascos mais inacessíveis das montanhas tirolesas, onde mesmo os cabritos monteses mal se arriscam a ir, e que o caçador, atraído por sua beleza e movido pelo amor (pois a flor é imensamente estimada pelas donzelas suíças), escala os rochedos para colher, às vezes sendo encontrado morto no sopé, com a flor na mão. Seu nome botânico é *Gnaphalium leontopodium*, mas os suíços a chamam de *Edelweiss*, que significa *Nobre Pureza*. A mim, Thoreau parecia viver na esperança de colher esta flor, que lhe pertencia de direito. Seus estudos avançavam a uma escala tão ampla que requeria longevidade, e não estávamos preparados para seu desaparecimento súbito. O país ainda não conhece, ou conhece apenas um mínimo, o grande filho que perdeu. Parece uma ofensa que tenha deixado ao meio sua tarefa interrompida, a qual ninguém mais poderá terminar, uma espécie de indgnidade para uma alma tão nobre que tenha abandonado a Natureza antes de poder se mostrar a seus pares como realmente era. Mas pelo menos ele está contente. Sua alma foi feita para o mais nobre convívio; numa vida breve, ele esgotou as capacidades deste mundo; onde houver conhecimento, onde houver virtude, onde houver beleza, ele encontrará um lar.

Sobre o autor

HENRY DAVID THOREAU (1817-1862) nasceu em Concord, Massachusetts, em 1817, terceiro filho de John e Cynthia. Mesmo passando a maior parte da vida na cidade natal, escreveu alguns ensaios sobre as poucas viagens que realizou, como "An Excursion to Canada" (1853), "Excursions" (1863) e "The Maine Woods" (1864).

Estudou na Concord Academy e posteriormente em Harvard, onde se formou em 1837. Após lecionar por um breve período, foi trabalhar com o pai na fábrica de lápis da família. Em 1838, juntamente com seu irmão mais velho, John, abriu uma escola, onde lecionou até 1841. Nessa época também começou a escrever artigos para jornais. Alguns de seus primeiros trabalhos incluem "A Natural History of Massachusetts" (1842), "Sir Walter Raleigh" (1843) e "Thomas Carlyle and His Works" (1847).

Certos acontecimentos marcaram sua vida e foram decisivos na construção de sua obra: o primeiro foi uma viagem de canoa pelos rios Concord e Merrimack realizada com John em 1839, na qual reafirmou seus ideais sobre a natureza e que daria origem ao ensaio "A Week on the Concord and Merrimack Rivers" (1849). Outro momento marcante foi o encontro com o ensaísta e poeta Ralph Waldo Emerson, de quem se tornou discípulo.

Já o ano de 1845 seria marcado pela construção de uma casa nas margens do Lago Walden, experiência de vida radical e isolada na natureza que seria contada em uma de suas obras mais conhecidas, *Walden* (1854). O ensaio mais famoso de Thoreau, "A desobediência civil" (1849), foi fruto de uma noite passada na cadeia em 1846, quando acabou preso por se recusar a pagar impostos, em protesto contra a guerra do México e contra a escravidão.

Morreu em decorrência da tuberculose, em 1862. Suas cartas foram editadas pelo amigo Ralph Waldo Emerson e publicadas postumamente em 1864. "Poems of Nature" apareceu em 1895 e "Collected Poems", em 1943. Seus diários completos foram publicados em 1906, em quatorze volumes. Ensaísta, poeta, filósofo transcendentalista, celebrou a ecologia, as emoções e os direitos individuais. Com suas ideias, influenciou personalidades como Gandhi e Martin Luther King.

Impressão e acabamento
Imprensa da Fé